吉田健一とジョン・ダン

――英米文学試論集

齋藤　久著

TOKYO
七月堂
MMXVII

Socrates and Xanthippe

《Xanthippe versant de l'eau sur la tête de Socrate
[Xanthippe empties the chamberpot over the head of Socrates]》
(Otto van Veen, *Emblemata Horatiana*, 1607)

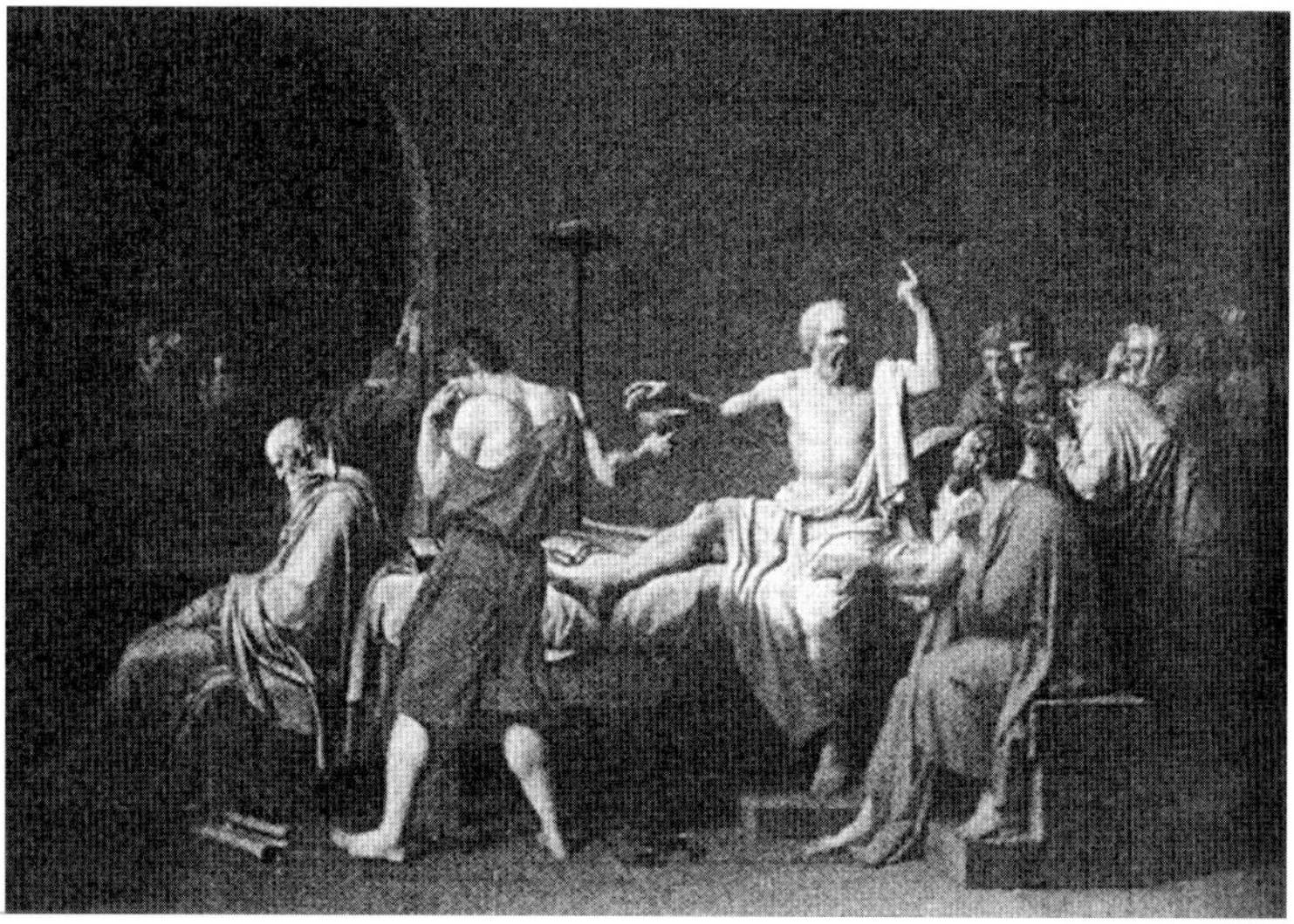

Death of Socrates

(Jacques-Louis David, 1787; Metropolitan Museum of Art, New York)

John Donne Memorial

(Nigel Boonham, 2012; St. Paul's Cathedral Churchyard, London)

筆者が受講し始めた1963年頃の

吉　田　健　一

吉田健一とジョン・ダン

——英米文学試論集

To the Memory of the late Emeritus Professor Tōichi Imazu
(1918–2009), *who picked me up and inspired confidence in me.*
In Token of my profound Gratitude.

Hisashi SAITO, *Kenichi Yoshida and John Donne:*
Essays on English and American Literature
(Tokyo: Shichigatsudō Ltd., 2017)

目次

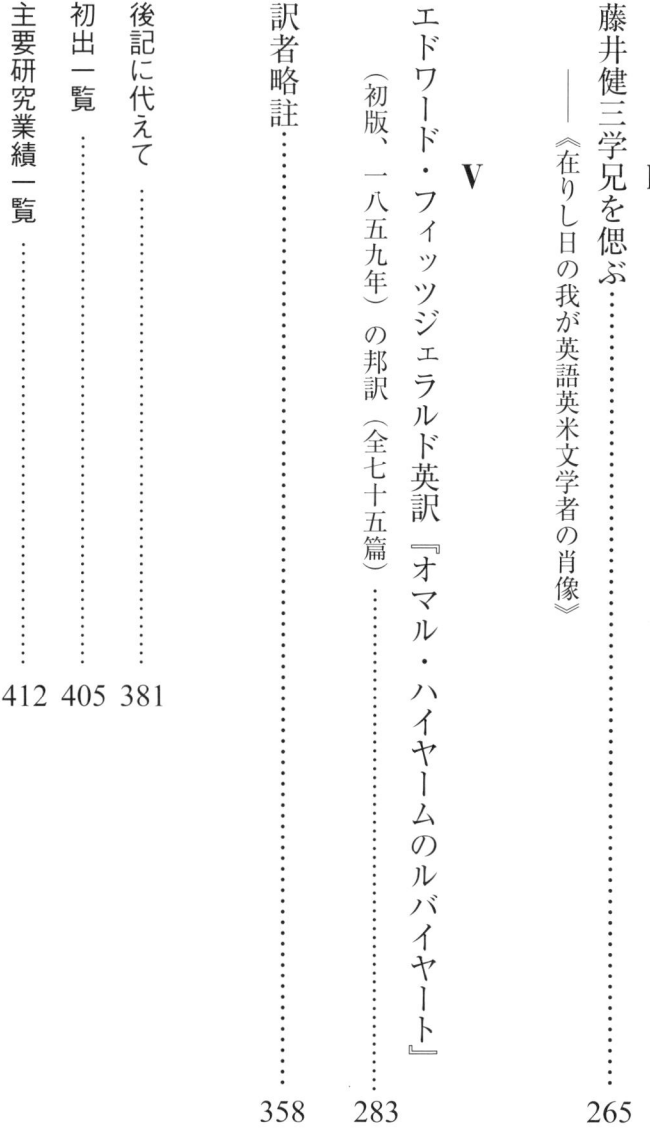

I

クサンティッペーとバースの女房
――《悪妻》と《悪女》をめぐる雑考（その一）

《By all means marry: if you get a good wife, you'll be happy; if you get a bad one, you'll become a philosopher. —Attrib. to Socrates.
ぜひ結婚しなさい。もし良妻に恵まれれば、君は幸福になるだろう。もし悪妻を貰えば、君は（わたしのように）哲学者になるだろう。》
《Marry or marry not, in any case you'll regret it. —Attrib. to Socrates.
結婚するにせよ、しないにせよ、どのみち、君は後悔するだろう。》

ソークラテース（*Σωκράτης*［Sokrates］）とクサンティッペー（*Ξανθίππη*［Xanthippe］）

本稿は、わたしが若い頃から若干の関心があった主題について、老いの消閑の遊《すさ》びとして、暇に飽かして徒然なるままに書き綴った駄文の類にすぎないのだが、ことによると、世の謹厳な英米文学者諸賢のお口に合うとは到底考えられぬ、拙い、とんだ代物になってしまったかもしれない。筆者は《古代ギリシア哲学》はもとより、英国中世の《チョーサー（喬塞）文学》についても、もともと埒外の門外漢ゆえに、拙稿もいきおい陳腐な叙述に終始し、所詮、高が知れたものであることを先ず初めにお断りしておかねばならない。

周知のように、とりわけソークラテース（蘇格拉底）に関しては、全幅の信頼の置ける資料類が極めて乏しいゆえに（無論わたしの手許に何一つとして新発見の資料があるわけではない）、ずぶの素人の筆者だけではなく、たとえ専門家であっても、確信を以て利用し得る材料は極く限られたものであると言っていいのである。ソークラテースの伝記的事実に至っては今以て（いや、二千五百年近くも経ってしまったからなおさらと言うべきか）諸説紛々として不明の点が多く、我々は止むなくその中の一つの学説を採り上げて書いてみるしか致し方ないと言うべきなのだ。

ところで、無くもがなの前置きはさて措き、甚だ皮肉にも、世に天才・偉人と言われている人々――得てして変人・奇人の類が多いが――の人生の伴侶は、おしなべて、いや、往々にしてと言うべきか、どうも悪妻である場合が多いのは何とも興味深い話であると言えるのではなかろうか。これは、しばしば指摘されているように、歴史上の偉人の妻が、亭主の仕事や業績に対して理解度がたまたま著しく乏しかったり、時に全くなかったりすると、世間からどうしても《悪妻呼ばわり》されることが多いのは、或る意味で、致し方ないのかもしれない。世に《文人（哲人・偉人）悪妻説》なるものが、「火の無い所に煙は立たぬ」とはいえ、独り歩きして世間に広く伝播《でんぱ》・流布していったものと考えるべきなのかもしれない。下世話にも言われているように、「偉人が悪妻を作るのではなく、悪妻が偉人を作るのだ」という逆説的な、いささか穿《うが》った、よく知られた諺風の言い習わし（proverbial saying）があるくらいだから（「悪妻の効用か」）、世の中で悪妻もまんざら棄てたものでもないのだ。

“A good husband makes a good wife.”（「良夫良妻をつくる」）というかと思えば、また逆に“A good wife makes a good husband.”（「良妻良夫をつくる」）ともいう。世に“Every Jack has his Gill.”（「破《わ》れ鍋に綴《と》じ蓋」）という諺もある。また、桂冠詩人テニソン（一八〇九―九二）に、“As the husband is, the wife is.”（「この夫にして、この妻あり」――Alfred Tennyson, *Locksley Hall* ［1842］ l. 47）という詩句がある。しかしながら、端的に言えば、現実には、「この良夫にして、この悪妻あり」、「この悪夫にして、この良妻あり」、さらに「この悪夫にして、この悪妻あり」などの例だって、数多《あまた》あるわけで、何事も一筋縄では行かないのが《世の中》というものだろう。

《Husband and wife come to look alike at last.

―― O. W. Holmes, *The Professor at the Breakfast-Table* (1860), Ch. 7.

夫婦というものは終には互いによく似てくるものだ。

——Ｏ・Ｗ・ホームズ『朝食テーブルの教授』（一八六〇年）、第七章。》

何はともあれ、下世話に言うところの「昼は貴婦人、夜は魔女」ならぬ次のようなアフォリズムに止めを刺さざるを得ないだろう。

《A good wife is a perfect lady in the living room, a good cook in the kitchen, and a harlot in the bed room.

——Richard Sale, *Passing Strange* (1942)

良い妻とは、居間では非の打ち所のない貴婦人で、台所では料理上手で、寝室では娼婦となる。

——リチャード・セイル『知らん顔して通り過ぎる』（一九四二年）

さて、世界の歴史上最も代表的かつ有名な悪妻の実例を仮に五人挙げるとすれば、その決定・確定は困難を極め、わたしの能力を遥かに超えるものだと言わねばならないだろう。差し当って、独断と偏見に満ちた代表的一例として、ほぼ定説となっていると言っていい五人を挙げるとすれば、——

①　古代ギリシアのアテーナイ（Athenai）の哲学者ソークラテース（Sokrates [Socrates], *c.* 469–399 B.C.）の妻で35–40歳ほど年下の《クサンティッペー（Xanthippe［Zentippe, Zantippe］〔生歿年不詳・紀元前五世紀末頃〕）》——古来《悪妻の典型》として伝説化している。

②　オーストリアの天才的作曲家モーツァルト（Wolfgang Amadeus Mozart, 1756–91）の妻でソプラノ歌手でもあった《コンスタンツェ・モーツァルト（Constanze Mozart, 1762–1842）》

③　ロシアの文豪トルストイ（Lev Nikolayevich Tolstoy, 1828–1910）の妻の《ソフィア・トルストイ（Sofya Tolstoy, 1844–1919）》

——どうやら如上の三人が普通《世界三大悪妻》と呼び慣わされているようである。しかしながら、異説では、ソフィア・トルストイの代りに、フランスの皇帝ナポレオン・ボナパルト（Napoléon Bonaparte, 1769–1821）の最初の妻で皇后（1804-09）の《ジョセフィーヌ（Empress Joséphine, 1763–1814）》の名前を挙げる場合もある。

④　一九四一年アメリカに帰化したドイツ生まれのユダヤ系天才的理論物理学者アインシュタイン（Albert Einstein, 1879–1955）の三歳姉さん女房の《エルザ・アインシュタイン（Elsa Einstein, 1876–1936）》

⑤　最後に近代の日本人の中から敢えて一人挙げるとすれば、いささか酷で気の毒かもしれないが、我が国民作家夏目漱石（一八六七―一九一六）の妻の《夏目鏡子（一八七七―一九六三）》――鏡子夫人が悪妻呼ばわりされるのは、漱石の文学や仕事に対してほとんど全く理解を示さなかったからだという。

――因みに、日本の歴史を遡及《そきゅう》すれば、テレビの大河ドラマなどでお馴染みの、例えば、鎌倉幕府初代将軍源頼朝（一一四七―九九）の妻で「尼将軍」と称された《北条政子（一一五七―一二二五）》、室町幕府第八代将軍足利義政（一四三六―九〇）の妻で「応仁の乱」の遠因ともなったと言われる《日野富子（一四四〇―九六）》などの名前を挙げる向きがいらっしゃるかもしれない。

いずれにせよ、極く大雑把に言えば、上記の五人に指《し》を屈することが許されるのではなかろうか。悪妻・猛妻の類（**Xanthippe-like characters**）は、かつて世に無数に存在したことだろうし、また現に存在し、かつ未来においても当然存在する筈だが、幸か不幸か、たまたま《亭主》が超有名人・歴史上の人物だったがために、時には根も葉もない作り話に尾鰭《おひれ》が付いて拡大してゆき（**magnified**）、終には伝説化し（**legendized**）、《女房》の名前も一緒に悪名高く（いわゆる**“notoriously”**に）歴史に残る羽目になったものと考えるべきだろう。誰か後世の人がたまたま創作・捏造した話が奇《く》しくも伝説化した場合だって大いにあり得るだろう。考えてみれば、彼女たちには、何とも気の毒な話である。

ギリシア哲学の育成者で、かつヨーロッパ思想界の先達であったソークラテースについて今何か目新しいことを書いたり、或いは何か耳新しいことを言ったりすることは、何人といえどもおそらくほとんど不可能に近いと言っていいだろう。とはいえ、ソークラテースに関する研究論文ならば、極言すれば、まさに汗牛充棟の趣があると言っていいだろう。しかしながら、夫人のクサンティッペーに限って言えば、余りにも僅かな資料しか残っていないのだ。それも道理で、彼女は家庭の単なる一主婦にすぎなかったのだから。そのため、我々としてもいきおい想像を逞しゅうするしかないのが実情なのである。

ところで、歴史上、最も悪名の高い、折紙付きかつ極め付きの悪妻の典型としてのソークラテース夫人、クサンティッペーは、ソークラテースの弟子のクセノポーン（Xenophon, *c.* 430–*c.* 354 B.C.）の『饗宴』（*Symposion*）の中のアンティステネース（Antisthenes, *c.* 445–*c.* 360 B.C.）の言葉を借りれば、「およそありとあらゆる女性の中で、現在——いや、過去や未来にわたっても、一緒に暮らしてゆくには最も厄介で御し難い女」（the hardest to get along with of all the women there are —yes, or all that ever were, I suspect, or ever will be）[1] であることをどうやらソークラテース自身も認めていたようなのだ。「蓼《たで》食う虫も好き好き」と諺に言うように、ソークラテースは、クサンティッペーの何と「議論好きな、理窟っぽい気質」（argumentative spirit）がどうも気に入ったようで、彼女を嫁に選んだと言われている。

御参考までに記すが、ソークラテースにはどうやら三人の子供が——すなわち、（確言は出来ないが、一説によると）最初の妻のクサンティッペーとの間に息子が一人（長男のラムプロクレース［Lamprokles; Lamprocles］——クサンティッペーの父親の名に因む）、二番目の妻のミュルトー（Myrto）との間に息子が二人（次男のソープロニスコス［Sophroniskos; Sophroniscus］——ソークラテースの父親の名に因む／三男のメネクセノス［Menexenos; Menexenus］）——都合三人の息子があったと伝えられている。当時のアテーナイの貴族社会において、社会的に見て、どうやらクサンティッペーの家の方がソークラテースの家よりも家柄が上らしく、古代ギリシアの慣習に拠れば、長男は二人の祖父の中でより格上の方に因んで名付けられる慣習《しきたり》があったという。してみると、ソークラテースには、奥さんが二人あって、クサンティッペーが第一夫人で、ミュルトーが第二夫人ということになるのだろうか。

ソークラテースと言えば、容貌魁偉《かいい》——獅子鼻と出目の厳つい醜怪な容貌、頑丈な体付きで、武骨極まる風采《ふうさい》で知られるが、彼は、若かりし頃、三度の戦争に重装歩兵として兵役に就き、勇敢を以て聞えただけあって、驚嘆すべき耐久力・持久力を具えた頑健な体格・体質の持ち主であったと言われる。序でに、話がいきおい形而下的な方面にわたるが、ソークラテースは性欲の方だって（無論これはあらぬ推測の域を出ないのだが）、当然のことながら、人一倍強かったものと思われるのだ。端的に言えば、ソークラテースは、当時のアテーナイの《人口増加政策》に協力して、《一夫一婦主義者（monogamist）》ではなく、どうやら国家公認の二人妻・一夫二妻という《重婚者（bigamist）》であったらしいのである。（因みに、酒も《斗酒《としゅ》なお辞せず》の酒豪であったという。）

ギリシアの哲学史家ディオゲネース・ラーエルティオス（Diogenes Laertios〔三世紀前半頃〕）は、タレース（Thales, *c.* 624–546 B.C.）からエピクーロス（Epikouros, *c.* 342–271 B.C.）に至る82名の古代ギリシアの哲学者を取り上げた、例の奇書『ギリシア哲学者列伝』（*Diogenis Laertii Vitae Philosophorum*）において、次のように述べている（ローブ古典希英対訳叢書、《Loeb Classical Library, No.184》からのギリシア語原文の引用は割愛させていただき、その英訳文の方のみを挙げておくことにする）。

《Aristotle says that he married two wives: his first wife was Xanthippe, by whom he had a son, Lamprocles; his second wife was Myrto, the daughter of Aristides the Just, whom he took without a dowry. By her he had Sophroniscus and Menexenus. Others make Myrto his rst wife; while some writers, including Satyrus and Hieronymus of Rhodes, affirm that they were both his wives at the same time. For they say that the Athenians were short of men and, wishing to increase the population, passed a decree permitting a citizen to marry one Athenian woman and have children by another; and that Socrates accordingly did so.[2]

——Translated by R. D. Hicks.

ところで、アリストテレースが述べているところによると、彼は二人の女を妻にしたとのことである。つまり、最初の妻はクサンティッペーで、彼女からはラムプロクレースをもうけた。二番目の妻はミュルトーで、これは「義人」アリスティデースの娘であり、そして彼女を持参金なしで娶ったのであるが、この妻からはソープロニスコスとメネクセノスが生まれたのである。しかしある人たちは、最初に結婚したのはミュルトーの方だと言っているし、また、二人ともを同時に妻にしたのだと言っている人たちもいる。そしてこの後者の人たちのなかには、サテュロスとロドスの人ヒエローニュモスも含まれている。つまり、この人たちの言うところによると、アテーナイ人は、人口が不足していたので、その数を増やそうと考えて、結婚は一人のアテーナイ市民の女性と行なうが、子供をつくることは別の女性からでもよいとする議決を行なったのであって、そこでソークラテースもまたそうしたのだというのである。[3]（加来彰俊訳）》

ソークラテースは、例の《ソークラテース的反語法《アイロニー》（Socratic irony）》——すなわち、先ず自分は無智を装って相手に教えを乞う振りをして（いわゆる《無智の装い《エイローネイアー》（eironeia; pretended ignorance）》）、相手と会話し、質問し追求し続けてゆくうちに逆に相手の誤謬を暴露し、己の無智を自覚させ、次いで帰納的に一般原理に到達させるソークラテース常套の論法（ソークラテースのいわゆる《（知的）産婆術（maieutikē; maieutics）》——を縦横に駆使して、相手をやり込め、ギャフンと参らせる《対話的問答法《ディアレクティケー》（dialektikē; dialogue method）》によって己の無智蒙昧さ加減を厭というほど思い知らされる羽目になるのだ。——「汝自身を知れ《グノーティ・サウトン》」（Γνῶθι σαυτόν [gnothi sauton]; nosce te ipsum; Know thyself）、「無智の智」——「私は何も知らないということを知っている」（I know that I know nothing.）。敢えなくもソークラテースの生贄《いけにえ》となった者の目から見れば、ソークラテースという男は、どうにも食えない爺《じじい》というか、当りがいいように見えて、そのくせ油断のならない、いけ好かない狸爺と映ったことであろう。というのも、これはよく知られているように、ソークラテースは、アテーナイ市民が自他を誤魔化していた知識の幻（いわゆる《似而非《えせ》教養》なるもの）を毀《こわ》して歩くことを自分の第一の責務と考えて、昼間は街中《まちなか》を夏冬を問わず一枚の着物で裸足で歩き廻り、夜になると楽しい集いのありそうな所に必ずと言っていいくらい顔を出していたからである。問答において彼を凌ぐ者など誰一人としていなかったし、所詮、誰も彼の敵ではなかったのである。

ソークラテースは、何分今から二千年以上も遡り、紀元前四一五世紀頃の人物であり、彼について何かと信憑性に欠ける、判然としない事柄が多いのも無理からぬことと言えるのだ。しかも生前彼は著作物を一書たりとも書き著さなかった——或いは敢えて後世に書き残さなかったと言うべきか——のであるからなおさら手掛りとなるべき資料類が少ないのである。従って、ソークラテースに関しては、どうしても《定説、通説、俗説、伝説、後世の創作説》等々の類が自由に飛び交い、時に《一説、異説、仮説、新説、僻説、珍説》等々が大手を振って罷り通ることが許されるのである。

さて、問題のクサンティッペーだが、念のために、手許の例の『オックスフォード英語大辞典』（第二版、20巻本）に就いて調べてみると、「気難しい（怒りっぽい）女または妻、口喧しい（口汚ない）女、がみがみ女、悍婦《かんぷ》、じゃじゃ馬」(an ill-tempered woman or wife, a shrew, a scold.——*O.E.D.*) とある。そこで今やクサンティッペーという固有名詞は、《any constantly ill-temperd (peevish), nagging, scolding, quarrelsome, shrewish woman or wife》を意味する《代名詞》のようになっていると考えていいのである。

世に「悪妻は六十年の不作」とか「悪妻は百年の不作」と言われる。それで思い出したが、夫婦仲が悪く、名うての《悪妻持ち》の一人として知られる、かのシェイクスピア（莎士比亞）には、『じゃじゃ馬馴らし』（一五九三―九四年頃初演、一六二三年出版）という喜劇がある。粗筋を掻い摘んで言えば、パデュア（パードヴァ）の富豪の名代《なだい》のじゃじゃ馬娘キャサリーナ（Katherina; Katherine）にヴェローナの一紳士で大金持ちの嫁を探している快男児のペトルーキオ（Petruchio; Petruccio）が敢えて求婚し、まるで彼女のお株を奪い、逆手《さかて》に取らんばかりに、彼女でさえ手がつけられないほどの傍若無人の暴挙に打って出て、終には見事に彼女を手懐けて世にも従順な妻（いわゆる《trophy wife》）にまんまと仕立て上げてしまうという物語だが、その中でシェイクスピアは、何とクサンティッペーを引き合いに持ち出しているのだ（因みに言えば、シェイクスピアの全作品中にこの固有名詞が出てくるのは、後にも先にもたったこれ一回きりである）。

《…as curst and shrew / As Socrates' Xanthippe or a worse, /
——Shakespeare, *The Taming of the Shrew*, I. ii. 69–70.
ソークラテースの妻のクサンティッペーのような性《たち》の悪いじゃじゃ馬だろうと、いや、もっと性の悪いのだろうと……
——シェイクスピア『じゃじゃ馬馴らし』、第一幕第二場六九―七〇行。》

御存じのように、ジェフリー・チョーサー（Geoffrey Chaucer, *c.* 1343–1400）の『キャンタベリー物語』（*The Canterbury Tales*, 1387–1400）は、中世英文学史上最高傑作である。その中でもとりわけ名高い一篇「バースの女房の話のプロローグ」（"The Wife of Bath's Prologue"）において、バースの女房の五番目の夫・学僧ジャンキン（Jankyn）が彼女に本を読んで聞かせてくれた様々な話の中の一つに、何と驚く勿れ、たまたまソークラテースとクサンティッペーにまつわる挿話が出てくるのだ。

《No thyng forgat he the care and the wo
That Socrates hadde with his wyves two;
How Xantippa caste pisse upon his heed.
This sely man sat stille as he were deed;
He wiped his heed, namoore dorste he seyn,
But 'Er that thonder stynte, comth a reyn!'[4]
——Geoffrey Chaucer, "The Wife of Bath's Prologue," *The Canterbury Tales*, ll. 727–732.

Nothing escaped him of the pain and woe
That Socrates had with his spouses two;
How Xantippe threw piss upon his head;
This hapless man sat still, as he were dead;
He wiped his head, no more durst he complain
Than 'Ere the thunder ceases comes the rain.'[5]
——Retold in contemporary verse by J. U. Nicolson.

彼は二人の妻に対するソークラテースの心配や悲しみを一部始終話してくれました。クサンティッペーが彼の頭の上に小便をひっかけた話、かわいそうにこの仁は死んだようにじっと坐っていました。彼は頭を拭いて、せいぜい「雷の止む前に雨が来る！」と言うくらいでした。[6]（桝井迪夫訳）》（傍点引用者）

因みに一言挿記すれば、学僧ジャンキンなる男は、悪趣味と言っていいほど知的好奇心が貪欲だったようで、実に興味深い書物を読み耽っていたらしい。とりわけ、愛読書類は纏めて一巻本に綴じてあった（bound in one volume）という。

《And every nyght and day was his custume,
What he hadde leyser and vacacioun
From oother worldly occupacioun,
To reden on this book of wikked wyves.
He knew of hem mo legendes and lyes
Than been of goode wyves in the Bible.[7]

And every night and day 'twas his custom,
When he had leisure and took some vacation
From all his other worldly occupation,
To read, within this book, of wicked wives.
He knew of them more legends and more lives
Than are of good wives written in the Bible.[8]

毎日毎晩、彼がこの世のほかの仕事から解放されて暇をもったときには、悪妻のことが書いてあるこの本を読むのが彼の習慣でした。彼は聖書に出てくる良妻の伝記よりも悪妻の話をもっと多く知っていました。[9]（桝井迪夫訳）》

それはさて措き、今しばらくはソークラテース家の家庭内における形而下的かつ私事にわたる話題に言及しないわけにはいかないだろう。チョーサーによって韻文で僅か六行を費やして実にさり気なく紹介されているクサンティッペーとその亭主にまつわる驚天動地の挿話の一つに通称《溲瓶《しびん》エピソード[10]（The chamberpot [pot de chambre; piss-pot] episode）》と呼ばれているものがあるのだ。これは史実（historical fact）なのか、それとも確証のない伝説（unsubstantiated legend）の部類なのか、虚実（fiction and fact）を確かめる術《すべ》がなく、いまだに真偽の程は定かではないようだが、とにかく譬えようもなく凄絶を極めた言語道断の出来事ゆえ、眉唾物というか、いささか信憑性を疑わないわけにはいかないエピソードのように思われてならないのである。それというのも、クサンティッペーは、夜間に寝室で使用した溲瓶の尿そのものを、あろうことか、ソークラテースの頭上から浴せ掛けるという、どうやら前代未聞の破天荒な、あな恐ろしや、と言いたいくらいの、とんでもない珍事をやってのけたらしいというのだ。癇癪持ちで気性が荒々しく堪《こら》え性がないクサンティッペーは、或る時、ソークラテースに対して恥も外聞もなく怒鳴り散らしたが、彼が平気の平左《へいざ》で、一向に動じる気配がなく、いつものように泰然自若としているので、恥知らずの彼女は腹立ち紛れに溲瓶の尿を頭上から浴せ掛けるという何とも許し難い、形振《なりふ》り構わぬ、吾人の想像を遙かに超えた凄まじい暴挙に出たところ、ソークラテースの方は、悚然《しょうぜん》として怯《ひる》むことなく、「蛙の面《つら》に小便」と言わんばかりに、相変らず平然として、何食わぬ顔で答えて曰く、「雷の後は、雨が付きものだ」（After thunder comes rain.）と。とはいえ、どんな事が起っても泰然自若と見えるソークラテースの胸中などおよそ凡愚には推察し得べくもないが、ここで我が夏目漱石の言葉を借りて言えば、彼といえども「心の底を叩いて見ると、どこか悲しい音がする」（『吾輩は猫である』、第十一の終り近く）ような気がしてならないのだ。

ここは一つ、例のディオゲネース・ラーエルティオスに登場してもらうことにしよう。

《When Xanthippe first scolded him and then drenched him with water, his rejoinder was, "Did I not say that Xanthippe's thunder would end in rain?" When Alcibiades declared that the scolding of Xanthippe was intolerable, "Nay, I have got used to it," said he, "as to the continued rattle of a windlass. And you do not mind the cackle of geese." "No," replied Alcibiades, "but they furnish me with eggs and goslings." "And Xanthippe," said Socrates, "is the mother of my children." When she tore his coat off his back in the market-place and his acquaintances advised him to hit back, "Yes, by Zeus," said he, "in order that while we are sparring each of you may join in with 'Go it, Socrates!' 'Well done, Xanthippe!'" He said he lived with a shrew, as horsemen are fond of spirited horses, "but just as, when they have mastered these, they can easily cope with the rest, so I in the society of Xanthippe shall learn to adapt myself to the rest of the world."(三)

——Translated by R. D. Hicks.

初めのうちはがみがみと小言《こごと》を言っていたが、のちには彼に水をぶっかけさえしたクサンティッペーに対して、彼はこう応じた。「ほうら、言っていたではないか。クサンティッペーがゴロゴロと鳴り出したら、雨を降らせるぞと。」

クサンティッペーががみがみ言い出したら我慢しておれないとアルキビアデースが言ったのに対しては、「いや、ぼくはもうすっかり慣れっこになっているよ。滑車がガラガラ鳴りつづけているのを聞いているようなものだね」と彼は答えた。

「そして君だって」と彼はつづけた。「鵞鳥がガアガア鳴いているのを我慢しているではないか。」そこでアルキビアデースが、「でも、鵞鳥はわたしに卵やひよこを生んでくれます」と言うと、「ぼくにだって、クサンティッペーは子供を生んでくれるよ」とソークラテースは切り返した。

あるとき彼女が、広場で彼の上衣までも剥ぎ取ろうとしたとき、（そばにいた）彼の知人たちが、手で防いだらどうかと勧めた。すると彼は、「そうだよね、われわれが殴り合っている間、諸君の一人ひとりが、『それ行け、ソークラテース！』『そらやれ、クサンティッペー！』と囃し立ててくれるためにはね」と答えた。

　彼はよく、気性の激しい女と一緒に暮らすのは、ちょうど騎手がじゃじゃ馬と暮らすようなものだと言っていた。「しかし、彼ら騎手たちがこれらの馬を手なずけるなら、他の馬もらくらくと乗りこなせるように、ぼくもまたそのとおりで、クサンティッペーとつき合っていれば、他の人びととはうまくやれるだろう」と言ったのである。[12]《加来彰俊訳》（傍点引用者）

　因みに、ここで一言挿記すれば、①「溲瓶の尿説」（今仮にチョーサー説とする）、②「溲瓶の水説」（今仮にラーエルティオス説とする）——の二説に大別できるであろう。②の方は、好意的な受け止め方であり、さしずめ夜間に寝室で使用した溲瓶の尿を捨てて、洗浄後に新たに注入した水ということになるだろうか。勿論、断言はし兼ねるが、一つの仮説として言えば、もしかしたら、ただの「水差しの水」（water in the pitcher [water pot]）から、いきおい飛躍を遂げて、滅相もない「溲瓶の尿」（urine in the chamberpot [piss-pot]）へと話が下卑た、あらぬ方へと独り歩きしてしまったものと考えられなくもないだろう。

《Xanthippe versant de l'eau sur la tête de Socrate》

　御参考までに書くと、十七世紀になってからだが、オランダ（ネーデルラント）の画家、オットー・ファン・フェーン（Otto van Veen [Octavius Vaenius], c. 1556–1629）に至っては、粋狂にもこの挿話を画題にして《溲瓶の水をソークラテースの頭上に浴せ掛けるクサンティッペー（Xanthippe versant de l'eau sur la tête de Socrate [Xanthippe empties the chamberpot over the head of Socrates], 1607）》という版画《エングレイヴィング》を描いているくらいである。これは当時流行の《寓意画集《エムブレム・ブック》》の一冊『ホラーティウス風寓意画集』

（*Emblemata Horatiana* [*Horatian Emblems*], 1607）に挿画として描かれたもの。

さらに、やはりオランダの画家、レイエール・ファン・ブロメンデール（Reyer van Blommendael, 1628–75）も、おそらくオットー・ファン・フェーンの同じ画題の挿画から明らかに影響を受けたと見えて、《ソークラテースに水をぶっ掛けるクサンティッペー〔ソークラテースと二人の妻とアルキビアデース〕[13]（Xanthippe Dousing Socrates [Socrates, his two Wives, and Alcibiades], *c.* 1655, Oil on canvas, 210 cm × 198 cm）》という油彩画を残している（ストラスブール美術館蔵）。

また、イタリアのバロック後期の画家、ルカ・ジョルダーノ（Luca Giordano, 1632–1705）には、《ソークラテースの頸筋に水をぶっ掛けるクサンティッペー（Xanthippe schüttet Sokrates Wasser in den Kragen [Xanthippe pours water down Socrates' neck], *c.* 1660, Oil on canvas）》という油彩画がある。

《Sokrates wird von seiner Frau Xanthippe mit Wasser übergossen》

十八世紀になってからも、ドイツ・バロック期のエマーヌエル・ヴォールハウプター（Emanuel Wohlhaupter, 1683–1756）という風俗画家に、《クサンティッペー夫人に水をぶっ掛けられるソークラテース（Sokrates wird von seiner Frau Xanthippe mit Wasser übergossen [Socrates is poured water by his wife Xanthippe]）》という油彩画がある（アウクスブルク市立美術館蔵）。

いずれにせよ、恬然《てんぜん》として恥じないクサンティッペーの言動、いや奇行にはどうやら後世の人々の誇張や脚色も大分加わっているらしいとはいえ、ソークラテースの頭上から、こともあろうに、《溲瓶の尿》を浴せ掛けるのと、ただの《水差し《ピッチャー》の水》（他に《バケツの水（a bucket of water）説》あり）を浴せ掛けるのとでは、そこには月鼈《げつべつ》の差というか、雲泥の差があると言わなければならないだろう。大体、溲瓶の尿は、毎朝捨てて洗浄する習慣になっていた筈で、洗浄後に新たに入れた水を頭からぶっ掛けてびしょ濡れにしたと言うのならば、いささか度が過ぎた、言語道断の蛮行《ばんこう》とはいえ、たとえ史実はどうあれ、いかにもありそうな（likely）話として、独り歩きし始めて、終には伝説化していったものとして我々は柔軟に受け止めるしかないのである。

《The chamberpot [piss-pot] episode》なるものも、その出自・出所に関しては不明のようだが、もしかしたら、前に引いた、例のラーエルティオスの『ギリシア哲学者列伝』あたりから始まって、尾鰭が付いて拡大し、伝播していって伝説化したのかもしれない。ラーエルティオスの記述自体が、ソークラテースの時代から五百年以上も年代が経過しており、信憑性という点から言えば、甚だ出所の疑わしい（apocryphal）箇所が多々含まれているのも致し方ないであろう。

ソークラテースは、およそ身辺の安佚《あんいつ》贅沢な暮しには無関心だったようで、もっぱら簡素な生活を信条としていたと伝えられている。ソークラテースは、一体、何によって生計を立てていたのかはっきりとは判っていないようだけれども、彼の家族の生計は、少なくとも若い頃は父親からの遺産を、その後はクサンティッペーの持参金（dowry）などを充当していたようだし、さらには必要に応じて、門下生や古くからの知友たちが申し出た援助（しかも彼にとって必要最小限度の経済的援助だけ）を受けることによって、どうにかこうにか保たれていたと言っていいだろう。

そう言えば、古代ギリシア文明の中心地アテーナイの名門（貴族階級）に生まれたプラトーン（Platon [Plato], c. 427–c. 347 B.C.）は、《果樹園》を所有し、その収入源はどうやらエジプトとの貿易によるものだったという。農作業はもっぱら奴隷が担っていた。アテーナイ——古代ギリシアの代表的《都市国家《ポリス》（polis）》は、市民（貴族と平民）及び奴隷から成り、《奴隷制》によって支えられていた。奴隷の大半は、ポリス間の戦争の結果、征服された国々から連行されてきた捕虜とその婦女子で、彼らの労働力によってポリスは支えられていたわけである。古代ギリシアにおいては、そもそも《労働》というものを、アテーナイの市民は、恥辱と考えて蔑《さげす》み、もっぱら奴隷のすることであると見做していたのだ。

それはさて措き、外に烈しく爆発するタイプだったらしいクサンティッペーについて、我が田中美知太郎（一九〇二―八五）は、彼女を好意的に見て庇《かば》いながら、次のように言う。「（ソークラテースが）何か彼女には理解できないようなことに熱中して（〔註〕新しい《神霊（daimonion）》に憑かれて、国家の認める神々を信奉しなかったことか?）、少しも家のことを顧みないので、そのために貧乏がひどくなって行くとしたら、彼女のような激しい気性から、いわゆる悪妻が生まれて来るとしても、別に不思議はないわけである。[14]」してみると、けだし、この哲人ソークラテースにして、この悪妻クサンティッペーありきか。

《An evil wife converts a man's house into a hell on earth.
——Sadi, *Gulistan* (*c.* 1258), Chap. II, Apologue 31.
悪妻は夫の家をこの世の地獄に変える。
——ペルシアの詩人サァディー『薔薇園《ゴレスターン》』（一二五八年頃）、第二章、教訓譚、第三一番。》

本稿のエピグラフに引用しておいた、おそらく従来からソークラテースの言葉であろうとされてきたものの英訳例は（その典拠・出典について筆者は不敏にして知らないが）、今や世界中に広く知れ渡っているものだが、男性たる者須く拳拳服膺するに足る名言として心に銘記しておくべきであろう。尤も、二番目のエピグラフの方ならば、例の『ギリシア哲学者列伝』の中に（御参考までに、ここは一つギリシア語の原文も引いておく）、

《ἐρωτηθεὶς πότερον γῆμαι ἢ μή, ἔφη, "ὃ ἂν αὐτῶν ποιήσῃς, μεταγνώσῃ."[15]
Some one asked him whether he should marry or not, and received the reply, "Whichever you do you will repent it."[16]
——Translated by R. D. Hicks.
結婚したほうがよいでしょうか、それとも、しないほうがよいでしょうかと訊ねられたとき、「どちらにしても、君は後悔するだろう」と彼は答えた。[17]（加来彰俊訳）》

という記述（千八百年余り前）が出てくるので、多少参考になるかもしれない。いずれにせよ、ソークラテースという哲人は、端的に言えば、「誰から聞いても、嬶天下《かかあでんか》党の正真正銘の総裁」（by all accounts undoubted head of the sect of the hen-pecked）[18]でもあったことを否定する者はいないだろう。

クサンティッペーの怒りっぽい気質や亭主を口汚く罵る言動は、アテーナイの当時の地域社会ではおそらく誰一人として知らぬ者がいないほどだったとはいえ、その反面では、例えば、お客を食事に招待して御馳走する時など、クサンティッペーは普通の家庭の主婦と同じように甲斐甲斐しく立ち働き、お客への細やかな心遣いと奥床しい羞恥心をも持ち合わせていたのだ。

《He had invited some rich men and, when Xanthippe said she felt ashamed of the dinner, "Never mind," said he, "for if they are reasonable they will put up with it, and if they are good for nothing, we shall not trouble ourselves about them." He would say that the rest of the world lived to eat, while he himself ate to live.[19]

—— Translated by R. D. Hicks.

彼が金持ちたちを食事に招いたとき、クサンティッペーが御馳走のないことを恥ずかしがっていると、彼はこう言った。「心配することはないさ。心得のある人たちなら、これで我慢してくれるだろうし、つまらない人たちなら、そんな連中のことをわれわれは気にすることはないのだから」と。彼はまた、他の人たちは食べるために生きているが、自分は生きるために食べているのだとよく言っていた。[20]（加来彰俊訳）》

この末尾の一行は、とりわけ有名なので、御参考までに、ギリシア語の原文を引いておこう。

《ἄλλους ἀνθρώπους ζῆν ἵν᾽ ἐσθίοιεν· αὐτὸς δὲ ἐσθίειν ἵνα ζώῃ.

（Other men live to eat, while I eat to live.）

他の人たちは食うために生きているが、私は生きるために食うのだ。》

御存じのように、プルータルコス（Ploutarkhos [Plutarchus; Plutarch], *c.* A.D. 46–*c.* 126）は、古代ギリシア末期の最も有名な伝記作家・道徳哲学者で、プラトーン哲学の流れを汲み、例の浩瀚な『英雄伝（対比列伝）』（*Bioi paralleloi* [*Vitae parallelae; The Parallel Lives of Illustrious Greeks and Romans*]）の著者として、博覧強記・博学多識を以て知られる。しかしながら、彼には伝記以外に『倫理論集《エーティカ》』（*Ethika* [*Moralia; Moral Essays*]）と総称される、十六世紀のフランスの思想家・モラリスト、ミシェル・ド・モンテーニュ（Michel de Montaigne, 1533–92）の例の『随想録』（*Essais*, 1580, ’88, ’95）の亀鑑となった、道徳・宗教・政治・文学・音楽・自然科学など広範囲にわたる厖大な量のエッセイ集があるが、その中の「怒らないことについて」（De cohibenda ira [On the Control of Anger], 461D）と題する一篇において、たまたま次のような出来事が紹介されていたので、左に引用しておこう。

《Arcesilaüs was once entertaining his friends and with them some foreign guests, and when dinner was served, there was no bread, since the slaves had neglected to buy any. In such a predicament which one of us would not have rent the walls asunder with outcries? But Arcesilaüs merely smiled and said, “How lucky it is that the wise man takes to the flowing bowl!”

Once when Socrates took Euthydemus home with him from the palaestra, Xanthippe came up to them in a rage and scolded them roundly, finally upsetting the table. Euthydemus, deeply offended, got up and was about to leave when Socrates said, “At your house the other day did not a hen fly in and do precisely this same thing, yet we were not put out about it ?”

For we should receive our friends affably and with laughter and cheerful friendliness, not with frowning brows, or striking fear and trembling into our servants.(21)

——Translated by W. C. Helmbold.

アカデーメイアのアルケシラーオス（前三世紀）が、友人たちをもてなした時、外国からのお客も何人かいっしょに来た。ところがパンがなかった。奴隷が気のきかぬ子で、パンを買ってなかったのだ。こんな時我々だったら、壁もつんざけんばかりに大声を発してわめくんじゃないのかな。ところが、アルケシラーオスはにっこり笑って、「いや、賢者あい集《つど》うて一献傾けるとは、何たる幸せかな、だな」と言った。

ソークラテースが体育場からエウテュデーモスを連れて帰宅すると、妻のクサンティッペーが憤然として出迎えて二人を罵り、あげくのはてにテーブルをひっくり返した。エウテュデーモスが大いに感情を害して、席を立って立ち去ろうとすると、ソークラテースが、「君んところでもつい一昨日《おととい》、雌鶏《めんどり》が飛びこんできてまさに同じことをしたけれど、我々はそれに腹を立てなかったじゃないか」、と言った。

友人を迎えるなら機嫌よく、笑顔で、明るく好意をもって迎えなければいけない。眉をしかめたり、召使いを恐怖でがたがた震わせたりしてはならないのだ。[22]（柳沼重剛《しげたけ》訳）》（傍点引用者）

ソークラテースは、どんなに冷罵を浴び毒づかれようが、またどんな無理無体《むたい》を言われようが、例によって盤石《ばんじゃく》の如く泰然自若として、何事にも決して動じることがなく（例の「柳に風と受け流し」）、ただひたすら黙然と堪え忍び、言わば、《怒らぬ男（man free from anger; angerless man）》を決め込むのである。ソークラテースにしてみれば、家庭内にこれ以上の波風が立つのを極力避けねばならぬという止むを得ない理由から、忍従の生活を選び取らざるを得なかったのかもしれない、と考えることも許されるだろう。

ところで、ギリシア最大の哲学者プラトーン（柏拉圖）は、言うまでもなく、ソークラテースの高弟で、青年期の二十一歳の時（紀元前四〇七年頃）にソークラテースとの運命的な最初の出会いから始まって二十八歳の時（紀元前三九九年）の師の処刑に至るまでの晩年の七年間余り、一箇の人間として親しく師の謦咳に接し得る機会に恵まれたということが、その後のプラトーンの一生にいかに決定的かつ永続的な《知的及び倫理的影響》を及ぼすことになったかを我々は充分想像することができるのだ。聡明なプラトーンは、当のクサンティッペーについては、今の言葉で言えば、《プライヴァシーの侵害（invasion of privacy）》にならないように、夫人については極力言及を避けているとしか思えないのである。師と仰いだ大哲学者の私生活、とりわけ奥方のプライヴァシーに関しては、愛弟子たる者、叙述することを賢明にも、いや、当然のことながら抑制の利いた表現で必要最小限に止めたと言うべきであろう。この師にして、この弟子あり、と言っていいだろう。

プラトーンは、その対話篇『パイドーン』（*Phaidon* [*Phaedo*]）の中で、珍しいことに、ほんの少しばかり触れているにすぎないのだ。実を言えば、クサンティッペーは、プラトーンの他のどの著作においても二度と言及されることはなかったのである。

「国家公認の神々を否認し、青年たちを腐敗させた」との廉《かど》で、ソークラテースが獄中で毒盃（hemlock）を自ら仰ぐことによる死刑執行の当日に、彼の親族（身内の女の人たち）や彼を崇拝する門下生や友人知人たちが早朝から牢獄に面会にやって来た時の模様を、プラトーンは次のように淡々と書き記している。

《"For," he said, "the eleven are releasing Socrates from his fetters and giving directions how he is to die to-day." So after a little delay he came and told us to go in. We went in then and found Socrates just released from his fetters and Xanthippe—you know her—with his little son in her arms, sitting beside him. Now when Xanthippe saw us, she cried out and said the kind of thing that women always do say: "Oh Socrates, this is the last time now that your friends will speak to you or you to them." And Socrates glanced at Crito and said, "Crito, let somebody take her home." And some of Crito's people took her away wailing and beating her breast.[23]

—— Translated by Harold N. Fowler.

「いま十一人の刑務委員がソークラテースの鎖を解いていて、今日彼は死ななければならない、という命令を告げているところだからです」と彼は言いました。しかし、それほど長い間もおかずに彼はやって来て、われわれに入ってもよいと告げました。中へ入ると、いましがた鎖から解かれたソークラテースと、クサンティッペーが——むろん、ご存じでしょう——あの方の子供を抱いて側に坐っているのが、見えました。クサンティッペーはわれわれを見ると、大声をあげて泣き、女たちがよく言うようなことを言いました。「ああ、ソークラテース、いまが最後なのですね、この親しい方々があなたに話しかけ、あなたがこの方々に話しかけるのも。」すると、ソークラテースはクリトーンの方を見てこう言いました。「クリトーン、だれかがこれを家へ連れていってくれるとよいのだが。」こうして、大声で泣き叫び胸を打って悲しむクサンティッペーを、クリトーンの家の者たちが連れ去ったのです[24]。（岩田靖夫訳）》

《And when he had bathed and his children had been brought to him—for he had two little sons and one big one—and the women of the family had come, he talked with them in Crito's presence and gave them such direction as he wished; then he told the women to go away, and he came to us. And it was now nearly sunset; for he had spent a long time within. And he came and sat down fresh from the bath. After that not much was said, and the servant of the eleven came and stood beside him and said: "Socrates, I shall not find fault with you, as I do with others, for being angry and cursing me, when at the behest of the authorities, I tell them to drink the poison. No, I have found you in all this time in every way the noblest and gentlest and best man who has ever come here, and now I know your anger is directed against others, not against me, for you know who are to blame. Now, for you know the message I came to bring you, farewell and try to bear what you must as easily as you can." And he burst into tears and turned and went away.[25]

——Translated by Harold N. Fowler.

やがて、あの方が沐浴を終えられると、お子さんたちがあの方のもとへ連れてこられました。あの方には、二人の小さな息子さんと一人のもう大きくなった息子さんがいたのです。それから、あの身内の女のひとたちもやって来ました。あの方は、クリトーンの面前で彼女らと話し合い、してもらいたいことを言いつけてから、女のひとたちとお子さんたちには帰るように言い、自分自身はわれわれのところにやって来ました。すでに、日暮れも近くなっていました。それほど長時間を部屋の中で過ごしたからです。あの方は、沐浴をすっかり終えてから、戻って来て、腰を下ろしましたが、それからはあまり多くを話しませんでした。やがて、十一人の刑務委員の下役がやって来て、あの方のかたわらに立ち、こう言いました。「ソークラテース、私はあなたについては、他の連中の場合のように、非難することがありません。他の連中ときたら、私が、刑務委員の命令によって、毒薬を飲むように告げると、私に腹を立て呪いの言葉を吐きかけるのですから。しかし、あなたは別だ。あなたがここにいた間に、私は、かつてここに来た人々のうちで、あなたがもっとも高貴でもっとも穏和なそしてもっとも優れた人であることを知りましたが、とりわけ今、あなたが私に腹を立てていないことを、よく知っているのです。なぜなら、あなたは、立腹を向けるべき責任者がかの人々であることを、知っているからです。では、さあ、私がなにを告げにここへ来たかは、ご存じのはずです。さようなら。逃れられぬ運命をできるだけ心静かに耐えるように努めてください。」こう言うと同時に彼は涙を流し、身をひるがえして立ち去って行きました。[26]（岩田靖夫訳）》（傍点引用者）

ドイツの哲学者・哲学史家ヴィルヘルム・ヴィンデルバント（Wilhelm Windelband, 1848–1915）は、「ソークラテースに就て」（“Über Sokrates,” *Präludien*, 1884）と題する講演の中で、こう述べている。

《この日（ソークラテースの処刑〔死の毒盃を自ら仰ぐ〕の日）こそ、人類の極めて崇高な思い出の日の一つである。（中略）私は信じている、彼の死が我々を感動させるのは、激情的な調子が少しもないことである、と。この場合は殉教者の悲劇的感情もなく、死にゆく勝利の凱歌もない。死のうとする情熱的な意志もなく、苦しみもがく此の世からの脱離もない。恐怖も苦悩もなく、執着も別離もない。ただ静安と明朗とそして「已むを得ない、よろしい」という不可避性を意気揚々と意識していることのみがある。[27]（河東涓《かわひがしけん》訳）》

これに特にわたし如きが付け足すべき贅語など不要であろう。

プラトーンの控え目に抑えた筆遣いから、クサンティッペーがどうやら極く普通の神経を持った、いささか献身的な妻であり、また母親でもあったらしいことを我々は窺い知ることができるような気がしなくもないのである。極く当り前の、ありふれた主婦の姿であって、前述のようなあの性悪な、悍馬の如き、どうにも手に負えないクサンティッペーとはとても認め難いのだ。

さて、ソークラテースの門弟の一人であったクセノポーン（贊諾芬）には『ソークラテースの思い出』（*Apomnemoneumata Sokratous* [*Memorabilia Socratis; Memoirs of Socrates*]）という先師の姿を己の見聞のままに忠実に、かつ髣髴と再現記録したと言われる追想録がある。その中で、或る時、長男のラムプロクレースが母親の堪え難い、例の「怒りっぽい気性」（her vile temper）にひどく憤慨しているのを見るに見兼ねたソークラテースは、いわゆる《親の恩（children's indebtedness to their parents）》、《忘恩（ingratitude）》、《孝心・孝行（filial pierty）》などについて息子に懇切丁寧に教え諭すべく諄々と情理を尽して説いて聞かせている、よく知られた五ページ余りから成る短い一章があるのだ（第二巻、第二章参照）。

この章は、クセノポーンの創作——ことによると全くの作り話かもしれないけれども、それにしても親子間の会話のやり取りが、あたかもその場にたまたま居合わせて詳細に書き留めていたかのように、余りにも臨場感が溢れていて、根も葉もない、事実無根の創作話とはとても思えないほど見事であると言っていいのである。仮に捏造された話だとしても、我々はむしろソークラテースの教えを体得したクセノポーンならではの端倪すべからざる筆力を大いに賞め讃えるべきだろう。

御参考までに、《子供の父母への深い恩義（children's deep obligations to their parents）》と《母親の子供への献身的な愛情（mothers' devotion to their children）》をめぐる箇所を（我々はむしろ一般論として捉える方がより妥当のように思われるが）、引用がいささか長きにわたるきらいがあるけれども、次にぜひ御紹介させていただこう。

《"Now what deeper obligation can we find than that of children to their parents? To their parents children owe their being and their portion of all fair sights and all blessings that the gods bestow on men—gifts so highly prized by us that all will sacrifice anything rather than lose them; and the reason why governments have made death the penalty for the greatest crimes is that the fear of it is the strongest deterrent against crime. Of course you don't suppose that lust provokes men to beget children, when the streets and the stews are full of means to satisfy that? We obviously select for wives the women who will bear us the best children, and then marry them to raise a family. The man supports the woman who is to share with him the duty of parentage and provides for the expected children whatever he thinks will contribute to their benefit in life, and accumulates as much of it as he can. The woman conceives and bears her burden in travail, risking her life, and giving of her own food; and, with much labour, having endured to the end and brought forth her child, she rears and cares for it, although she has not received any good thing, and the babe neither recognises its benefactress nor can make its wants known to her; still she guesses what is good for it and what it likes, and seeks to supply these things, and rears it for a long season, enduring toil day and night, nothing knowing what return she will get.

"Nor are the parents content just to supply food, but so soon as their children seem capable of learning they teach them what they can for their good, and if they think that another is more competent to teach them anything, they send them to him at a cost, and strive their utmost that the children may turn out as well as possible.[28]"

—— Translated by E. C. Marchant.

「ところで、われわれは子供が親から受けているよりも、もっと大きい恩を人から受けている者を、ほかに見つけられようか。親のおかげで子供は初めてこの世に存在を得、親のおかげで神々が人間にお与えになった実にたくさんの美しい物を見、実にたくさんの善い事をたのしめるのだ。これは、われわれが実に絶大の価値を感じているものであり、なんびとといえども、これを失うことをどんなことをしても避けるのであって、国家が最大の犯罪に対する罰に死刑をおいたのも、これより上のない災悪の恐怖によって、犯罪をふせごうとしてのことだ。そしてまた、人間は情欲のゆえに子供を作るのだとは、よもやお前も思うまい。これを満足させる道は街路に充ち、またそのための家もいくらでもあるからだ。誰にも明らかなように、われわれはいかなる女がわれわれにもっともよい子供を生むかを考え、そしてこれと一緒になって子供を作るのだ。そして男は己れと協力して子供を作る相手を養い、いずれ生れるであろう子供のために生涯の利益となると考えるあらゆる準備をなし、しかもそれをできるかぎりたくさん用意するのである。女は子を宿し、その重い荷を苦しい思いをし生命の危険を冒しながら担《にな》い、己れ自らの養いとなっている滋養を分ち、そしてあらゆる苦労をして最後まで担い了《おお》せて生み落すと、なんの恩義を受けているでもないのに養い、面倒を見、誰から恩を受けていると知る由もなければ、何がほしいと知らせる術《すべ》も知らぬ孩児《あかご》の、為になること喜ぶことを自分で察してこれを充たしてやろうとつとめ、そして長い月日を昼となく夜となく、骨身を惜しまず養育して、どんなお礼を受けるかとも考えさえしないのである。そして親は育てるだけで足れりとせず、子供が物を習えるようになったと考えると、自分らの知っている人生のために良いことはこれを教え、他人が自分たちよりも教えるのに卓《すぐ》れていると思うことは、費用をかけてその人のところへ送って習わせ、自分たちの子供ができるだけ立派な良い子になるように、あらんかぎりの力をつくすのだ。[29]」（佐々木理《ただし》訳）》

《Then Socrates exclaimed: “So this mother of yours is kindly disposed towards you; she nurses you devotedly in sickness and sees that you want for nothing; more than that, she prays the gods to bless you abundantly and pays vows on your behalf; and yet you say she is a trial! It seems to me that, if you can’t endure a mother like her, you can’t endure a good thing. Now tell me, is there any other being whom you feel bound to regard? Or are you set on trying to please nobody, and obeying neither general nor other ruler?”

“Of course not![30]”

—— Translated by E. C. Marchant.

そこでソークラテースが言った。

「では、このお母さんがお前に好意を抱いて居り、お前が病気になれば早くなおるようにと、あらんかぎりの世話をし、何一つ不自由させまいとつとめ、その上お前にたくさんよいことがあるように神様にお頼みをし願《がん》を懸けるのに、なおお前は冷酷だと言うのかね。私は思うが、もしこんな母親を我慢できないとしたら、お前は善いことを我慢ができないのだ。一つ言って見な、お前は誰かほかによく仕えなくてはならんと思う人があるかどうか。それともお前はいかなる人をも喜ばせまい、将軍にもその他の支配者にもしたがうまい、いうことを聞くまいと、腹をきめているのかね。」
「もちろんそうじゃないです。」[31]　（佐々木理訳）》

そう言えば、長男のラムプロクレースは、父親のソークラテースに向かって母親への不平不満をこぼすのだ。「うちの母さんときたら誰もが金輪際聞きたくもないようなことを口にするんです（二・二・8）」（she says things one wouldn't listen to for anything in the world.）[32]と。

ここで我々はギリシア哲学の碩学田中美知太郎の次のような簡にして要を得た（brief and to the point）、非常に説得力のある解説にしばし耳を傾けることにしよう。

《このむしろ平凡な女性から、どうしてあのような悪妻伝説が生長して来たのであろうか。それは恐らくソークラテースが、英雄伝説の主人公として、次第にいろいろ大きさを加えて行く時に、それの影として生長したものであろうと考えられる。……ソークラテースを非凡の人とするために、クサンティッペーを人間以下の、無智と狂暴の女にしなければならなかったのである。……悪妻もまた、人生修行の上において、何かよきものだったのかも知れない。犬儒派の理想的人物であるソークラテースは、徳のほかに何ものをも求めず、一切の悪条件の下に、平然としてこれに堪え、死の恐怖も快楽の誘惑も、彼の心を動かすことはできなかったのである。……かくて、かの悪妻伝説なるものは、恐らくこのようなソークラテース観から、クサンティッペーの気性を一面的に誇張し、拡大してつくり上げられたものだったのではないだろうか。更に、このような伝説の背景として、

かのパンドーラー伝説に見られるような、女人を災悪のかたまりとする考え方も、注意されてよいであろう。[33]》

（傍点引用者）

この文章は、クサンティッペーがソークラテースの一種の《引立て役》であるという古くからある学説の一つを援用しながら説明したものと考えていいだろう。いわゆる《悪妻伝説》は、クサンティッペーを貶《おとし》めれば貶めるほどいよいよソークラテースの偉大さを際立《きわだ》たせることに与って力があったということになるのだろうか。これは誰にとっても判らぬではないような気がすると言えようか。

前出のドイツの哲学者ヴィンデルバントは、こう述べている。

《それでは彼は金持ちで人の厄介になっていなかったのであろうか。決してそうではない、彼の生活はぎりぎりであった。彼の家にはかつがつと暮して行かねばならないその妻子がいた。そして妻のクサンティッペーが彼を時々こっぴどく虐《いじ》めたところで、強《あなが》ち彼女が悪いとは限らなかったかもしれない。彼は自分のことに就ても、結局、是非とも必要な物だけしか持っていず、またそれで足りたのである。[34]（河東涓訳）》

ソークラテースの門下生と一口に言っても、『ソークラテースの思い出』を著したクセノポーンと『パイドーン』を著したプラトーン――この両者（二人はほとんど同時代人《コンテンポラリーズ》）の鑽仰《さんぎょう》措く能わざる師ソークラテースに対する解釈や執筆に際しての姿勢は、それぞれの考え方、或いは立ち位置、その拠って立つ、いわゆる《立脚点（Standpunkt; standpoint）》の相違から由って来たるものであり、自ずからこの両者の叙述が明らかに色彩を異にしていることに誰しも気付かないわけにはいかないのである。

軍人・歴史家、世襲の富に恵まれた紳士かつ田園生活の愛好者として知られる（同時代人に拠れば、哲学者に非ずという）クセノポーンは、ただただ先師の言行の《追想録（メモラービリア）》を暖かい眼差しで以て記述しようと努めたのに対して、哲人プラトーンは、あくまでも「人類の極めて崇高な思い出の日の一つ」（ヴィンデルバント）

であるソークラテースが毒盃を仰ぐこの世の壮烈な最期の日という設定の下で《魂の不死（the soul is immortal）》（すなわち、《霊魂の不滅（the immortality of the soul）》――死は魂の消滅ではなく、人間のうちにある神的な霊魂を宿す肉体という牢獄からの分離・解放を意味する）についての対話篇『パイドーン』を私情を交えず冷静かつ理性的に淡々と、冷徹な眼差しと透徹した論理で以て叙述しようと努めたのであった。クセノポーンは、ソークラテースを余りにも凡庸な道徳家として捉えている傾きがあり、『ソークラテースの思い出』の訳者佐々木理の表現を借りれば、「ソークラテースの思想の深奥にまで透徹していない憾《うら》み」があるのに対して、プラトーンは「師の思想のあらゆる可能性にまで滲透し得た[35]」感があるという。

おそらくプラトーンは、門弟たちの中でも他の誰よりもソークラテース家の夫婦間のいざこざを何かと見聞する機会が多かったことだろうと思われる。しかしながら、己の立場を充分心得ていた、かつ礼節を弁えていた、聡明なプラトーンは、とりわけ、師の奥様のクサンティッペーに対して、心して必要最小限の言及しか試みていないのだと言ってよいのである。従って、爾来二千年以上にわたって、クサンティッペーにまつわる様々なエピソードの類が捏ち上げられ、既に繰り返し述べたように、時には後世における根も葉もない作り話にたまたま尾鰭が付いて拡大・生長し、だんだん独り歩きを始めて、勝手に世間に伝播していって、終には《クサンティッペー伝説》なるものが確立し、不朽のものとなり、彼女には何とも気の毒な話だが、これからも未来永劫にわたって世界中で語り継がれてゆくことであろう。

プラトーンは、例の『パイドーン』の結末《フィナーレ》の所で、ソークラテースの《最期》を看取ったクリトーンの傍に居合わせたパイドーンをして、ピュータゴラース学派の哲学者エケクラテース（Ekhekrates [Echecrates]〔生歿年不詳〕）に向かって、こう言わせているのだ。ソークラテースは、「我々が知り得た限りの当代の人々の中で、最も優秀にして、最も賢明、かつ最も廉直《れんちょく》な人物」（of all those of his time whom we have known, the best and wisest and most righteous man[36] ―Plato, *Phaedo*, 118.）であった、と。

ともあれ、《悪妻》の古典的かつ元祖的存在として古今に名高いクサンティッペーは、たまたま結婚した偉大な亭主をより一層際立たせるための言わば《引立て役として仕える（serve as a foil）》べく苛酷な運命を背負う羽目になって、甚だ皮肉にも、伝説の形で拡大され、かつ不朽のものになって（magnified and perpetuated）、二千年以上にもわたって歴史の風雪に堪えながら今なお生き続けているのは、考えてみれば、まことに天晴れと言う外ないのである。

（付記）

古代ギリシア最大の喜劇詩人・諷刺作家アリストパネース（Aristophanes, *c.* 450–*c.* 385 B.C.）と言えば、ペロポネーソス戦争（紀元前四三一―四〇四年）前後のアテーナイ動揺期に際し、政治・社会・学芸・教育・思想などについて保守主義的立場から辛辣無比な諷刺を試みたことで知られる。彼の代表的な戯曲の中の一篇である『雲』（*Nephelai* [*Clouds*], 423 B.C.; 1510 ll. ――高津《こうづ》春繁訳、岩波文庫、一九五七年／〔改版〕一九七七年）を一読すれば、作者の大嫌いな、何かにつけて詭弁を弄する《ソフィスト（Sophist）》たちに対する尋常ならざる非難攻撃と痛烈な諷刺をテーマにしたものであることが判るのだ。

ついでに一言無くもがなの註記をすれば、わたしが若かりし頃（と言っても五十年も前の遙けき昔になるが）、日比谷の日生劇場を中心にして、福田恆存《つねあり》（一九一二―九四）訳・演出によりシェイクスピア劇の上演をレパートリーの要に据えていた、そしてわたし自身も大いに贔屓にしていた《劇団雲》（一九六三年結成、一九七五年解散）の名称は、アリストパネース（阿里斯多芬尼斯）のこの喜劇に因んで名付けられたものである。

この喜劇詩人は、何と驚く勿れ、そのソフィストたちの代表者・親玉格として、人もあろうに、ソークラテースを戯画的に（caricaturely）かつ冷淡な眼差しで以て登場させて茶化し槍玉に上げているのである（《悪意のない揶揄《からかい》説》あり）。普通ソフィストの代表者と言えば、プラトーンが敵視した最大のソフィストで例の「人間は万物の尺度なり」（homo mensura./ Man is the measure of all things.）で知られるプロータゴラース（Protagoras, *c.* 485–*c.* 410 B.C.）とプラトーンの対話篇にその名が残るゴルギアース（Gorgias, *c.* 483–*c.* 376 B.C.）らの名前が挙げられるのが順当な筈だが……。

それはさて措き、あの名高い言葉「老年は第二の幼年時代である」（Old age is a second childhood.）が出てくるのは、『雲』（一四一七行）においてである。この戯曲の詳細にわたっては作品に直接就いてもらうしかないが、この作品が、不幸にして、後年、ソークラテース像にかなりのダメージを与えることになったことは否めないだろう。しかしながら、妻のクサンティッペーへの言及が不思議にも皆無であり、彼女は或る意味で命拾いをしたと言うか、何よりも幸いであったと言うべきだろう。それというのも、ひとたびアリストパネースの筆の標的にされ、餌食となった日には堪ったものではないからである。――岩田靖夫『増補ソクラテス』（ちくま学芸文庫、二〇一四年）、二二―三〇ページ参照。

喜劇『雲』の中から人を食ったやり取りの一部を（さしずめ《青蜥蜴《とかげ》に小便を引っ掛けられたソークラテース》とでも呼ぶことにするか）、御参考までに、一つだけ引用しておこう。

《

PUPIL

Yes, and just recently he had a great idea snatched away by a lizard.

STREPSIADES

How was that ? Tell me.

PUPIL

He was investigating the moon's paths and revolutions, and as he was looking upwards with his mouth open, from the roof in darkness a gecko shat on him.

STREPSIADES

I like that, a gecko shitting on Socrates[37] !

弟子　昨日の夜はな、大した思想をふいにしたよ。青とかげのおかげでだ。
ストレプシアデース　どうして、話してくれ。
弟子　先生が、月の通る道と廻転とを観察してござって、空にむかって、口をぽかんと開いていた。そのとき屋根から青とかげが夜中に上から小便をひっかけたのさ。

ストレプシアデース　ソークラテースの上から小便か、こりゃ気に入りやした。[38]（高津春繁訳）》（傍点引用者）

いかに辛辣な揶揄・戯画化とはいえ、《夜中に屋根の上から青蜥蜴がソークラテースの上に小便を引っ掛ける》などという形而下的発想は、いかにもアリストパネースならではの人を小馬鹿にしたと言うか、情け容赦もなく人を愚弄・漫罵（lampoon）するにも程がある創作話だと言っていいだろう。

いずれにしても、ソークラテースは己の信ずる所に従って斃れた、奇骨に富む、栄誉ある殉教者であったのだ。

（註）

（1）Xenophon, *Symposion* [*Symposium, Xenophon's Banquet*], II. 10. Xenophon, IV, *Memorabilia, Oeconomicus, Symposium, Apology*, translated by E. C. Marchant & O. J. Todd (Loeb Classical Library, No.168; Harvard University Press, 1923 / 2002), p. 547.

（2）Diogenes Laertius, *Lives of Eminent Philosophers* (*c.* 225[+ / − 25 years]), I, with an English translation by R. D. Hicks (Loeb Classical Library, No.184; Harvard University Press, 1925・1991), p. 157. Bk. II, Ch. V, Sec. 26.

（3）ディオゲネース・ラーエルティオス著、加来彰俊訳『ギリシア哲学者列伝（上）』（岩波文庫、一九八四年）、一三八ページ。二・五・26。なお、ギリシア語の固有名詞には、本文との関係上、《長母音符号》を、必要に応じて、付け加えさせていただいたことを一言お断りしておく。

（4）F. N. Robinson (ed.), *The Works of Geoffrey Chaucer*, Second Edition (London: Oxford University Press, 1957 / 1974), p. 83.

（5）*Canterbury Tales*, In contemporary verse (1934) by J. U. Nicolson & With the woodcuts (1484) of William Caxton (Franklin Center, Penn.: The Franklin Library, 1981), p. 365.

（6）チョーサー作、桝井迪夫訳『完訳　カンタベリー物語（中）』（岩波文庫、一九九五年）、三六ページ。

（7）*The Canterbury Tales*, ll. 682–687. F. N. Robinson, *op. cit.*, p. 82.

（8）J. U. Nicolson, *op. cit.*, p. 364.

（9）桝井迪夫訳、前掲訳書、三四―三五ページ。

（10）Cf. "Chamberpot" = A vessel used in a bedchamber for urine and slops. (*O. E. D.*); A vessel for urine, used in bedrooms. (*Cent. Dict.*)

（11）Diogenes Laertius, op. cit., p. 167. Bk. II, Ch. V, Sec. 36–37.

（12）加来彰俊訳、前掲訳書、一四七―一四八ページ。二・五・36–37。

（13）アルキビアデース（Alkibiades [Alcibiades], *c.* 450–404 B.C.）は、ソークラテースの弟子の一人で、眉目《びもく》秀麗にして才気煥発《かんぱつ》、デーモクラティア（dēmokratia）時代最大の淫蕩傲慢人と言われる。ペロポネーソス（Peloponnēsos）戦争時スパルタ艦隊を撃破したアテーナイの将軍（Strategos）・政治家。クセノポーンの『ソークラテースの思い出』の中にしばしば登場する。前四〇四年、フリギア（Phrygia）で暗殺される。

（14）田中美知太郎『ソクラテス』（岩波新書、一九五七年）、三三ページ。

（15）Diogenes Laertius, *op. cit.*, p. 162. Bk. II, Ch. V, Sec. 33.

（16）*Ibid.*, p. 163.

（17）加来彰俊訳、前掲訳書、一四四ページ。二・五・33。

（18）Cf. Sir Richard Steele, *The Spectator* (1712), No. 479.

（19）Diogenes Laertius, *op. cit.*, p. 165. Bk. II, Ch.V, Sec. 34.

（20）加来彰俊訳、前掲訳書、一四四―一四五ページ。二・五・34。

（21）Plutarch, "De cohibenda ira" ["On the Control of Anger"], 461D. Plutarch, *Moralia*, Vol. VI, with an English translation by W. C. Helmbold (Loeb Classical Library, No. 337; Harvard University Press, 1939 / 2005), p. 143.

（22）プルタルコス著、柳沼重剛訳『似て非なる友について　他三篇』（岩波文庫、一九八八年）、一九五―一九六ページ。

（23）Platon, *Phaidon*, 60A. Plato, I, *Euthyphro, Apology, Crito, Phaedo*, Phaedrus, translated by Harold North Fowler (Loeb Classical Library, No. 36; Harvard University Press, 1914), p. 209.

（24）プラトン著、岩田靖夫訳『パイドン』（岩波文庫、一九九八年）、一八ページ。六〇A。

（25）Plato, *op. cit.*, pp. 395 & 397. 116B–D.

（26）岩田靖夫訳、前掲訳書、一七一―一七二ページ。一一六B―D。

（27）ヴィンデルバント著、河東涓訳『ソクラテスに就て　他三篇』（岩波文庫、一九三八年／一九九六年）、四四ページ。新漢字・

新仮名遣いに改めた。

（28）Xenophon, *op. cit.*, pp. 105 & 107. *Memorabila*, II. ii. 3–6.

（29）クセノフォーン著、佐々木理訳『ソークラテースの思い出』（岩波文庫、一九五三年／〔改版〕一九七四年）、七八―七九ページ。二・二・3―6。

（30）Xenophon, *op. cit.*, pp. 109 & 111. *Memorabilia*, II. ii. 10–11.

（31）佐々木理訳、前掲訳書、八一ページ。二・二・10―11。

（32）Xenophon, *op. cit.*, p. 109. *Memorabilia*, II. ii. 8.　この箇所は拙訳を付けることにした。

（33）田中美知太郎、前掲書、三四―三七ページ。

（34）河東涓訳、前掲訳書、一五一―一六ページ。

（35）『ソークラテースの思い出』に訳者が付けた「まえがき」（四ページ）参照。

（36）Plato, *op. cit.*, p. 403.

（37）Aristophanes, Nephelai [*Clouds*], ll. 168–174. Aristophanes, II, *Clouds*, *Wasps*, *Peace*, translated by Jeffrey Henderson (Loeb Classical Library, No. 488; Harvard University Press, 1998 / 2005), p. 29.

（38）アリストパネース作、高津春繁訳『雲』（岩波文庫、一九五七年／〔改版〕一九七七年）、一八ページ。

（August　2014）

（追記）

本稿脱稿後に、Sir R. W. Livingstone, *Portrait of Socrates* (Oxford: Clarendon Press, 1938 / 1966), Sara Ahbel-Rappe and Rachana Kamtekar (eds.), *A Companion to Socrates* (Wiley-Blackwell, 2006 [hardback] / 2009 [paperback]), Michael Weithmann, *Xanthippe und Sokrates* (München: Deutscher Taschenbuch Verlag, 2003), G. Lowes Dickinson, *Plato and His Dialogues* (London: George Allen & Unwin Ltd., 1931; Oxford: Routledge, 2016 [paperback]) をたまたま入手し、参照する機会を得て、大いに裨益するところがあった。（August　2017）

クサンティッペーとバースの女房
――《悪妻》と《悪女》をめぐる雑考（その二）

《There is no worse evil than a bad woman; and nothing has ever been created better than a good one.
――Euripides, *Melanippe Desmotis* (c. 430 B.C.), Frag.
悪女より悪い悪はない。良い女より良いものは創造されたためしがない。
――エウリーピデース『メラニッペー・デスモティス』（紀元前四三〇年頃）、断片。》

《Woman to man / Is either a God or a wolfe.
――John Webster, *The White Devil* (acted c.1609; prtd 1612), IV. ii. 92–93.
男にとって女は神の如き聖女か残忍猛悪な狼かの孰れかである。
――ジョン・ウェブスター『白魔』（一六〇九年頃上演、一六一二年出版）、第四幕第二場九二―九三行。》

バースの女房（The Wife of Bath）――「女性の男性に対する絶対主権（支配権）」（women's sovereignty [mastery] over men）の主題――「女性の最も望むものは亭主を尻に敷くことなり」

さて、ここからは《英文学（英詩）の父（the father of English literature [English poetry]）》と呼ばれる中世英文学史上最大の詩人ジェフリー・チョーサー〔傑佛利喬塞〕（Geoffrey Chaucer, *c.*1343–1400）の代表作にして傑作『キャンタベリー物語』（*The Canterbury Tales*, 1387–1400）へと話題を転ずることにしよう。因みに、一言註記すれば、作者チョーサーは、より詳しく言えば、「英国の作家、詩人、哲学者、官僚、廷臣、外交官」（an English author, poet, philosopher, bureaucrat, courtier, and diplomat）でもあったと言われるくらいだから、どうやら博学多識にして行くとして可ならざるは無き多芸多才（versatile）な人物であったようである。

イングランド（英格蘭）のケント州の都市キャンタベリー[1]（坎特布里）は、ロンドンの南東約一〇〇キロメートル、英国国教（the Church of England）の総本山であるキャンタベリー寺院の所在地で、かつ英国の宗教の中心地である。そこの《キャンタベリー大聖堂（The Canterbury Cathedral）》に埋葬されている殉教者、聖トマス・ア・ベケット（Saint Thomas à Becket, *c.* 1118–70）――彼はキャンタベリー大司教（一一六二―七〇）で、ヘンリー二世（一一三三―八九）の教会政策に頑強に反対・抵抗したために、王命により、大聖堂の内陣で四人の侍臣《じしん》（刺客）らによって暗殺された――の墓に参詣するための巡礼が中世紀からヘンリー八世（一四九一―一五四七）の時代にかけて盛んに行われ、途絶えることがなかったという。

ここまで書いてくれば、誰しもT・S・エリオット（T. S. Eliot, 1888–1965）の例の宗教的詩劇（verse drama）『大聖堂の殺人』[2]（*Murder in the Cathedral*, 1935, '36, '37, '52）を想い起されることだろう。この宗教劇は、前述の一一七〇年十二月二十九日に暗殺された大司教トマス・ア・ベケットの殉教（martyrdom）という厳然たる史実・歴史上の一大事件に題材を取り、ベケットの《内的葛藤（internal conflict or struggle）》に焦点を絞りながら、エリオットが一九三五年の《キャンタベリー・フェスティヴァル》のために書き上げたものである。（しかしながら、彼はよほど意に満たなかったものと見えて、何度か繰り返して改訂を試みているのだ。）そしてフェスティヴァルの期間中の（一九三五年）六月十五日に、《キャンタベリー大聖堂の参事会館《チャプター・ハウス》（the Chapter House of Canterbury Cathedral）》において、初演され、同年出版されている。（なお、この詩劇の標題中の《the Cathedral》は、そんじょそこらの寺院を指すのではなくて、明らかにキャンタベリー大聖堂を指すわけだから、邦題としては、『寺院の殺人』よりも『大聖堂の殺人』の方がよりふさわしいと言うべきだろう。）

なお、オペラ・ファンの一人として、この《戯曲のオペラ版（the operatized version of the play）》についてぜひ一言付記しておかねばならない。イタリアの作曲家イルデブランド・ピツェッティ（Ildebrando Pizzetti, 1880–1968）には、エリオットの詩劇から自ら台本（libretto）を作って作曲した二幕物のオペラ『大聖堂の殺人』（*Assassinio nella cattendrale*, 1958）があり、一九五八年三月一日、ミラノのスカラ座（La Scala）で初演されている。どうやら取り上げられることが少ないオペラらしく、ニュー・ヨークの例のメトロポリタン歌劇場（Metropolitan Opera House）においてもいまだに上演されたことがないようである。

また話のついでにキャンタベリーと言えば、我々が思い出すのは、いわゆる《大学才人派（University Wits）》の一人で劇作家・詩人のクリストファー・マーロウ〔克利斯多佛馬婁〕（Christopher Marlowe, 1564–93）だが、彼はキャンタベリーで生まれ、当地の名門私立校《ギングズ・スクール（The King's School, Canterbury）》——ギリシア語の学習のために、西暦五九七年に創設された、世界最古の学校の一つと言われる。創設者は、五九七年にイングランドにやって来て、キャンタベリーを拠点にして布教活動を進めたローマの宣教師で、《イングランドの使徒（the Apostle of the English）》とも呼ばれる初代キャンタベリー大司教（六〇一—四）、聖アウグスティーヌス（Saint Augustine [Augustinus] of Canterbury, ?–604）である——で教育を受けた後、ケンブリッジ大学コーパス・クリスティ学寮《コレッジ》（Corpus Christi College, Cambridge）に進学したのであった（B.A., 1584; M.A., 1587）。

さらに、キャンタベリーの《キングズ・スクール》と言えば、サマセット・モーム（W. Somerset Maugham, 1874–1965）の母校でもある。モームと言えば、まことに懐かしい思い出が一つあるのだ。思えば、モームは英国の作家の中でわたしが間近で見た最初の文学者であった。モームが今から五十五年余り前の一九五九（昭和34）年十一月に来日した際、筆者はまだ学部の一年生だったが（モームは八十五歳位か）、日本橋の丸善本店の洋書売場にモームがやって来て、“stammering” しながら極く短い挨拶をしたが、まだかなりの《吃音症（dysphemia）》の症状が残っているようだった。洋書売場は押し掛けて来た物見高い連中で押すな押すなの空前絶後の超満員になったため、たまたま我々の前を通り掛かった長身のモームのツイードの背広とわたしの黒の詰め襟の学生服が触れ合うというか、擦《こす》れ合ったのを憶えている。当日、《モームの来日記念》として、わたしはモダン・ライブラリー版の『モーム短篇集』を一冊買い求めている。

閑話休題。手短に纏めて言えば、『キャンタベリー物語』は、先ずこのベケットの殉教の地キャンタベリーを巡礼の目的地と決めて、サザック(3)（Southwark [sʌ́ðək]）の旅籠屋《はたごや》《陣羽織亭《ザ・タバード》（The Tabard）》（因みに、この旅亭は、一三〇七年に建築されたものだが、一八七五年まで何と五五〇年以上の長きにわたって残存していたという）にたまたま宿泊した、多種多様な階級・職業の二十九名の巡礼者の一団に、旅籠屋の亭主（ハリー・ベイリー［Harry Bailly］）と作者チョーサーも加わり、都合三十一名がそれぞれ馬に乗って出掛けるのである。宿屋の主人の時宜を得た発案で、その巡礼の道中、旅情を慰めるという趣向で、巡礼者たち銘々に行き帰り何か面白い話を一つずつ物語らせるわけだが、いざ語り始めると、時にはどうしても艶笑小咄めいた形而下的な、いささか下世話にわたる《珍道中参詣譚》を物語ることになったりもするのだ。若干散文を交えた、主に韻文体の都合二十四篇から成る物語集である（甚だ惜しむらくは、作者の死去により中断の止むなきに至り、目的地に到達しないまま未完に終っている）。

こんな風に書いて行けば、我々は誰しも間違いなくイタリアの作家・詩人・人文主義者ボッカッチョ（Giovanni Boccaccio, 1313–75）の傑作『十日物語《デカメローネ》』（*Il Decamerone [The Decameron]*, 1353）を想い起すことだろう。おそらくチョーサーも大いに愛読し、決定的かつ多大な影響を受けたであろう『デカメローネ（〔英訳〕デカメロン）』は、御存じのように、一三四八年にイタリア中部トスカーナ州フィレンツェ市を襲った《黒死病《ペスト》（the Black Death）》の猖獗《しょうけつ》から、郊外のフィエーゾレ（Fiesole）の丘にある山荘に避難した高貴な身分の男女都合十人（すなわち、七人の淑女と三人の男性）が、徒然を慰めるために、順番に司会者となって、決められたテーマの話を一日に付き一人一話ずつ計十話、十日間にわたって語り続けて総計百篇の短篇物語《ノヴェッラ》を集録した体裁で成り立っている大作である。《人間讃歌》と言うべきか、また《人間喜劇》と言うべきか、俗世に生きる人間の真の姿をありのままに受け容れ、例えば、人間の肉欲を罪深い罪悪と見做す中世紀のキリスト教の教えに対して、男女いずれにとっても性欲は極めて自然の欲望であることを、あけすけな艶笑譚において、大胆かつおおっぴらに主張し、肯定している点などから、《ダンテの神曲（La Divina Commedia [The Divine Comedy]）》に比して、《ボッカッチョの人曲（La Comédie humaine [The Human Comedy]）》などと称される所以でもあるのだ。

チョーサーは妻のフィリッパ（Philippa）の縁故から——一三六六年にチョーサーと結婚する前の彼女（Philippa de Roet, d. 1387）は、イングランド王エドワード三世（King Edward III, 1312–77）の王妃（Philippa of Hainault, d. 1369）の女官（lady-in-waiting）であったという関係から——エドワード三世の第四王子ジョン・オヴ・ゴーント（John of Gaunt, Duke of Lancaster, 1340–99）の眷顧《けんこ》を終生受けていた。（因みに、チョーサーは妻のフィリッパが一三八七年に亡くなった翌年の一三八八年（四十五歳の時）の四月にキャンタベリー詣でをしている。）チョーサーは一三七二年から七三年頃にかけて特命を受けてどうやらジェノヴァ及びフィレンツェに赴いたことがあったらしい。この時（何分確言はし兼ねるが）、おそらくチョーサーはその鑽仰《さんぎょう》措く能わざる晩年の文人二人――ボッカッチョ及びペトラルカ（Francesco Petrarca, 1304–74）に面談する機会があったらしいという。

聖地への巡礼と言えば、我が国でも巡礼地は昔から全国津々浦々に数多く散らばっているのだ。今思い付くままに幾つかを列挙しておこう。

《お伊勢（伊勢〔大〕神宮）参り》、徳川家康を神格化した東照大権現を祀る《日光東照宮参詣》（「日光見ずして結構と言う勿れ」[Don't say "nice" until you see Nikko.] /Cf. Vedi Napoli e poi muori. (*It.*) [See Naples and then die.]「ナポリを見て死ね」）、阿弥陀如来を祀る《（定額山）善光寺参り》、例の弘法大師（空海）の《四国八十八箇所霊場巡り》、日蓮宗の総本山の《身延（身延山久遠寺《くおんじ》）参り》、同じく四大本山の一つ《池上本門寺参詣》、真言宗の総本山の《高野（高野山金剛峯寺《こんごうぶじ》）参り》、曹洞宗の大本山の《（吉祥山）永平寺参り》、同じく大本山の《（諸嶽山）總持寺参り》、時宗の総本山の《遊行寺《ゆぎょうじ》（藤澤山無量光院清浄光寺《しょうじょうこうじ》）参り》、天台宗の総本山の《叡山（比叡山延暦寺）参り》、同じく別格大本山《（東叡山）寛永寺参詣》、《金毘羅《こんぴら》（金刀比羅宮《ことひらぐう》）詣《もう》で》、《坂東三十三所観音霊場巡り》、《西国《さいごく》三十三所観音霊場巡り》、《秩父三十四所観音霊場巡り》、縁結びの聖地の《出雲大社参り》（他に《出雲巡礼》というのもある）、等々。

ところで、チョーサー文学の特色・背景などについての一般的かつ基本的な予備知識及び共通理解に関しては、手許の齋藤勇《たけし》博士編『研究社 英米文学辞典（第三版）』（一九八五年）の解説ほど簡にして要を得た記述はそう容易には見つかりそうもないので、御参考までに、また英文学史の復習も兼ねて、次にぜひ紹介させていただきたい。

《チョーサーは「イギリス詩の父」の呼称にふさわしく、イギリス文学史上はじめて中世の束縛を脱し、近代

Chaucer
《Woodcut (1484) by William Caxton (*c.* 1422–91)》

的特質を示した詩人で、いわば中世とルネサンス期の両者にまたがり、しかも両者の特質の見事な調和を示しており、人間性に対する関心、温かい余裕ある心境、鋭い観察、ユーモアは適切で、自由な表現法と相俟って彼の特色をなしている。韻律法も在来の頭韻詩を採らず、フランス風の脚韻（rhyme）形式を採り入れた功は大きく、さらにロンドンの方言だけで詩作したことは文学的標準語の確立に資する所少なくなかった。(4)（上野景福、平井正穂）》

御存じのように、チョーサーの最後にして最大の傑作『キャンタベリー物語』は、さしずめ《人生の絵巻物》とも称すべき中世英文学中の圧巻である《総序の歌（General Prologue）》（全八五八行）を以て開巻劈頭を飾っているのだが、そのうち主に本稿で取り上げることになる《バース（巴斯）の女房（The Wife of Bath; ME: The Wyf of Bathe）》に割り振られているのは、四四五行—四七六行(5)までの32行分だけである。少し長くなるが、御参考までに、次に当該箇所の全文を敢えて引用させていただくことにする。

《A good Wif was ther of biside Bathe,
But she was somdel deef, and that was scathe.
Of clooth-makyng she hadde swich an haunt,
She passed hem of Ypres and of Gaunt.
In al the parisshe wif ne was ther noon
That to the offrynge bifore hire sholde goon;
And if ther dide, certeyn so wrooth was she,

That she was out of alle charitee.
Hir coverchiefs ful fyne weren of ground;
I dorste swere they weyeden ten pound
That on a Sonday weren upon hir heed.
Hir hosen weren of fyn scarlet reed,
Ful streite yteyd, and shoes ful moyste and newe.
Boold was hir face, and fair, and reed of hewe.
She was a worthy womman al hir lyve:
Housbondes at chirche dore she hadde fyve,
Withouten oother compaignye in youthe,—
But therof nedeth nat to speke as nowthe.
And thries hadde she been at Jerusalem;
She hadde passed many a straunge strem;
At Rome she hadde been, and at Boloirne,
In Galice at Seint-Jame, and at Coloigne.
She koude muchel of wandrynge by the weye.
Gat-tothed was she, soothly for to seye.
Upon an amblere esily she sat,
Ywympled wel, and on hir heed an hat
As brood as is a bokeler or a targe;
A foot-mantel aboute hir hipes large,
And on hir feet a paire of spores sharpe.

In felaweshipe wel koude she laughe and carpe.
Of remedies of love she knew per chaunce,
For she koude of that art the olde daunce.[6] 476

There was a housewife come from Bath, or near,
Who—sad to say—was deaf in either ear.
At making cloth she had so great a bent
She bettered those of Ypres and even of Ghent.
In all the parish there was no goodwife
Should offering make before her, on my life;
And if one did, indeed, so wroth was she
It put her out of all her charity.
Her kerchiefs were of finest weave and ground;
I dare swear that they weighed a full ten pound
Which, of a Sunday, she wore on her head.
Her hose were of the choicest scarlet red,
Close gartered, and her shoes were soft and new.
Bold was her face, and fair, and red of hue.
She'd been respectable throughout her life,
With five churched husbands bringing joy and strife,
Not counting other company in youth;
But thereof there's no need to speak, in truth.

Three times she'd journeyed to Jerusalem;
And many a foreign stream she'd had to stem;
At Rome she'd been, and she'd been in Boulogne,
In Spain at Santiago, and at Cologne.
She could tell much of wandering by the way:
Gap-toothed was she, it is no lie to say.
Upon an ambler easily she sat,
Well wimpled, aye, and over all a hat
As broad as is a buckler or a targe;
A rug was tucked around her buttocks large,
And on her feet a pair of sharpened spurs.
In company well could she laugh her slurs.
The remedies of love she knew, perchance,
For of that art she'd learned the old, old dance.[7]

バース近在から出ている立派な女房がおりました。

だがどうしたものか、彼女は少々耳が遠くて、それが気の毒でした。機織《はたお》りにかけてはとても熟練しておりましたので、イープルやゲントの職人たちにも勝《まさ》っていました。教会で彼女より先に捧げものに出て行く勇気のある女は教区内に一人もおりませんでした。それでももし出て行きでもすれば、彼女はじつに烈火のように情容赦もなく怒りました。彼女のつけている頭巾は生地がとても上等なものでした。日曜日などに彼女の頭にのっかっていたのは十ポンドの重さがあったとわたしは誓って申し上げますよ。

彼女のすね当ては美しい真紅の色でした。

それが窮屈なくらいきちっと結びつけてあり、靴はとてもしなやかで新しいものでした。

彼女の顔はきりりとして目鼻立ちがよく、色は赤味をおびておりました。

彼女は生涯、非のうちどころのないご婦人でした。

教会の入口のところで五人の夫を迎えました。

若いときのほかの愛人のことは勘定にいれないとすれば。

しかしこのことはいま、お話しするには及びません。

三度も彼女はエルサレムに参りました。

彼女は異境に何度も行ったのでした。ローマにも参りましたし、ブローニュにも、それにガリシアのコンポステラの聖ジェイムズの寺院やケルンにもお参りしました。

彼女は旅をしてまわる知識はふんだんにもっていました。

ほんとうを申し上げますと、彼女は歯ならびの悪い乱杭歯をしておりました。

調子をとって歩く馬に楽々とまたがっておりました。

いい恰好のヴェールをかぶり、頭には円楯か小楯ほどもあるような幅の広い帽子をかぶっていました。

大きなお尻のまわりには乗馬用スカートをはいて、脚の上には一対の鋭い拍車をつけておりました。

仲間の中で彼女は笑ったりおしゃべりするのがとても上手でした。

ついでながら、彼女は恋の療法をよく心得ておりました。

彼女は恋の手練手管にかけてはなかなかのしたたか者でしたから。[8]（桝井迪夫訳）》

チョーサーは、《総序の歌》の《バースの女房》の段まで来ると、冒頭において、彼女（その名はアリスン［Alison; Alisoun］という）のことを先ず以て《良き妻・良妻（a good wife）》と規定してから書き出しているのだ。ここで改めて彼女について極く簡単に要約すれば、——

彼女は少々耳が遠いが（後刻また言及する）、近郷近在では右に出る者がいないほどの熟練した《機織女《はたおりめ》（weaveress）》の名手で、教会において供物の献納（offering）の順番はいつもいの一番でなければ気が済まない女で、頭巾は上等の生地のもの、脛当ては真紅色、靴は新調した柔らかいもの。目鼻立ちはきりりと整っていて、色白の赤味色。今までに正式の結婚をした五人の夫とはすべて死別（若い時分の愛人は数に入れぬとして）。エルサレムへは三度も巡礼に行き、外国の方々の寺院にも参詣に行ったことあり。旅の知識もふんだんにあり。歯並びの悪い、俗にいわゆる《乱杭歯《らんぐいば》（Cf. gap-toothed; snaggle-toothed）》であった（因みに註記すれば、乱杭のように不揃いに生えた歯は、仔馬の歯並びとの聯想で、その燥《はしゃ》ぐ様から、当時の《人相学（physiognomy）》に拠れば、《好色の印》であったという）。馬には楽々と跨り、ヴェールを纏い、頭には幅広の帽子を被り、大きなお尻には乗馬用スカート（foot-mantle[9] [riding-skirt]）を穿《は》き、脚には一対の鋭い拍車（spurs）を付けていた。仲間と一緒に笑ったり、お喋りするのが上手だった。チョーサーに深い、かつ永続的な影響を与えたと言われる古代ローマのエレゲイア詩人オウィディウス（Publius Ovidius Naso, 43 B.C.–A.D. 17）の例の《恋の療法（Remedia Amoris [Remedies for Love]）》の心得があり、またやはりオウィディウスの《恋愛術（Ars Amatoria [The Art of Love]）》にかけてもなかなかの強者《つわもの》であった。

The Wife of Bath
《Woodcut by William Caxton》

ということになるのだが、少なくとも以上が、《総序の歌》において《バースの女房》について作者が我々読者に開示した《基本的予備知識（basic prior knowledge）》と受け取っていいだろうと思う。

チョーサーは、少なくともこの《バースの女房》という一人の存在感のある作中人物を通して、十四世紀当時のイングランドにおいて、俄に勃興しつつあった、いわゆる《新興中産階級（the new rising middle class）》出身の自分の意見をしっかり持つ、自立した女性の出現を如実に、かつ生き生きと描き出していることに我々は充分注意を払う必要があるだろう（この件に関しては、後ほど今一度言及する機会が来るであろう）。

《バースの女房》は、作者自身によって一応《良妻》と規定されている以上、我々は彼女のことを敢えて《悪妻呼ばわり》するわけにはいかないとしても（わたし自身も彼女を悪妻とは言わないが）、どうやら大らかで自由闊達な彼女にはどことなく曰く言い難いような《悪女の香り》めいたものが芬々《ふんぷん》としていることだけは先ず間違いないように思われてならないのだ。もしかすると、そこにこそ彼女の一つの大きな魅力が潜んでいるのだと言えるのかもしれない。

　言いそびれてしまったが、ついでなので、この辺りで、いわゆる《悪女（bad [wicked] woman; ein böses Weib）》、《悪妻（bad [wicked] wife; eine böse [schlechte] Frau [Ehefrau]）》について、若干考えてみる必要があるだろう。

　我々のホーム・グラウンドである英米文学における究極の《悪女》、《悪妻》と言えば、我々は直ちにシェイクスピアの四大悲劇の一つ『マクベス』（一六〇六年初演）の女主人公マクベス夫人（Lady Macbeth）――気弱な夫を容赦なく引っ張る気丈な妻（女丈夫《じょじょうぶ》）の一典型――を想い起すことだろう。この戯曲は周知のように、一言にして蔽《おお》えば、《野心と良心の悲劇》であり、また《罪と応報（罰）の悲劇》でもあると言えるだろう。

　十九世紀イタリアのオペラの大作曲家ジュゼッペ・ヴェルディ（Giuseppe Verdi, 1813–1901）には、この戯曲を若い頃にオペラ化した野心的傑作『マクベス』（一八四七年初演）――蛇足かもしれないけれども、粗筋を掻い摘んで述べれば、三人の魔女の予言の暗示に惑わされた武将マクベスは、野心家で残忍な妻に唆《そそのか》されて国王ダンカンを自らの居城に迎えて暗殺して僭主《せんしゅ》となるが、今度は手に入れたスコットランド王の座が失われることへの絶えざる不安と良心の呵責に囚われて、夫妻とも次第に錯乱してゆき、終には悲壮な最期を遂げるという一種の心理劇――があることはよく知られているところである。わたしは、過日、ニュー・ヨーク市のリンカーン・センターにあるメトロポリタン歌劇場が上演する、例の《MET Live Viewing (Sat., Oct. 11, 2014 Matinée)》を映画館のワイド・スクリーンで日本に居ながらにして鑑賞できるという幸運な機会を持った[10]（東銀座・《東劇》にて）。今までに何度も観たことのある『マクベス』の舞台劇や映画などよりもヴェルディのオペラの言うに言われぬ絶妙な音楽的効果（あの不気味で暗鬱かつ陰惨な雰囲気を見事な管弦楽法《オーケストレーション》で醸し出している）並びに四人の主要な、中心的オペラ歌手の圧倒的な歌唱力と演技力との相乗効果によってわたしはいつになく深い感動を覚えたのであった。

シェイクスピアの創造したマクベス夫人は《紛《まご》う方なき悪女》であると誰しも躊躇せずに断言できるに違いないのだが、斯《か》くの如き気性の烈しい悪女・猛女・烈婦といえども、所詮は血の通った普通の人間と本質的には何ら変わるところがなく、案の定、良心的苦悩に責め苛まれ、終には自ら命を断ち、《天罰（Heaven's vengeance）・神罰（divine punishment）》が早晩下るのである。悪い事をすれば必ず天罰が下るのが世の定めと言わんばかりである。諺にもあるように、《Heaven's vengeance is slow but sure.（天罰は遅いが必ず来る）》というわけで、例の《天網恢恢《てんもうかいかい》疎にして漏らさず〔失わず〕（「天網恢恢、疎而不ㇾ漏」）――『老子』、第七十三章「天網恢恢、疎而不ㇾ失」》ということであろう。例の《Una macchia è qui tuttora…（A stain is still here …）》で始まる第四幕のマクベス夫人の《sleepwalking scene〔夢遊病〔睡眠中歩行〕の場面〕》が最大の聴き所の一つと言っていいだろう。METの看板スターで今や女王的存在であるロシア生まれのソプラノ・オペラ歌手、現在、心身（！）ともに最高に脂が乗り切っていると言えるアンナ・ネトレプコ（Anna Netrebko, 1971–　）がマクベス夫人を熱唱していた。CDなどで、かつては、聴衆を惹きつけた二十世紀の最もカリスマ的（charismatisch; charismatic）ソプラノ歌手で、例の威厳のある、ドスの利いたマリア・カラス（Maria Callas, 1923–77）、気品と凄《すご》みとを兼ね備えたモンセラート・カバリェ（Montserrat Caballé, 1933–　）、よく通る力強い声と演技力、美貌にして不敵な面魂のパオレッタ・マッローク（Paoletta Marrocu）などがお馴染みだったが、近年では、ドラマティック・ソプラノ歌手、マリア・グレギーナ（Maria Guleghina, 1959–　）の歌唱が秀逸であるようだ。

話のついでに、《悪女》と言えば、英文学史上、我々が想起する今一人は、ジェイムズ一世時代（一六〇三―二五年）の劇作家ジョン・ウェブスター〔約翰韋伯斯特〕（John Webster, *c.*1580–*c.*1625）の例の《姦通（adultery）と復讐（revenge）》をめぐる陰惨な悲劇『白魔』（*The White Devil*, acted *c.*1609; prtd 1612）の女主人公で妖艶な悪女の典型とも言うべきヴェネツィアの《「白魔〔色の白い悪魔〕」と仇名される）淫婦・毒婦》ヴィットーリア・コロムボーナ（Vittoria Corombona）である。この戯曲は一五八一―五年の間にイタリアで実際に起った事件に基づいたものだという。彼女のモデルはローマの美貌と知性と気立ての優しさでその名を知られたヴィットーリア・アッコラムボーニ（Vittoria Accoramboni, 1557–85）である。さらに詳しくは、F. L. Lucas, "Historical Introduction: Webster's Sources," *The White Devil* (Chatto & Windus, 1958), pp.14–34 を参照されたい。

蛇足かもしれないが、次に『白魔』の梗概を極く掻い摘んで紹介しておく。

ブラッチアーノ（Brachiano）公爵は、フィレンツェ公爵の妹イザベラ（Isabella）と結婚しているが、妻に倦きて厭になり、カミーロ（Camillo）の妻ヴィットーリア・コロムボーナと道ならぬ恋に落ちる。彼女の兄フラミネオ（Flamineo）は、妹と謀《はか》ってブラッチアーノがヴィットーリアを口説き落すのに手を貸し、さらに公爵と共謀してブラッチアーノがカミーロを殺害し、イザベラを毒殺する。ヴィットーリアは姦通と殺害容疑で審問を受け（有名な第三幕第二場）、彼女の平然とした《潔白を装う図太さ（innocent-resembling boldness）》にもかかわらず、禁錮刑を宣告される。ブラッチアーノは監獄から彼女を救出し、二人はパードヴァに逃れて結婚する。フラミネオは、高潔な弟マルチェロ（Marcello）と口論の揚句、殺してしまう。フィレンツェ公爵はブラッチアーノを毒殺してイザベラの死の復讐を果たし、また二人の家来（Gasparo and Lodovico）がヴィットーリアとフラミネオを刺し殺す。かくして暗澹執拗な復讐劇はおどろおどろしく完結する。

《色の白い悪魔》――《外面の美貌の下に蔽い隠されている悪魔の如き極悪非道な人間（Cf. "a devil disguised under a fair outside" —F. L. Lucas, "Commentary")》、すなわち、感傷や恐怖心などとは全く無縁な冷静そのもののこの毒婦型淫婦ヴィットーリア・コロムボーナを初めとする様々な登場人物の生彩に富む造型力並びに計画的残虐性を通して頽廃的な罪悪のおどろおどろしい（spine-chilling; hair-raising）陰惨かつ暗黒な《情慾》の世界を描く躍如たる叙述力は、ウェブスターの特色を最もよく示しており、彼の真骨頂と言っていいだろう。『白魔』の躍動感のある文体と人間の苦悩（human suffering）に対する作者の深い理解が真の悲劇性・悲劇的悲哀感（tragic pathos）を醸し出していることは誰しも認めるところである。

繰り返して言えば、我々は妖婦型の美貌で男を惑わし、終には破滅させずに措かない、妖《あや》しく艶《なま》めかしい魅力を持ったこの毒婦型淫婦ヴィットーリア・コロムボーナを、稀代の魔性の女――《美しくも呪われし者（The beautiful and damned）》――いわゆる《ファム・ファタール（femme [beauté] fatale）》にして悪女の一典型として挙げないわけにはいかないのである。

ところで、『キャンタベリー物語』において物語られる極悪非道・悪逆無道の《究極の悪女》と言えば、誰しも《弁護士の物語（The Man of Law's Tale）》の中に登場するシリアの大公（アラ王［King Alla］）のあの呪うべき邪悪な母親《ドネギルド（Donegild）》に躊躇なく指を屈することであろう。因みに一言註記すれば、《ドネギルド》という固有名詞は、元来ウェールズ人の名前で、言外に善悪といった意味合いを暗示するものではないという。しかしながら、この物語の出典と言われるロンドンのドミニコ会修道士で英国の年代記作者（annalist）ニコラス・トリヴェット（Nicholas Trivet [or Trevet], ?1258–?1328）がアングロ・ノルマン語（Anglo-Norman――ノルマン人の英国征服後に、英国に移住してきたノルマン人の言葉で、アングロ・フランス語の一方言）で著した、一一三六―一三〇七年にわたる英国の年代記（les chroniques）『イングランド国王六人[11]の年代記』（*Annales Sex Regum Angliae*, pub. Paris, 1668; Oxford, 1719; London, 1845）においては、ドネギルドは《Deumylde (or Doumilde)》と呼ばれ、皮肉にも《優しい温和（sweet mildness）》を意味し、彼女の性格や行動とは全く正反対の名前であると言わねばならないだろう。

『弁護士の物語』の粗筋を端折《はしょ》って手短に言えば、キリスト教国ローマの皇帝の娘、皇女《コンスタンス（Custance; [modern form] Constance）》姫が、キリスト教に改宗するという条件で、イスラーム教国シリアの大公アラ王と結婚する。黙過・黙認していた大公の母親であるあの呪うべき邪悪な皇太后ドネギルドの悪辣な謀略・陰謀に掛かって（すなわち、皇太后が大公とコンスタンスとの間の書状を途中で横取りして、偽造した書状と掏《す》り替えて届けさせた結果）、コンスタンスは国外追放の憂き身に遭い、イングランド最北部のノーサムバランド海岸（the Northumberland coast）で難船、海上に放り出され、小舟で漂流、流浪の身となり、幾多の試練、紆余曲折を経て、終に離れ離れになっていた子供と夫に巡り会って、めでたし、めでたしの大団円（happy ending）で終るという物語である。

ついでに一言挿記すれば、チョーサーと同時代人の詩人で友人でもあったサー・ジョン・ガウアー（Sir John

Gower, ?1325–1408）も――チョーサーは彼を《おお、道徳家のガウアー君よ（O moral Gower）》[12]と呼んでいる――古典文学や中世文学の中から恋物語を蒐集して恋する者の誡《いまし》めとするために選んで書いたと言われる『恋する男の告解《コンフェッシオ・アマンティス》』（*Confessio Amantis* [*Lover's Confession*], c. 1393）の中で、やはり相関聯するこの《コンスタンスの物語》を取り上げているのだ[13]。

さて、ここで前掲のシリアの大公アラ王の母親であの呪うべき邪悪な皇太后ドネギルドの話に戻ることにする。チョーサーが描くドネギルドにまつわる箇所を幾つか、御参考までに、次に引用してお目に掛けることにしよう。

《O Sowdanesse, roote of iniquitee!
Virago, thou Semyrame the secounde!
O serpent under femynynytee,
Lik to the serpent depe in helle ybounde!
O feyned womman, al that may confounde
Vertu and innocence, thurgh thy malice,
Is bred in thee, as nest of every vice![14]
Geoffrey Chaucer, "The Man of Law's Tale," *The Canterbury Tales*, II. ll. 358–364.

O sultana, root of iniquity!
Virago, you Semiramis second!
O serpent hid in femininity,
Just as the Serpent deep in Hell is bound!
O pseudo-woman, all that may confound
Virtue and innocence, through your malice,

Is bred in you, the nest of every vice.[15]
Retold in contemporary verse by J. U. Nicolson.

おお、大公の母よ、なんたる不正の源よ！　毒婦よ、汝、第二のセミラーミス妃よ。女の姿を装える蛇よ、かの地獄の底深く縛られし蛇にも似たる女よ、おお、偽れる女よ、徳と純潔を破壊するすべてのものが邪悪を通して汝のうちに育《はぐく》まれるのだ、あらゆる悪の巣窟たる汝のうちに。[16]（桝井迪夫訳）》

《For schortly for to tellen, at o word,
The Sowdan and the Cristen everichone
Been al tohewe and stiked at the bord,
But it were oonly dame Custance allone.
This olde Sowdanesse, cursed krone,
Hath with hir freendes doon this cursed dede,
For she hirself wolde al the contree lede.[17]（II, ll. 428–434）

For, but to tell you briefly, in one word—
The sultan and the Christians, every one,
Were all hewed down and thrust through, at the board,
Save the fair Lady Constance, she alone.
This old sultana, aye, this cursed crone
Has, with her followers, done this wicked deed,
For she herself would all the nation lead.[18]

というのは、手短に一言で申し上げますと、大公もキリスト教徒も一人びとり、食卓に坐したまま突き刺され、身体をずたずたに引き裂かれたのです。だが、ただ一人コンスタンス姫だけはその難を免れました。かの老いたる大公の母、呪われたる老醜の女は、仲間と語らってかかる呪われた所行を行ったのです。彼女は自らその国をすべて支配しようと望んでいたからです。[19]（桝井迪夫訳）》（傍点引用者）

《O Donegild, I ne have noon Englissh digne
Unto thy malice and thy tirannye!
And therfore to the feend I thee resigne;
Lat hym enditen of thy traitorie!
Fy, mannysh, fy!—o nay, by God, I lye—
Fy, feendlych spirit, for I dar wel telle,
Thogh thou heere walke, thy spirit is in helle![20]（II, ll. 778–784)

O Donegild, there is no English mine
Fit for your malice and your tyranny!
Therefore you to the Fiend I do resign,
Let him go write of your foul treachery!
Fie, mannish woman! Nay, by God, I lie!
Fie, fiendish spirit, for I dare well tell,
Though you walk here, your spirit is in Hell![21]

おお、ドネギルドよ、わたしはお前の悪心とお前の暴虐を書き記すのにふさわしい英語など持ち合わせてはいない。それゆえにわたしはお前を悪魔に委ねよう。悪魔をしてお前の裏切りを書かせるがよい。えい、この女の面《つら》をした男め、いや、それでもたらぬ、神かけてわたしは嘘をついている。えい、この悪霊め、と言ったほうがまだいい。お前の身体はこの地上を歩いているのに、お前の魂は地獄の中にあるのだとあえて言ってもよいからだ。[22]（桝井迪夫訳）》

《Now lat us stynte of Custance but a throwe,
And speke we of the Romayn Emperour,
That out of Surrye hath by lettres knowe
The slaughtre of cristen folk, and dishonour
Doon to his doghter by a fals traytour,
I mene the cursed wikked Sowdanesse
That at the feeste leet sleen bothe moore and lesse.[23]（II, ll. 953–959）

But let us leave this Constance now, and turn
To speak of that same Roman emperor
Who does, from Syria, by letters, learn
The slaughter of Christians and the dishonour
Done to his daughter by a vile traitor—
I mean that old sultana, years ago,
Who, at the feast, slew all men, high and low.[24]

さてわれわれはしばらくコンスタンスの話をやめて、ローマの皇帝のことを話すことにいたしましょう。皇帝はシリアから送られた手紙によって、キリスト教徒の虐殺のことや、裏切り者によって娘に恥辱が与えられたことを知られました。裏切り者というのは、宴会で貴賤の別なく男女のすべてを殺させたあの呪うべき邪悪な大公の母親のことです。(25)（桝井迪夫訳）》

以上の引用例を読んだだけでも、大方の読者諸賢の納得が充分得られようというものである。《悪魔のような男勝りの女丈夫《じょじょうぶ》（virago）》、《あらゆる悪の巣窟（nest of every vice）》、《呪われたる皺《しわ》くちゃ老婆《ばばあ》（cursed krone [crone]）》、《あの呪うべき魔性の皇太后（Soldaness; Sultaness; Sultana）》――ドネギルドは、もともと《息子が異国の女を妻に娶《めと》るのを恥と考えていたのだ。（Hir thoughte a despit that he sholde take / So strange a creature unto his make. [Robinson, p. 69, ll. 699–700]; And so she hugged her anger that he'd take / So strange a wife as this creature must make. [Nicolson, p. 158]）》しかも彼女はシリアに対する統治権・支配権を心中窃《ひそ》かに狙っており、国家権力を掌握して支配下に置くためには手段を選ばない――残虐な無差別殺戮《さつりく》も辞さぬ人非人――権謀術数の限りを尽すのである。ドネギルドの極悪非道の《悪魔的冷静さ（diabolical cold-bloodedness）》に至っては、言語に絶するものがあり、大詩人といえども筆紙に尽し難いほどの《悪の権化・化身（incarnation of evil; evil personified）》とはまさにこのような女を指して言うのであろう。古代ユダヤ（Judea）の《ヘロデ大王（Herod the Great, ?73–4 B.C.）》をして三舎を避けしめると言わんばかりのドネギルドの暴虐ぶりは、例の《マキアヴェリズム（Machiavellism）》ならぬ、ここで敢えて新しく造語すれば、さしずめ《ドネギルディズム（Donegildism）》とでも呼ぶより外ないのである。

余談はさて措き、我々はこの辺で本題に――いささかコケティッシュで婀娜《あだ》な年増《としま》（a voluptuous middle-aged woman）である《バースの女房》に立ち返らねばならない。《バースの女房の話の序（The Wife of Bath's Prologue）》（III, ll.1–856）に拠れば、この明朗にしてあっけらかんとした性格の寡婦《やもめ》は、初婚が何と十二歳の時で、今までに正式な結婚を、驚く勿れ、五回も経験しており、こと結婚ということにかけてはなかなかの強者《つわもの》なのだが（但し、離婚歴はなし）、まことに不運な話だが、五人の夫とはすべて死別しているという。彼女は、下世話に謂う所の《小股の切れ上がったいい女》というか、《どことなく垢抜《あか》けした、小粋《こいき》な女》だが、S・T・コールリッジ（Samuel Taylor Coleridge, 1772–1834）の詩句の一行を借りて言えば、《「悲しい経験を積んで前より一層賢明な」女（"a sadder and a wiser"[26] woman）》になっているにもかかわらず、性懲りもないというか、また身の不運をさして嘆くこともなく、目下、六人目の新しい結婚相手を物色中で——近頃流行《はやり》の言葉を用いれば、《婚活中》ということだから、何とも呆れ返る外ないのである。

《バースの女房の話の序》の冒頭の八行を、御参考までに、次に引用してみよう。これを読めば、彼女の明快な話しぶりの一端が窺われようというものである。

《"Experience, though noon auctoritee
Were in this world, is right ynogh for me
To speke of wo that is in mariage;
For, lordynges, sith I twelve yeer was of age,
Thonked be God that is eterne on lyve,
Housbondes at chirche dore I have fyve,—
If I so ofte myghte have ywedded bee,—
And alle were worthy men in hir degree.[27]（III, ll. 1–8）

Experience, though no authority
Were in this world, were good enough for me,
To speak of woe that is in all marriage;
For, masters, since I was twelve years of age,
Thanks be to god Who is for aye alive,

Of husbands at church door have I had five;
For men so many times have wedded me;
And all were worthy men in their degree.[28]

「この世の中に権威ある本がなくたって、結婚生活の悩みを話すのにわたしには経験だけでほんとに十分ですわ。だって、皆様、わたしは十二歳になったときから、——ああ、有難や、永遠《とわ》にまします神様——わたしは教会の扉の前で夫を五人も迎えたんですよ。ま、これも五度のわたしの結婚がみんな、正当であったとしての話ですけど。しかも夫たちは皆それぞれ社会では立派な人でございました。[29]（桝井迪夫訳）》

中世紀（the Middle Ages）のイングランドにおいて、バースのこの快濶《かいかつ》な気性で、別け隔てのない付き合いぶりから、誰にも愛されている《メリー・ウィドウ》が、従来の《因襲道徳（conventional morality）》を一顧だにせず無視し、《社会的慣習《モーレス》》や《既成概念》などに囚われない自由な、全く驚嘆すべき、彼女独自の斬新かつ革新的な《結婚観》——《独身・独身生活（celibacy; single life）》を非難攻撃して憚らないのだ——について自ら信ずるところを人前で何ら臆するところなく立て板に水を流すように滔々と、蘊蓄を傾けて、赤裸々な長広舌を振うのはまことに見上げたものであって、天晴れとしか言いようがないのである。我々は、十四世紀の《中世人（medieval man）》である博学多識の大詩人チョーサーが創造した、この生き生きと描き出されている《バースの女房》という極めて象徴的な一作中人物の中に、早くも《近代人（modern man）》——いや、自由な発想（liberated thinking）から物を考える《近代の女性（modern woman）》の生ける姿を逸早く見て取ることが許されるのである。自ら恃《たの》む（self-reliant; selbständig）《独立独行の女性》としてのバースの女房は、敢えて大雑把な言い方をすれば、《性の解放（sexual liberation）》、《束縛からの解放（liberation from bondage）》、《あらゆる偏見からの精神の解放（the liberation of the mind from all prejudices）》、等々、世の羈絆《きはん》・束縛から解放された女性の、言わば、《象徴的存在》と見做していいのだ。従って、彼女は、一口に言えば、当時のイングランドの社会的因襲に反抗する、いささか開けた（enlightened）、《解放された女性の生ける体現者（the living embodiment of the liberated woman）》に他ならぬと規定しても一向に差し支えないであろう。要するに、彼女は自らの頭で物を考え、決断し、行動する《近代的自我》を持った女性であったのだ。

《Yblessed be God that I have wedded fyve!
Welcome the sixte, whan that evere he shal.
For sothe, I wol nat kepe me chaast in al.
Whan myn housbonde is fro the world ygon,
Som Cristen man shal wedde me anon,
For thanne, th'apostle seith that I am free
To wedde, a Goddes half, where it liketh me.
He seith that to be wedded is no synne;
Bet is to be wedded than to brynne
What rekketh me, thogh folk seye vileynye
Of shrewed Lameth and his bigamye?
I woot wel Abraham was an hooly man,
And Jacob eek, as ferforth as I kan;
And ech of hem hadde wyves mo than two,
And many another holy man also.[30]（III, ll. 44–58）

Praise be to God that I have wedded five!
Welcome the sixth whenever come he shall.

Forsooth, I'll not keep chaste for good and all;
When my good husband from the world is gone,
Some Christian man shall marry me anon;
For then, the apostle says that I am free
To wed, in God's name, where it pleases me.
He says that to be wedded is no sin;
Better to marry than to burn within.
What care I though folk speak reproachfully
Of wicked Lamech and his bigamy?
I know well Abraham was holy man,
And Jacob, too, as far as know I can;
And each of them had spouses more than two;
And many another holy man also.[31]

わたしが五度《たび》結婚できたのは、ああ神様、ありがたいことですわ！　六番目の夫もやって来るならいつでも歓迎です。だって確かに、わたしは貞操《みさお》を守ったりなどは決していたしませんから。わたしの夫がこの世から去って行くと、待ってましたと誰かキリスト教徒がわたしと結婚するでしょう。だって、そうなると、わたしは自分の好きなとき、神の御名にかけて、自由に結婚できるのだと使徒パウロが言っているじゃありませんか。パウロ様は結婚するのは決して罪ではないと言ってます。かっかと燃えているのよりも、結婚しているのがよっぽどいいことです。人があの邪悪なラメックとその重婚のことを悪しざまに言ったにしても、わたしなんぞ構うもんですか。わたしはアブラハムが信仰の篤い人だったということや、わたしの知る限りヤコブもそうだったということもよく知っています。しかもめいめい二人以上の妻を持っていましたし、またそのほかに信仰の

篤い多くの人だってそんなふうでしたもの。[32]（桝井迪夫訳）》（傍点引用者）
《火のように烈しく燃え上がって、抑えることのできない情欲・情火で悶々としているよりも、結婚してすっきりしている方が余っ程ましだ》とは宜《むべ》なる哉《かな》である。
次は、何と驚く勿れ、生殖器（generation; genitals; generative organs）をめぐっての話――《生殖器は何の目的のために造られているのか？――排尿と生殖〔生殖行為に伴う快楽を含む〕（urination and engenderings）の両方のために。》彼女は曰く言い難い真実を堂々と――あけすけに、あっけらかんと見事に喝破していると言っていいのだ。

《Telle me also, to what conclusion
Were membres maad of generacion,
And of so parfit wys a wight ywroght?
Trusteth right wel, they were nat maad for noght.
Glose whoso wole, and seye bothe up and doun,
That they were maked for purgacioun
Of uryne, and oure bothe thynges smale
Were eek to knowe a femele from a male,
And for noon oother cause,—say ye no?
The experience woot wel it is noght so.
So that the clerkes be nat with me wrothe,
I sey this, that they maked ben for bothe,
This is to seve, for office, and for ese
Of engendrure, ther we nat God displese.

Why sholde men elles in hir bookes sette
That man shal yelde to his wyf hire dette?
Now wherwith sholde he make his paiement,
If be ne used his sely instrument?
Thanne were they maad upon a creature
To purge uryne, and eek for engendrure.[33] (III, ll. 115–134)

Tell me also, to what purpose or end
The genitals were made, that I defend,
And for what benefit was man first wrought?
Trust you right well, they were not made for naught.
Explain who will and argue up and down
That they were made for passing out, as known,
Of urine, and our two belongings small
Were just to tell a female from a male,
And for no other cause—ah, say you no?
Experience knows well it is not so;
And, so the clerics be not with me wroth,
I say now that they have been made for both,
That is to say, for duty and for ease
In getting, when we do not God displease.
Why should men otherwise in their books set

That man shall pay unto his wife his debt?
Now wherewith should he ever make payment,
Except he used his blessed instrument?
Then on a creature were devised these things
For urination and engenderings.(34)

いったい何の目的で生殖器が造られているのかわたしに話して下さらないこと？　しかもこんなに完全無欠に賢明なお方によって造られているわけは何ですか、話して下さらないこと？　いいですか、それらは無用の長物ではないってことをどうかお信じ下さいまし。誰でも批評したい人、どんな議論でも、あれこれ持ち出してみたいという人はどなただって構いません、それが尿の排泄のために造られているということや、またわたしたち男と女の持っている小さい持ち物も、女性と男性を区別するためのもので、ほかの理由ではないっていうことをおっしゃって下さい。そうおっしゃるんですか？　経験からいうとそうではないっていうことがちゃんとわかります。もし聖職者の方々がわたしの言うことにお怒りにならないならわたしはこう言っているんです。つまり、それは両方のために造られているということです。これすなわち、排泄のためと生殖の楽しみのために、というわけなんです。神様のご機嫌を損じないで言えば。そうでなければなぜ人は夫が妻から受けた負債を妻に対して払う義務があるなどと、書物の中に書き記す必要があるんでしょうか。さてもし夫が彼の幸福な道具を使わなかったならば、何でもって支払いをすると言うんでしょうか。そうならこれらの器官は尿を排泄するためや、また、生殖のために人の身体の一部として造られていることになりましょう。(35)（桝井迪夫訳）》（傍点引用者）

さらにバースの女房は、こんなことも言っている。

《Myn housbonde shal it have bothe eve and morwe,

When that hym list come forth and paye his dette.
An housbonde I wol have, I wol nat lette,
Which shal be bothe my dettour and my thral,
And have his tribulacion withal
Upon his・essh, whil that I am his wyf.
I have the power durynge al my lyf
Upon his propre body, and noght he.[36]（III, ll. 152–159）

My husband he shall have it, eve and morrow,
When he's pleased to come forth and pay his debt.
I'll not delay, a husband I will get
Who shall be both my debtor and my thrall
And have his tribulations therewithal
Upon his flesh, the while I am his wife.
I have the power during all my life
Over his own good body, and not he.[37]

わたしの夫が好きなとき出てきて、彼の負債を払おうとしたら朝晩それを使わしてやろうと思います。夫をわたしは所有したいと思います、断じて。夫がわたしの負債者でもあり、わたしの奴隷でもあるようにしてやりましょう。そしてわたしが彼の妻である間は彼の肉体に虐待を加えてやりましょう。わたしは生きている間、夫自身の肉体を支配する力をもっています。彼がもっているのではありません。[38]（桝井迪夫訳）》（傍点引用者）

《As evere moote I drynken wyn or ale.
I shal seye sooth, tho housbondes that I hadde,
As thre of hem were goode, and two were badde.
The thre were goode men, and riche, and olde;
Unnethe myghte they the statut holde
In which that they were bounden unto me.
Ye woot wel what I meene of this, pardee!
As help me God, I laughe whan I thynke
How pitously a-nyght I made hem swynke!
And, by my fey, I tolde of it no stoor.
They had me yeven hir lond and hir tresoor;
Me neded nat do lenger diligence
To wynne hir love, or doon hem reverence.
They loved me so wel, by God above,
That I ne tolde no deyntee of hir love!
A wys womman wol bisye hire evere in oon
To gete hire love, ye, ther as she hath noon.
But sith I hadde hem hoolly in myn hond,
And sith they hadde me yeven al hir lond,
What sholde I taken keep hem for to plese,
But it were for my profit and myn ese?
I sette hem so a-werke, by my fey,

That many a nyght they songen 'weilawey!'[39] (III, ll. 194–216)

And as I may drink ever wine and ale,
I will tell truth of husbands that I've had,
For three of them were good and two were bad.
The three were good men and were rich and old;
Not easily could they the promise hold
Whereby they had been bound to cherish me.
You know well what I mean by that, pardie!
So help me God, I laugh now when I think
How pitifully by night I made them swink;
And by my faith I set by iti no store.
They'd given me their gold, and treasure more;
I needed not do longer diligence
To win their love, or show them reverence.
They all loved me so well, by God above,
I never did set value on their love!
A woman wise will strive continually
To get herself loved, when she's not, you see.
But since I had them wholly in my hand,
And since to me they'd given all their land,
Why should I take heed, then, that I should please,

Save it were for my profit or my ease?
I set them so to wark, that, by my fay,
Full many a night they sighed out ‘Welauway!’[40]

酒やビールが飲めなくなるといけないから、わたしは本当のことを話しましょう。わたしの夫のうち三人は良い夫でございましたが、二人は悪い人でした。その三人の方はいい人で、金持ちで年を取っておりました。彼らはわたしに縛られている、夫婦としての契約にはほとんど従うことができませんでした。いいですね、本当にあなたがたはこのことの意味をよくご存じですね！　ああ神様、本当に、どんなにかわいそうにあれたちに夜の労働をさせてやったかと思うと笑いがとまらなくて困りますわ。真実かけて、わたしは彼らがどんなに苦しもうとちっとも構いませんでした。彼らはわたしに地所や富を与えてくれました。あの人たちの愛を得ようだの、あの人たちに尊敬を払ったりだのとさらに骨折る必要はわたしにはありませんでした。天なる神様にかけて申し上げるんですが、あの人たちはとってもわたしを愛してくれましたので、わたしはあの人たちの愛にちっとも重きを置かなかったくらいでした！　賢明な女性は愛を得ようとして絶えず心を忙しくしているものです。そうです、これは愛を得ていない場合のことですがね。だがわたしは彼らをすっかり手中に握っており、しかも彼らも地所をすっかりわたしに与えてしまった上は、何故わたしが彼らを喜ばせようと気を配ったりする必要がありましょうか。それがわたしの利益になったり、わたしの楽しみになったりするのなら別の話ですけど。わたしの真実にかけて、わたしは彼らをとっても労働させてやりました。それで幾夜も幾夜も彼らは、「ああ！　ああ！」と泣くばかりでしたよ。[41]（桝井迪夫訳）》

我々男性は、《老爺《ろうや》になってから若くて盛りのついた雌牛のような女を後妻《のちぞい》に迎えてはならないこと——寿命を縮めるだけだから》ということを須く貴重な教訓として拳拳服膺《けんけんふくよう》すべしということになるであろうか。

さて、《バースの女房の話の序》の中でも圧巻なのは、何と言っても、彼女が物語る四番目の夫と五番目の夫にまつわる話に止めを刺すと言わねばならないだろう。引用文がいささか長きにわたって恐縮だが、以下に甚だ興味深い箇所を引用させていただき、大方の御高覧に供することにしよう。

《My fourthe housbonde was a revelour;
This is to seyn, he hadde a paramour;
And I was yong and ful of ragerye,
Stibourn and strong, and joly as a pye.
How koude I daunce to an harpe smale,
And synge, ywis, as any nyghtyngale,
Whan I had dronke a draughte of sweete wyn!
Metellius, the foule cherl, the awyn,
That with a staf birafte his wyf hir lyf,
For she drank wyn, thogh I hadde been his wyf,
He sholde nat han daunted me fro drynke!
And after wyn on Venus moste I thynke,
For al so siker as cold engendreth hayl,
A likerous mouth moste han a likerous tayl.
In wommen vinolent is no defence,—
This knowen lecchours by experience.[42]　(III, ll. 453–468)

My fourth husband, he was a reveller,
That is to say, he kept a paramour;

And young and full of passion then was I,
Stubborn and strong and jolly as a pie.
Well could I dance to tune of harp, nor fail
To sing as well as any nightingale
When I had drunk a good draught of sweet wine.
Metellius, the foul churl and the swine,
Did with a staff deprive his wife of life
Because she drank wine; had I been his wife
He never should have frightened me from drink;
For after wine, of Venus must I think:
For just as surely as cold produces hail,
A liquorish mouth must have a lickerish tail.
In women wine's no bar of impotence,
This know all lechers by experience.[43]

わたしの四番目の夫は道楽者でした。つまり、情婦《いろ》をかこっていたということです。それにわたしは若くて浮気心がいっぱいで、気が強いうえに力も強く、鵲《かささぎ》みたいに陽気でした。なんてじょうずに小さな竪琴に合わせて踊ることができたことでしょう。それに小夜鳴鳥《ナイチンゲール》みたいに歌もうまかったのよ、本当に。甘いお酒を一飲みしたときにはね！　あの下衆の豚野郎のメテリウスという男は、妻がお酒を飲んだからといって棒でなぐって生命を奪ったが、わたしが彼の妻だったとしたら、よもやわたしを脅して酒を飲ませないようなことはさせなかったろうよ！　そして酒の次にはわたしは愛の女神ヴィーナスのことを考えないではいられません。だって寒さが霰《あられ》を生むように、必ず酒好みの口には色好みの尻尾がついているに決まっているからよ。女が酔っぱらったら、

誘惑を守る手だては何一つないからね。このことを女たらしは経験で知っているわよ。[44]（桝井迪夫訳）》（傍点引用者）

次に挙げる例など（引用が多少長過ぎるきらいがあるが）、圧巻中の圧巻と呼ぶに値するだろう。

《When that my housbonde was on beere,
I weep algate, and made sory cheere,
As wyves mooten, for it is usage,
And with my coverchief covered my visage,
But for that I was purveyed of a make,
I wepte but smal, and that I undertake.
　To chirche was myn housbonde born a-morwe
With neigheebores, that for hym maden sorwe;
And Jankyn, oure clerk, was oon of tho.
As help me God! whan that I saugh hym go
After the beere, me thoughte he hadde a paire
Of legges and of feet so clene and faire
That al myn herte I yaf unto his hoold.
He was, I trowe, a twenty wynter oold,
And I was fourty, if I shal seye sooth;
But yet I hadde alwey a coltes tooth.
Gat-tothed I was, and that bicam me weel;

I hadde the prente of seinte Venus seel.
As help me God! I was a lusty oon,
And faire, and riche, and yong, and wel bigon;
And trewely, as myne housbondes tolde me,
I hadde the beste quoniam myghte be.
For certes, I am al Venerien
In feelynge, and myn herte is Marcien.
Venus me yaf my lust, my likerousnesse,
And Mars yaf me my sturdy hardynesse;
Myn ascendent was Taur, and Mars therinne.
Allas! allas! that evere love was synne!
I folwed ay myn inclinacioun
By vertu of my constellacioun;
That made me I koude noght withdrawe
My chambre of Venus from a good felawe.
Yet have I Martes mark upon my face,
And also in another privee place.
For God so wys be my savacioun,
I ne loved nevere by no discrecioun,
But evere folwede myn appetit,
Al were he short, or long, or blak, or whit;
I took no kep, so that he liked me,

How poore he was, ne eek of what degree.
　What sholde I seye? but, at the monthes ende,
This joly clerk, Jankyn, that was so hende,
Hath wedded me with greet solempnytee;
And to hym yaf I al the lond and fee
That evere was me yeven therbifoore.
But afterward repented me ful soore;
He nolde suffre nothyng of my list.
By God! he smoot me ones on the lyst,
For that I rente out of his book a leef,
That of the strook myn ere wax al deef.[45]　(III, ll. 587–636)

　"When my fourth husband ly upon his bier,
I wept enough and made but sorry cheer,
As wives must always, for it's custam's grace,
And with my kerchief covered up my face;
But since I was provided with a mate,
I really wept but little, I was state.
　"To church my man was borne upon the morrow
By neighbours, who for him made signs of sarrow;
And Jenkin, our good clerk, was one of them.
So help me God, when rang the requiem

After the bier, I thought he had a pair
Of legs and feet so clean-cut and so fair
That all my heart I gave to him to hold.
He was, I think, but twenty winters old,
And I was forty, if I tell the truth;
But then I always had a young colt's tooth.
Gap-toothed I was, and that became me well;
I had the print of holy Venus' seal.
So help me God, I was a healthy one,
And fair and rich and young and full of fun;
And truly, as my husbands all told me,
I had the silkiest quoniam that could be.
For truly, I am all Venusian
In feeling, and my brain is Martian.
Venus gave me my lust, my licherishness,
And Mars gave me my sturdy hardiness.
Taurus was my ascendant, with Mars therein.
Alas, alas, that ever love was sin!
I followed always my own inclination
By virtue of my natal constellation;
Which wrought me so I never could withdraw
My Venus-chamber from a good fellow.

Yet have I Mars's mark upon my face,
And also in another private place.
For God so truly my salvation be
As I have never loved for policy,
But ever followed my own appetite,
Though he were short or tall, or black or white;
I took no heed, so that he cared for me,
How poor he was, nor even of what degree.
"What should I say now, save, at the month's end,
This jolly, gentle, Jenkin clerk, my friend,
Had wedded me full ceremoniously,
And to him gave I all the land in fee
That ever had been given me before;
But later I repented me full sore.
He never suffered me to have my way.
By God, he smote me on the ear, one day,
Because I tore out of his book a leaf,
So that from this my ear is grown quite deaf.[46]

わたしの四番目の夫が棺《ひつぎ》台の上に置かれていた時に、わたしは絶えず泣いていて、妻が習慣でよくやるように、たいそう悲しそうな顔をしていました。そしてヴェールでわたしの顔を覆いました。でもわたしは別のつれあいの予約がありましたから、泣いたのも僅かでした。そのことを保証しますわよ。

翌朝わたしの夫は隣人たちによって教会に運ばれました。彼らは夫のために悲しそうな顔をしていました。わが学僧ジャンキンもその隣人の一人でした。ああ神様、お助け下さいまし！　わたしは彼が棺に従って行くのを見た時に、彼がとてもすらりとして美しい脚をしているように思えました。それでわたしの心を全部すっかり彼にくれてやったのです。彼は二十歳《はたち》だったと思います。そしてわたしは四十歳でした、本当を申し上げますとね。でもわたしはいつも若い仔馬の歯をもっていましたわ。わたしは乱杭歯《らんぐいば》だったんです。それがわたしによく似合いました。わたしには聖ヴィーナス様の御印《みしるし》のあざがついていました。神様、お助け下さいまし！　わたしは元気旺盛だったんです。それにきれいで、金持ちで、若くて、いいものに恵まれていました。本当に、わたしの夫たちがわたしに話してくれたように、わたしはこの世の中でも一番よいあれを持っておりました。だって確かに、わたしは感情はヴィーナスの申し子でしたし、心臓はマルスの申し子でしたもの。ヴィーナスはわたしに元気潑剌さやセックスへの欲望を与えてくれましたし、マルスはわたしに攻撃的な大胆さを与えてくれました。わたしの昇る運勢は牡牛座で、マルスがその中におりました。ああ！　ああ！　いったい恋が罪だなんてことは悲しいことですわ！　わたしはいつもわたしの運勢の力によって、自然の気質に従ってたわけでしたもの。そんなわけで、わたしは自分のヴィーナスの室《へや》をいい男から遠ざけたりすることができなかったという次第です。だがわたしは顔の上に、それにまた、別の秘密の場所にマルスの印を持っています。ああ神様、きっとお助け下さいませ。わたしは思慮分別などで恋をしたことは一度もありません。いつもわたしはわたしの欲望に従っていました。たとえ彼が背が高かろうと低かろうと、黒かろうと色白だろうと。彼がわたしを好きな限り、どんなに貧乏だろうと、地位が何だろうとわたしは構いませんでした。

　わたしはなんと言ったらいいでしょうか。その月の終りには、この陽気な学者先生の、礼儀正しいジャンキンが堂々と威儀を整えてわたしと結婚したんですもの。それでわたしはその時までに、わたしが手に入れていた土地財産をすっかり彼にくれてやりました。だが後になってそのことをわたしはひどく後悔しました。彼はわたしの好きな物は何もわたしに持たせようとはしませんでしたから。神かけて、彼は一度わたしの耳をぶったんです！　というのはわたしが彼の本から一枚破り取ったものですから。ぶたれたんでわたしの耳はすっか

り聞こえなくなってしまいました。(47)（桝井迪夫訳）》（傍点引用者）

（註）

○「若い仔馬の歯」（a colt's tooth: *i.e.*, youthful appetites.）《若々しい情欲》を表す。アリスンは、当年、四十歳の女盛りである。

○「乱杭歯」（gap-toothed: with teeth set wide apart.）前出（Cf. *General Prologue*, I, l.468）。当時の《人相学》に拠れば、《大胆さ、不誠実、大食、好色（boldness, falseness, gluttony, and lasciviousness）》などの印だという。

○「聖ヴィーナス様の御印のあざ」（the print of Saint Venus' seal: print, *i.e.*, a birthmark.「母斑」、「痣《あざ》」）顔、首、太腿、外陰部などにある紫色の生まれつきの痣のこと。《好色・淫乱》を表すと言われる。

○「一番よいあれ」（the best *quoniam*: quoniam: pudendum, (*pl.*) pudenda.「陰部」、「恥部」）アリスンは、下世話に謂うところの《（天下の）名器の持ち主》ということになる。

○「ヴィーナスの室」（chambre of Venus: [*euphem.*] vagina, vulva, pussy.）《女性の秘部（恥部）》の婉曲的表現。Cf. *The Romaunt of the Rose* (*Le Roman de la Rose*), l. 13, 336.

《総序の歌》の中の《バースの女房》の段の書き出しの二行目に、《だがどうしたものか、彼女は少々耳が遠くて、それが気の毒でした。（傍点引用者）》という一行があったのを御記憶の方々がいらっしゃるかもしれない。五番目の夫の学僧ジャンキンが大切に扱っていた書物からたまたまアリスンが一葉破り取ったことに対して彼は烈しく腹を立てて、彼女の頬《ほお》の辺りを一発強く引っ叩《ぱた》いたために、どうやら彼女の片方の鼓膜が破れたとみえて、片方の耳が全く聞えなくなってしまったのである。アリスンはあくまでも《片耳が聞えない（deaf in one ear）》だけであって、両耳がまるきり聞えない全聾《ぜんろう》、（差別語・軽蔑語［derogatory term］を用いて恐縮だが）《金聾《かなつんぼ》（stone-deaf）》になったわけでは決してないのである。四十路《よそじ》になってから、片方の耳が不自由になったというわけだ。

《But she was somdel deef, and that was scathe. (*Gen. Prol*, I, l. 446)

(But she was somewwhat deaf, and that was a pity.)》
《By God! he smote [struck] me once on the ear,
For that I rent [tore] out of his book a leaf,
That of the stroke [blow] my ear waxed [grew] all deaf. (III, ll. 634–636)》
《Now will I say [tell] you sooth [truth], by Saint Thomas,
Why that I rent out of his book a leaf,
For which he smote me so that I was deaf. (III, ll. 666–668)》

《And whan I saugh he wolde nevere fyne
To reden on this cursed book al nyght,
Al sodeynly thre leves have I plyght
Out of his book, right as he radde, and eke
I with my fest so took hym on the cheke
That in oure fyr fil bakward adoun.
And he up stirte as dooth a wood leoun,
And with his fest he smoot me on the heed,
That in the floor I lav as I were deed. (III, ll. 788–796)
. . . .
But atte laste, with muchel care and wo,
We fille acorded by us selven two.
He yaf me al the bridel in myn hond,
To han the governance of hous and lond,

And of his tonge, and of his hond also;
And made hym brenne his book anon right tho.
And whan that I hadde geten unto me,
By maistrie, al the soveraynetee,
And that he seyde, ‘Myn owene trewe wyf,
Do as thee lust the terme of al thy lyf;
Keep thyn honour, and keep eek myn estaat’—
After that day we hadden never debaat.[48]（III, ll. 811–822）

And when I saw he’d never cease, in fine,
His reading in this cursed book at night,
Three leaves of it I snatched and tore outright
Out of his book, as he read on; and eke
I with my fist so took him on the cheek
That in our fire he reeled and fell right down.
Then he got up as does a wild lion,
And with his fist he struck me on the head,
And on the floor I lay as I were dead.
. . . .
But at the last, and with much care and woe,
We made it up between ourselves. And so
He put the bridle reins within my hand

To have the governing of house and land;
And of his tongue and of his hand, also;
And made him burn his book, right then, oho!
And when I had thus gathered unto me
Masterfully, the entire sovereignty,
And he had said: 'My own true wedded wife,
Do as you please the term of all your life,
Guard your own honour and keep fair my state'—[49]
After that day we never had debate.

それでわたしは夫が夜通しこの呪われた本を読むのを止めようとしないのを見てとった時に、わたしは彼が読んでいる最中、突然三枚（原文のまま）引きちぎってげんこつで彼の頬をしたたかぶってやりましたので、彼は家の炉の中にもんどり打って倒れました。すると彼は狂った獅子のようにすっくと立ち上がると、またげんこつでわたしの頭を打ちつけました。それでわたしは床の上に死んだようになって横たわりました。（中略）だがいろいろ苦労ごとはありましたけど、わたしたち二人は最後にお互いに合意に達しました。彼はわたしに手綱を全部与えました。彼はわたしに家や土地の管理、いや、彼の舌の管理も、また彼の手の管理も全部わたしの手にゆだねました。それでわたしはその時ただちにその場で彼の本を焼かせたんです。そこでわたしが力と知恵の優越を示して、すべての支配権を手に入れ、彼も「わが真実の妻よ、生涯お前の好きなようにふるまい、お前の名誉を維持し、わたしの対面も保つように」と言ったその日から、わたしたちはついぞ言い争いをしたことはありません。[50]（桝井迪夫訳）》（傍点引用者）

この引用箇所は、アリスンが夫ジャンキンに対する全主権・全支配権を掌握するに至った経緯・顚末に触れたものだが、文中の《(ll. 817–818) I hadde geten unto me, / By maistrie, al the soveraynetee, / [I had gotten unto me, / By mastery, all the sovereignty, /]（わたしは、首尾よく、全支配権を掌中に収めました）》という二行中に出てくる《all the sovereignty [dominion; supremacy; mastery; control]（全支配権《ソヴリンティ》〔主権・統治権〕）》という語句に我々は少しばかり注意を払っておいてもいいだろう。しかし今はしばらく措いて、後刻改めて言及する。

　ここでいささか余談にわたるが、マス・メディアで既報の驚愕のニュースを一つ紹介しておこう。と言っても、世を震撼《しんかん》・震駭《しんがい》させるに充分なおどろおどろしい（spine-chilling）、例の《京都青酸連続毒殺事件》が昨年（平成二十六年）の暮れにかけて新聞、週刊誌、テレビのワイド番組などにおいて繰り返し賑々しく報道されていたので、おそらく御記憶の方々が大勢いらっしゃることだろう。以下に事件の概略を記す。——再婚して二ヵ月足らずの老夫（当時七十五歳）を、殺意を持ってカプセルなどに睡眠薬と共に詰めた《青酸化合物》を陰湿かつ巧妙な遣り口で摂取させて殺害するという、近年稀に見る極悪非道、血も涙もない残酷非情な人非人《にんぴにん》、《老毒殺鬼女》とでも呼ぶ外ない、字義通りの《毒婦》、《毒妻》（六十七歳）の存在が世に露顕するに及んで、我が国の、とりわけ再婚願望の強い高齢の男やもめ諸氏の心胆を寒からしめた事件と言えるのだ。

　苗字《みょうじ》は秘匿しておくが、《千佐子《ちさこ》》なる毒殺鬼は、今までに結婚歴が何と四回（すなわち、大阪府の貝塚市、兵庫県の西宮市、大阪府の松原市、京都府の向日《むこう》市）——初婚の夫と死別後に、さらに三回の再婚（敢えて言えば、再々婚、再々々婚!!）の相手三人及び交際相手（内縁関係）三人の都合六人がいずれも奇しくも死亡しているという（これらがどうやら《連続不審死事件》であるらしいというのだ）。

　この毒殺鬼女は、逮捕された当時（平成二十六年十一月）、性懲りもなく、何と五回目の結婚に備えて着々と《熟年婚活中》だったというから聞いて呆れる他ないのである。因みに、彼女が結婚相談所に提出していた《結婚の条件》の大略《あらまし》は、①高齢者であること（持病があるに越したことはない）、②一人暮らしであること（子供がいない方がいい）、③資産があること（土地、家屋、有価証券、預貯金など。財産を遺贈する《公正証書遺言》の作成を求める）の三条件であるという。何とも虫のいい話で、呆れて物が言えぬとは、こういうことか。要するに、《資産家で子無しの独居老人》ということになるのだろう。これでは何のことはない——卑劣極まりない《財産目当て

(fortune-hunting) の結婚詐欺女兼毒殺鬼》というわけだろう。事実、彼女は、再婚、交際を次々と繰り返して、死別した相手の男六人から相続した遺産の総額は何と八億円以上に上ることが判明しているという。しかしながら、《悪銭身に付かず (Male parta, male dilabuntur. [Ill-gotten, ill-spent.]; Quod male lucratur, male perditur et nihilatur. [What is evilly gained, is easily lost and reduced to nothing.])》の例に漏れず、遺産の大半は株などの金融商品取引に投資していたらしく、どうやら巨額損失を出していたとも見られている。遅蒔きながら彼女が逮捕されたので、七人目の犠牲者が出なくて済んだのは、何より幸いだったと言うべきだろう。(最新の、すなわち、平成二十七年九月の時点での続報に拠れば、千佐子被告は、交際・結婚と死別を繰り返した男性は六人にとどまらず、何と十人以上に上ると見られ、これまでの調べに対し、そのうちの少なくとも八人の殺害を図ったことを供述しているという。)

彼女は、世に言う海千山千のしたたかな遣り手熟女で、記者の取材インタヴューに対しても、いけ図々しくも顔色一つ変えずにしゃあしゃあと応対しているのだ。「再婚は生活の安定のため」であり(近頃は、どうやら《後妻業》なる新職種が現れたらしい)、「(青酸など)入れていない。逆に、どこで毒を手に入れるのか教えて下さいよ。普通の生活をしていて、どうやって手に入れるんですか」と開き直って逆質問をいけしゃあしゃあと浴せ掛けるのだから、開いた口が塞がらないのである。(因みに、《青酸化合物》は、最初の夫が経営していた印刷会社の出入りの業者から入手したもののようである。)考えてみるに、普通の家庭の一主婦にすぎなかった女性が、これほど途轍もなく悪逆極まる《妖婦《ヴァンプ》》、《毒婦》、《毒殺鬼》になり得たのも極めて珍しいことであり、《稀世・稀代の極悪人》として歴史にその悪名を留めてしかるべきであろう。

余談はさて措き、話題を《バースの女房の話 (The Wife of Bath's Tale; ME: The Tale of the Wyf of Bathe)》(III, ll. 857–1264) へと進めて行かねばならない。チョーサーは、前半の《バースの女房の序》においては八五六行も費やしているのに対して、後半の《バースの女房の話》においては半分以下の四〇八行しか割り振っていないところからしても明らかなように、チョーサー自身のバースの女房に対する思い入れ・関心の度合の深さが推し量れようというものである。

《バースの女房の話》の主題は、《女性が最も望むものは何か (What thyng is it that wommen moost desiren? [III, l.

905]; What thing is it that women most desire?; What do women desire most?)》をめぐって、アーサー王（六世紀頃の伝説上の英国《ブリテン》王）の御代《みよ》にまで遡る話である。――このアーサー王の家来にたまたま元気溌剌《はつらつ》たる若い騎士（bachelor）がいて、或る日、河岸での鷹狩りから馬に乗って帰って来る途中、前方に歩いている一人の乙女を見付け、堪らなくなって彼女の処女性（maidenhead; virginity）を手籠めにして奪ってしまうのだ。この凌辱（oppressioun; violation; rape）騒ぎが、思いの外、大きくなり、この騎士は法の定めるところによって死刑を宣告されるが、王妃や他の多くの貴婦人たちの助命嘆願によって、彼は危うく命拾いをする。王はその騎士を生かすも殺すもいずれなりと思いのままにするがよいと言って、万事を王妃に一任してしまうのだ。

《The queene thanketh the kyng with al hir myght,
And after this thus spak she to the knyght,
Whan that she saugh hir tyme, upon a day:
"Thou standest yet," quod she, "in swich array
That of thy lyf yet hastow no suretee.
I grante thee lyf, if thou kanst tellen me
What thyng is it that wommen moost desiren.
Be war, and keep thy nekke-boon from iren!
And if thou kanst nat tellen it amon,
Yet wol I yeve thee leve for to gon
A twelf-month and a day, to seche and leere
An answere suffisant in this mateere;
And suretee wol I han, er that thou pace,
Thy body for to yelden in this place."[51]（III, ll. 899–912）

The queen she thanked the king with all her might,
And after this, thus spoke she to the knight,
When she'd an opportunity, one day:
"You stand yet," said she, "in such poor a way
That for your life you've no security.
I'll grant you life if you can tell to me
What thing it is that women most desire.
Be wise, and keep your neck from iron dire!
And if you cannot tell it me anon,
Then will I give you license to be gone
A twelvemonth and a day, to search and learn
Sufficient answer in this grave concern.
And your knight's word I'll have, ere forth you pace,
To yield your body to me in this place.[52]*"*

妃は王に非常な感謝を捧げ、そのあと、或る日のこと、頃合いをみて騎士に次のように言いました、「お前はまだ現在のところ、お前の命の保障がないような状態にあります。もしお前がわたくしに、女性が最も望むものは何であるか告げることができるならば、お前の命を許してあげます。気をお付けなさい。斧がお前の首の上に落ちかからぬように！　それで、もしすぐに答えることができないならば、わたくしはお前に十二か月と一日が間、ここを出て行ってこの問いに対する満足な答えを探し、学んでくる許可を与えることにします。お前がこの場所に戻って来て、お前の身体を私に引き渡すという約束を出掛ける前に求めます[53]。」（桝井迪夫訳）》（傍

点引用者）

騎士は《女性が一番愛するものは何かを知るために（To lerne what thyng wommen loven moost [III, l. 921]; To learn what women love the most of all)》別れを告げて旅に出掛けて行く。そして《十二ヵ月と一日（a twelvemonth and a day)》の猶予期間中に《正しい答》を探し求めて、諸国を尋ね廻ってみたが、答は十人十色で、同じ意見を持つ二人にはついぞ巡り会うことがなかった（大要は割愛する）[54]。ところが、或る時、騎士は、およそこれ以上醜い老婆がこの世にいようとはとても考えられぬような妖婆にたまたま出会って、こともあろうに、この老醜女《しこめ》との結婚を条件に、彼女から正しい答を教えてもらうことになるのだ。

《To every wight comanded was silence,
And that the knyght sholde telle in audience
What thyng that worldly wommen loven best.
This knyght ne stood nat stille as doth a best,
But to his question anon answerde
With manly voys, that al the court it herde:
　"My lige lady, generally," quod he,
"Wommen desiren to have sovereynetee
As wel over hir housbond as hir love,
And for to been in maistrie hym above.
This is youre mooste desir, thogh ye me kille.
Dooth as yow list; I am heer at youre wille."
In al the court ne was ther wyf, ne mayde,

Ne wydwe, that contraried that he sayde,
But seyden he was worthy han his lyf.[55]（III, ll. 1031–1045）

Command was given for silence in the hall,
And that the knight should tell before them all
What thing all worldly women love the best.
This knight did not stand dumb, as does a beast,
But to this question presently answered
With manly voice, so that the whole court heard:
"*My liege lady, generally,*" *said he,*
"*Women desire to have the sovereignty*
As well upon their husband as their love,
And to have mastery their man above;
This thing you most desire, though me you kill
Do as you please, I am here at your will."
In all the court there was no wife or maid
Or widow that denied the thing he said,
But all held, he was worthy to have life.[56]

すべての人たちに沈黙が宣せられ、騎士はこの世の婦人が一番愛するものは何かを、聴衆の面前で話すように命じられました。この騎士は黙った獣のようにじっと立っていることもなく、すぐに彼になされた質問に男らしい声で答えました。それで宮廷中の者はその答えに聞き入りました。

「わが主たるお妃様、どこにおいても、女性たちは愛人に対してはもとより、夫に対しても支配権をもつことを願い、彼の上に君臨することを願っております。これがあなたの最大の願いです。たとえあなたがわたしを殺そうとも。さあ、あなたの好きなようにして下さい。わたしはここにあなたの意志のままに控えております。」そこに居並ぶ宮廷中の結婚している女性も乙女も寡婦も、この騎士の言ったことに反対を唱えるものは誰もいませんでした。それどころか、彼は命を助けられる値打ちがあると言いました。[57]（桝井迪夫訳）》（傍点引用者）

若い騎士は、不承不承、彼女の要求に応じて、翌日こっそりと彼女と結婚する羽目になり、その後、終日《ひねもす》、梟《ふくろう》よろしく身を隠し、老いた妻がひどく醜く見えたので、深い悲しみに沈んでいた。しかし、多少の紆余曲折を経て三日と経たぬうちに、醜い老女だと思っていた妻が、驚くまいことか、全くの別人かと見紛《みまご》うばかりの若々しい、美しい妻へと変貌・変身（metamorphosis）を遂げているのに気付いて、彼は思わず気が狂わんばかりに喜ぶのである。（因みに、老醜女が一夜にして若々しい美女に変貌するという話は、アイルランド（愛爾蘭）などのいわゆる《ケルト（克爾特）文学（Celtic literature）》の民間説話に根拠を持つと言われる。）

《And whan the knyght saugh verraily al this,
That she so fair was, and so yong therto,
For joye he hente hire in his armes two,
His herte bathed in a bath of blisse.
A thousand tyme a-rewe he gan hire kisse,
And she obeyed hym in every thyng
That myghte doon hym plesance or likyng.[58]（III, ll. 1250–1256）

And when the knight saw verily all this,

That she so very fair was, and young too,
For joy he clasped her in his strong arms two,
His heart bathed in a bath of utter bliss;
A thousand times, all in a row, he'd kiss.
And she obeyed his wish in everything
That night give pleasure to his love-liking.[59]

さてこの騎士は本当にこの様子を、つまり、彼女がこんなに美しく、その上こんなに若々しいのを目の前に見たときに、喜びのあまり彼は両の腕《かいな》に彼女を抱きました。彼の心は至福の湯舟に浸っていました。彼は千度《ちたび》もたて続けに彼女に口づけしました。一方、彼女は彼に喜びや楽しみを与えることのできるようなことではなんでも彼に従いました。[60]（桝井迪夫訳）》

《こうして二人は完全な喜びのうちに生涯を送ってゆきます。（And thus they lyve unto hir lyves ende / In parfit joye [III, ll. 1257–1258]; And thus they lived unto their lives' fair end, / In perfect joy）》で以て、チョーサーは《バースの女房の話》を一応締め括っているわけだけれども、物語の大団円のちょっとしたどさくさに乗じて、したたかで端倪すべからざるバースの女房をして、最後の最後の所で、彼女独得の《結婚観》の一端を、いみじくも僅か七行余りの機智に富んだ詩句に凝縮させて、捨て台詞よろしく赤裸々に吐露させることを決して忘れなかった詩人の執念と力量は流石と言うべきであろう。

《…and Jhesu Crist us sende
Housbondes meeke, yonge, and fressh abedde,
And grace t'overbyde hem that we wedde;

And eek I praye Jhesu shorte hir lyves
That wol nat be governed by hir wyves;
And olde and angry nygardes of dispence,
God sende hem soone verray pestilence！[61]（III, ll. 1258–1264）

...and Jesus to us send
Meek husbands, and young ones, and fresh in bed,
And good luck to outlive them that we wed.
And I pray Jesus to cut short the lives
Of those who'll not be governed by their wives;
And old and querulous niggards with their pence,
And send them soon a mortal pestilence![62]

……イエス・キリスト様、どうかわたしたちに優しくて若く、床ぶり初々《ういうい》しい夫と、結婚した夫より長生きする幸運とをお授け下さいまし。またわたしは妻の指図を受けるのを我慢しないような者の命は短うしておやり下さるよう祈ります。年寄りで怒りっぽいけちん坊めにはすぐにも、神様、疫病を見舞っておやり下さいませ[63]！

（桝井迪夫訳）》

ここで無くもがなの註記をしておきたい。一、二五九行の《fressh abedde（fresh in bed）》をどう解釈するかという一つの問題提起でもある。桝井迪夫訳（岩波文庫）に拠れば、《(優しくて若く、)床ぶり初々しい（夫)》とあり、また西脇順三郎訳（ちくま文庫）では、《(しとやかな、若い、)さわやかな（夫)》とあり、何と驚く勿れ、どうしたものか、訳文から《in bed》の部分が完全に脱落し、訳出されていないのだ。因みに、我が国には、昔から男性側から見て、相手の女性を指して、《床上手》、《床良し〔床善し〕》というよく知られた下世話な表現があり、どちらも『広辞苑』や『日本国語大辞典』（小学館）には見出し語（entry word; headword）として収録されており、文字通り、《good in bed》ということになるだろうか。とりわけ、遊女などの《床あしらいが上手なこと。閨房の技術（技巧）に長けていること。》を意味する言葉である。

この引用文の場合は、明らかに女性が男性に対して床ぶりが上手で、下世話に謂う所の《閨房術》に長けた男性を求めているのである。何しろアリスンは今までに五人の夫を喪し、目下、六人目の新しい亭主を物色中の女盛りの寡婦ゆえ、したたか女《もの》で、単に若くて元気潑剌（lively; vigorous）としているだけではなく、性技（sexual technique）に対する飽くなき追究者として、いわゆる「手を替え品を替え」ではないが、床ぶりが熟練していて、いつも新鮮味に富み、毎回女性を飽きさせない、爽やかな《色の道のつわもの》を求めていると考えるべきだろう。中世紀の女性には甚だ珍しいことだと言わねばならないが、バースの女房というのは、どうやら結婚についても独自の《結婚観》を持っていただけではなく、またセックスについても彼女一流の《性愛術の探究の精神》を、然るべき《閨房哲学》を持っていたように思われるのである。そういう意味から言っても、アリスンはルネサンス人、いや、限りなく近代人に近い女性なのだ。

ここで御参考までに、《寡婦《やもめ》暮らし（widowhood）》に関して、使徒パウロが弟子のテモテに宛てた書簡、新約聖書の「テモテへの前の書」（The First Epistle of Paul the Apostle to Timothy）の第五章第九―一四節の記述を引いておく。

《六十歳以下の寡婦《やもめ》は寡婦の籍に記すべからず、記すべきは一人の夫の妻たりし者にして、善き業《わざ》の声聞《きこえ》あり、或は子女《こども》をそだて、或は旅人を宿《やど》し、或は聖徒の足を洗ひ、或は悩める者を助くる等《など》、もろもろの善き業に従ひし者たるべし。若き寡婦は籍に記すな、彼等キリストに背《そむ》きて心乱るる時は嫁《とつ》ぐことを欲し、初めの誓約《ちかひ》を棄つるに因《よ》りて批難《ひなん》を受くべければなり。彼等はまた懶惰《らんだ》に流れて家々を遊びめぐる、啻《ただ》に懶惰なるのみならず、言《ことば》多くして徒事《むだごと》にたづさはり、言ふまじき事を言ふ。されば若き寡婦は稼ぎて子を生み、家を理《をさ》めて敵に少しにても謗《そし》るべき機《おり》を与へざらんことを我は欲す。》

これは極めて人間的で寛容な、雅量に富む趣旨の書簡と言っていいだろう。

《バースの女房》は、或る意味で、シェイクスピアの創造した、例の《フォルスタッフの女性版（a female version of Falstaff）》というか、《おんなフォルスタッフ》と言えるかもしれない。本来伝統的に考えられている《女性の属性（feminine attributes）》——例えば、好色（lechery）、強欲（avarice）、威張り散らすこと（domineeringness）、実用主義（pragmatism）、我儘（wilfulness）、口喧ましさ（shrewishness）、欺瞞（deceit）、等々といった典型的な特性（そしてこれらは《男性の属性（masculine attributes）》でもあり、いや、人間一般が生まれながらにして賦与されている《人間の属性（human attributes）》でもあると言えるのだが）を随所に過不足なく適切に鏤めながら、チョーサーは、一箇の特異な女性像を見事に創り上げることに成功したのである。

チョーサーは、中世のイングランドのいわゆる《封建主義的反女権拡張主義（feudalistic antifeminism）》の時代にあって、《女性の男性を支配したい欲望（the female's desire to dominate the male）》——《女性の支配が結婚に幸福をもたらす（female dominance brings happiness to marriage）》などという女権拡張論者的《フェミニスティック》な、時代を遙かに先取りした革新的な考え方を前面に出して、《バースの女房》という、当時としては、型破りな、進歩的かつ急進的な考えを持った女性を描くことに敢えて取り組んだと言っていいだろう。中世のイングランドの《理想的な女性像》を一口に・い摘んで言えば、《純潔な乙女、貞節な妻、貞操堅固な寡婦（clean maids, true wives, steadfast widows）[64]》ということに落ち着くだろうが、《バースの女房》こと《アリスン》は、例のフォルスタッフと負けず劣らずの現実主義者《リアリスト》であり、いわゆる《中世の行動規範（medieval codes of conduct）》の範囲を優に超えており、健康的、積極的、行動的で、かつ男好きな（amorous; lecherous）、憎めない、愛すべき女性として、突如、中世から一大飛躍を遂げて、ルネサンスの痛快な一作中人物になったと言っても過言ではないのである。言い換えれば、自らが見事に創造し得た作中人物の中に、中世の英国にあって操正しき淑女、堕落した悪女という類型的な、ステレオタイプな女性観を木っ端微塵に打ち砕いた、全く目新しく、清々しいタイプの女性像を、チョーサー自身が端なくも見出すに至ったと言えなくもないだろう。

前にも触れたように、チョーサーは、十四世紀のイングランドにおいて、熟練した一人の機織女《はたおりめ》として、俄に勃興しつつあった《新興中産階級》を代表する経済的に自立して(economically independent)働き続けるア・ラ・モードな《career woman》の体現者の一典型として、《バースの女房》を描き切ろうと努めたものと思われるのだ。性的自立を含む《女性の自立(female independence)》というのも、やはり《思想的自立》と同様、《経済的自立(economic independence)》に裏打ちされることによって初めて可能となると言っていいのである。

チョーサーは、ロンドンのテムズ河岸通り《ストリート》の《葡萄酒(輸入販売)商人(vintner or wine-merchant)》の子として生まれたが、天性穎悟《えいご》にして、早くから、また公務の傍ら、ラテン文学、フランス文学、イタリア文学などの外国文学に慣れ親しみ、その厖大な読書量から得た学識が豊かであり、かつ博覧強記の人であった。チョーサーの《知性(intelligence)・知力(intellect)》と《想像力(imagination)》と《創作力(creative power)》の所産として《バースの女房の話》という優れた一篇が生まれたと言えるのだ。《バースの女房》は、まるで詩人自らが憑依《ひょうい》したというか、乗り移ったかのように——詩人自身の代弁者かと時に錯覚するほど知的で物識り顔に滔々と長広舌を振うのである。時として我々に夏目漱石(一八六七—一九一六)の創造した若いヒロインの気の利いた台詞を想い起させることもあるのだ。

英国の王政復古期の詩人(初代の《桂冠詩人》)・劇作家・批評家のジョン・ドライデン(John Dryden, 1631–1700)が、『キャンタベリー物語』を指して、《ここには神の創り給ひし大勢の人間がゐる(Here is God's plenty.)[65]》と言ったのは名高いが、その中でもとりわけ《バースの女房》という人物は、間違いなく読者の記憶に残る、忘れ難い作中人物の代表的な一人であると言っていいだろう。中世英文学史上においても、この《バースの女房》という作中人物は、ひときわ異彩を放つ存在であり、読者を驚嘆させずには措かぬ見事な出来映え、一大達成であり、或る意味で、中世を遙かに抽《ぬき》んでた、詩人の目覚ましい力業(tour de force)、離れ業(feat)であったと言わねばならないだろう。

筆者は、平成二十七年二月末を以て、何とか晴れて後期高齢者の仲間入りを果たしたばかりだが、このところますます暇を持て余すという、或る意味で、人様から羨ましがられる結構な御身分に相成った次第である。今や暇潰しというか、老齢《おい》の無聊《ぶりょう》（ennui）を慰めてくれるのは、わたしの場合、ささやかな量の読書とたまさかの執筆（これらは習慣化して久しい）、東銀座の東劇におけるメトロポリタン歌劇場のいわゆる《MET Live Viewing》の鑑賞、それにたまには運動不足の解消と気分転換を兼ねて、ホーム・コースのある《霊峰富士（Sacred Mt. Fuji）》の裾野にまで出掛けて行って清澄な大気に浸り、燦々と降り注ぐ陽光を浴びながら打ち興じるゴルフ（有り体に言えば、悲しい哉、今や零落《おち》れ果てたへゝな猪口《ちょこ》ゴルファーにすぎぬが）、等々である。そもそもが消閑の手遊《てすさ》びにと思って——時には思うに任せず苦々しい自己嫌悪に陥りながらも止むなく——書き綴ってきたこの冗漫かつ漫漫的《マンマンデー》な蕪稿のペンをこの辺でひと先ず擱くことにする。

（註）

（1）Cf. Canterbury [kǽntəbèri]. 我が国では、長い間、「カンタベリー」と表記されることが多かったが、もうそろそろ発音通り「キャンタベリー」と表記すべきではないかと思う。Cf. canter<Canterbury pace. キャンタベリー寺院への騎馬による参詣者・巡礼者たち（Canterbury Pilgrims）が馬を《緩い（馬なり）駈け足》で進めた速さに因むという。因みに、《walk, amble, trot, canter, gallop》の順に速くなる。

（2）一九五一年、オーストリア人監督 George Hoellering によって、英国の俳優ロバート・スペイト（Robert Speaight, 1904–76）をベケット役に起用して、映画化された。エリオット自身が作品中に姿は見せないが、Fourth Tempter の台詞を読む役として出演している。英国では翌一九五二年に公開された。映画の脚本版は一九五二年に出版される。なお、邦訳としては、福田恆存訳『寺院の殺人』（『現代世界文学全集26』、新潮社、一九五四年／『エリオット全集2』、中央公論社、一九六〇年／『ノーベル賞文学全集24』、主婦の友社、一九七二年）、小津次郎訳『大聖堂の殺人』（『世界文学大系71』、筑摩書房、一九七五年）がある。

（3）ロンドン中央部の自治区の一つで、テムズ川南岸に沿い、ロンドン・ブリッジからブラックフライアー（Blackfriar）・ブリッジに至る一帯の地域。例の《地球座《グローブ》（The Globe Theatre——一五九九年に建てられたシェイクスピア劇の初演劇場。一六一三年に焼失し、翌年再建されたが、一六四四年に清教徒によって解体された。一九九七年に復元されている）》がある。

（4）齋藤勇編『研究社 英米文学辞典（第三版）』（研究社、一九八五年）、二二七ページ。

（5）行数は、筆者が今回《底本》として採用することにした、F. N. Robinson (ed.), *The Works of Geoffrey Chaucer*, Second Edition (London: Oxford University Press, 1957 / 1974) のテクストに拠る。他に、E. T. Donaldson (ed.), *Chaucer's Poetry: An Anthology for the Modern Reader* (New York: The Ronald Press Company, 1958) を適宜参照した。

（6）F. N. Robinson (ed.), *op. cit.*, p. 21.

（7）Geoffrey Chaucer, *Canterbury Tales*, translated in contemporary verse (1934) by J. U. Nicolson and illustrated with the woodcuts (1484) of William Caxton (Franklin Center, Penn.: The Franklin Library, 1981), pp. 15–16. 他に、Nevill Coghill (trans.), *The Canterbury Tales, Translated into Modern English* (London: Penguin Books, 1951; Penguin Classics, 2003) 及び *The Canterbury Tales, A Retelling by Peter Ackroyd* (Penguin Books, 2009) を随時参照した。

（8）チョーサー作、桝井迪夫訳『完訳 カンタベリー物語（上）』（岩波文庫、一九九五年）、三八—四〇ページ。サー・エドワード・バーン＝ジョウンズ（Sir Edward Coley Burne-Jones, 1833–98）の挿画入り。Cf. *The Works of Geoffrey Chaucer* (London: Kelmscott Press, 1896), a folio with 87 illustrations by Sir Edward Bune-Jones and decorative designs by William Morris.

（9）Cf. **foot-mantle**. *Obs.* "? An over-garment worn by women when riding, to protect their dress." (*O.E.D.*) 最も古い例としてこの一行が挙がっている（[l. 472] "A foot-mantle aboute hir hipes large."）。

（10）（指揮）ファビオ・ルイージ（Fabio Luisi）、（演出）エイドリアン・ノーブル（Adrian Noble）、（マクベス）ジェリコ・ルチッチ（Željko Lučić [Br]）、（マクベス夫人）アンナ・ネトレプコ（Anna Netrebko [S]）、（バンクォー）ルネ・パーペ（René Pape [B]）、（マクダフ）ジョウゼフ・カレーヤ（Joseph Calleja [T]）、他。黒澤明監督の『蜘蛛巣城』（一九五七年）参照。

（11）すなわち、ヘンリー一世（在位一一〇〇—三五）、ヘンリー二世（在位一一五四—八九）、《獅子心王（the Lion-Heart; Cœur de Lion）》リチャード一世（在位一一八九—九九）、《欠地王（Lackland）》ジョン王（在位一一九九—一二一六）、ヘンリー三世（在位一二一六—七二）、《長脛王（Longshanks）》エドワード一世（在位一二七二—一三〇七）の六人のイングランド国王。

（12）Geoffrey Chaucer, *Troilus and Criseyde*, Bk. V, l. 1856. F. N. Robinson (ed.), *The Works of Geoffrey Chaucer*, Second Edition, p. 479.

（13）Cf. John Gower, *Confessio Amantis*, B. ii. 御参考までに、邦訳としては、伊藤正義訳『恋する男の告解』（篠崎書林、一九八〇年）がある。

（14）F. N. Robinson, *op. cit.*, p. 66.

（15）J. U. Nicolson, *op. cit.*, p. 149.
（16）桝井迪夫訳、前掲訳書、二一二ページ。
（17）F. N. Robinson, *op. cit.*, p. 66.
（18）J. U. Nicolson, *op. cit.*, p. 151.
（19）桝井迪夫訳、前掲訳書、二一五―二一六ページ。
（20）F. N .Robinson, *op. cit.*, p. 70.
（21）J. U. Nicolson, *op. cit.*, p. 161.
（22）桝井迪夫訳、前掲訳書、二三三ページ。
（23）F. N. Robinson, *op. cit.*, p. 72.
（24）J. U. Nicolson, *op. cit.*, p. 165.
（25）桝井迪夫訳、前掲訳書、二四一ページ。
（26）Cf. Samuel Taylor Coleridge, *The Rime of the Ancient Mariner* (1798), pt. VII, st. 25.
（27）F. N. Robinson, *op. cit.*, p. 76. "The Wife of Bath's Prologue," *The Canterbury Tales*, ll. 1–8.
（28）J. U. Nicolson, *op. cit.*, p. 347.
（29）桝井迪夫訳、『完訳 カンタベリー物語（中）』（岩波文庫、一九九五年）、七ページ。
（30）F. N. Robinson, *op. cit.*, p. 76.
（31）J. U. Nicolson, *op. cit.*, p. 348.
（32）桝井迪夫訳、前掲訳書、九ページ。
（33）F. N. Robinson, *op. cit.*, p. 77.
（34）J. U. Nicolson, *op. cit.*, p. 350.
（35）桝井迪夫訳、前掲訳書、一一ページ。
（36）F. N. Robinson, *op. cit.*, p. 77.
（37）J. U. Nicolson, *op. cit.*, p. 351.
（38）桝井迪夫訳、前掲訳書、一三ページ。

（39）F. N. Robinson, *op. cit.*, p. 78.
（40）J. U. Nicolson, *op. cit.*, p. 352.
（41）桝井迪夫訳、前掲訳書、一五―一六ページ。
（42）F. N. Robinson, *op. cit.*, p. 80.
（43）J. U. Nicolson, *op. cit.*, pp. 358–359.
（44）桝井迪夫訳、前掲訳書、二六ページ。
（45）F. N. Robinson, *op. cit.*, pp. 81–82.
（46）J. U. Nicolson, *op. cit.*, pp. 362–363.
（47）桝井迪夫訳、前掲訳書、三一―三三ページ。
（48）F. N. Robinson, *op. cit.*, pp. 83–84.
（49）J. U. Nicolson, *op. cit.*, pp. 367–368.
（50）桝井迪夫訳、前掲訳書、三八―三九ページ。
（51）F. N. Robinson, *op. cit.*, p. 85.
（52）J. U. Nicolson, *op. cit.*, p. 374.
（53）桝井迪夫訳、前掲訳書、四三ページ。
（54）一例を挙げれば、中には、《しばしば後家になって再婚することだ（And oftetyme to be wydwe and wedde [III, l. 928]; And often to be widowed and re-wed）》などと不埒なことをけろりと言ってのける女もいたという。
（55）F. N. Robinson, *op. cit.*, p. 86.
（56）J. U. Nicolson, *op. cit.*, pp. 377–378.
（57）桝井迪夫訳、前掲訳書、四九―五〇ページ。
（58）F. N. Robinson, *op. cit.*, p. 88.
（59）J. U. Nicolson, *op. cit.*, p. 383.
（60）桝井迪夫訳、前掲訳書、五九ページ。
（61）F. N. Robinson, *op. cit.*, p. 88.

（62）J. U. Nicolson, *op. cit.*, p. 383.

（63）桝井迪夫訳、前掲訳書、六一ページ。

（64）Cf. Margaret Hallissy, *Clean Maids, True Wives, Steadfast Widows: Chaucer's Women and Medieval Codes of Conduct* (Westport, CT: Greenwood Press, 1993)

（65）Cf. Preface to *Fables, Ancient and Modern* (1700). "God's plenty"=a large number of God's creatures.　因みに、この《序文》は、ドライデンがチョーサーを《father of English poetry》と呼んでいることで名高い。

（March　2015）

II

吉田健一とジョン・ダン

——ケンブリッジ大学キングズ・コレッジ入学の頃

《詩人は新鮮な影像を求めて凡そ掛け離れた事柄の結合を試み、詩で普通に用ゐられる種類の比喩その他は悉く斥けられる代りに、一般には詩による表現に適してゐないと考へられてゐる現実の生活に属することが持つて来られて、その思ひ掛けなさで詩を引き立て、常識に基く一切の価値や観念は無視されて、想像力は大胆な思ひ付きに向つて飛躍する。——吉田健一『英国の文学』、「V　形而上学派の詩人達」》

一

吉田健一（一九一二〔明治45〕・03・27—一九七七〔昭和52〕・08・03）と言えば、このたび（二〇一四年十二月）長谷川郁夫氏（二〇〇七年から大阪芸術大学教授、元・小澤書店社長）が、A5判二段組六五〇ページ余りに及ぶ浩瀚かつ画期的な評伝の決定版『吉田健一』（新潮社、二〇一四年九月刊）によって、優れた散文作品に贈られる第41回《大佛次郎賞》（朝日新聞社主催）を受賞したことは何とも喜ばしいビッグ・ニューズであった。晩年の吉田健一がどうやらその人柄にぞっこん惚れ込んで可愛がり、贔屓にしていたと覚しい、まだ二十代半ばを過ぎたばかりの青年編集者兼発行人であった長谷川郁夫氏（一九四七年神奈川県横須賀市生まれ）が、吉田さんの急逝直後から、《吉田健一評伝》の構想プランを三十有余年の長きにわたって胸底深く秘かに暖め、かつ慈しんできて、氏の《ライフワーク》として、精魂を傾け、かつ満を持して著したものが——具現化・結実化したものが、この『吉田健一』に他ならないのである。言わば《吉田健一とその時代》という視点から、月刊『新潮』に足掛け四年、全13回にわたって、間歇的に連載されてきたものだが、発表されるたびにその都度わたしは愛読してきたことは言うまでもない。長谷川氏の今回の栄誉ある大佛次郎賞受賞という慶事、祝い事、《ハッピー・イベント》は、吉田健一の《不肖の弟子》の末席を汚す一人として、また《吉田文学》の半世紀にわたる熱烈なファンの一人として、まことに慶賀に堪えない次第である。

ついでに言えば、長谷川郁夫氏は、早稲田大学文学部在学中の一九七二年（二十五歳位か）、自ら興した文芸出版社《小澤書店》の社主として、三十年近くにわたって（正確には、一九七二年から二〇〇〇年九月まで）、数多くの良質な文芸書の編集・制作に携わってきた人物として知られる。小澤書店の出版物は、企画・編集・用紙の選定・印刷・装幀・製本、等々、《本づくり（bookmaking）》全般にわたって出版人としての矜恃・高雅な精神が籠っているというか、濃やかな配慮の跡と意気込みのほどが窺われるのであった。おそらく文化的所産としての《本づくり》というものに対する長谷川氏独自の繊細な美学・美意識と若々しい情熱を吉田健一は逸早く見て取って、高く評価し、応援する気になったものであろう。若いのになかなか見上げた人物、見所のある青年と感じ取り、まさしく「人生意気に感ず」（「人生感意気、功名誰復論」——魏徴《ぎちょう》「述懐」）で、互いに意気相投合されたのかもしれない。

敢えて極言すれば、現在、《吉田健一の文学》についてならば、論じることのできる人はかなりの数おられるかもしれないが、翻って考えてみると、《吉田健一の評伝》の類を執筆するとなれば、おそらく長谷川郁夫氏を措いて他には容易に見当たらないかもしれぬだろう。従って、今回の長谷川氏の博引旁証で自己抑制の利いた（self-restrained）、明快な語り口の『吉田健一』を以て、吉田健一の評伝文学の嚆矢《こうし》とし、また間違いなく金字塔として、日本文学史上に長くその名を遺すであろう。長谷川氏自身の代表的著作である『美酒と革嚢——第一書房・長谷川巳之吉』（河出書房新社、二〇〇六年八月刊、芸術選奨文部科学大臣賞）及び出色の記念碑的な評伝文学の決定版『堀口大學——詩は一生の長い道』（河出書房新社、二〇〇九年十一月刊）、この二作品にさらに今回の『吉田健一』を併せれば、《長谷川氏の評伝三部作（Hasegawa's Trilogy of Critical Biographies）》と呼んでいいだろう。いずれも優るとも劣らぬ

《入魂の力作・大著》であると言わねばならない。

ところで、長谷川郁夫氏の第41回大佛次郎賞受賞記念講演会「『吉田健一』あれこれ」（主催・朝日新聞社、大佛次郎記念館、後援・横浜市中区役所）が、先日――正確に言えば（二〇一五年）三月十四日（土）、午後二時から、横浜市開港記念会館（中区本町一―六）において開催された。わたしも当然予約を入れて出掛けて行ったが、幸いにして定員四〇〇名の会場は満席であった。無論、わたしは長谷川氏の講演を初めて拝聴したわけだが、わたしの目にも彼は控え目な、好感の持てる人物と映ったし、これなら吉田健一も彼を贔屓にしたのも宜なる哉と納得したりもした。大学における学生相手の講義などとは勝手が大分違って、（敬語の使い方の問題が出てくる）公開の講演会には全く不慣れと仰しゃる長谷川氏は、講演の日が近づくひと月前くらいから次第に落ち着かなくなって、止むなく草稿の準備に入ったという。しかしながら、当日は持ち時間切れとなり、前以て準備してきた分量の三分の一ほどしか話せなかったという。

当日の講演会について、三月十七日（火）付の朝日新聞紙上において、野波健祐記者は次のように簡潔に紹介している。

《吉田の印象について「この人は士《さむらい》なんだなと感じていた」という。吉田の出自をさかのぼると、父・吉田茂、祖父・牧野伸顕《のぶあき》、曾祖父・大久保利通と近代の大物政治家に連なる。いずれもテロの標的となった。「今思うと、吉田さんは死に対して潔さを持っていた。友情を大事にする一方、馴れ合いを嫌がり、相手の中にみだりに踏み込んでいかない、珍しい友情感覚を持っていた」

質疑応答で、「吉田文学の魅力を一言で表すと」との質問が出ると、「私小説をはじめ湿度の高い文学風土の日本文壇で、「大人の文学」を志向した吉田さんはアウトサイダーになるしかなかったが、旅について書くときも酒について書くときも、生きる喜びを感じさせる作品を書き続けた。そこに惹かれた」と答えた。》

ついでに付記すれば、吉田健一は、《現代知性全集35》『吉田健一集』（日本書房、一九五九年）に付けた自筆の

《年譜》において、一九三一（昭和６）年三月、前年十月に入学したケンブリッジ大学（キングズ学寮《コレッジ》）英文学部を中退し、英国より帰朝後、「これから文士になりましょうと思う」（傍点引用者）と明言・明記しているのだ。概して言えば、いやしくも文士たらんと欲するからには、強靭な精神・神経・肉体・頭脳の持ち主であることは言うまでもないが、さらに豊かな文才・筆力に恵まれているに越したことはないのである。吉田さんは、あろうことか、選《よ》りに選って《著述業（the literary profession; the profession of letters）》などという《文筆で生計を立てる（make a living by the pen）》、《文士として身を立てる》ことの困難さを充分覚悟の上で、敢えて不安定かつ苛酷な職業を選択したところから察するに、彼は自分の《文才 (literary genius)》というものに対して相当の自信を持っていたとしか思えないのである。尤も、彼には、余人と違って、英語とフランス語がずば抜けてよく出来たので、いざとなれば、翻訳という特技を生かして糊口の資を得ることができるという利点があったことは確かだけれども。そう言えば、吉田さんは、生前、戯《おど》けて「家を作るわけではない」などと言って、《作家》という言葉を極度に嫌悪し、自らを専ら《文士》と誇りを込めて呼んでおられた。いわゆる《文学者（a literary man; a man of letters; a *littérateur*）》である吉田さんは、己の生業《なりわい》を「文筆に従事する士《さむらい》」という意味で《文士（homo litteratus）》――敢えて英訳すれば、《a literary samurai; a samurai of the pen》――という表現を偏愛しておられたのだ（英語にも《a knight of the pen［*jocular*］》という表現があることはあるが……）。《筆一本で身を立てる》ことに対して彼は余程自ら恃《たの》む所（self-reliance）があったのである。

二

実を言えば、わたしは学部四年の秋（《卒業論文》執筆たけなわの頃）、何かと学生の面倒見の良いことで知られていた瀬尾裕（一九一六―八八・10・13）教授に思い切って大学院進学の件で相談に伺ったところ、中央大学大学院文学研究科に博士課程を新設するに当たって、何と驚く勿れ、来年度（一九六三〔昭和38〕年度）からは吉田健一が、また再来年度（一九六四〔昭和39〕年度）からは中野好夫（一九〇三―八五・02・20）が、それぞれ専任教授として就任することに決まったという俄には信じ難いようなビッグ・ニューズを聞くことができた。わたしは、学部入学後、たまたま（いや、奇しくもと言うべきか）吉田、中野両氏の著作を手当たり次第に愛読し、かつ蒐集することに努めていたので、この願ってもない情報に接してわたしは先ずは修士課程に進学しようという決心が即座に固まったことは言うまでもないだろう。

中野好夫は、尾上政次（一九一二―九四・01・18）教授、瀬尾教授、野崎孝（一九一七―九五・05・12）教授といった直弟子たちの肝煎りでというか、彼らの執拗な、たっての懇請に屈服して、止むなく教授職を引き受けざるを得なかったものと思われるのである。

然るに、吉田健一の場合はどうだったのだろうか。これについては、石川祐平（一九一六―二〇〇三・06・12）さんと連れ立って新宿区払方町の吉田邸に弔問に伺った際に、信子夫人の口から直接耳にしたのだが、長谷川如是閑（一八七五―一九六九・11・11）翁の御推輓によるものであったという。（ついでに書いておくが、弔問を済ました後、生前の吉田先生がいたく気に入って贔屓にし、木曜日の行きつけの店の一軒となった例の神保町のビヤホールの老舗《ランチョン（Luncheon）》に石川さんとタクシーで直行し、吉田さんと同じく生ビールをジョッキ四杯ずつ飲み干したことを今懐かしく想い起すのである。）

その当時、長谷川萬次郎は中央大学の《理事会顧問》をしておられた。（念のために註記すれば、長谷川如是閑は、一九四九年五月に発足した《あるびよん・くらぶ》の会長を引き受けていたし、また吉田健一は、《英文化綜合誌》として機関誌『あるびよん（*Albion*）』の編輯委員を務めていた。）吉田さんがかねがね尊敬しておられた如是閑翁からどうやらお声が掛かってきたらしく、吉田さんは《三顧の礼》を以て迎えられたのであった（と言えば、まことに聞えがいいのだが、実のところ、吉田さんは、或る時、下戸の如是閑からしこたまお酒を振舞われて教授を引き受けざるを得ない羽目になってしまったらしいのである）。それで思い出したが、義理堅かった吉田さんの方も、少なくとも年に一度は《御機嫌伺い》に小田原に隠棲しておられた如是閑翁の御自宅を訪問していたようだったし、その際、分厚く切った虎屋の《羊羹と抹茶》を御馳走になった話をわたしは酒席で先生から直《じか》に伺った憶えがある。（そう言えば、少なくともわたしが大学院生だった頃、先生は、信子夫人と暁子さんを伴って、ほとんど毎月のように、大磯の実家へ御機嫌伺いに行っておられたのである。）

かくして、吉田さんは《二足の草鞋《わらじ》を履く》羽目になったとはいえ、吉田さんの本業はあくまでも文士であることには変わりなく、言わば、副業に英文学者として大学教授を兼務することになったわけである。神田駿河台の大学まで講義のために（タクシーを拾って）出掛ける週に二日の出講日だけは（水曜日〔学部二コマ――「シェイクスピア講読」と「文学概論」〕及び木曜日〔大学院一コマ――「近代英文学（英詩）特殊講義」〕）、少なくとも原稿用紙に向かわなくても済むわけだから、吉田さんにとって一種の息抜き（relaxation）になっていたことは間違いないと言えるだろう。

ところで、吉田さんは、一九六三（昭和38）年四月十九日付『朝日新聞』朝刊紙上に、「腰弁になるの記」（『定本落日抄』〔小澤書店、一九七六年〕所収）と題する一文を寄稿しておられる。当時、わたし自身もこの一文に直ぐ気付いたので、当然のことながら切り抜いてどこかに貼り付けて保存しておいた筈だが、どうしたわけか、今回捜してはみたものの今のところ見当たらないので、もしかすると紛失してしまったのかもしれない。四百字詰め原稿用紙で四枚半余り（約千八百字）の文章である。新聞掲載時の文章は、新聞社の慣例に従って、新漢字・新仮名遣いによる表記に改められていたことは言うまでもない。本当は全文を丸ごと引用するに越したことがないのだが、紙幅の都合もあるので、要所要所を掻い摘んで以下に引用させていただくことにする（改行せず、ベタ組みとする）。

《大学の先生になるのに就て別に改つた理由がある訳ではない。（中略）併し学校で喋つてゐる時間だけでもものを書かずにすむことになるのを望むに就ては非常にはつきりした理由がある。要するに、この仕事がいやで堪らないからであるが、当節のことではあり、これには色々と説明したり、弁解したりしなければならないのに違ひない。（中略）つまり、文学の仕事といふのは不自然なものなのである。そしてそれを人間がやるのは、さういふ不自然なことを自然に求めるものが人間のうちにあるからである。さういふ風に出来てゐるのだからこれは仕方がない。（中略）そして文学の作品といふのは、これも生憎、小説の別名なのではなくて、何だらうと作品になるのであり、ものを書く毎に一つの作品を仕上げる積りで、又事実、仕上げるのでなければ、文学の仕事をしてゐると称するのは無意味である。さうすると、何か書く毎に水に潜ることになり、さういふ性質の仕事であるからそのうちに馴れて来て楽になるといふことはあり得ない。勿論、その解り切つた対策はさういふことをするのに間を置くことである。（中略）かういふ仕事に比べれば、自分がいつの間にか覚えて身に付けた事柄や話を人の前で喋るのは凡そ自然な行為である。それは言はば、金魚売りが、金魚、金魚を呼びながら金魚を売つて廻るやうなものだらうか。それが望ましいことと思はないものは、書くといふことをしたことがないか、或はあつても、何か書いたと称するに足りるものを書いたことがないのである。欲も得もなく金魚を売りたくなつた人間ならば大学の先生にもなれる。（中略）兎に角、水の中に潜つてゐるのでない時間が或る程度まで確保されるといふのは、考へて見ると、当り前な話である。[1]》（傍点引用者）

吉田さんは、例の一九四五（昭和20）年三月十日未明からの米国空軍のB‐29爆撃機の焼夷弾投下による無差別爆撃、いわゆる《東京大空襲》で牛込区拂方町の自宅が全焼してしまい（とりわけ愛蔵していた洋書の焼失が悔まれるという）、着のみ着のままで焼け出され、無一物となって、止むなくあちこち転々とした後、やがて鎌倉に転居する。そして一九四七（昭和22）年、吉田さんは、鎌倉市東御門の（フランス文学者で、病気のために東京帝国大学文学部助教授を退官し、数年前に物故していた）山田珠樹（一八九三―一九四三）邸に妻子四人で間借り生活をしていた頃、貧乏のどん底生活から何とか脱《ぬ》け出すために背に腹は替えられずで、『新夕刊』という新聞社に（ＧＨＱとの交渉役のために）渉外部長として入社したり、また例の《鎌倉アカデミア》（於・光明寺、三枝博音《さいぐさひろと》校長）で「英文学」を講義したりしている。

さらに、吉田さんには、一九四九（昭和24）年四月から渋谷の國学院大学文学部の非常勤講師として長年にわたって「文学概論」の講義（週一回、一コマ）を担当してきたという経験があるのだ。（また、翌年の四月からは、清泉女子大学の非常勤講師として出講していたようでもあるが未詳。）國学院大学の方は慶應義塾大学教授で国文学者・歌人として著名な折口信夫《しのぶ》〔釈迢空《しゃくちょうくう》〕（一八八七―一九五三）が吉田さんに白羽の矢を立てて、（人を介して？）口説き落とされ、どうやら吉田さんの方も仕方なく引き受けざるを得なかったらしいのである。その長年にわたる知的、精神的営為が見事に結実した論攷が他ならぬ名著としての評価の高い『文学概論』(垂水書房、一九六〇年)であったことはここで改めて言及するまでもあるまい。

そう言えば、吉田さんのエッセイに「文士」並びに「講義する文士」というのがある(『乞食王子』(新潮社、一九五六年)所収)。どちらも実際の文章に当たっていただくより他ないが、御参考までに、ここではそれぞれの書き出しだけを紹介するに止めておこう。

《乞食が原稿を書いたり、英語の新聞を読んだりするのは可笑しいと思ふものがあるかも知れない。併しこつちは王子でもあることを忘れて貰つては困る。(2)》(「文士」)

《乞食で、王子である他に、文士で大学の講師であるといふのは可笑しいだらうか。(3)》(「講義をする文士」)

それまで我が国で世に聞えた『文学概論』と言えば、学位請求論文『英国近世唯美主義の研究』(東京堂、一九三四年)の著者で、早稲田大学文学部で長らく教鞭を執られた傑出した、典雅な文人英文学者、学匠批評家の本間久雄(一八八六―一九八一)博士の名著『文学概論』(東京堂、一九二六〔大正15〕年/〔改稿版〕一九四四年)が秀逸な著作として戦後も長い間学生の間で愛読されてきたことは誰しも認めるところであろう。本間久雄にしても、また吉田健一にしても、もとより論攷の内容をより深化・成熟させるためには、当然のことながら、年号付きの上質の葡萄酒 **(vintage wine)** よろしく、それなりの然るべき《熟成期間 **(a period of maturation)**》を必要としたであろうことは言うを俟たないのである。

三

さて、文士・吉田健一氏が中央大学文学部教授として我々大学院生の前に(五十一歳になられた直後で)淡青色

（ケンブリッジ・ブルー）の背広で颯爽とお姿をお見せになられたのは、忘れもしない、一九六三（昭和38）年四月の学員会館（その後改築され、現在の駿河台記念館となる）における《大学院入学式》当日のことであった（おそらく神田駿河台〔厳父茂氏の出生地でもある〕の校舎に初めて出校されたのであろう）。その年はたまたまわたしが大学院修士課程に進学した年に当たり、以後わたしは丸五年間にわたって（博士課程を単位取得満期退学する一九六八〔昭和43〕年三月まで）、毎週一回ずつ（木曜日第三時限目）、英文学者・吉田健一教授の講義を拝聴することができるという願ってもない僥倖に恵まれることになったのである。

　吉田先生から五年間にわたって我々大学院生が受けた英詩の講義のテクストを、御参考までに、以下に挙げておくことにする。と言っても、先生は受講生に特定のテクスト名を詳細に指定なさるわけではなかったので、院生は銘々が思い思いに洋書店——丸善本店（日本橋）、北澤書店、三省堂本店、東京堂書店（いずれも神田神保町）、紀伊國屋書店（新宿）などの洋書売り場で購入して準備するのであった。わたし自身は、さほど裕福ではないくせして、いつ頃からか主義として、その当時入手し得る限りの、また出来るだけ信頼の置ける本文の、《最良の版》を無けなしのお金をはたいて買い求めることにしていた。《刊本《エディション》》に拘泥するようになったのは、どうやら西川正身（一九〇四—八八・01・25）先生の感化を受けたせいかもしれない。尤も、後年、わたしも人並みに著作を上梓するようになり、《装幀 (binding)》や《造本 (bookmaking)》に非常に強い興味を持つようになったのは、他ならぬ吉田健一先生の感化のせいであったのは言うまでもないが……。今にして思えば（いや、今ではおよそ考えられぬことだが）、昭和三十年代及び四十年代当時の東京都心の洋書店の書棚にはクロス装のハードカヴァーの上製本が随分揃って並んでいたものである。その頃は、そんなわけで、崇文荘書店（神田小川町）などの洋古書店も含めて、都心の《本屋巡り》が（当然、散歩も兼ねているわけだが）非常に楽しく思えたのも無理からぬことであったと言えるのだ。

一九六三（昭和38）年度（修士課程第一年次）

John Hayward (1905–65) (ed.), *John Donne, Dean of St. Paul's: Complete Poetry and Selected Prose* (The Nonesuch Press, 1929/1962)

Herbert J. C. Grierson (1866–1960) (ed.), *The Poems of John Donne* (Oxford: Clarendon Press, 1912/1953) 2 vols. 《Oxford English Texts》

Sir Herbert Grierson (ed.), *The Poems of John Donne* (Oxford University Press, 1933/1964)《Oxford Standard Authors》

松浦嘉一（一八九一―一九六七）註釈、*Select Poems of John Donne*（研究社、《英米文学叢書》、初版一九四〇年／一九六一年）

さらに後年、Helen Gardner (ed.), *The Elegies and The Songs and Sonnets of John Donne* (Oxford University Press, 1965/1966); Sir Herbert Grierson (ed.), *John Donne:Poems* (Franklin Center, Penn.: The Franklin Library, 1982) With all edges gilt.; Homer Carroll Combs and Zay Rusk Sullens (eds.), *A Concordance to The English Poems of John Donne* (New York: Haskell House Publishers Ltd., 1940/1969) 等々を入手した。

一九六四（昭和39）年度（修士課程第二年次）

前年度に引き続き、Donne, *The Songs and Sonnets* の講義。

一九六五（昭和40）年度（博士課程第一年次）

The Collected Poems of W. B. Yeats (Macmillan, 1933; 2nd ed.1950/1961)

さらに後年、*The Collected Poems of W. B. Yeats* (The Franklin Library, 1979)《Definitive Edition, with the Author's Final Revisions. Limited Edition, Illustrated with the Paintings of Anne Yeats, and Bound in full green morocco and with all edges gilt.》を入手した。

一九六六（昭和41）年度（博士課程第二年次）

A. L. Rowse (1903–97) (ed.), *Shakespeare's Sonnets* (Macmillan, 1964)

W. G. Ingram (1887–?) and Theodore Redpath (1913–97) (eds.), *Shakespeare's Sonnets* (University of London Press, Ltd., 1964/1967; Barnes & Noble, 1965)

さらに後年、Steven Booth (ed.), *Shakespeare's Sonnets* (Yale University Press, 1977/1978); William Burto (ed.), *The Sonnets and Narrative Poems of William Shakespeare* (Everyman's Library 91, 1992) 等々を入手した。

一九六七（昭和42）年度（博士課程第三年次）

Dylan Thomas: Collected Poems, 1934–1952 (J. M. Dent & Sons Ltd., 1952/1964)

考えてみるに、大学院生の中でも五年間にわたって連続して吉田先生の講義を拝聴する機会を持った院生は、どうやら不肖わたし一人だけで、他にはいなかったように思う。いや、間違いなくわたし一人だけであったとここで断言できるのである。学部の授業のことはわたしは与り知らぬが、こと大学院の授業に限って言えば、吉田先生御自身もこの時間だけは大変楽しみにしておられた御様子で、五年間休講は皆無であった。明らかに風邪気味だと思われる時でも、先生は決して休まれなかった。吉田先生にしてみれば、大学院のゼミ用の小教室で、英国の《愛読詩集》をいかにも嬉しそうに（文字通り、嬉々として）音読しながら講義するわけだから、先生御自身もこの上なく楽しかったのも無理もないのである。わたし自身も毎回待ち遠しいくらい楽しみにしていたし、五年間全出席したことは改めて言うまでもないのだ。

これは既に他の所[4]でも少し書いたことがあるのだが、ここで敢えて繰り返し書くことを許されたい。吉田先生の授業は、いわゆる《独講》（先生の言わば独演会）であり、我々院生はただただ拝聴していればいいわけであったが、先生はテクストをあの響きのいい、張りのある、美しい声で（ハイ・バリトンか？）、しかもよく知られている、あの格調の高い（英国の上流階級の）発音で朗読され、いかにも楽しげに、淡々と屈託なく講義を進めて行かれるのであった。先生の講義は、あの一見捉え所のないような、飄々たる語り口で以て、単に《文学の話》をふんだんにされるだけではなく、ありとあらゆる分野の話題に及び、それはまさに天馬空を行くが如しであった。また、これは文壇の仲間うちでは夙《つと》によく知れ渡っていたことだが、先生は、古今東西の多くの《名詩》を（英語・仏語・独語など）原語のままでよくぞと言いたいくらい見事に諳んじておられたので、講義中、必要に応じてその都度、《触《さわ》り》の幾行かをすらすらと淀みなく流れるように暗誦なさるのには受講生一同は度肝を抜かれたものであった。このような人の度肝を抜く驚異的離れ業は、いかに外国文学かぶれの大学の文学教授といえども到底真似のできるものではないのである。しかし、吉田先生に言わせれば、「いい詩なら、直ぐ覚えられる」ものだという。

顧みるに、学部の学生の頃、英詩がいささか苦手に思えていた少なくとも当時のわたしに《英詩の面白さ・楽しさ》を厭というほど教えて下さったのは、他ならぬ吉田先生の授業であったことは間違いないように思うのである。

ところで、わたしが博士課程の第三年次、ウェールズの鬼才詩人ディラン・トマス（一九一四―五三）の『全詩集――自一九三四年至一九五二年』（一九五二年）の講義を受けていた頃（昭和42年）、たまたま厳父の吉田茂（一八七八―一九六七・10・20）元首相が急逝された（満八十九歳の眠るが如き大往生であったという）。その直後の講義（十月二十六日（木））は、当然、忌引となり、休講が許されるのが我が国の慣わしになっているはずだが、掲示板には休講の貼り紙が出ていなかったので、全く半信半疑の気持ちで、いささか気を揉みながら我々受講生六名はそれでも講義室でいつになく神妙な顔付きで待機するしかなかった。すると、果たせる哉、常日頃、公私の別を峻別なさっておられた吉田先生は、やはりいつも通り、何食わぬ顔で、講義室に例の急ぎ足で飄然と現れて、普段と全く同じ調子で（Dylan Thomas, “In Country Sleep” の15行目から）講義を始められたのには、我々受講生の方も大いに面食らったし、かつ驚きもしたものだった。

十月二十三日（月）にはカトリックの東京カテドラル聖マリア大聖堂（文京区関口）で《葬儀》が、また十月三十一日（火）には日本武道館で《国葬》がそれぞれ執り行われた。二十日（金）夜、大磯の吉田邸では、喪主である先生は、馳せ参じてきた政財界や官界の要人たちから成る大勢の弔問客との応対に追われる合間合間にオールド・パー（もしかしたらジョニ黒だったか？）を――先生のことだから、勿論、ストレートで――ちびりちびり飲《や》りながら一晩で一本を空けてしまったと、わたしは暮れの恒例の《ランチョン》における忘年会（十二月二十二日（金）、先生を含めて七名）の席上で先生から直接伺った憶えがある。わたしが躊躇《ためらい》がちに思い切って国葬の模様をテレビ中継で拝見しましたと切り出すと、先生は心外だと言わんばかりに、いつになく険しい目付きをして曰く、「あんなものは見るもんじゃありません。国葬の喪主だけはやるものじゃないよ」と。それにしても、忙中閑ありとはいえ、どうやって時間の遣り繰りをされたものかわたしには知る由もないが（葬儀の日も国葬の日もどちらも幸いにして講義のない曜日であったことが今回改めて調べてみて判明した）、ひと先ず吉田家の葬儀を終えたので、おそらく先生としては、俗世の煩わしさ、多忙からしばし遁《のが》れて、いつもの木曜日のスケジュールに戻られ、講義に出て来られたものとしか考えられないのである。

四

前にも言及したように、自筆の《年譜》、その他に拠れば、吉田健一は（以後は文体の関係で原則として敬称と敬語を省略させていただく）、一九三〇（昭和５）年十月にケンブリッジ大学キングズ学寮《コレッジ》（King's College, Cambridge〔一四四一年にヘンリー六世が創立〕）の英文学部に入学（十八歳）、キングズ・コレッジのフェロー（Fellow〔大学の幹部で上級専任教官〕――学内に居住していることが多い）でプラトーン学者（Platonist）・文明批評家のG・ロウェス（ロウズ）・ディキンソン（Goldsworthy Lowes [louz] Dickinson, 1862–3 August 1932）に師事。同じくキングズ・コレッジのフェローで文学者・批評家F・L・ルーカス（Frank Laurence Lucas, 1894–1 June 1967）を《スーパーヴァイザー（Supervisor〔指導教官〕）》として指導を受ける（当時三十五歳位）。

なお、吉田は冬休み期間中にパリに遊び、ルーヴル美術館通いをする。またこの頃、ボードレールやヴァレリーの作品に出くわし、目を開かれたらしいという。

そうこうするうちに年が明け、吉田は「それまでに既に日本に帰つてから文士になる積りでゐてそれには十代から二十代に掛けての期間を英国で英国の文学の勉強をして過すことがどの程度に役に立つものか疑問になつてゐた[5]」という。ディキンソン（当時六十八歳位）の忠告、「或る種の仕事をするには自分の国の土が必要だ[6]」――ディキンソンと話し合って、文学に生きるためには母国語の国に住むべきだという彼の助言を受け容れて、日本に帰って文筆で身を立てることを決意する。三月に退学届を提出して帰国する。

吉田健一がケンブリッジ大学について書いた文章は以下の四篇のみと言われてきた――「剣橋の学生生活」（『文藝』、一九三八年八月号）、小説「過去」（『批評』、一九四四年八月号、九月号）、「ケンブリツヂの大学生」（『文藝』、一九五〇年六月号）、及び「ケンブリツヂの入学当時」（『英語青年』、一九六〇年四月号）。しかしながら、「ケンブリツヂの伝統の下に――わが学生の頃」（大河内一男・清水幾太郎編『わが学生の頃』、三芽書房、一九五七年）という吉田のどの著作集の類にも未収録のエッセイが一篇先年たまたま発掘され、島内裕子編『英国の青年――吉田健一未収録エッセイ』（講談社文芸文庫、二〇一四年）で読むことができるようになった。その中で、吉田は、ディキンソンについて、次のように書いている。（新仮名遣いから本来の歴史的仮名遣いに戻しておく。）

《その頃、キングス・コレッジにG・ロウェス・ディッキンソンといふ老学者がゐた。別に講座を持つてゐる訳ではなく、ただコレッジの幹部、日本で言へば名誉教授のやうな資格でコレッジ内に住み、時々プラトン哲学その他に関する研究などを発表するだけだつたが、コレッジに入つてから間もなく、この人の所に招待されて行つた。瘠せた小柄な、そして禿げ頭が寒いので、赤い玉の付いた支那帽を被つた老人で、この人に会ふのが非常な名誉だといふ考へも手伝つてゐたに違ひないが、最初からその人物に魅了されてしまつた。別に若いものに教へようとするやうな態度を取るのではなく、寧ろ、実に巧みに色々話を引き出すといふ風で、然もそれはその人の前に出て、始めて自分にさういふ話が出来ることを発見し、理解ある温和さに釣られて話し出すといふ具合なのだつた。

その、最初に会ひに行つた時に、色々と話をした後で、このディッキンソン氏が、どういふ訳だつたか、『或る支那の役人からの手紙』と題する自著に署名してくれた時は、胸がどきどきして、下宿に帰つてからも興奮が納らず、今日は非常に感激すべき事件があつたと日本の知人に書き送つて、その事件が何だつたかを書くのを忘れてしまつた。

この『或る支那の役人からの手紙』といふ本は、随分、古い話だが、北清事変の後で（北清事変は明治十七年に起つたやうに記憶してゐる）、ディッキンソン氏が支那を訪れ、聯合国側の軍隊が働いた乱暴を憤つて（この時は聯合国側に日本も入つてゐたが、幸ひ、日本の軍隊は乱暴を働かない唯一の例外だつた）、一人の支那の役人の立場に自分を置いてヨオロッパの武力、又延いては、その機械文明を非難したものである。面白いことに、この本が出た当時は相当に世人の注目を惹いて、その頃、米国の副大統領をしてゐたブライアンといふ人が、著者は本当の支那人だと思ひ込み、その積りで反駁を書いたといふことである。今あれば、先づ稀覯本の類に属するのだらうが、惜しいことに（戦災で）焼いてしまつた。
　この人の所には、学生や若い教授がよく集り、学界でのその位置も確固としたものであり、キングス・コレッジの一種の名物男だつた。この学者の思想は幾つかの著書に述べられてゐる。そして彼がただ我々と付き合つてゐるだけで我々に教へたことは、ギリシヤの知的な明るさといふことなのだと、この頃になつて思ひ返してゐる。[7]》

Goldsworthy Lowes Dickinson

　御存じのように、吉田健一には『交遊録』（新潮社、一九七四年）という著作がある。この知友との交遊をめぐる回想録について、丸谷才一（一九二五―二〇一二）は、「知友の肖像を描きながら実はみずからの半生を回顧するという性格が強いように感じられる[8]」と述べている。吉田は、その第一回目としては、母方の祖父である「牧野伸顕」（『ユリイカ』、青土社、一九七二年七月号）を、第二回目として「G・ロウェス・ディッキンソン」（前掲誌、八月号）を、また第三回目として「F・L・ルカス」（前掲誌、九月号）を、という風にそれぞれ丸ごと一回分ずつを割り当てて取り上げているのだ。詳しくは、『交遊録』に直接就いてもらうしかないが、御参考までに、この二人の錚々たる碩学についてここでもう少し言及しておくことにする。

　ディキンソンは、政治学者（political scientist）・哲学者・古典学者・社会批評家で、著作数も多く、二十数冊に上る。《Fellowship dissertation（フェローの地位に就くための資格取得論文）》として、《新プラトーン主義（Neoplatonism）》に関する論文を書いて母校のケンブリッジ大学キングズ・コレッジのフェローの地位を得る（一八八七年から一九三二年の死に至るまでの四十五年間にわたる）。ディキンソンは、学生や若手教官の間で、「ゴールディ」（"Goldie"）の愛称で長年親しまれていた。彼はまたいわゆる《ブルームズベリー・グループ（the Bloomsbury Group）[9]》と密接な関わりを持っていたことでも知られる（ロンドンに自宅を所有していた）。

政治学者として、また名うての筋金入りの平和主義者（pacifist）・反戦活動家としてのディキンソンについてここで特筆大書しておかねばならないのは、英国が第一次世界大戦（一九一四―一八年）に巻き込まれたことに幻滅を感じ、ひどく意気銷沈するが、戦争が勃発して二週間と経たぬうちに、彼は《国際聯盟（the League of Nations）》（世界平和と国際協力のために、一九二〇年一月にヴェルサイユ条約に基づいて結成された国際機関で、一九四六年四月に解散し、現在の《国際連合（the United Nations）》に引き継がれた）という構想を創案し、創設に尽力・貢献する。彼のその後の著作は国際聯盟の結成に向けての世論形成に与って大いに力があったと言われている。

ついでに言えば、E・M・フォースター（E. M. Forster, 1879–1970）は、キングズ・コレッジ出身のフェロー仲間で（三年間のみでコレッジ内には定住しなかったという）、かつディキンソンの親友でもあり、どうやらディキンソンの著作から少なからず影響を受けていたらしい。フォースターは、ディキンソンの死後、彼の姉妹からの伝記執筆の依頼を快く引き受けて、*Goldsworthy Lowes Dickinson* (London: Edward Arnold & Co., 1934) という伝記を書いている。

例の『交遊録』（一九七四年）の中の《ディキンソン》の回に拠れば、吉田健一は、留学中の或る日、ディキンソン先生の味な取り計らいによって、既に『天使も踏むを恐れるところ』（*Where Angels Fear to Tread*, 1905）、『眺めのいい部屋』（*A Room with a View*, 1908）、『ハワーズ・エンド』（*Howards End*, 1910）、『インドへの道』（*A Passage to India*, 1924）、『小説の諸相』（*Aspects of the Novel*, 1927）、等々で名声を得ていたE・M・フォースター（五十一歳位か）から《昼の食事》に招待されて、キングズ・コレッジ内のギッブズ・ビルディング（Gibbs Building）の裏手に当たる芝生と河が眺められる彼の部屋で一度だけお会いして話をする機会があったという。

次にディキンソンの主要な学問的業績を十点ばかり列挙しておく。

Revolution and Reaction in Modern France (1892), *The Development of Parliament during Nineteenth Century* (1895), *The Greek View of Life* (1896; rev.1909), *Letters from John Chinaman and Other Essays* (1901), *Letters from a Chinese Official being an Eastern View of Western Civilization* (1903), *A Modern Symposium* (1905), *The International Anarchy, 1904–1914*

(1926), *After Two Thousand Years: a Dialogue between Plato and a Modern Young Man* (1930), *Plato and His Dialogues* (1931), *The Contribution of Ancient Greece to Modern Life* (1932), etc.

ディキンソンについて縷々述べてきたのは、ケンブリッジ大学キングズ・コレッジの教官の陣容がいかに素晴らしく、かつ驚嘆に値するものであったかをぜひ紹介してみたかったからに他ならない。しかも学部の新入生に対して面倒を見るのだから、とにかく、驚愕の念を禁じ得ないと言うべきだろう。これを我が国の大学に当て嵌めて考えてみるならば、さしずめ夏目漱石（一八六七—一九一六）クラスの大家・碩学が《フェロー》に就任して、新入生の指導に当たるようなものだろうか。

F. L. Lucas

ところで、少し前にも言及したように、吉田健一の直接の個別学生指導教官《スーパーヴァイザー》（オックスフォード大学の《チューター（Tutor）》に相当する）は、フェローで《University Reader in English》のF・L・ルーカスであった。ルーカスは古典学者・英文学者・文芸批評家・詩人・小説家・劇作家、またムッソリーニのファシズムやヒトラーのナチズムの脅威・危険を警告することに実際に身を挺して戦った気骨のある、筆鋒鋭い政治的論客（political polemicist）として八面六臂の大活躍をしながら厖大な業績を後世に遺したことで知られるのだ。彼は単に西洋古典文学と英国の文学のみならず、フランス文学をはじめイタリア文学、ロシア文学などヨーロッパの文学一般にも造詣が深かったことでも知られる。

また彼には精妙な鑑賞眼と明晰な批評眼との見事な調和が見られ、かつ優雅な美しい英語の文体の持ち主（大文章家）としても知られていたのだ。彼はケンブリッジ大学トリニティ・コレッジ（Trinity College, Cambridge〔一五四六年にヘンリー八世が創立、同大学で最大の学寮〕）出身の大秀才だったが、キングズ・コレッジのフェローとして教鞭を執る傍ら、例の《ブルームズベリー・グループ》の一員として極めて旺盛な執筆活動に従事した。従って著作数に至っては半ば超人的とも言えるほど厖大な量に上る（何と六十数冊に及ぶ)。

F・L・ルーカスがどんなスーパーヴァイザーであったかについては、吉田健一の『交遊録』の中の記述によって知る他ないので、次に該当箇所をそっくり丸ごと引用することを許されたい。

《それから又暫くしてその部屋にルカスの弟子と決つたものが集つてそれが四、五人はゐた筈であるが日本に帰つてから付き合ひが絶えて今は殆どどういふ人間がゐたか思ひ出せない。その時は正式の初会合でルカスは講義は誰と誰のに行くといいとか読んで参考になる本とかキングスで英国の文学を専攻するに就ての指示を与へた。そして講義や本の選択は結局はこつちの自由だつたが、その他に毎週の何曜日だつたかに定期的にそこに集ること、二週間毎に論文の題を出されて二週間以内にそれを書いて提出し、その論評を個別的にルカスから聞くことといふやうな具体的なことが決められた。その時早速出された題がミルトンの『失楽園』に就てといふので従つてこれがその町で買つた最初の本になつた。ルカスのその部屋にさうして集るのはいつもコレッジの食堂で晩の食事が始る時刻の一時間ばかり前だつたが冬のうちは我々がそこで出揃ふまでに夜になつてゐた。

その二週間毎の論文は確かルカスの部屋に置いて行くとルカスからそのことでいつ会ふとそのうちに言つて来た。ケンブリツヂにゐる間誰かの部屋に鍵が掛つてゐたことがあるのを覚えてゐない。ただ中に人がゐることが解つてゐる時だけ戸を叩いた。兎に角それで少くとも二週間に一度は二人切りで顔を合せて色々と率直な意見を相手と交換することになるのであるからかういふ大学では誰が自分の先生（ケンブリツヂならば supervisor）で誰が自分の弟子と修辞の上だけでなしに言ふことが出来て事実それが普通の言ひ方になつてゐる。[10]》

また吉田健一は、若き日のキングズ・コレッジ在学当時を回想しながら、次のように書いている。

《英国の文学を通して文士の仕事の勉強をするのがどうにも不安になつて帰国することに決めた時にルカスの所にもそのことを言ひに行つた。（中略）実はルカスとは前からさういふ話をしてゐて帰ることにしたと言つても別に驚かなかつた。（中略）そして何日かして又ルカスに会ふと顔色がよくなつたと言つて喜んでくれた。その前からこつちがどうしたものか迷つて本も読まなくなつてゐたのを心配してくれてゐたのである。
ディツキンソンと違つてルカスとの付き合ひはこつちが日本に帰ることで実質的に終つたのでなくて或る意味では別な付き合ひがその時から始つた[11]。》

吉田は、いわゆる《世界文学（Weltliteratur [World-literature]）》に造詣が深いルーカスと話しているうちに、「英国の文学を発見する一方ヨオロツパの文学に眼を開かれる具合になつた[12]」という。さらに吉田はこうも書いているのだ。

《ルカスには詩人、或は文士と学者の両方の面があつてその学界に対する寄与にも拘らず詩人や文士の仕事により多くの価値を認めてゐたやうだつた。実はその頃までまだこつちは学者になるか文士になるかどつちとも決め兼ねる気がすることがあつて文士の方を結局選んだのに就てはルカスの影響が大きかつたことに今になつて思ひ当る。ルカスの最初の詩集である *Time and Memory* がその頃の前衛派だつた Peter Quennell に認められたことをこの辺で書いて置いた方がいいかも知れない[13]。》

またルーカスは、キングズ・コレッジの伝統的な雰囲気――校風・学風などについて、誇りを持って、次のように断言して憚らないのである。

《Never in my experience of half a lifetime has it [King's College] declined for one moment from that tradition of humanism, tolerance, and freedom in which I believe it unsurpassed throughout the Universities of the world.[14]
我が半生の経験を顧みて、世界中の大学の中にあってキングズ・コレッジの上に出るものがないとわたしが確信するあの人道主義、寛容、及び自由の伝統からキングズはいまだかつて一瞬たりとも逸脱したためしがな

いのである。》（傍点引用者）

ケンブリッジ大学の、いや、英国の《人道主義、寛容、及び自由の伝統》を守るためには、F・L・ルーカスは実際に《身を挺して戦う》ことを辞さなかった益荒男《ますらお》・武人《もののふ》であったのである。事実、彼は第一次世界大戦では志願兵として従軍し、勇敢を以て鳴る軍人であったと言われるし、また第二次世界大戦中には外務省に設置された諜報機関に《諜報将校（intelligence officer）》として勤務していたという。《ヨオロッパでの戦争》について吉田が述べている次のような注目すべき、けだし傾聴に値するであろう一節がある。

《ヨオロッパでの戦争といふのは交戦国の国民にとつて言はばその軒下、眼の前で行はれるもので一度敵が自分の方の防備を突破すれば忽ち文字通りに目前にその大軍が迫り、フランダアスの戦場での砲声が英国の南部で絶えず聞えてゐた。もし敵になる国があつて武器を取ればこれに対して武器を取らざるを得ないのである。又それ故に戦争の悲惨は生活感情であり、反戦といふやうな他所の写真を見て自分が進歩的であるのを誇る児戯と違つて戦争は一切の終焉を覚悟せざるを得ない悲劇であつてそれでもその悲劇に出演する以外にない場合があることが認められてゐる。ルカスにとつて第一次世界大戦も、そして又第二次世界大戦も自由を、それは自分の国で生活する自由を守る為の戦ひだつた。もし生活が一片の詩であるならば一片の詩の為に死を覚悟するといふのはさういふことである。併しこれは戦闘での行動で表すことであつてルカスがさういふことを言つたことは一度もなかつた。[15]》（傍点引用者）

ここでぜひ一言触れておかねばならないのは、ルーカスは、T・S・エリオット（一八八八―一九六五）の例の第一次世界大戦後の混沌とした時代、頽廃を極めた世相、言わば《Modern World as a Wasteland》を――すなわち、絶望と頽廃、虚無感と不安感（despair and decadence, nihilism and anxiety）が広く蔓延している現代世界を、東西の古典から引用を巧みに挿《はさ》みながら、いささか形而上学的に凝縮して余す所なく詠った全五部（四三三行）から成る長篇詩の代表作『荒地』（*The Waste Land*, 1922）を「書評[16]」で《酷評（scathing）》したことでもその名がよく知られているると言ってよいのだ。吉田健一も「『荒地』が出た時に書評でこれを認めなかつたのは先づルカスだけだつたのではないかと思ふ[17]」と書いている。とはいえ、T・S・エリオットの方は、『ジョン・ウェブスター全集』（全四巻、一九二七年）の編纂者としてのルーカスを《完璧な註釈者（the perfect annotator）》と呼び、讃辞を呈しているが……。

次にF・L・ルーカスの厖大な量の業績の中から主要なものを二十点ばかり列挙しておく。勿論、筆者自身も含めての話だが、我が国の英米文学研究の大学教授は恥かしさのあまり、さしずめ穴があれば入りたいと言ったところだろうか（これはどうやら才能もさることながら、体力・スタミナの問題でもあるのかもしれないが……）。

Seneca and Elizabethan Tragedy (Fellowship dissertation, 1922), *Euripides and his Influence* (1923), *Authors Dead and Living* (1926), *The River Flows* (1926), *Tragedy in Relation to Aristotle's 'Poetics'* (1927; rev.1957), F. L. Lucas (ed.), *The Complete Works of John Webster* (4 vols., 1927; rev. 1966), *Time and Memory* (1929), *Eight Victorian Poets* (1930), *Cécile* (1930), *The Art of Dying* (1930), *The Wild Tulip* (1932), *Thomas Lovell Beddoes* (1932), *The Bear Dances* (1933), *Studies French and English* (1934), *The Decline and Fall of the Romantic Ideal* (1936), *The Delights of Dictatorship* (1938), *Ten Victorian Poets* (1940), *Literature and Psychology* (1951; rev. 1957), *Greek Poetry for Everyman* (1951), *Greek Drama for Everyman* (1954), *Style* (1955; 2nd ed. 1962; 3rd ed. 2012), *The Search for Good Sense* (1958), *The Drama of Chekhov, Synge, Yeats and Pirandello* (1963), etc.

そう言えば、『交遊録』で第七番目に取り上げられている「福原麟太郎」（『ユリイカ』、青土社、一九七三年一月号）の回において、吉田健一は、こんなことを書いている。「先づ教へる方に人に教へるだけのものがあり、それがあることを認める力が教へを受ける方にあるのでなければならなくてこれが揃へば師弟の関係は親子の情愛のやうなもので[18]……」と。

五

さて、少し前にも触れたやうに、若き日の吉田健一は、幸運にも、キングズ・コレッジの《フェロー》で彼の《指導教官《スーパーヴァイザー》》であったF・L・ルーカスによって《英国の文学》のみならず、《ヨーロッパの文学》にも眼を開かれたという。

《カトゥルルスの名前を最初に聞いたのもルカスからだつた。サツフォの名前は知つてゐてもこれが自分が愛する女と卓子越しに向き合ふ男は神々よりも幸福であると言ひ、恋人がない美少女を何故か取り入れの時に枝に残された林檎に喩へ、又女の愛を得る為に自分と戦友になつて戦へとアフロディテに呼び掛けた詩人であることを知つたのはルカスに教へられてだつた。ロンサアル、ダンテ、レオパルディ[19]、ボオドレエル、又プルウスト、ドヌを読む気を起したのもルカスに何度も会つてゐるうちにだつた。**Te maestro, te duca** といふ所だらうか。その頃はその通りだつた。それを思つてもやはり自分にも若かつた時があることを認める。かうして自分の方に何もないから際限なく受け入れることが出来てそのやうに受け入れて行くことによる混雑と混乱を整理するのに費される年月を生き抜く為の体力だけはあるのが若さといふものである。先づ必要悪といふ言葉が一番よく当て嵌る人生の一時期だらうか[20]。》

思うに、人生の青年期にたまたま良き師（**mentor**）に恵まれるほど人間幸せなことはないと言っていいだろう。これはわたし自身も、つくづくそう思わぬわけにはいかないのである。因みに言えば、ホメーロスの例の『オデュッセイア』において、オデュッセウス（**Odysseus**）がトロイア出征に際して、その息子テーレマコス（**Telemachos; Telemachus**）の世話と教育を託された親友のメントール（**Mentor;** [*Gr.*] **Μέντωρ**）が優れた指導者・助言者であったことから、普通名詞として“**mentor**”が《師傅《しふ》（身分の高い人の子に付き添って養育し、教導する役の人）》、《良き指導

（助言）者》、《良き師》を意味するようになったという。

　それはともかく、ここで一言挿記すれば、前掲の引用文の中に《ドヌ》という例の主知的・学究的な、或いは衒学的で理窟っぽい、いわゆる《形而上派詩人（Metaphysical Poets）》一派の《驍将《ぎょうしょう》（formidable leader）》——John Donne (1572–1631)——の名前が漸く登場するに至った。これは、勿論、我が国では通常《ジョン・ダン》（中国語の表記では、《約翰・頓〔多恩〕》）という表記で親しまれている詩人である。固有名詞としての《Donne》には、普通［dʌn, dɔn, dɑn］の三通りの発音が広く流布していると言っていいようだが、わたしの大学院時代、たまたま丸五年間にわたって親炙する機会に恵まれた我が師・吉田健一教授は、教室では明らかに［dɔn］と発音されていたし、また文章ではいつも《ドヌ》と表記されていた。わたしはもともと耳が余り良い方とは言えないのだが、少なくともわたしが聴き取った感じから言えば、《ドンヌ》というのが彼の発音に最も近かったような気がするのである。（Cf. London [lʌ́ndən]）（本稿では、筆者は我が国の《慣用的な表記》に倣って《ダン》という表記を用いることにする。Cf. "John Donne, Anne Donne, Un-done."——Donne's letter to his wife [1602]）

　ついでに《形而上派詩人》について極く簡単に解説しておく。この名称は、元来ジョン・ドライデン（John Dryden, 1631–1700）がジョン・ダンを評して、「彼（ダン）は形而上派詩人たちに影響を与えている（He [Donne] affects the metaphysics, ...——*A Discourse Concerning the Original and Progress of Satire*, 1693, ll. 19）」と言い、またドクター・ジョンソン（Samuel Johnson, 1709–84）が「形而上派詩人たちは学者であったし、学問をひけらかすことが彼らの全努力であった（The metaphysical poets were men of learning, and to shew [show] their learning was their whole endeavour. —— "Abraham Cowley," *The Lives of the Most Eminent English Poets*, 1779）という彼一流の半ば皮肉交じりの嘲笑の言葉に由来したものだという。

《The hallmark of their poetry is the metaphysical conceit (a figure of speech which employs unusual and paradoxical images), a reliance on intellectual wit, learned imagery, skillful evolution, and subtle argument. Although this method was by no means new to poetry, these poets infused new life into English poetry by the freshness and originality of their approach.[21] ——*The Columbia Encyclopedia*

彼らの詩の著しい特徴は、形而上学的な奇想《コンシート》（一風変わった、かつ逆説的なイメージを用いる比喩的表現）、知的機智《ウィット》、学殖を必要とするイメジャリー、巧みな展開、及び巧緻な議論などを拠り所とすることである。この方法は詩にとって決して斬新なものではないけれども、この一派の詩人は彼らの詩作への取り組みの新鮮さと独創性によって英詩に新しい生命を吹き込んだのである。——『コロンビア百科事典』

因みに付言すれば、《conceit》というのは、ドクター・ジョンソンの言葉を借りて言えば、《一種の〈不調和の調和《ディスコルディア・コンコルス》〉、相異なるイメージの結合、或いは明らかに似ていない事物の中に神秘的な類似点を発見すること（a kind of *discordia concors*, a combination of dissimilar images, or discovery of occult resemblances in things apparently unlike）》であるという。

御参考までに、《形而上派詩人》一派の主要な、言わば、《七人衆》を列挙すれば、《先駆者（forerunner）》かつ一派の中で最も偉大なジョン・ダン、ジョージ・ハーバート（George Herbert, 1593–1633）、ヘンリー・ヴォーン（Henry Vaughan, 1622–95）、トマス・トラハーン（Thomas Traherne, 1637–74）、エイブラハム・カウリー（Abraham Cowley, 1618–67）、リチャード・クラショー（Richard Crashaw, ?1613–49）、及びアンドルー・マーヴェル（Andrew Marvell, 1621–78）である。（因みに、彼らの中で、ヴォーンとトラハーンの二人がオックスフォード大学出身で、他の五人はいずれもケンブリッジ大学出身である。ダンについてより精確に言えば、彼は一五七二年にロンドンで生まれ、四歳で父親と死に別れたため、母親の実家で神父さんたちを家庭教師としてローマ・カトリック教の厳格な教育を受けた後、先ず十二歳で一五八四年十月にオックスフォード大学ハート・ホール・コレッジ（Hart Hall College, Oxford）に入学を許可される。次いで一五八七年にケンブリッジ大学トリニティ・コレッジに転学するが、どうやら学士号は取らず、学業半ばで退学したらしい。さらに一五九二年五月にロンドンの四法学院の一つリンカーンズ・イン（Lincoln's Inn）に入学している。）彼らが二十世紀の主知的な詩人たちに少なからぬ影響を及ぼしてきたことは改めて言うまでもない。

　さて、吉田健一は、フェローで指導教官のF・L・ルーカスの指導宜しきを得て、履修科目の一つとして、新進気鋭のフェローで英文学者《ジョオジ・ライランヅ》（二十八歳位）担当の《ドヌ詩集》を選択し、聴講することにしたという。その講義を聞きに行く必要上、ケンブリッジの或る書店に行くと、そこの主人が奥から取り出してきて、「これが一番新しくていいものなのだ」[22]と薦めてくれた版が、他ならぬ John Hayward (ed.), *John Donne, Dean of St. Paul's: Complete Poetry and Selected Prose* (The Nonesuch Press, January 1929) の《1929 Second impression》（出版年の第二刷）であったという。しかし、吉田は、この思い出多い愛蔵版を惜しくも例の戦災で焼失してしまい、その後に入手した版が、《1962 Ninth impression》（一九六二年改定の第九刷）であるが、所蔵主亡き後も吉田家の二階和室の《書斎の本棚》に今なおひっそりと鎮座している。[23]実は、この一九六二年の第九刷はわたし自身も当時日本橋の丸善本店で買い求めて所蔵している（今手許に置いて本稿を執筆している。見返しの余白に、《Dec. 22, 1963 Maruzen ¥1,800》の書き込みあり）。因みに、編者のジョン・ヘイワード（John Hayward, 1905–65）は、やはりケンブリッジ大学キングズ・コレッジの出身で、編輯者・批評家・詞華集編者《アンソロジスト》・書籍蒐集家（bibliophile）であった。

George Rylands

担当のジョージ・H・W・ライランズ（George Humphrey Wolferstan Rylands, 1902–16 January 1999）に少しばかり言及しておく。ライランズは、パブリック・スクールの名門イートン校（Eton College（一四四〇年にヘンリー六世が創立））からケンブリッジ大学キングズ・コレッジを経て、『言葉と詩』（*Words and Poetry* [Fellowship dissertation], Hogarth Press, 1928）で、キングズのフェロー及び学寮《コレッジ》の学生監（dean）になる。彼は一九二七年から死に至る一九九九年一月まで、何と七十有余年の長きにわたって、学生や同僚から《「デイディー」・ライランズ（"Dadie" Rylands）》の愛称で親しまれた（小さい頃、どうやら「ベイビー」と発音できなかったせいらしい、《baby》が《dadie》）、かつ九十六歳の長寿を保った名物フェローであった。

　ジョージ・ライランズは、世界的なシェイクスピア学者の一人であるばかりでなく、大学内の劇場にも積極的に関与し、《マーロウ演劇協会（The Marlowe Dramatic Society）》――因みに、クリストファー・マーロウ（Christopher Marlowe, 1564–93）は、ケンブリッジ大学コーパス・クリスティ・コレッジ（Corpus Christi College, Cambridge〔一三五二年創立〕）の出身――のために多くの演出を手掛けてきた舞台演出家でもあった。また一九四六年（四十四歳）から一九八二年（八十歳）までの三十六年もの長きにわたって《ケンブリッジ芸術劇場（The Cambridge Arts Theatre）》の芸術監督を務めたことでも知られる。

ジョージ・H・W・ライランズ編『人間の時代――シェイクスピア詞華集』（*The Ages of Man: A Shakespeare Anthology*, 1939）は、シェイクスピア劇の重厚な演技で知られる名優ジョン・ギールグッド（Sir John Gielgud, 1904–2000）による同名タイトル（*Shakespeare's Ages of Man*, 1958–59）の《one-man show (solo performance)》の基礎となっていることでも有名である。

ついでに言えば、一九四五年には、ライランズは、《英文学者・舞台演出家（literary scholar-theatre director）》として、ロンドンのウェスト・エンドの商業劇場《ヘイマーケット王立劇場（The Theatre Royal Haymarket）》において、ギールグッドの演ずるジョン・ウェブスター『マルフィ公爵夫人』（John Webster, *The Duchess of Malfi*）や『ハムレット』を演出している。（因みに、ギールグッドは二十六歳の時に舞台で初めてハムレットを演じて以来、彼は二十世紀で最も偉大なハムレット役者と見做されている。）

「デイディー」・ライランズには、*Shakespeare's Poetic Energy* (British Academy, 1951) と題する著作もある。また一九七六年には、《ケンブリッジ大学名誉文学博士号》が贈られている。

『ジョン・ダン　セント・ポール大聖堂の司祭長――全詩集及び散文選集』（ナンサッチ・プレス社、一九二九年一月刊）の編輯に際して、編者のジョン・ヘイワードは、《序文》の終りの所で御教示・御助言を仰いだ方々の名前を挙げて謝意を述べている。それらの名前の中にはF・L・ルーカスと共にジョージ・ライランズも含まれている。

《I can only offer this brief tribute of thanks to Professor Grierson, to Mr. John Sparrow, to Mr. F. L. Lucas, to Mr. T. S. Eliot, to Mr. George Rylands for the advice they have generously given me.[24]》

六

さて、これから以下、しばらくの間、ジョン・ダンを中心に少しく言及してみることにする。ダンと言えば、何と言っても、我々がここで特筆大書すべきことを忘れてはならないのは、スコットランドのアバディーン（Aberdeen）大学の例のハーバート・J・C・グリアソン（一八六六―一九六〇）チャーマーズ（Chalmers [tʃɑ́:məz]）記念講座担当英文学教授（後年エディンバラ大学〔一五八二年創立〕総長）が編纂した『ジョン・ダン詩集』（*The Poems of John Donne*, Oxford: Clarendon Press, 1912 [2 vols.]）――《ダン詩集の定本・標準版（standard edition）》――の画期的な出現であろう。（Cf.《Edited from the Old Editions and Numerous Manuscripts with Introductions and Commentary by Herbert J. C. Grierson. Vol. I: The Text of the Poems with Appendixes. xxiv+474 pp.+3 plates. Vol. II: Introduction and Commentary. cliii + 276 pp.》）

グリアソン教授による諸種の古い既刊本や夥しい数の原稿や写本類を学問的に厳密に、かつ徹底的に校合・比較検討することによって《テクスト》を特定し、さらに長文の《序論》並びに《註解》を付けた二巻本から成る浩瀚な労作《校訂本・校訂版（recension; revised text [edition]）》の公刊（一九一二年）を以て、我々は二十世紀におけるジョン・ダン――言わば、《奇想の詩人（Poet of Witty Conceits）》――の《再評価（reassessment）》の嚆矢と考えていいのである。それで思い出したが、我が江戸中期の《奇想の絵師》、伊藤若冲（一七一六―一八〇〇）〔『老子』第45章、「大盈若沖（大盈《たいえい》は沖《むな》しきが若《ごと》し）」、沖は沖の俗字〕の再評価は、どうやら一九七〇年頃から始まったようだが……。

実のところ、わたしは若かりし頃（と言っても今から半世紀も前の話になるが）、ダンについて稚拙極まりない、生硬蕪雑な駄文[25]を草したことがあるのだ。本稿において、旧稿と部分的にいささか重複した記述が目に付くことをここで一言お断りしておかねばならない。

ジョン・ダンは、八歳年長の天才シェイクスピアと共に、《エリザベス朝ルネサンス精神》を最もよく具現・体現（embody）している英国の詩人中、最も知的な詩人であったと言っていいだろう。何と言っても、ダンの縦横無尽、文字通り、天馬空を行くが如き観がある《想像力の豊かさ・奔放さ》は、エリザベス朝ルネサンス精神の産物以外の何物でもあるまい。ダンの抒情詩などの最善のもの、つまり、彼の『ソングとソネット集』（*Songs and Sonnets*）は、彼がほぼ二十五歳以前に、すなわち、十六世紀末に書かれたものと言われるが、その詩は、一口に言えば、《ルネサンス的な人間欲望の容認・受容（**Renaissance acceptance of human desires**）》であると規定しても差し支えないであろう。

ダンの詩集を読み始めて直ぐ感じたことは、（そしてこれは我が吉田健一教授も繰り返し仰しゃっていたことではあるが）エリザベス朝の詩人である彼の詩には、我々近代人の持つ精神の働き方、言わば、《近代的精神傾向》とでも呼ぶべき新しさ・清新さがいつも息づいていることだった。彼の詩には、現代の我々の心にも全くぴったりと来るものがあり、そこには疑いもなく読者を退屈させることなく充分満足させてくれるものがあるのだ。該博な知識人、いわゆる《ルネサンス的教養人（**Renaissance man**）》であったダンの詩は、概して我々にはまことに難解であると言わねばならないが、しかし真に英語が読める者なら誰でも（とはいえ、残念ながら、わたしはこの部類には入らないが）、全く屈託なく、文句なく楽しめるものであるに相違ない。

ここで一言挿記すれば、不思議なことには、ダンの詩集をあれほど鍾愛していた吉田健一に、ダンの詩篇の部分訳なら遺っているが、一篇を丸ごと訳出したものがどういうわけか見当たらないのである。それゆえ、例の『吉田健一訳詩集　葡萄酒の色』（垂水書房、一九六四年、《限定五百部》／小澤書店、一九七八年／岩波文庫、二〇一三年）の中にもダンの詩篇が一篇も収録されていないのは、まことに寂《さみ》しくもあり、また残念なことだと言わねばならない。

そのまことに驚嘆すべき博学多識・博覧強記を以て知られたイタリアの著名な英文学者・美術批評家のマーリオ・プラーツ（Mario Praz, 1896–1982）博士は、ダンの死後三百年（**tercentenary**）回忌の年に際して《オマージュ（**hommage**）》を献げるための記念論文集『ジョン・ダンに捧げる花環　自一六三一年至一九三一年』（シオドア・スペンサー編、ハーヴァード大学出版局、一九三一年）の中で、《疑いもなくダンの詩の大半は、詩の文体の持つあの劇的な特性のお蔭で、我々現代人の好みに訴え掛けるのである（**No doubt most of Donne's poems appeal to our modern taste thanks to that dramatic quality of their style.**[26]）》（傍点引用者）と述べている。

ところで、何よりも先ずジョン・ダンの前半生は、一言にして言えば、《霊と肉の詩人（Poet of Flesh and Spirit）》であったのだ。ダンの性格は、しばしば言われているように、稀に見る複雑を極めた異色あるものであって、先ずはローマ・カトリック教徒の子として生まれ落ちるが、一時、異教者となり、肺腑を抉る冷罵をも厭わない異教徒的、非キリスト教徒的官能〔肉慾〕主義者（unchristian sensualist）かと思えば、後には博学多識で謹厳な神学者、痛烈な説教者であり、神の前では疑いもなく罪人であったけれども、終にはロンドンのセント・ポール大聖堂の司祭長（一六二一―三一年）にもなり、チャールズ一世（一六〇〇―四九〔在位一六二五―四九〕）の前で最初の説教を行った司祭でもある。彼は、前半生においては、奔放な恋愛の殉教者として燃ゆるが如き情火に身を焦がしたロマンティックかつエロティックな《恋愛の勇者・強者《つわもの》》かと思えば、また痛烈骨身を刺すような辛辣かつ理智的な、冷眼視する《愁《う》い顔の傍観者》でもあった。また彼は、浮世の俗事を愛好する学者でもあり、想像力が豊かで甚だ清新にして、かつ人の意表を衝く奇抜な詩人であった。従って、ダンはまことに稀有な性格の持ち主であったと言うべきであり、彼の前半生は、言わば、《霊と肉、肉体と精神（body and soul）が容赦なく鬩《せめ》ぎ合う深刻な悪戦苦闘の時期》であったと規定しても差し支えないかもしれない。

ダンの性格もさることながら、その詩風もまたこの上なくユニークな、最も特異なものであって、彼は新鮮な影像を求めるあまり、大胆で奇抜な着想、《牽強付会のイメジャリー（far-fetched imagery）》、すなわち、形而上的かつ警抜な、機智に富んだ《奇想〔奇矯な詩想〕（conceits）》をふんだんに用いて（いきおいしばしば極度に難解になったりもするが）、一行毎に《緻密かつ論理的推論（close and logical reasoning）》を積み重ねながら他の追随を許さない彼独得の詩風の詩を作って行ったのである。そこには物事を殊更に難しく考えたりするあまり、どうしても持って廻った表現をしたり、機略縦横の才覚やスコラ哲学的造詣を誇示する弊、いわゆる《衒学癖（pedantry）》など多少の欠点は当然免れ難いにしても、その天馬空を行くが如き観がある奔放自在な直観力と火の如く烈しい感情と冷静で明敏で微妙な観察力と、知的要素に富む簡潔強靱で論理的な、また極めてありふれた用語と奇警な比喩的言い廻しを以て驚くべき効果を収める表現法などによって、ダンはまさに《形而上詩の創始者》であり、一派の驍将たるにふさわしい、最も偉大な形而上派詩人であったと言えるのだ。

ダンの形而上詩の影響は、極く大雑把に言えば、十七世紀のジョン・ドライデン（John Dryden, 1631–1700）に、或いは、十九世紀のロバート・ブラウニング（Robert Browning, 1812–89）に及び、また二十世紀の最初の四半世紀から三十年代、四十年代にかけて例のハーバート・グリアソン教授[27]、T・S・エリオット（T. S. Eliot, 1888–1965）、マーリオ・プラーツ博士、イェール大学のクリアンス・ブルックス（Cleanth Brooks, 1906–94）教授らの推賞以来、多くの主知的な現代の詩人たち――例えば、W・B・イェイツ（William Butler Yeats, 1865–1939）は、グリアソン教授の編纂した例の *The Poems of John Donne* (1912) を逸早く読んで、現代詩人に転身していたし、また英国生まれのアメリカの詩人W・H・オーデン（W. H. Auden, 1907–73）やウィリアム・エンプソン（William Empson, 1906–84）、スティーヴン・スペンダー（Stephen Spender, 1909–95）などは、若き日にダンの《皮肉・冷笑的な、写実的な、しばしば官能的な抒情詩（cynical, realistic, often sensual lyrics[28]）》にたまたま巡り合って、目から鱗が落ちるような鮮烈な印象を受け、凄烈な刺戟・感化を受けてきたことは周知の通りである。

ついでに付記すれば、《形而上詩》は、エリザベス朝から十七世紀初頭にかけてルネサンス期イタリアの最大の詩人フランチェスコ・ペトラルカ（Francesco Petrarca, 1304–74）が創始した《ペトラルカ（イタリア）風ソネット（Petrarchan [Italian] sonnet）》の形式の詩体を模倣して詩作した、いわゆる《ペトラルキスト〔ペトラルカ風模倣詩人〕（Petrarchist）》たち――例えば、トマス・ワイアット（Thomas Wyatt, ?1503–42）、サリー伯ヘンリー・ハワード（Henry Howard, Earl of Surrey, ?1517–47）、エドマンド・スペンサー（Edmund Spenser, ?1552–99）など――の華美な、いわゆる《ペトラルキスム〔ペトラルカ風詩体の模倣（Petrarchism）〕》や素朴な《牧歌風抒情詩（pastoral lyrics）》などに対する一種の反撥・反動と考えるべきだろう。

時に、グリアソン教授は（氏は、一九一五年、アバディーン大学からエディンバラ大学に移籍していた）が編纂した優れたアンソロジー『十七世紀の形而上抒情詩と形而上詩――ダンよりバトラーまで』（*Metaphysical Lyrics and Poems of the Seventeenth Century: Donne to Butler*. Oxford: Clarendon Press, 1921）が一九二一年に公刊された際に、T・S・エリオットは逸早く「形而上派詩人たち」（"The Metaphysical Poets,"[29] *The Times Literary Supplement*, 20 Oct., 1921）と題する《Donne Revival》の先鞭をつけた重要かつ啓発的な文芸評論文を寄稿している。エリオットは何分にも例の古典引用癖といささか韜晦《とうかい》晦渋癖を以て知られるが、少なくともこの注目すべき批評文に限っては透徹した洞察力と論理から成り立っていると言っていい。彼の言わんとするところをわたし自身の言葉で極く大雑把に掻い摘んで言えば、形而上派詩人たちの特質は、概して《感（受）性（sensibility）・感情的感覚（sensation of feeling）》と《知性（intellect）・知的思考（intellectual thought）》とが《分離〔分裂〕（dissociation）・乖離（separation）》することなく渾然一体と調和して《融合（fusion）》し得ている点をエリオットはいみじくも指摘し、その最も顕著な好例として他ならぬジョン・ダンの詩を挙げて惜しみない讃辞を贈っているのだ。

　とにかく、T・S・エリオット自身の注目に値する言葉に少しく耳を傾けることにする。

《The difference is not a simple difference of degree between poets. It is something which had happened to the mind of England between the time of Donne or Lord Herbert of Cherbury and the time of Tennyson and Browning; it is the difference between the intellectual poet and the reflective poet. Tennyson and Browning are poets, and they think; but they do not feel their thought as immediately as the odour of a rose. A thought to Donne was an experience; it modified his sensibility. When a poet's mind is perfectly equipped for its work, it is constantly amalgamating disparate experience; the ordinary man's experience is chaotic, irregular, fragmentary. The latter falls in love, or reads Spinoza, and these two experiences have nothing to do with each other, or with the noise of the typewriter or the smell of cooking; in the mind of the poet these experiences are always forming new wholes.

We may express the difference by the following theory: The poets of the seventeenth century, the successors of the dramatists of the sixteenth, possessed a mechanism of sensibility which could devour any kind of experience. They are simple, artificial, difficult, or fantastic, as their predecessors were; no less nor more than Dante, Guido Cavalcanti, Guinicelli, or Cino. In the seventeenth century a dissociation of sensibility set in, from which we have never recovered; and this dissociation, as is natural, was aggravated by the influence of the two most powerful poets of the century, Milton and Dryden. Each of these men performed certain poetic functions so magnificently well that the magnitude of the effect concealed the absence of others. The language went on and in some respects improved; the best verse of Collins, Gray, Johnson, and even Goldsmith satisfies some of our fastidious demands better than that of Donne or Marvell or King. But while the language became more refined, the feeling became more crude. The feeling, the sensibility, expressed in the *Country Churchyard* (to say nothing of Tennyson and Browning) is cruder than that in the *Coy Mistress*.[30]

この相違は単に詩人たちのあいだにある程度の相違というだけではない。それはダンやチャーベリのハーバート卿の時代とテニスンやブラウニングの時代とのあいだにイギリス精神に起こった変化をあらわすもので、知的詩人と反省的詩人との相違なのである。テニスンやブラウニングも詩人であることにまちがいはないし、どちらも考えるのだが、二人は思考を薔薇のにおいのようにじかに感じなかった。ダンの場合、思考は経験だったから、それが感受性に変化を与えた。詩人の精神というものは創作の用意がすっかりととのっている場合には、いつでも別々の離れた経験を合わせて一つにするが、ふつうの人間の経験はごたごたでしまりがなくてばらばらである。ふつうの人が恋をしたりスピノザを読んだりする場合、この二つの経験はたがいに何のかかわりもないし、またタイプライターの音や料理のにおいとも関係がない。だが詩人の精神の中ではこういう経験がいつも新しい全体を形成しているのだ。

このような相違を次のような理論によってあらわすことができるだろう。十六世紀の劇作家たちの後を継いだ十七世紀の詩人たちは、どんな種類の経験でもむさぼって食うことのできるような仕組みになっている感受性をそなえていた。十七世紀の詩人たちは前の劇作家たちと同じように、単純で人工的で難解で空想的だったが、この点ではダンテだのギド・カヴァルカンティ Guido Cavalcanti（一二四〇—一三〇〇）だのギニチェルリ Guido Guinicelli（一二七六年死）だのチノ Cino da Pistoja（一二七〇—一三三六）だのに負けず劣らずであった。感受性の分裂は十七世紀にはじまったが、その後現在にいたるまで回復していない。しかも当然なことだが、この分裂は十七世紀のうちでももっとも有力な二人の詩人ミルトンとドライデンの影響によってひどくなった。この二人はいずれも詩の機能をいくつかすばらしくりっぱに果たしたので、その大きな効果によってほかに効果のないところがおおい隠されたくらいである。詩の言語はそのまま続き、ある点では改良された。コリンズ William Collins（一七二一—一七五九）、グレイ、ジョンソン、それからゴールドスミスらのもっともよい詩は、ダンとかマーヴェルとかキングとかの詩よりもわれわれのむずかしい要求をいくらか満たしてくれる。だが言語は洗練されてきたけれども、感情は粗雑になってきた。（テニスンやブラウニングは言うまでもなく）グレイの『墓畔の哀歌』*Elegy written in a Country Churchyard* にあらわれた感情や感受性はマーヴェルの『内気な愛人』にあらわれたのよりも粗雑である。[31]（矢本貞幹訳）》

《After this brief exposition of a theory—too brief, perhaps, to carry conviction—we may ask, what would have been the fate of the 'metaphysical' had the current of poetry descended in a direct line from them, as it descended in a direct line to them? They would not, certainly, be classified as metaphysical. The possible interests of a poet are unlimited; the more intelligent he is the better; the more intelligent he is the more likely that he will have interests: our only condition is that he turn them into poetry, and not merely meditate on them poetically. A philosophical theory which has entered into poetry is established, for its truth or falsity in one sense ceases to matter, and its truth in another sense is proved. The poets in question have, like other poets, various faults. But they were, at best, engaged in the task of trying to find the verbal equivalent for states of mind and feeling. And this means both that they are more mature, and that they wear better, than later poets of certainly not less literary ability.

It is not a permanent necessity that poets should be interested in philosophy, or in any other subject. We can only say that it appears likely that poets in our civilization, as it exists at present, must be *difficult*. Our civilization comprehends great variety and complexity, and this variety and complexity, playing upon a refined sensibility, must produce various and complex results. The poet must become more and more comprehensive, more allusive, more indirect, in order to force, to dislocate if necessary, language into his meaning.[32]

このように手短に理論を説明してくると——手短にすぎて説得力が足らないだろうが——その後でこう尋ねたくなる、つまりイギリスの詩の流れが前の時代から直接に形而上詩人たちへ流れ込んだように、もしその流れがそこから後の時代へ直接に流れ出たとすれば、「形而上詩人」の運命はどうなったであろうということだ。そうだったら、きっと形而上詩人は形而上詩人として分類されなかっただろう。詩人はどんなことにも興味が持てるので、その範囲は限りがない。詩人は知的であればあるだけよい詩人なので、知的であればそれだけ多く興味を持つようである。われわれが詩人に要求するただ一つの条件は、詩人が興味を詩につくり変えることで、興味を詩的に考えるというだけではないのだ。詩の中へはいってしまうとどの哲学理論でもそれで成り立つことになる、というのはその理論の真偽はある意味で問題にならなくなり、その真理は別の意味で立証されるからだ。問題の形而上詩人たちには、他の詩人と同じようにいろいろな欠点がある。だが結局のところ、この詩人たちは精神と感情の状態に等しいものを言語のうちにみつけようとする仕事をしていたのである。このことからして形而上詩人たちは、後代のたしかにこれと同じくらいの文学的才能を持った詩人たちよりも成熟している上にいっそう持続性があると言える。

詩人が哲学やそのほかの問題に興味を持つのはいつでも必要なことだというのではない。ただ現在あるような文明に生きる詩人たちはどうしても難解になるらしいとだけは言える。現代の文明は非常に変化があって複雑な性質を含んでいるから、このさまざまな入り組んだ性質のものが洗練された感受性に働きかけると、これまた変化があって複雑な作品を生むにちがいない。詩人が必要な場合には詩の言語を自分の使う意味へはめ込んだり無理に移し換えたりしようとするならば、詩人はいっそう包容力をひろげ、いっそう暗示に富み、いっそう間接的にならなければならない。(33)（矢本貞幹訳）》（傍点引用者）

エリオットに拠れば、十六世紀後期から十七世紀初期にかけての詩人たち、とりわけジョン・ダンは《理性と情熱の融合（fusion of reason and passion）》、或いは《思考と感情の統一（unity [unification] of thought and feeling）》という特質を兼ね備えていた。すなわち、エリオットの言葉を借用すれば、ダンは《思考を直接的、感覚的に感知すること、或いは思考を感情に再創造すること（a direct sensuous apprehension of thought, or a recreation of thought into feeling）[34]》、また《どんな種類の経験でも貪り食うことのできるような仕組みになっている感受性（a mechanism of sensibility which could devour any kind of experience）[35]》という特質の持ち主であったという。

言い換えれば、《知性と感性の融合》を自ら体現していた十七世紀の形而上派詩人たちの全盛期が過ぎ去ると、ダン或いはジョージ・ハーバートの時代とテニスンやブラウニングの時代との間に、《感受性の分離》によって、英詩の本質と実体に一つの決定的変化が起ったというのである。つまり、知的思考が感情的経験から分離・乖離することによって、英詩に貧困化・不毛化（impoverishment）をもたらしてしまったというのだ。十八世紀や十九世紀の詩人といえども当然物を考えることは考えるが、自らの思考を感ずることはない、とエリオットは結論づけるのである。これは、いわゆる《T・S・エリオットの感受性の分離説（T. S. Eliot's Theory of Dissociation of Sensibility）》と呼ばれるようになったものである。

詩人が創作するに当たって、《感受性の統一（unification of sensibility）[36]》ということを重要視したT・S・エリオットは、鍾愛するジョン・ダンやアンドルー・マーヴェル[37]などの形而上派詩人について自ら進んで筆を執り、その特質である感性が知性から遊離していない点を挙げ、それを現代の主知的な詩人たちの大いに学ぶべきところであると述べているのみならず、彼自身の詩においてもダンの影響が多々見られることは、これまた周知の事実であろう。

七

さて、次にジョン・ダンの『ソングとソネット集』の中から余りにも有名な「蚤」（"The Flea"）と題する甚だ人を食った、思いも及ばぬような奇抜・突飛な着想、まさしく奇想天外な詩想の絶品を挙げておく。少なくとも若かりし日のわたしは、想像力を恣《ほしいまま》にして出来上がったとしか考えられぬこの詩篇に出会って、わたしの心に一読忘れ難く強烈な印象として残ったことは確かであった。御参考までに言えば、ダンの最初の詩集及び初期の散文集は、一六三三年に出版されているが、この詩集の第二版が一六三五年に出版された時には、形而下的でいささか露骨な、下世話にわたるきらいのあるこの一篇が、驚くまいことか、何と巻頭を飾っていたというのだ[38]（因みに、一六三三年版では三十四番目に置かれていた）。例のグリアソン教授は、その《註解・評註篇《コメンタリー》》において、《我々の考えでは奇妙な選択のように思われようが、どうやらこの詩は機智の傑作として大いに賞讃されたらしい（A strange choice to our mind, but apparently the poem was greatly admired as a masterpiece of wit.[39]）》（傍点引用者）と註記している。

THE FLEA

MARKE but this flea, and marke in this,
How little that which thou deny'st me is;
It suck'd me first, and now sucks thee,
And in this flea, our two bloods mingled bee;
Thou know'st that this cannot be said
A sinne, nor shame, nor losse of maidenhead,
　Yet this enjoyes before it wooe,
　And pamper'd swells with one blood made of two
　And this, alas, is more than wee would doe.

Oh stay, three lives in one flea spare,
Where wee almost, yea more than maryed are.
This flea is you and I, and this
Our mariage bed, and mariage temple is;
Though parents grudge, and you, w'are met,

John Donne Memorial
(By Nigel Boonham, 2012; St. Paul's Cathedral Churchyard, London)

And cloysterd in these living walls of Jet.
　Though use make you apt to kill mee,
　Let not to that, selfe murder added bee,
　And sacrilege, three sinnes in killing three.

Cruell and sodaine, hast thou since
Purpled thy naile, in blood of innocence?
Wherein could this flea guilty bee,
Except in that drop which it suckt from thee?
Yet thou triumph'st, and saist that thou
Find'st not thy selfe, nor mee the weaker now;
　'Tis true, then learne how false, feares bee;
Just so much honor, when thou yeeld'st to mee,
　Will wast, as this flea's death tooke life from thee.[40]

蚤

この蚤を見てごらん、そうすれば分かるはず、
君が拒んでいるものが、その中では何と小さいか。
蚤は先ず僕の血を吸い、今度は君の血を吸う。
この蚤の中では、僕等二人の血が混ざり合うのだ。
君はよく知っているはず、とてもこんな事が、

罪や、恥や、貞操の喪失などと、言えないことを。
でも、蚤は求愛もせずに、楽しんでいるのだ。
二人の血を一つにして、丸々と膨《ふく》れ上がっている。
ああ、そうしたくても、僕等にはその勇気がない。

待て。一匹の蚤を救い三つの命を助けてくれ。
ここで僕等は結婚した。いや、それ以上と言える。
この蚤は、君でもあり、僕でもある。それは
僕等の新床《にいどこ》でもあり、また、婚礼の御社《みやしろ》でもある。
両親は反対し、君も嫌がるが、僕等は結ばれ、
この生きた回廊の黒玉の壁に、かくまわれている。
でも、習わしに従って、君は僕を殺すだろう。
だが、それに加えて、自分までも殺すことはない。
三人殺せば、三つの罪で神を冒瀆することになる。

残酷な慌て者よ、僕が止めたのに、君は早や、
罪のない者の血で、爪を赤く染めてしまったのか。
一体、この蚤がどんな罪を犯したと言うのか。
君から一滴の血を吸い取った、それだけのことだ。
だが、君は大威張り、蚤は死んでも、一向に、
君も僕も、弱くなってはいないと、言い張るのだ。
その通り。だが、それなら恐れることはない。

たとえ、君が僕に身を任せても、君からこの蚤が、
奪った命ほどにも、失われるものはないのだから。(41)
（湯浅信之訳）

話のついでに一言。《蚤》は終戦後に我が国で大量に発生したので年輩者にはお馴染みだが、昨今の若者には見知らぬ人が大勢いる筈なので、念のために註の形で挿記しておく。蚤は体長が二～三ミリメートルの赤茶色の極小の昆虫で翅を欠き、後脚が発達してよく飛び跳ね、人や動物や鳥類に外部寄生して血液を吸い、安眠を妨害したり、ペストなどの病原菌を媒介したりする。雌は雄より大形ゆえ、「蚤の夫婦」という表現ができている。

事もあろうに、選《よ》りに選って人間が毛嫌いする《蚤》などという、いかにも俗っぽい、まことに奇妙奇天烈《きてれつ》な、およそ詩の素材・対象としては無縁な、思いも寄らぬほど風変りなものを引き合いに出しながら、例によって、ダンは、女の子を有無を言わせぬほど理詰めに、執拗に、明けっ広げに掻き口説いているわけだが、実に手際よく、ダンの奇才を感じさせるに充分な傑作に仕立て上げているのは、さすがはダンならではの感がし、ダンの面目躍如たるものがあると言っていいのである。

因みに、吉田健一は、名著『英国の文学』（雄鶏社、一九四九年／〔改稿〕垂水書房、一九六三年）において、《時には知性の戯れが過ぎて、何か受け入れ難い感じがすることもある》と言って、その例として、この「蚤」を挙げて、さらに次のように述べている。

《これは知性の偏重から生じる精神の頽廢の末期症状に見えるかも知れないが、ドヌの詩の魅力は、彼の知性が凡そさういふ精神とは関係がない野性の健康に滿ちてゐることにあるのを、この詩に就ても直ちに認めなければならない。その点では、彼も明かにエリザベス時代の人間だつたと言ふべきだらうか。寧ろ、彼が英国人であることをここで確認すべきである。

——集英社版「吉田健一著作集」、第一巻、一〇一ページ。》

このような詩を読むと、我々は直ちに大詩人シェイクスピアの『ソネット集』（*Sonnets*, 1609）の中の、あの余りにも有名な絶品、第一二九番——全く言い得て妙で間然するところがない、かつ我々読者を思わず戦慄させずには措かない傑作——を想い起さないわけにはいかないのだ。

129

The expense of spirit in a waste of shame
Is lust in action; and till action, lust
Is perjur'd, murderous, bloody, full of blame,
Savage, extreme, rude, cruel, not to trust;
Enjoy'd no sooner but despisèd straight;
Past reason hunted; and no sooner had,
Past reason hated, as a swallow'd bait
On purpose laid to make the taker mad,—
Mad in pursuit, and in possession so;
Had, having, and in quest to have, extreme;
A bliss in proof; and prov'd, a very woe;
Before, a joy propos'd; behind, a dream.
　All this the world well knows; yet none knows well
　To shun the heaven that leads men to this hell.(42)

肉慾の働き方は恥辱の浪費であり、
精神を疲れさせることでしかなくて、目的を果すまでは、
肉慾は偽り多くて血腥くて、どんなことをやり出すか解らず、
野蛮で、極端に走り、礼儀を知らず、残忍で、
満足すればその途端にただ忌しいものになり、
理性を忘れて相手を追ひながら、それがすめば理性を忘れて
相手を憎み、食ひついた魚を狂ひ立たせる為の
鉤も同様のものなのだ。
追つてゐる時も、相手をものにした時も気違ひ染みてゐて、
追つても、追ひ越しても、度外れにしか行動出来ず、
先づ至上の幸福から始つて苦悶に終り、
前は歓喜だつたものが、後では夢なのだ。
そしてこれは誰でもが知つてゐて、それにも拘らず
誰もかういふ地獄に導く天国を避けられた験しがない。

（吉田健一訳）

この第一二九番のソネットの真価については今更わたし如きが敢えて警言するまでもないだろう。とにかく、僅か十四行から成る詩で以て、古今東西、いみじくもこれほど《the lusts of the flesh》という人間の心を煩わし、身を悩ます煩悩の実体実相を、その正体・真実を巧みに余すところなく詠い上げた見事な文学作品をわたしは寡聞にして知らない。それにしても、シェイクスピアの天才は全く心憎いばかりであって、我々は改めて驚嘆の念を禁じ得ないのである。Cf.《Post coitum omne animal triste. (After coition every animal is sad.) — Anonymous (Post-classical Latin tag)》

因みに言えば、シェイクスピアのこのソネット第一二九番はおそらくサー・フィリップ・シドニー（Sir Philip Sidney, 1554–86）の筆に成る同じ主題のソネット「情慾」（"Desire," *Certain Sonnets*, pub. 1598）という一篇から貴重な示唆を得ての作だろうと言われている。

DESIRE

Thou blind man's marke, thou foole's selfe chosen snare,
Fond fancie's scum, and dregs of scattred thought,
Band of all evils, cradle of causelesse care,
Thou web of will, whose end is never wrought;

Desire, desire I have too dearely bought,
With price of mangled mind thy worthlesse ware,
Too long, too long asleepe thou hast me brought,
Who should my mind to higher things prepare.

But yet in vaine thou hast my ruine sought,
In vaine thou madest me to vaine things aspire,
In vaine thou kindlest all thy smokie fire;

For vertue hath this better lesson taught,
Within my selfe to seeke my onelie hire:

Sir Philip Sidney

Desiring nought but how to kill desire.(43)

この盲目《めしひ》の印よ、愚か者の自ら選んだ罠《わな》よ、
愚かな空想の浮き滓《かす》よ、取り留めのない思ひの澱みよ、
ありとあらゆる悪の絆よ、謂《いは》れなき厄介事の揺籃《たね》よ、
この果てしなく入り組んだ性慾よ。

情慾を、情慾を、私は余りにも大きな犠牲を払つて得たのだ、
切り苛《さいな》まれた精神の代償で以てお前の価値なき商品を、
お前は私を余りにも長い、長い眠りに導いたのだ、
誰か私の精神を高尚なことに仕向けられるだらうか。

だが、しかし、お前は私の破滅を求めたが無駄だつた、
お前は私を下らぬことに憧れさせたが無駄だつた、
お前はお前のありとあらゆる煙る火を燃え立たせても無駄なのだ。

といふのは、徳がかういふ良い教訓を教へてくれたからだ、
私自身の内部で私一人の損料を求めるといふことを、
情慾の抑へ方だけを熱望するといふことを。

何とも生硬蕪雑な日本語訳で恐縮であるが、それにしても、真実を過不足なく見事に喝破し得ているシェイクスピアの第一二九番の方が、シドニーのソネットよりも明らかに力強くて明快であると言っていいだろう。

いずれにせよ、ダンの甚だ魅力的な詩集『ソングとソネット集』は、英国最大の《ソネット文学(sonnet-literature)》の傑作と言われるシェイクスピアの『ソネット集』と共に、疑いもなく、エリザベス朝ルネサンス文学を代表する二大詩集と言っていいだろう。

天下の大秀才にして才気煥発、どうやら十代後半から二十代の前半の一時期、眼に余る放蕩三昧の生活に耽ったらしい、言わば《淫蕩詩人》のきらいのあったダンは、その詩において、《女》とか《恋愛》に対して《皮肉、毒舌、罵詈、呪詛、啖呵、或いは歓喜、別離の悲哀、口説き、愛の哲学》等々を縦横無尽に詠って余すところないのであるが、『ソングとソネット集』に収められている詩は、——ダンの若き日の何物にも替え難い貴重な実体験が何らかの形で大いに役立っていることは否めないだろう——そのほとんどすべてが《女性》及び《恋愛》を詠ったものばかりであると言っていい。そういう意味で、我々はダンを《女性探求の恋愛詩人》であると規定しても差し支えないかもしれない。それ故に、また我々にとっても、『ソングとソネット集』は、《女性探求の詩集》として甚だ興味深いわけでもある。ダンにとって、女は、すべて研究の対象であり、彼が最も大きな興味を抱くことのできる主要な研究題目に他ならなかったに違いないのだ。つまり、ダンは男女の《情事・恋愛事件(love affair; amour)》を通して、人間を、人間というものの実体を模索・追求した詩人であったと言えるのである。

さらに言えば、哲学的思索・思考と詩的直感がうまく折り合って両立し得たダンの恋愛詩は、《形而上詩》と言われるだけあって、極めて複雑な様相を呈している。ダンは或る時は甚だ変りやすい女性心理を提示して見せたりするかと思えば、また或る時は例の《ambivalence(反対感情併存)》——すなわち、同時に同一対象に対して二つの相矛盾する感情の間を揺れ動く、アンビヴァレントな、愛憎相半ばする微妙な恋愛の心境を描いて見せたりもする。彼の詩には、この上なく美しく崇高な《女性讃美》の言葉があるかと思えば、次には《女性憎悪・女性呪詛・女人嫌悪》の至極激烈な、過激奇矯な詩句が現れたりして我々の度肝を抜くことがある。一方では、清浄無垢《イノセント》な恋の場面が見られるかと思えば、他方では、姦通の如き不倫な恋や醜悪な肉欲の場面も見られるといった具合で、ダンは感情の振幅が極めて大きい詩人であったと言えるのだ。

ダンの恋愛哲学を詠った冒頭の“The Good-morrow”を初めとして、“Song”(“Goe, and catche a falling starre, …”),

“Womans Constancy,” “The Sunne rising,” “Loves Usury,” “The Canonization,” “Lovers infinitenesse,” “Aire and Angels,” “Twicknam Garden,” “The Flea,” “The Curse,” “The Broken Heart,” “A Valediction: forbidding mourning,” “The Extasie,” “Farewell to love,” 等々、枚挙にいとまがないが、これらはいずれも人の意表に出る独創性に富んだ傑作ばかりで、いわゆる《奇想《コンシート》》を以て熾烈な情熱を表した青年時代の恋愛詩である。因みに、ダンの詩は、どの一篇を採ってみても、皆優れた詩ばかりで、いずれも深みと味のある詩が多く、不思議なくらい駄作の少ない詩人であったと言えよう。それにしても本稿の冒頭のエピグラフの吉田の一文はダンの特徴を余す所なく言い得て妙と言う外ないのだ。

　例えば、冒頭の「愛の曙」（“The Good-morrow”）であるが、ダンはこの詩において彼が肉の恋愛から転じて清純無垢なアン・モア（Anne More）と結婚——正確に言えば、《秘密結婚（secret marriage, Dec., 1601）》——して得た霊的体験を詠ったものと思われるのである。（これは我々に高村光太郎と智恵子との邂逅を想い起させるものがある。）暗示的な言葉で巧妙に、かなり官能的な雰囲気が醸し出されているけれども、とにかく、これは初めて霊にも目覚めた詩人の恋愛抒情詩である。

　また、“Goe, and catch a falling starre,” で始まる「唄《ソング》」（“Song”）という詩では、《曼陀羅華《マンドレイク》の根よ、子を孕め、過ぎ去った歳月の在処《ありか》を教えておくれ。悪魔の足を引き裂いたのは誰か知っているか。どうしたら人魚の唄を聞けるかを教えておくれ。……（Get with child a mandrake roote, / Tell me, where all past yeares are, / Or who cleft the Divels foot, / Teach me to heare Mermaides singing,...）》云々と、難しいことを色々と並べ立てた末、たとえかかる摩訶不思議なものを見た人でも、世に《美人で、貞潔な女は何処にもいない（No where / Lives a woman true, and faire.）》という甚だ激烈な、絶望的な詩句で第二聯を結んでいるが、これは軽妙な《奇想》と痛烈な《皮肉》の詩と言うべきであろう。

　「日の出」（“The Sunne rising”）という詩では、恋愛を絶讃し、言わば恋の殉教者として全世界を放棄しても構わぬという心意気（これは、我が吉田健一に拠れば、まさしく西洋の詩の世界だけのことであって、東洋、すなわち、日本や支那の詩には見出せぬ世界だという）かと思えば、また「差別のない恋」（“The Indifferent”）では、《僕はどんな女だって愛せる。僕は誰だって、貞潔でない女なら愛することができるのだ。（I can love her, and her, and you and you, / I can love any, so she be not true.）》と詠い、愛においていわゆる “true” であることは異端（“Heretiques in love”）と説き、愛というものの、強くて脆い（fragile; frail）本質を言い得て余すところがない。

今触れた吉田健一の言う《西洋の詩の世界だけ》で思い出したので、一言補足的に付け加えて言えば、シェイクスピアの描くリチャード三世が絶体絶命の壮烈な最期に吐く有名な台詞、《馬をくれ！ 馬を！ 代りにこの国をやるぞ、馬をくれ！（A horse! a horse! my kingdom for a horse! — *King Richard III*, V. iv. 7&13）》（福田恆存訳）——たった馬一頭の代りに我が王国などという概念を持ち出すのは、いかにも西洋的発想と言うべきであるが、この台詞は直接的には人間の生命への執着の強さを表すものとして知られている。

ついでに今一つ付記すれば、通例、《王冠を賭けた世紀の恋》として知られるエドワード八世（Edward VIII, 1894–1972）の即位と《王妃選定》に絡む《王位放棄（the Abdication）》による退位を想い起してもいいかもしれない。——もっと詳しく言えば、ジョージ五世（一八六五—一九三六〔在位一九一〇—三六〕）の皇太子エドワードは、一九三六年一月にジョージ五世が死去し、一月二十日、英国王に即位するが、二度の離婚歴のある米国生まれのシンプソン夫人（Mrs. Wallis Warfield Simpson, 1896–1986; Duchess of Windsor, 1937–86）との結婚問題に関して、国王は離婚歴のある女性との結婚が禁止されているために、猛反対する政府・内閣及び国民大多数と対立したまま、在位僅か十一ヵ月（325-day reign）で自ら王位を捨て十二月十一日に退位する。実弟のジョージ六世（一八九五—一九五二〔在位一九三六—五二〕）が王位を継ぎ、エドワード八世は、以後ウィンザー公（Duke of Windsor）となって、ブーローニュの森（le bois de Boulogne）郊外のセーヌ河畔ヌイイ＝シュル＝セーヌ（Neuilly-sur-Seine）で生涯渝《かわ》らぬ相思相愛で堅く結ばれて余生を送っていた。二人の関係は、《王冠を捨てた世紀の恋》としても知られる。

よく引き合いに出される「恍惚」（“The Extasie”）と題する有名な詩において（七十六行に及ぶので紙幅の都合上引用は差し控えるが）、ダンの言うところに拠れば、完璧な恋愛とは《魂《ソウル》と魂《ソウル》との結合》なのであり、そのために《肉体《ボディ》》があるのだという。そしてダンの言う《エクスタシー》とは、恋し合う二人の魂と魂とが、肉体から脱け出て結び合っている状態を指すのであり、魂と肉体との分離と解放が、死の場合以外に行われ得るのは、他ならぬこの“extasie”の場合のみである。しかしながら、二人の肉体の《恍惚》の状態において、詩人が諄々と、巧智な《メタフィジカルな口説き》で相手の女から求めるものは、やはり彼女の肉体そのものに他ならないのである。

因みに、グリアソン教授は、例の《コメンタリー》において、《この詩はダンの愛の形而上学、肉体と魂の相関性と相互依存の形而上学を表明したものとして抒情詩の中でも最も重要な一篇である（This is one of the most important of the lyrics as a statement of Donne's metaphysic of love, of the interconnexion and mutual dependence of body and soul.）[44]》と註記している。

ダンという詩人は、女性に対して求愛を詠う場合、彼はまことに神々しい、或る時は形而上学的な、また或る時は神秘的《ミスティック》な清絶高遠な思想や透徹した論理で以て女性を執拗に説服しているが、それでいて、それはやはり明らかに "physical love" を求めていることが窺われるのである。年代的に、極く大雑把に言えば、盛んに色んな女を遍歴して淫逸な生活に耽っていた頃は《肉的な愛》を唱え、穢れを知らぬ、清純なアン・モアとの恋の後はプラトニックな《霊的な愛》へと転じて行ったと考えることができるだろう。

時に、近年、わたしの脳裡に妙に焼き付いて離れない、素晴らしい詩句の一節を紹介させていただく。我が国の《現代詩の長女》と呼ばれた詩人、茨木《いばらぎ》のり子（一九二六―二〇〇六）の死後出版の詩集『歳月』（花神社、二〇〇七年）の中から、「夢」と題する清絶な詩の前半の部分だけを引いておこう。亡き夫の四十九日の前夜、幽明界を異にする夫との《愛の営み》を詠ったものである。四十八歳の時の作品だが、詩人の死後に初めて発表された挽歌の一篇である。

ふわりとした重み
からだのあちらこちらに
刻されるあなたのしるし
ゆっくりと
新婚の日々よりも焦らずに
おだやかに
執拗に

わたくしの全身を浸してくる
この世ならぬ充足感
のびのびとからだをひらいて
受け入れて
じぶんの声にふと目覚める[45]

余談はさて措き、本題に戻らねばならぬが、ダンは或る詩で《女は男の共有財産》だという全く以て信じ難いような過激奇矯な思想を詠うけれども、それはどの程度まで本気で言ったものなのか少なくともわたしにはどうもよく分らない。また、ダンは女性に対して色々とアイロニックでシニカルな、辛辣極まりない皮肉を詠い、特に《女性の移り気（woman's inconstancy）》（「女心〔男心〕と秋の空」参照。Cf. A woman [man] is as fickle [changeable] as autumn weather.）に対して極めて毒舌冷笑的に詠う時があるけれども、これもどこまで本気なものやら、正直なところ、よく分らないのである。

COMMUNITIE

GOOD wee must love, and must hate ill,
For ill is ill, and good good still,
　But there are things indifferent,
Which wee may neither hate, nor love,
But one, and then another prove,
　As wee shall finde our fancy bent.

If then at first wise Nature had
Made women either good or bad,
  Then some wee might hate, and some chuse,
But since shee did them so create,
That we may neither love, nor hate,
  Onely this rests, All, all may use.

If they were good it would be seene,
Good is as visible as greene,
  And to all eyes it selfe betrayes:
If they were bad, they could not last,
Bad doth it selfe, and others wast,
  So, they deserve nor blame, nor praise.

But they are ours as fruits are ours,
He that but tasts, he that devours,
  And he that leaves all, doth as well:
Chang'd loves are but chang'd sorts of meat,
And when hee hath the kernell eate,
  Who doth not fling away the shell?(46)

共有財産

我々は善を愛し、悪を憎まなくてはならない。
何故ならば、悪はあくまで悪、善は善である。
　しかし、どちらとも言えない中間的なものは、
憎むことも、愛することも、できないのである。
そのようなものは、時には善に、時には悪に、
　我々の心次第で、変わってしまうものなのだ。

もし、賢い自然の女神が、女性というものを、
善い女と、悪い女に分けて造ったのであれば、
　ある女を憎み、ある女を愛せば、それですむ。
しかし、自然は、女性をそうは造らなかった。
そのため、愛することも、憎むこともできない。
ただ、皆で皆を利用するしか、手はないのだ。

女性が善いものなら、それはよく見えるはず。
善は、緑と同じこと、はっきりと目立つもの。
　誰の目にも、おのずから、それと知れるのだ。
女性が悪いものならば、長くは生き残れまい。
悪いものは、我が身を滅ぼして、他も滅ぼす。
　だから、女は責められず、誉められずなのだ。

だが、果物のように、女は我々のものである。
ちょっと味見をするのも、がつかつ食うのも、
　そのままとらずに置くのも、こっちの勝手だ。
恋人を替えるのは、果物を替えるようなもの。
誰だって、甘い果肉を食べたなら、すぐさま、
　皮は吐き捨てる、そうと相場は決まっている。
（湯浅信之訳）

女性に対して、ここまで冷笑白眼視的な詩に出くわすと、もしかすると我が永井荷風（一八七九―一九五九）の小説に現れる《女性観》を我々に想起させるものがあるかもしれない。

ダンは自由なる恋愛を詠っている反面において、「逆説」（"The Paradox"）と題する詩においては、いわゆる《真の恋愛（true love）》は二度は体験することができないとも詠っている。

THE PARADOX

NO Lover saith, I love, nor any other
　Can judge a perfect Lover;
Hee thinks that else none can, nor will agree
　That any loves but hee:
I cannot say I lov'd, for who can say
　Hee was kill'd yesterday?
Love with excesse of heat, more yong than old,

Death kills with too much cold;
Wee dye but once, and who lov'd last did die,
Hee that saith twice, doth lye:
For though hee seeme to move, and stirre a while,
It doth the sense beguile.
Such life is like the light which bideth yet
When the lights life is set,
Or like the heat, which fire in solid matter
Leaves behinde, two houres after.
Once I lov'd and dy'd; and am now become
Mine Epitaph and Tombe.
Here dead men speake their last, and so do I;
Love-slaine, loe, here I lye.[47]

逆説

「愛している」と言えば、愛していない。
　真の愛は、本人だけ知っている。
誰だって、他人にもできるとは思わない。
　自分だけが愛していると考える。
「愛したことがある」と、僕は言えない。
　「昨日死んだ」と、誰が言える。

愛は極度の熱気で、老人より若者を殺す。
　逆に、死はその冷気で人を葬る。
死ぬのは一度だけ。愛するとは死ぬこと。
　二度の愛を口にするのは偽りだ。
暫く生き延びて、動いていると見えても、
　それは、見る人の錯覚に過ぎぬ。
そんな余生は、光源の太陽が沈んだ後に、
　なお残っている光のようなもの、
或いは、火が消えて二時間もたった後に、
　宿っている余熱のようなものだ。
一度の愛に、僕は死んだ。今のこの僕は、
　僕自身の石碑であり、墓である。
死者は墓に辞世を刻む。僕もそうしよう。
　愛に殺され、見よ、ここに眠る。
（湯浅信之訳）

　また「砕かれた心」（"The Broken Heart"）においても、ダンは真の恋愛の経験は一度きり（once and for all）しかできないことを詠っている。一時間愛し続けたと言う者がいたとしたら、一袋の火薬が一日爆発していたと言うのと同じくらい馬鹿げたことであり、人は恋をしたその瞬間に心臓は粉砕するものだとダンは詠い、さらに《僕の心の断片は世の女どもを浮気心で好くとか、片思いに耽るとか、讃えることはできようが、ただ一つの愛の後では、愛することだけはもうできない。（My rages of heart can like, wish, and adore, / But after one such love, can love no more.）》と結んでいる。要するに、ダンに拠れば、真の恋愛をする者はその瞬間に死に、そして《恋愛》は一度限りのもので、生涯に二度三度と繰り返すことは不可能であるというのだ。そして恋をする女性が死んだ場合、男性の肉体も自然同時に消滅するのがダンの理想なのである。

ところで、そろそろ吉田健一のジョン・ダン論に言及しなければならない。あれほど大好きな、鍾愛措く能わざる詩人でありながら、吉田は、ダンについて、思いの外、書いたものが少ないのである。確かにダンの詩は、どちらかと言えば、軽く声に出して口ずさんだり、また浅酌低唱したりするのに誂え向きの詩とは言い難いところがあるのは認めないわけにはいかないのだ。ダンと言えば、我々が直ちに想起する吉田の文章は、例の『英国の文学』の中の「V 形而上学派の詩人達」と『書架記』の中の「ドヌ詩集」ぐらいである。原詩を徹底的に読み味わい、かつ秀抜な批評眼と明晰な頭脳を駆使してとことん物を考え抜く吉田ならではの鋭利な指摘に満ちていると言わねばならない。冷悧で透徹した知性の持ち主であった吉田のジョン・ダン論を最も正確に伝えるために、以下、吉田の著作から重要と思われる箇所を幾つか《抜き書き(extracts)・摘録》して紹介させていただくことにする。

《ジョン・ドヌは……その詩の多くはエリザベス女王の治世に書かれたのであるから、時間的には、彼はシェイクスピアと同じ時代の詩人である。併しエリザベス時代の英国の文学に世界的な地位を得させたのがシェイクスピアの天才だつたのに対して、ドヌはドヌでその特異な精神に導かれて近代人である我々に直接訴へる、又その点では近代にも類例を見ない幾つかの作品を書いてゐる。(48)》

《既に見た通り、詩はエリザベス時代の英国の文学で殆ど散文に余地を残さない位置を占めてゐて、その主流、であるよりも寧ろ、この時代の詩といふものが詩による表現に適してゐる英語の特質を生かして優雅に歌ふのを旨としてゐた。これはペトラルカの十四行詩に匹敵するものを英語で書くといふことが、この時代に属する詩人達の理想だつたことからも察せられる。シェイクスピアはこの風潮に従つた自分の作品が完璧であることを期するのに、彼の天才を拘束するものを別に感じなかつた。併しドヌは、詩の常道を行くなだらかな旋律や、ペトラルカ風の恋愛観や、古代神話からの題材の借用など、当時、詩といふものと結び付けて考へられてゐた

凡てのことに、何か本能的に反撥するものがある詩人だつた。[49]》

《そして彼の反撥が、彼自身が当時の作詩上の習慣に甘んじてゐた他の詩人達と違つた働き方をする精神の持主だつたことから来てゐるのは言ふまでもない。我々は近代人であつて、その病癖の一つには、ものごとを殊更に難しく考へて、簡単な事柄に就ても持つて廻つた表現をするのでなければ気がすまないといふことが挙げられてゐる。併しさうした一つの時代を離れても、かういふ複雑な頭の持主はゐるのであつて、それは大概の場合、知性の発達が日常の感情の動きにも知的な操作の形を取ることを強ひて、具体的な経験に就ても一応の論理を辿らなければ、その実感が得られない為に、所謂、素朴なものの見方が却つて不自然になる種類の人間である。これを詩を例に取つて言へば、一般には詩の複雑な形式がその内容をなしてゐると思はれるものの単純な動きを各所に受け止めて、その消散を防いでゐる観があるのに、この場合は複雑な着想に言葉が引き摺り廻されて、その発展に都合がいい詩の形式が選ばれ、論理を追ふ情熱が詩を書く感興に先行するといふ印象さへ与へる。ドヌはそのやうな詩人だつた。[50]》

《彼の詩は情熱と揶揄の、又、場合によつては露骨な写実主義と精妙に観念的な神秘主義の特異な混合であつて、さういふ意味で疑ひもなく彼の傑作である *The Extasy, The Good Morrow, The Canonization* 或は彼の Elegies の幾つかの全文をここに引用する余地がないのは残念であるが、要するに彼はその作品の余りに独自な性格の為にどの流派にも属せず、他のどういふ詩人とも比較を許さない、極めて少数の詩人の一人である。強ひて類例を求めるならば、それは十九世紀のフランスのラフォルグだらうか。併しこの二人が最も似てゐるのは、何れも誰にも似てゐないことだと言つた方が正確かも知れなくて、ドヌとラフォルグは一度その作品の味を覚えれば、他の詩人が読みたくなくなる程の親みを覚えさせるものを二人とも持つてゐる。[51]》

《要するに、形而上学派の詩はエリザベス時代に英国の詩が開花した後を受けて、その豊饒な収穫の中から英国の詩の伝統が形成されて行く過渡的な時代の産物だつたと考へられる。併し英国の詩の発生期に当るエリザベス時代の詩が英国の文学が達した一つの頂点を示してゐるのと同様に、この過渡期の詩も詩の愛好者にとつて捨て難い、時には他のどのやうな詩人の作品にも増して親める幾多の名篇に飾られてゐる。そしてミルトンをこの一派に加へるならば、形而上学派の詩人達の活動は王政復古（一六六〇年）から十八世紀に掛けて続く散文の開拓が来した一種の詩の空白時代を控へてゐて、文学史的に見てもその業績は極めて重要な一時期を画してゐる。[52]》

次に吉田健一の『書架記』の中の「ドヌ詩集」から幾つかの箇所を抜き書きして御高覧に供することにする。

《ドヌを読んで驚いたのは昔とか今とかいふことを離れてその詩の新しいと言ふ他ない性格の為だつた。[53]》

《殊にドヌの詩集では最もこの詩人らしいものが初めの方に纏められてゐることでその詩の働きが集中する結果になつて前に挙げた巻頭の詩から読んで行く経験はボオドレエルの『悪の華』を始めて開けて見た時に増すものがあつた。『悪の華』の詩が厳密に執筆の年代順に並べられたものかどうか知らないが、その序詞に続く十数篇は明かに初期のものである。ドヌの詩にはその一篇毎に人を驚かせるものがあつた。[54]》

《それで前に触れた新しさといふことの問題になる。これをそれまでなかつたことの意味に解するのは間違つてゐなくて我々は詩にも新しさを求める。併しそれまでなかつたといふのは我々がそこにあることを認めないではゐられないものがそこにあるからであり、今までなかつたものが一つ現れたことではなくてただそれだけのことならば新たに作られた靴も新しい。そこにあるものを我々が認めるのはそれが我々に働き掛けてそれを起点に世界を見直させる結果であつて一つのものが確かにあることでそれもある我々の世界は再び根拠を得て我々の前に拡り、それはいつもその世界でありながら我々はそれを既に知つてゐるとは思はない。幾度眺めてもそれが明かに我々の眼に映れば繰り返しになることがないからだらうか。それで例へば朝日は常に新しくて真昼の光

線も我々の眼が曇つてゐなければ新しいものに眺められて今までにもそれがあつたといふのは意味がなくなる。[55]》

《今になつては英国でドヌを発見したのがエリオットであるやうなことに一時なつてゐたのが考へ直される。ドヌの復活に何よりも大きな貢献をしたのは一九一二年にその詩集の定本を出したグリヤソンであつて、これに続いて更に形而上学派詩選も編纂した。併しヘイワアドのドヌ詩集、正確には詩の全部の他に書簡とドヌが聖公会の僧侶になつてからの説教が何れも抜萃してあるのでドヌの著作集の初版が出たのが一九二九年でこれがドヌが書いたものの初めての普及版であることになり、イタリイのマリオ・プラズがドヌに就て書いたのがその二年前であるからその辺からドヌが英国で一般に読まれることになつたと考へてよささうである。ライランヅがこれを学校の講義で取り上げたのも丁度その頃で、それでその教室に通ふものがドヌの詩集を持つて恐らくエリオットが行つたことがない町の古い建物が並ぶ狭い道を歩いてゐることになつた。その講義に出ることになつたので本屋に入つてドヌの詩集と言ふとこのナンサッチ・プレスのを出してこれが一番新しくていいものなのだと主人が説明したのを覚えてゐる。[56]》

最後にあの名高い《吉田健一の英語》について若干言及しておきたい。吉田健一と肝胆相照らして飲み、かつ語り合う間柄だった天才的な日本文学者のドナルド・キーン〔雅号・鬼《キーン》怒鳴門《ドナルド》〕（Donald Keene, 1922–　）氏にとって、英語で会話を楽しみたいと心から思う日本人はどうやら吉田健一を措いて他にはほとんど見当たらなかったと言ってもいいようである。

《吉田さんと二人で話す場合はいつも英語であった。彼の英語はすばらしいものであった。現在の若い英国人であれほど美しい英語を話せる人を知らない。というのは、古来のエリート意識に反撥してわざと方言や下層社会の言葉を使う英国人が随分殖えたが、吉田さんの英語は戦前のものであり、貴族的であり、優雅なものであった。無論、言葉や発音だけの問題ではなかった。英語を話す場合、吉田さんの冗談まで純英国風であった。ところが、英語が分らない友人が私たちの居る部屋に入ったら、吉田さんは直ぐ日本語に切り換え、今度は日本語独特の面白さを発揮できた。どちらの方が本当の吉田さんだったかと人が問えば、両方とも本当の吉田さんだったと答える他はない。(57)》(傍点引用者)

《吉田は、私がいつも英語で話す日本では唯一の友人だった。永井(道雄)さんも完璧な英語を話したが、日本語をしゃべっている時の方が永井さんらしかった。吉田の話す英語は、まさしく英国の上流階級の英語で、彼と日本語で話すのは何かおかしいような気がした。ただし、誰か日本人が一緒にいる時はお互い日本語で話した。(58)》(傍点引用者)

キーン氏は、集英社版「吉田健一著作集」(全三十巻・補巻二巻、一九七八年)の発刊に際して、PR用パンフレットに「吉田健一と英語」と題する一文を寄稿している。この文章は吉田と意気投合して英語で胸襟を開いて語り合ったキーン氏ならではの卓越した識見、余りにも鋭利な洞察力と含蓄に富む秀逸なものであると言わねばならない。少なくともわたしの知る限りでは、この一文は彼のどの著作にも再録されていないような気がする。部分的に抜萃するにしては甚だ捨て難い箇所もあるので、引用がいささか長きにわたるきらいがあって恐縮だが、御参考までに、ここに敢えて全文を丸ごと引用させていただいてこの慢慢的《マンマンデー》な蕪稿をひと先ず締め括ることにする。

《英語に堪能である日本人は年毎に殖え、日本人は外国語が覚えられないという不名誉を雪《そそ》いでいるが、吉田健一氏のように英語をよくこなせる人は英国にも稀である。私は時々吉田さんのお宅で英国人と同席したことがあるが、どんなに教養のある英国人の客よりも吉田さんの英語の方が綺麗だと思った。もともと同席した英国人は皆、吉田さんより年下であったので、無理もないかも知れない。というのは、英語の発音はだんだん汚くなり、教養のある人の言葉の選択自体も粗末になってきたために、四、五十年前の英語をまだしゃべられる人の話は非常に魅力的に思われる。吉田さんの英語より美しい英語を聞いたことがあるとすれば、バートランド・ラッセルの十八世紀風の英語位のものである。ラッセル伯爵は確かに吉田さんよりも三、四十年前の英語を使っていたと思う。

多分、吉田さんが英語の純粋さを守り通せたのは、不断日本語を使っていたためであろう。ハワイやブラジルの日系人はまだ明治時代の日本語を使っているが、それは新しい日本語の刺激を始終受けていないためだろうが、吉田さんは下品な現代の英語に伝染されず、良き時代のケンブリッヂの言葉をそのまま使っていた。

吉田さんの英語が現代の英米人のほとんどが話している英語と何処が違っているかと聞かれたら、説明しにくいが、これは何よりも態度の問題であろう。大昔から現代まで多くの人間が自己の意志または欲求を伝達することを達成した場合満足し、言葉自体からはそれ以上何も期待していなかった。ところが、吉田さんのような芸術家は、ものを書く場合は勿論のこと、親しい友達と話す場合でも、会話の媒体である言葉を楽しみ、言いたいことが何となく伝えられたと言って単純に喜ぶことはない。日本の親友の多くは自分より年上だったことはそういう友達の会話に若い人の会話にないような雅びがあったためかも知れない。英米人の友人の場合でも、言葉を重んじる人が多かった。

当然なことだが、吉田さんは自分の英語に相当の自信があった。お父さんの『回想四十年』の英訳がロンドンで発刊されたが、ある編集者が原稿に手を入れたので、吉田さんは気を悪くした。幸い、アメリカ版は吉田さんの翻訳を尊重し、一字も変えなかったそうである。英国の編集者が何故、吉田さんの原稿を変えたのか私には分らないが、多分、吉田さんの多少古風な英語を現代化しようとしたためだろう。それは吉田さんの日本語の原稿の仮名遣いや本字を変える日本人の編集者と同じである。が、アメリカ人の編集者には外国語である英語を変えるほどの自信がなかったのかも知れない。

吉田さんはよく戦前の時代を懐しく思い出した。戦前の東京をこわしてしまったアメリカ人の爆弾と日本人の貪欲や戦前のロンドンをこわしたドイツ人の爆弾や英国人の無関心さを嘆いたが、少くとも戦前の言葉を守ろうとして、みごとに成功を収めた。》（新潮社版「吉田健一集成」、別巻〔一九九四年〕に再録されている。）

因みに一言註記すれば、吉田健一は、厳父が駐英日本大使館一等書記官としてロンドンに赴任するのに従い、ロンドンに住む。テムズ川の南、ストレタム・ヒル（Streatham [strétəm] Hill）の小学校（Primary School）に通学（七〜八歳の頃）。次いで、父君が中国天津《てんしん》の日本総領事として赴任したのに従い、天津に移り住む。健一は市内の英国人学校に通学（九〜十二歳の頃）。

ここでもっと注目されてよいのは、赴任先での英国人の使用人（執事や下僕や下婢など）や子供たちのチューターを雇い入れるに際して、吉田茂氏には確固たるポリシーがあって、出来るだけ綺麗な英語を話すことができるかどうかに細心の注意を払い、ひどく拘泥していたという。これは、どうやら若き日のアメリカ留学、さらに駐英公使としてロンドンの日本大使館に赴任した経験のある岳父で親英派（pro-British; Anglomaniac; Anglophiliac）の牧野伸顕（一八六一―一九四九）からの助言でもあったように思われてならない。というのは、とりわけ英語というのは、確かに、出自（生まれ・社会的階級）、出身地（地域社会）、教育程度（学歴）、職業、交友関係などによって話し言葉にはっきりと差（差異）が出る――ちょっとした言葉遣いで直ぐお里が知れてしまうからである（Cf. G. B. Shaw, *Pygmalion* [1913]; *My Fair Lady* [musical, 1956; film, 1964]）。思うに、使用人の英語が家族に及ぼす影響という点からみても、父君の肌理《きめ》細かな配慮は極めて賢明であったと言うべきだろう。

（註）

（1）吉田健一『定本落日抄』（小澤書店、一九七六年）、一四二―一四四ページ。集英社版「吉田健一著作集」、第二十八巻（一九八一年）、一四一―一四三ページ。

御参考までに記しておくが、吉田健一の著作集類は、現在まで五種類刊行されている。生前に刊行されたものとしては、垂水書房版「吉田健一著作集」（全十九巻、但し、そのうちの三巻は紙型［papier-mâché mold］はあれども出版社の事情で未刊のまま、一九六〇年十月〜一九六七年一月）、原書房版「吉田健一全集」（全十巻、精興社にある垂水書房版の紙型を利用したもの、一九六八年二月〜十二月）、小澤書店版「ポエティカ」（全二巻、普及版及びライト・ブルーの総モロッコ革特装限定版〔署名・捺印・番号入り・限定99組刊行、組定価六万円、筆者の手許に今あるのは第58番〕、一九七四年十月〜十一月）がある。また、死後に刊行されたものとしては、《決定版・定本》とも言える集英社版「吉田健一著作集」（全三十巻・補巻二巻、一九七八年十月〜一九八一年七月）及び新潮社版「吉田健一集成」（全八巻・別巻一巻、一九九三年六月〜一九九四年六月）がある。さらに、今や作品の大半が文庫本（講談社文芸文庫、ちくま学芸文庫、岩波文庫、中公文庫、他）でも容易に入手できて読むことができるようになったのはまことに喜ばしいことだが、ただ惜しむらくは、時代の趨勢で止むを得ないのかもしれないが、《新漢字・新仮名遣い》に改められていることが多い。

（2）集英社版「吉田健一著作集」、第三巻（一九七九年）、六一—六二ページ参照。

（3）同書、一六五—一六八ページ参照。

（4）斎藤久「大学院の講義のことなど」、集英社版「吉田健一著作集」、第十巻（一九七九年）、「月報」（五—八ページ）参照。その後、拙著『荒地としての現代世界』（朝日出版社、一九八二年）に再録（二三四—二三九ページ）。

（5）吉田健一『交遊録』（新潮社、一九七四年）、四五ページ。普及版の他に、天金・ライト・ブラウンの総モロッコ革特装の《五百部限定版》（九、五〇〇円）がある。集英社版「吉田健一著作集」、第二十二巻（一九八〇年）、三七ページ。

（6）同書、同ページ。

（7）島内裕子編『英国の青年—吉田健一未収録エッセイ』（講談社文芸文庫、二〇一四年）、一六—一七ページ参照。

（8）丸谷才一「文芸時評（上）」、『朝日新聞』、一九七四年三月二十五日付夕刊。

（9）哲学者・批評家サー・レズリー・スティーヴン（Sir Leslie Stephen, 1832–1904）の長女ヴァネッサ（Vanessa）と末娘ヴァージニア（Virginia）のブルームズベリー（ロンドンの中心部キャムデン〔Camden〕区の、以前は貴族や上流社会の住宅地、やがて文学者や芸術家が多く住み着くようになる、大英博物館やロンドン大学の所在地）の家に、大体一九〇六年頃から集まって交遊した文学者・芸術家・知識人たちのグループ。経済学者J・M・ケインズ（J. M. Keynes, 1883–1946）、社会批評家レナード・ウルフ（Leonard Woolf, 1880–1969）〔一九一二年、ヴァージニア（1882–1941）と結婚〕、数学者・哲学者バートランド・ラッセル（Bertrand Russell, 1872–1970）、伝記作家リットン・ストレイチー（Lytton Strachey, 1880–1932）、美術・文芸批評家クライヴ・ベル（Clive Bell, 1881–1964）〔一九〇七年、画家ヴァネッサ（1879–1978）と結婚〕、画家ダンカン・グラント（Duncan Grant, 1885–1978）、E・M・フォースター（E. M. Forster, 1879–1970）、小説家・詩人・園芸家V・サックヴィル＝ウェスト（Victoria

Mary Sackville-West, 1892–1962）、画家・美術批評家ロジャー・フライ（Roger Fry, 1866–1934）などが中心的な人たち。彼らの大半がケンブリッジ大学の出身者で、とりわけ哲学者G・E・ムーア（G. E. Moore, 1873–1958）の主著で英国の道徳哲学に新地平を拓いた『倫理学原理』（*Principia Ethica*, 1903）から影響を強く受け、一種の芸術至上主義と主知的な人生態度を共通した特徴としており、二十世紀初頭の新しい文学・芸術や思想を生み出す一勢力となった。

（10）『交遊録』、五〇—五一ページ。集英社版「吉田健一著作集」、第二十二巻、四一—四二ページ。

（11）同書、六三ページ。集英社版著作集、同前、五一—五二ページ。

（12）同書、五二ページ。集英社版著作集、同前、四三ページ。

（13）同書、五八ページ。集英社版著作集、同前、四七ページ。

（14）F. L. Lucas, *The Search for Good Sense: Four Eighteenth-Century Characters: Johnson, Chesterfield, Boswell, Goldsmith* (London: Cassell, 1958), p. 15

（15）『交遊録』、五六—五七ページ。集英社版著作集、第二十二巻、四六—四七ページ。

（16）Cf. F. L. Lucas, *The Waste Land*: a review in *The New Statesman* (3 Nov. 1923).

（17）『交遊録』、五九ページ。集英社版著作集、第二十二巻、四八ページ。

（18）同書、一四〇ページ。集英社版著作集、同前、一一三ページ。

（19）ジャーコモ・レオパルディ（Conte Giacomo Leopardi, 1798–1837）深い学殖と瑞々しい感性とを併せ持っていたイタリアの詩人・古典学者・哲学者。詩集『カンティ』（*I Canti* [*Songs*], 1831; rev. 1835）、散文の『教訓的小品集』（*Le Operette morali*, 1827; rev. 1836）、『随想録』（*Lo Zibaldone*, 7 vols., 1898–1900）、他。

（20）『交遊録』、五二—五三ページ。集英社版著作集、第二十二巻、四三ページ。

（21）William Bridgwater & Seymour Kurtz (eds.), *The Columbia Encyclopedia* (3rd ed., Columbia University Press, 1963), p. 1358.

（22）吉田健一『書架記』（中央公論社、一九七三年）、七六ページ。集英社版著作集、第二十一巻（一九八〇年）、六三ページ。

（23）コロナ・ブックス編集部編『作家の家』（「コロナ・ブックス156」、平凡社、二〇一〇年）、一二ページ参照。

（24）John Hayward (ed.), *John Donne, Dean of St. Paul's: Complete Poetry and Selected Prose* (The Nonesuch Press, 1929), "Introduction," p. xv.

（25）初出は、斎藤久「ジョン・ダン小論――『ソングとソネット集』を中心として」、『*LOTUS*』（立正大学教養部論集）、第三号、一九七〇年、一三六—一五〇ページ。その後、拙著『荒地としての現代世界』（朝日出版社、一九八二年）に再録（六二—七二ページ)。

(26) Mario Praz, "Donne's Relation to the Poetry of His Time," *A Garland for John Donne, 1631–1931* (Harvard University Press, 1931; Gloucester, Mass.: Peter Smith, 1958 [repr.]), edited by Theodore Spencer, p. 69.

(27) Cf. Herbert J. C. Grierson (ed.), *Metaphysical Lyrics and Poems of the Seventeenth Century* (Oxford: Clarendon Press, 1921).

(28) Cf. *The Columbia Encyclopedia* (3rd ed., 1963), "John Donne," p. 587.

(29) Cf. T. S. Eliot, "The Metaphysical Poets" (1921), *Selected Essays* (Faber and Faber Ltd., 1932; 2nd ed., 1934; 3rd enlarged ed., 1951), pp. 281–291.

(30) T. S. Eliot, *ibid*., pp. 287–288.

(31) T・S・エリオット著、矢本貞幹訳『文芸批評論』(岩波文庫、一九三八年/〔改訳増補版〕一九六二年)、一三五—一三七ページ。

(32) T. S. Eliot, *op. cit*., pp. 288–289.

(33) 矢本貞幹訳、前掲訳書、一三七—一三八ページ。

(34) T. S. Eliot, *op. cit*., p. 286.

(35) *Ibid*., p. 287.

(36) *Ibid*., p. 288.

(37) Cf. T. S. Eliot, "Andrew Marvell" (1921), *Selected Essays*, pp. 292–304.

(38) Cf. *Poems, By J. D. with Elegies on the Authors Death* (London: Printed by M. F. for John Marriot, 1635).

(39) Herbert J. C. Grierson (ed.), *The Poems of John Donne* (Oxford: Clarendon Press, 1912 [2 vols.]), Vol. II, p. 36.

(40) John Hayward (ed.), *John Donne, Dean of St. Paul's: Complete Poetry and Selected Prose* (The Nonesuch Press, 1962, Ninth impression), pp. 29–30.　吉田健一との誼《よし》みもあって、以下、ダンの原詩からの引用はすべてこの版に拠る。

(41) 湯浅信之訳『ジョン・ダン全詩集』(名古屋大学出版会、一九九六年)、三—四ページ。

(42) W. G. Ingram and Theodore Redpath (eds.), *Shakespeare's Sonnets* (University of London Press Ltd., 1964; Second impression, 1967) に拠った。

(43) William A. Ringler, Jr. (ed.), *The Poems of Sir Philip Sidney* (Oxford University Press, 1962), p. 161. Cf. Helen Gardner (ed.), *The New*

Oxford Book of English Verse, 1250–1950 (Oxford University Press, 1972; Fourth printing, 1978), p. 58.
(44) Herbert J. C. Grierson (ed.), *op. cit.*, p. 41.
(45) 茨木のり子『歳月』（花神社、二〇〇七年）、一四—一五ページ。
(46) John Hayward (ed.), *op. cit.*, p. 23.
(47) *Ibid.*, p. 52.
(48)『英国の文学』、集英社版「吉田健一著作集」、第一巻（一九七八年）、九三ページ。
(49) 同書、九四ページ。
(50) 同書、九五—九六ページ。
(51) 同書、一〇四ページ。
(52) 同書、一一一ページ。
(53)『書架記』、六一ページ。集英社版「吉田健一著作集」、第二十一巻、五〇ページ。
(54) 同書、六四ページ。集英社版「吉田健一著作集」、同前、五三ページ。
(55) 同書、七三ページ。集英社版著作集、同前、六〇ページ。
(56) 同書、七六ページ。集英社版著作集、同前、六二—六三ページ。
(57) ドナルド・キーン『日本を理解するまで』（新潮社、一九七九年）、二〇六ページ。
(58) ドナルド・キーン「木曜夜の吉田健一の《飲み友達》」、『私と20世紀のクロニクル』（中央公論社、二〇〇七年）、改題『ドナルド・キーン自伝』（「中公文庫」、二〇一一年）、二二一ページ。

（August 2015）

（付記）

吉田健一は、広く知られているように、厳父茂氏がたまたま外交官であった関係から、幼くしてヨーロッパ文化を肌で体験し、とりわけ英仏文学を原語で味わい、培ってきた独特の感覚と語感の持ち主であった。吉田は、日本人を両親とする純粋な日本人でありながら、さながら母語のように自在に使いこなせた英仏語に対して、日本人には稀に見るとしか言いようのない鋭い言語感覚の持ち主として、長年にわたって英仏詩を愛読してきたので、我々のような凡庸な日本人とは全く別種の人間としてヨーロッパ文化・文学と対峙してきたわけであった。

　考えてみるに、我が国の外交官や商社の海外駐在員の子女として外国で生まれたり、また幼い頃から海外で教育を受けたりする機会を持った人たちが昔からかなり多くいた筈だが、どうやら我が吉田健一のような特異かつ清冽な精神の持ち主で個性の強い文学者は滅多に世に出るものではないような気がする。確かに吉田健一のような文学者の誕生は稀有と言っていいし、持って生まれた豊かな文学的才能と絶えざる知的努力・研鑽の然らしむる所と言うべきなのかもしれない。そう言えば、吉田以前に、同じような環境の下で育った文学者としてわたしの脳裡に思い浮ぶのは、詩人・翻訳家の堀口大學（一八九二―一九八一）ぐらいである。

　わたしは高等学校から大学にかけて吉田健一の文章を愛読し、著作の蒐集を心懸けていた。出来るならば、先生に親炙して教えを乞いたいものと思っていたくらいである。わたしは大学院でたまたま丸五年間にわたって吉田健一教授の講義を拝聴し、謦咳に接し得る貴重な機会を持つことができたのは勿怪の幸いであったし、果報者と言えるかもしれない。既に第三章で言及したように、古今東西の名詩の多くを原語のまま見事に暗んじ、言わば、血肉化しておられた先生は、講義中、必要に応じて、その触《さわ》りの幾行かをすらすらと淀みなく、文字通り、流れるように、嬉々として暗誦なさるのであった。それも先生に言わせれば、優れた詩句ならば、容易に覚えられるものだという。大学の文学科に在籍しても、文学について語って聞かせてくれる先生はほとんど全くいないと言っても差し支えないかもしれない。しかしながら、吉田先生に限っては、滾々と湧き出る泉のように、話題が古今東西の文学作品に及び、文学についてたっぷりと語って聞かせてもらえたのは、まことに有難いことだったと言わねばならない。それというのも、後年、わたし自身も少し物を書くようになってみて初めて何かと参考になる話題が多かったことに気付いたからである。

　それで思い出したが、或る年の忘年会のことだったが、話題がたまたま日本文学者のドナルド・キーンさんに及ぶと、酔って上機嫌の吉田先生は、《キーン公は天才だよ》と珍しく打ち解けた口調できっぱりと断言的に仰しゃったことがあった。わたしもキーンさんの著作は少しく読んでいたので、宜なる哉と思った。そのキーンさんもまた優れた和歌や俳句ならば、日本語のまま直ぐ覚えてしまうらしいのである。《天性の文人》御両人に共通する《暗誦力》は、おそらく特技と言うよりもむしろ卓越した文学的才能の然らしむる所であると言うべきであろうか。

　吉田健一が敬愛する文芸批評家の河上徹太郎（一九〇二―八〇）は、吉田の『ポエティカ・下巻』（小澤書店、一九七四年）の外函《スリップケース》の帯紙（腰巻）に愛弟子・吉田に対して《讃》を寄稿している。さすがに吉田の師匠だけあって、とても凡愚には容易に気付き得ぬ吉田健一の本質・核心を鋭くずばりと衝いた見事な一文だと言わねばならない。この過不足のない、正鵠を射た文章に初めて出くわした時、思わずわたしは不意を衝かれてぎくりとしたのを憶えている。河上の鋭利な洞察眼には脱帽する外ないのである。御紹介を兼ねて、敢えてその全文を引用させていただく。(「吉田健一集成」、別巻に再録されている。)

《吉田健一君の円《まど》やかなエッセイの魅力はどこにあるだらうかと考へて見ると、一言でいへば一般の批評家が言葉の意味を辿らうとするのに対し、彼は言葉の響きを聴かうとするところにあるといへよう。響きは意味より根深く、かつ正確である。彼はさういつた「耳」の達人である。それは彼が自分の文章を書く時にも他人の詩文を読む時にも入念に構へた態度である。詩は批評の原理だといふが、吉田君は詩を音楽のやうに味はふ。そして散文の中で、小説は旋律だが批評は和声である。彼は外国語に堪能だが、この場合も何も語学といつた文法的なものではなく、彼にとつて英語もフランス語も日本語も同じやうに鳴り響いた言葉なのである。かういふユニークな批評家の出現は、やはり明治文明百年の成果といふものであらう。》

話のついでに言えば、今から半世紀も前の遙けき昔のことになるが、わたしは学部の三年次及び四年次の二年間、『エリオットと詩の問題』(北星堂書店、一九五八年)、『ブレイク研究——人と詩と絵』(北星堂書店、一九六六年)、『日本詩歌の構造とリズム』(角川書店、一九六八年)や『エズラ・パウンドとT・S・エリオット』(北星堂書店、一九七〇年)などの著者として知られる学匠詩人・熊代信助《しんすけ》(荘歩)(一八九三—?)教授から《英詩》の講義を受ける機会に恵まれた。因みに、三年次のテクストは、矢野禾積《かづみ》註、*William Wordsworth, Preface to Lyrical Ballads*(研究社)、四年次のテクストは御輿員三《おごしかずぞう》編註、*A New Anthology of English Verse*(英宝社)であった。英詩もやはり辞書を引きながら、一行ずつコツコツと地道に読み進んで行く外ないことを知った。熊代先生は、或る時、珍しく、こんな話をされたことがあった。東京帝大英文学科で英国人教師の担当する英詩の講義にまつわる話であったが、今回の講義で読んだ英詩は次回の講義の冒頭に、指名された学生は立ち上がって前回学んだ詩を暗誦する決まりになっていたという。指名されても大半の学生はせいぜい五、六行も暗誦すると立ち往生してしまうらしい。すると、英国人教師は、毎回、決まって芥川龍之介(一八九二—一九二七)を指名すると、芥川は残りの部分をしまいまですらすらと淀みなく暗誦してしまうのだったという。熊代先生曰く、「芥川君の英詩の《暗誦力》は、クラスの中でも、ずば抜けて秀でていました」と。(因みに、芥川は大正五年卒業、熊代は大正七年卒業。)秀才中の秀才であった芥川はどうやら負けず嫌いでもあったようだが、負けん気が人一倍強かったと言うべきだろうか。

そう言えば、芥川龍之介の長男、芥川比呂志(一九二〇—八一)は、新劇の俳優・演出家として有名であった。戦後、福田恆存訳・演出によるシェイクスピアの『ハムレット』(一九五五年)、『マクベス』(一九五八年)、さらに『リア王』(一九六七年)などのタイトル・ロールは、芥川の当たり役で、その知的な風姿と新鮮な感受性に富む演技によって絶讃を博したことで知られる。特にハムレットの演技は、《貴公子ハムレット》の異名《いみょう》を取り、今なお伝説として日本の新劇史上に語り継がれているのだ。Cf. John Gielgud (1904–2000), Laurence Olivier (1907–89), Ralph Richardson (1902–83), Richard Burton (1925–84), Peter O'Toole (1932–2013), Paul Scofield (1922–2008). ――芥川比呂志『肩の凝らないせりふ』（新潮社、一九七七年）所収の「サー・ジョンについてのお喋り」参照。舞台俳優であるからには、何よりも先ず台本を覚える必要があるわけで、比呂志は、英詩の暗誦力に秀でていた龍之介から受け継いだ、いわゆる《父親譲り》で、大量の台詞の覚えも早かったのかもしれない。

（October 2015）

吉田健一教授
（神保町の Luncheon にて　1965 年頃）

吉田健一の《行きつけの店》のことなど

御参考までに書いておくが、《飲食》についての名エッセイストでもあった我が吉田健一には毎週木曜日の午後から深夜にかけて極まり切って経巡《へめぐ》る習慣《ならわし》となっていた《ルーティーン・コース》とでも呼ぶべき彼のお気に入りで馴染みの深い《行きつけの店》が何軒かあったので、物数奇《ものずき》な好事家《こうずか》の読者諸賢のために、無くもがなの紹介を兼ねて、少しばかり駄文を綴ることを許されたい。――

吉田健一の「行き付けの店」と題するエッセイの冒頭に次のような一節がある。

《この頃はどこに何を食べに行かうといふやうなことを余り考へなくなつた。それよりも飲むことが先に頭に浮ぶからだらうか。その飲む方も是非と思ふ程でなくて寧ろさういふことを越えて行く先の店の感じとか空気とかを想像することでそこに足を運ぶことになるやうである。これは行くのが幾つかの店に決つてゐることでもあつて馴染みの店ならばどういふものが出るのか大体解つてゐるから何と考へることもない。又さうして行くのを重ねてゐると店の細かな所まで覚えて店の全体が頭の中で組み立てられることからそこに着く前からそこにゐる気分になり、そのうちにそこにもう来てゐる。やはり料理屋や飲み屋のやうな所でもそこで飲んだり食べたりするのよりもそこの人達に会ひに行くのではないだらうか。その親みがなくてはわざわざそこまで出掛ける甲斐がない。さういふ親みを覚えさせるものがあつて始めてそこへ行くのが楽みになる。

――吉田健一『時をたたせる為に』（小澤書店、一九七六年）、七一―七二ページ。集英社版「吉田健一著作集」、第二十六巻（一九八〇年）、二四七ページ。》

少なくとも中央大学文学部教授の任にあった頃（一九六三・04―六九・03）の吉田健一は、毎週木曜日、第二時限目の講義（学部）が終わると、昼食を摂りに最初の頃はわざわざ新橋駅前の《小川軒》へタクシー（吉田は「円タク」と呼んでいた）を拾って通われていた。しかし新橋駅前再開発のためにお店が渋谷区代官山に移転した後は、一時渋谷の東急百貨店東横店九階レストラン街の（正確な店名は、記憶が定かでなく、失念してしまったが、やはり《小川軒》の系統の）《コート・ジヴォワール（Côte d'Ivoire）》（？）や大学（当時は神田駿河台に本校舎があった）のすぐ近くの《グリル・シンコウ》（神田小川町、新興ビルＢ1Ｆ）へ、さらにフランス文学者で明治大学教授の佐藤正彰《まさあき》（一九〇五―七五）氏に紹介されて大変気に入られ馴染みの店となった例の神田神保町のビヤホールの老舗（明治42年に洋食店として創業）《ランチョン（Luncheon）》（神保町一丁目、因みに吉田の御存命当時の店主は二代目鈴木信三氏、白髪で気品があり、アサヒ・ビールの冷やし具合並びに注ぎ方が絶妙だった、現在は四代目鈴木寛氏）へ出向いて、ジョッキを決まって軽く四杯飲み干すことから始まるのであった。そして締めはいつも決まってウィスキーをたっぷりと入れたリプトン・ティーだった。

容易には出現するとは思われぬ稀有な文士・吉田健一を心から慕って比較的若手の編輯者たちが集まって来るのだった。吉田は執筆依頼されていた原稿を手渡したり（同時に稿料を受け取ったり）、また新たに原稿の執筆依頼を引き受けたりするのだった。しかしながら、隣の店が火元で《ランチョン》が類焼罹災《りさい》後は、止むなく書泉グランデ後方の路地裏にある例の知る人ぞ知るカフェ・バー《ラドリオ（Ladrio）》（昭和24年創業）を吉田は利用しておられた。（「昼間の火事」〔新潮社『波』、昭和五十年六月号〕参照。『時をたたせる為に』、一五三―一六〇ページ。集英社版「吉田健一著作集」、第二十六巻、三〇七―三一二ページ。）

尤も新橋駅前に洋食店の老舗（明治38年汐留で創業）《小川軒》（因みに当時の店主は天才的料理人と言われた二代目小川順氏、駅前再開発に伴い、すぐ近くの仮店舗で一年半余り仮営業の後、一九六四年渋谷区代官山に移転、一九七〇年からは三代目小川忠貞氏／三男の小川洋氏は一九九〇年に《お茶ノ水小川軒》〔文京区湯島一丁目ユーメリアビルＢ1Ｆ～1Ｆ〕を開店している）があった頃は、吉田はビーフ（或いはオックステール）・シチューまたはフィレ・ステーキなどを肴にして（吉田はとりわけ犢《こうし》の柔らかい喉肉のシチューが好物だった〔わたしも仮店舗営業の最後の頃吉田先生から一度御馳走になったことがある〕)、大のお気に入りのブルゴーニュの赤葡萄酒を軽く一本空けておられたが……。吉田は、帰りのタクシーの中では紙コップに注いでもらったコニャックなどをちびちび飲《や》りながら、そそくさと御帰館なさり、微《ほろ》酔いの上機嫌で嬉々として第三時限目の大学院の英詩の講義を始められるのであった。

またかつての一時期は、銀座すずらん通りの老舗蕎麦所（明治18年創業）《よし田》（中央区銀座七丁目、因みによし田ビル建て替えのため、二〇一六年二月に〔銀座数奇屋橋通り〕銀座六丁目のKNビル2Fに移転）で天麩羅などを肴にして菊正の燗酒を召し上がることもあったようである。

次いでいよいよ灯点し頃になると、文化人が贔屓にしていた銀座の会員制バー《ソフィア（Sophia）》（銀座五丁目の壹番館ビル4F、因みに当時のオーナー・ママは「カルメン・お美《よし》」で一世を風靡した往年のメゾ・ソプラノ歌手の佐藤美子〔一九〇三―八二〕で、吉田健一は敬愛する師匠の河上徹太郎（一九〇二―八〇）と毎週木曜日に落ち合い（河上は吉田のことをいつも「健坊」と呼んでいた）、スコッチの水割りやお気に入りの例のシェリー酒ティオ・ペペなどを軽く引っ掛けて、一息入れ、編輯者などと打ち合わせをしたりするのだった。

さらにその後は、大抵の場合、銀座三原通りの老舗の小粋な割烹料理屋（大正5年創業）《はち巻岡田》（銀座三丁目の松屋百貨店の裏、因みに当時の店主は二代目岡田千代造氏、現在は三代目岡田幸造氏）へ二人で仲睦まじく連れだって繰り出すことになる。二人は、いつもお目当ての、大好きな菊正宗の菰被り四斗樽入りの樽酒を必ずお燗をしていかにも嬉しそうに差しで（tête-à-tête）盃を傾けながら、にこやかな歓談に耽るのが常だった。

話のついでに言えば、吉田健一には酔いが廻るにつれて破顔して賑々しく呵々大笑する性癖――時に大音声《だいおんじょう》の奇声を発してあどけなく笑い転《こ》ける、笑い興ずる奇癖があったことが夙《つと》に文壇の仲間内ではよく知られていた。そうなのだ。父君の吉田茂（一八七八―一九六七）氏同様、健一も酒席では他愛《たわい》もないことに滅多矢鱈に屈託なく笑い崩れる陽性かつ無邪気な、名だたる《笑い上戸》であったと言うべきだろう。

わたしには今から丁度四十年前（一九七七年）に書いた《吉田健一追悼》の蕪文がある。話がいささか私事にわたって恐縮だが、筆者が大学院生の頃（すなわち、一九六三―六八年）、吉田健一教授は毎年年末になると決まって恒例となった《忘年会》を開いて下さって、まことに忝くも我々受講院生を全員招待して、美酒佳肴を以てふんだんに歓待《もてな》して下さるのだった。人一倍意地汚く食い意地が張っているわたしは毎回大いに心待ちにしていたものだった。今になって考えてみるに、吉田先生には随分と散財を掛けてしまったものである。当時の吉田先生は流行作家並みの《文壇の売れっ子文士》であることをいい事にして（父親からの遺産はまだ相続していなかった）、わたしは御馳走のなりっぱなしで、先生には大きな借材《かり》があるような気がしてならないのだ。何分にも若気の至りとはいえ、まことに慚愧に堪えない次第である。せめてもの罪滅しという意味合いもあって、わたしは吉田さんの全著作物及び関連本の類は残らずすべて片っ端から購入するように心懸けていることは言うまでもないのだ。

さて、次に拙文の中から少しばかり抜萃引用することを許していただきたい。

《いささか「照れ性」気味で「はにかみ屋」で（あの独特の眩しげな眼差しがとても印象的だった）、人前では少しく道化的に振舞われるのが常だったように見受けられた吉田先生は、あまりにも名高い「笑い上戸」で、酔うほどに陽気になられ、あの独特の甲高い、多少素っ頓狂ともいえるような奇声を上げて、あたり破《わ》れんばかりに「呵々大笑」されるのだったが、先生の例の笑い声のことを称して確か大岡昇平氏だかが「古寺の破れ障子に風が当たったような音」と譬えられたそうだが、先生が「右手にグラス、左手に煙草」をお持ちになって、「カッカッカッカッ……」（「ケッケッケッケッ……」、「ヒャヒャヒャヒャ……」）と天真爛漫に高笑いされるお姿は何とも印象的で忘れがたい（そう言えば、先生のこの「呵々大笑癖」は、明らかに、父君譲りのものだ）。差し向かいで飲んでいるわれわれもつい誘い込まれて思わず「笑い上戸」と化し去るのが常だった（ぼくの乏しい体験から言っても、呵々大笑は酔いを大いに和らげてくれるような気がする）。先生は、煙草（両切りの「ピース」にマッチで火を点ける時以外は、グラスを右手から決して手離されなかったようだ。「吉健先生」のお酒とあの「呵々大笑」されるお姿とは、決して切り離すことのできない一つのものであった。あの茶目っ気たっぷりな（しかし含羞に満ちた）目付きで、われわれを一人ずつ見渡しながら、先生はお酒を嬉々として召し上がられ、さまざまなお話をして下さるのだった。何と言っても、楽しい「文学談義」に耳を傾けながら、和気藹々とお酒を飲み続ける酒宴は、まさしく「文学の饗宴《シュンポシオン》」の感があった。
――齋藤久「言葉の殉教者――《弧高のアウトサイダー》吉田健一先生のこと」、『悪霊に憑かれた作家――フォークナー研究余滴』（松柏社、一九九六年）、一五三―一五四ページ。初出は『中央英米文学』、第十一号（一九七七年十二月）。》

ともあれ、吉田健一がありとあらゆる酒類の中でどうやら最もお好きだったのは間違いなく《日本酒》で、なかんずく彼の愛飲の日本酒は他ならぬ辛口の酒として名高い《灘の菊正宗（創業万治2〔一六三五〕年）の菰被りの樽酒》であったと断言してもおそらく差し支えないだろう。フランス文学の辰野隆《ゆたか》（一八八八―一九六四）先生の偏愛する言葉を借りて言えば、さながら蟒蛇《うわばみ》のように斗酒《としゅ》なお辞せずの酒豪・大酒家であった吉田の飲みっぷりが《鯨吸牛飲《げいきゅうぎゅういん》》だとすれば、わたしの如きはさしずめ《雀吸鶯飲《じゃくきゅうおういん》》とでも言ったところだろうか。とにかく、海綿が水を吸い込むように酒を豪快に飲み干す様は、傍から見ると、壮快と形容するしかないのだ。吉田健一の持論に拠れば、極上の日本酒というのは、「限りなく真水に近くなる」ものであり、いくらでも飲めるものだという。

或いは時々、吉田や河上は、気が向くと、懐石料理の老舗（明治35年出張料理専門店として京都で創業）《辻留》（銀座店は初め銀座五丁目の文藝春秋ビル3F／次いで銀座七丁目の日本軽金属ビル（現在のリクルートG7ビル）B1F／さらに赤坂店〔元赤坂一丁目の虎屋第二ビルB1F〕、因みに当時の店主は日本料理研究家として有名だった二代目辻嘉一（一九〇七―八八）氏、現在は三代目辻義一氏――通称は「雛留《ひなとめ》さん」）へ出向いて、やはりお気に入りの菊正の菰被りの樽酒を決まってぬる燗（40度位か?）で愉しむこともあった。

そう言えば、雛留さんで思い出したが、吉田は、毎年二月下旬になると、河上、能楽師の観世榮夫《ひでお》（一九二七―二〇〇七）、料理人の辻義一、気心の知れた四名で《美酒佳肴》を探求し、享受する恒例の豪華この上ない《金澤から灘への旅行》に出掛けておられた（吉田が幹事・世話役を一手に引き受けていた）。この旅行の言わば副産物の一つが吉田の長篇小説『金澤』（河出書房新社、一九七三年七月刊）となって見事に結実したと言ってよいだろう。

例えば、第三章の終りに近い所でこんな一節が出てくる。「もう住職と二人で何本持つて来させたか解らなくて内山は酒席で偶にしか見舞はれない海を呑むといふやうな止め処もない感じが久し振りにしてゐた。」（傍点引用者。引用は集英社版「吉田健一著作集」、第二十巻〔一九八〇年〕、八四ページに拠った。）とりわけ上等な《骨酒《こつざけ》》――下戸のために註記すれば、九谷焼などの大盃（大鉢）に鯛（或いは岩魚《いわな》）の焼いたのを盛り、熱燗にした酒をなみなみと注ぎ、これに火をつけて燃やし、長い箸で鯛（或いは岩魚）の身をほぐしてから、通例は順々に廻し飲みする酒――を飲むと、まことに海を呑んでいるような気がするのは不肖わたしにも判らぬではない。わたしの乏しい経験から言って、確かに骨酒というのは文句なく風流にして豪奢で旨い酒の飲み方であると言う他ないのである。尤も《鰭酒《ひれざけ》》というのも悪くはない飲み方だが、豪勢さの点では骨酒には遠く及ぶまい。

　或いはまた時々、新橋の例の《小川軒》の系統の、銀座並木通りの洋食店《胡椒亭》（銀座五丁目のカリオカ（Carioca）・ビル３Ｆ、因みに当時の店主は小川斌《あきら》氏、シェフは萩本光男《てるお》氏――後の《銀圓亭《ぎんえんてい》》〔銀座六丁目、銀座野田ビルＢ１Ｆ〕のオーナー・シェフ／カリオカ・ビル建て替え後は７Ｆに吉田登オーナー・シェフの《南蛮銀圓亭》が開店）へ出掛けられて、先ずはティオ・ペペを一杯飲《や》ってから、件《くだん》の大好きなブルゴーニュの赤葡萄酒を（原則として白葡萄酒は召し上がらなかった）、さらに仕上げにはコニャックかアルマニャック、或いはリキュール酒の《シャルトルーズ（Chartreuse）》――フランスのグルノーブルでグランド・カルトゥジオ会修道院（La Grande Chartreuse）がブランディーをベースにしてアルプス山脈産の一三〇余種の薬草や香草類（herbs & spices）を添加して蒸留し、数年間樽で熟成させた最高級のリキュールの一種。フランスを代表するリキュールの銘酒の一つで、《リキュールの女王》とも称される。吉田がとりわけ好んだのはグリーン色の《シャルトルーズ・ヴェール（Chartreuse Verte）》（アルコール度数55度、エキス分23％）――の中からどれか一つを選んで召し上がられることが多かったようである。そう言えば、昭和三十年前後の吉田健一は、銀座の馴染みの酒場を一巡した後、仕上げによく新橋一丁目（芝ビルＢ１Ｆ）にあった《トニーズ・バー（Tony's Bar）》（創業昭和27年、店主は名バーテンダーの松下安東仁氏）に立ち寄っては、この《シャルトルーズ・ヴェール》をよく召し上がっておられたという。

　とはいえ、時と場合、飲み相手によっては、河岸《かし》を変えて、他のお店にも当然行かれることがあったのはここで改めて断るまでもない。大体、吉田が気に入って行きつけのお店となったのは、今風の高層ビルの中の華美な造りのお店というよりも寧ろ、どちらかと言えば、古風でシックな、しっとりと落ち着いた、時代がかった古めかしい感じのする、小ぢんまりとした店構え・佇まいのお店が多かったようで、その種のお店を吉田はとても大事にしておられたと言っていいだろう。言い換えれば、吉田は老舗の暖簾《のれん》を何代にもわたって律儀に守り続けてきた、由緒ある小体《こてい》なお店にはとりわけ一目置くというか、敬意を払って接しておられたのである。

吉田は敬愛する石川淳（一八九九―一九八七）やドナルド・キーンさんなどとも御一緒することがよくあったし、また晩年の頃には吉田に畏敬の念を抱き、かつ心酔しておられた英文学者・小説家・文芸批評家・名エッセイストであった丸谷才一（一九二五―二〇一二）や、やはり英文学者で文芸批評家の篠田一士《はじめ》（一九二七―八九）都立大学教授などともしばしば酒席を共にすることがあったようである。とにかく気心のよく知れた仲間が相集い、美酒佳肴を前にして親しく酒を酌み交わし、大いに肝胆相照らして談笑する様子は、傍から見ても何とも微笑ましく、また羨ましい限りだと言っていいだろう。

吉田は、自宅に来客がある時とか、或いは手持ち無沙汰で暇を持て余しているような時は別として、自宅では原則としてほとんどお酒を召し上がらなかったという。とはいえ、もともと早起きで徒らに惰眠を貪ることをしなかった吉田は、昼寝を習慣にしていた時期があって、その当時は昼食時に大好きな例のギネス・スタウトを一本（３３０ml）召し上がっておられたという。夕食時に漫然と習慣的惰性に流されて《晩酌》をやると、どうしても夕食後の《夜なべ仕事》（執筆や読書）に支障を来たす虞《おそれ》が出てくるので、吉田は《文士稼業》のためには頑なにストイックかつ自律的な（**self-restrained**）生き方を自らに課さざるを得なかったのである。その代りと言っては何だけれども、吉田は週に一日、言わば《休筆日》の木曜日に限っては、心行くまで存分にお酒を召し上がり、ストレスを発散し、大いに鋭気を蓄えるべく愉しむのであった。そのためならば、宵越しの金は持たぬと言わんばかりに吉田は散財を少しも厭わないようなところがあった。吉田は、とりわけ酔いが廻ると、後先も考えず、躊躇《ためら》うことなく、持ち金を気前よくぱっぱと浪費するタイプの人であった。

ところで、吉田健一は若い時分はどうやら大食漢だったようだと話には聞いていたが、中年期の或る日、確か林房雄（一九〇三―七五）に勧められて、また御本人も賞金欲しさのあまりその気になって《ビール飲み大会》とやらに出場して、あいにく途中で敗退した後、ウィスキーやブランディーをがぶ飲みした揚句に翌朝吐血し、入院騒ぎを起し、胃腸をひどく傷めてしまってからはどうやら段々小食になってしまったらしいのである（この一件は吉田先生からわたしは直接聞いた憶えがある）。信子夫人のお話では、健一は朝食はいつもしっかり召し上がっておられたとのことである。

しかしながら、吉田は少なくとも晩年の七〜八年間ぐらいは、酒の肴をほとんど摘まむことをせず、ただひたすらお酒を（とりわけ日本酒を）途切れることなく延々と飲み続ける傾きがあった。料理屋で見事な料理が出てきても「美味しそうですね」とか、「料理は〔食せずとも旨い、まずいは〕見れば判る」などと吉田は可笑しな、いささか珍妙なことを仰しゃって、ただ目で見て楽しむばかりで、肝腎の料理にはほとんど全くと言っていいくらい箸を付けられなかったようである。何とも勿体ない話である。確かに佳肴（嘉肴）をふんだんに食べて、いささか食べ飽きたきらいがあるのかもしれぬが、それにしても、「嘉肴ありと雖も、食らわずんばその旨きを知らず」（「雖レ有二嘉肴一、弗レ食不レ知二其旨一也。」——『礼記《らいき》』、「學記篇」）ではなかろうか。

わたしの知る限りでは、少なくとも五十一歳から五十六歳にかけての吉田先生はまだ普通にお料理を召し上がっておられたものだが……。兎にも角にも、おつまみや酒の肴の類を一切摂らずに、ひたすら清酒を止め処《ど》なく飲み続けるなどというのは、常識的に考えてみても体に良いわけがないし、先ず以て健康に差し障りが出てくるだろうし——体力が、体の抵抗力・免疫力が低下の一途を辿るのは目に見えて明らかだし、いかに気力・精神力があると言っても、いきおい寿命を縮めてしまうしかないのである。吉田は、深酒して泥酔状態で帰宅されてからも、時々信子夫人にお酒を所望《ねだ》ることがあり、健康を損ねるといけないので、奥様の方は必死になって思い止《とど》まらせることがあったという。四十代半ばの吉田健一は、こんな度肝を抜くようなことを書いている。「理想は、酒ばかり飲んでゐる身分になることで、次には、酒を飲まなくても飲んでゐるのと同じ状態に達することである。」（『甘酸つぱい味』〔新潮社、一九五七年〕、「飲むこと」）桃源郷にあって、何のなす所もなく、ただ酒に酔い痴れ、眠って夢を見ながら、徒らに一生を送る《酔生夢死の徒》に成り下がるしかあるまい。これは吉田が果たしてどこまで本気で言ったものなのかわたしにはどうもよく分からないのである。

僭越かつ過酷な言い方を許してもらえば、あれほど厖大な量のお仕事を遣り遂げてきたエネルギッシュで《速筆》で知られた吉田が、事もあろうに、六十五歳という年齢で我々大方の期待を大きく裏切って不帰の客となられたのは、いかにも残念至極だったし、また甚だ心外でもあったが、よくよく考えてみれば、それは或る意味で必然の帰結であったと言えなくもないのである、人間いかに丈夫であろうとも。

加うるに、吉田は最晩年期に、初夏の頃、三回ほど——すなわち、昭和四十九年（一九七四年・62歳）、昭和五十年（一九七五年・63歳）及び昭和五十二年（一九七七年・65歳）——《英国旅行》に出掛けている（毎回信子夫人を同伴）。いずれも一ヵ月以上に及ぶ長い旅行であり、吉田は、河上徹太郎の言葉を借りて言えば、もともと付き合う相手に対してとことん《よくつとめる人》（「吉田君の死」、『新潮』、昭和52年10月号）であったので、英国へ行っても、旧知や旧友を歴訪し、律儀に《旧交を温める（renew an old friendship）》べく誠心誠意努めたに相違ないのである。吉田は、英国旅行のために、一年十二ヵ月でやるべき仕事をかなり無理をして十ヵ月余りでやってのけてしまうなどというのは、どだい無理があり、いかに仕事が早い人とはいえ、とりわけ還暦を過ぎた人間には肉体的にも精神的にも相当の負担を強いることになったであろうことは想像に難くないし、またどうやら日頃からいささか過労気味なところがあったらしいことも否めないのである。飲み出すと食べ物をほとんど全く口にしなくなるのも或いは禍していたかもしれないのだ。一口に言えば、吉田の「飲み過ぎと書き過ぎ」（丸谷才一との対談における河上徹太郎の言葉）がいきおい吉田の寿命を縮めることになったのである。

時に、吉田は著作の後記などで「書きたいことはすべて書いてしまった」というようなことを繰り返し書いておられたが、それにしても吉田が思いの外早逝されたことは（父君茂氏〔戒名「叡光院殿徹譽明徳素匯大居士」〕のように長寿を保つものとわたしは独り勝手に極め込んでいたのだ）、どう考えてみても、残念無念と言う他はなく、《惜しみてもなお余りあり》と言わねばならないのである。今更言っても詮ないことだが、吉田は、もう五年（古稀まで）、いや、もっと欲を言えば、あと十年は長生きしてもらって、仕事に追われる生活からすっかり解放されて、《悠々閑々》たる自適の老後・余生を送ってもらいたかったものだと言うのが、不肖の弟子の偽らざる、今となっては何とも空しい願望である。妄言多罪。

(Sunday, March 26, 2017)

(付記)

生前の吉田健一の気の合った飲み友達・酒友（combibo; compotor; boon [drinking] companion）の一人で親交があったドナルド・キーン氏は、「吉田健一と英国」（新潮社「吉田健一集成」、第一巻〔一九九三年〕、「月報」）と題する一文において、《吉田健一の英語》について、次のように書いている。御参考までに、紹介しておく。

《吉田健一のことを思い出すと、先ず吉田さんの個性の強い声が聞えてくる。人間の声は一番変らないものかも知れない。顔がしわだらけになっても、かつての黒髪が真白くなっても、大変な年になるまで声に本来の若さを失わないので、三十年ぶりで知人に会って顔が分らなくなっても、声を聞くと直ぐ思い出すことがある。

吉田さんの若い頃の声は聞いたことがない。初めてお会いした一九五三年、吉田さんはすでに四十一歳であった。が、声は多分十八歳の声――つまりケンブリッジ大学で勉強していた頃――と余り変らなかっただろう。

私は日本人の友人と話す時、ほとんど例外なく日本語を使う。それには何も深い理由がなく、ただ相手が英語を上手に話せても、私はその人の日本語を楽しみたいという程度のことであるが、吉田さんの場合、英語の出来ない人と一緒である時以外、いつも英語を使っていた。吉田さんの英語は正確であったばかりでなく、非常に美しい英語であったために、それを聞くことは実に楽しかった。英国の貴族の不愉快な傲慢を全然帯びていなかったが、いかにも貴族的で、教養のある英語であった。

私もしばらくケンブリッジ大学にいたことがあるが、これは戦後のことで、もうケンブリッジ大学がかなり民主化されたので、ケンブリッジ独特のしゃれた英語を余り聞かなくなっており、現在はあの英語は完全に消えたかも知れない。が、吉田さんの英語を聞いている間、或る消えかかっていた時代が蘇ってきた。》

二〇一二（平成24）年三月、日本国籍を取得して日本に帰化されたキーン　ドナルド〔雅号・鬼怒鳴門〕（一九二二・06・18―　　）さんと言えば、オペラの大の愛好家として知られるが、わたしは東劇における例の《MET Live Viewing》で近年たまたま二度ほどお姿をお見掛けする機会があった。すなわち、昨年（二〇一六年）の二月二十九日（月）、プッチーニの《トゥランドット（*Turandot*）》（Cond.: Paolo Carignani; Prod.: Franco Zeffirelli; 休憩2回を含めて、3時間16分）、及び今年（二〇一七年）の五月八日（月）、モーツァルトの《イドメネオ（*Idomeneo*）》（Cond.: James Levine; Prod.: Jean-Pierre Ponnelle; 休憩2回を含めて、4時間25分）、どちらもマチネーで、養子で浄瑠璃三味線奏者のキーン（旧姓・上原）誠己《せいき》（《越後鶴亀》で知られる新潟の上原酒造（株）の次男）（一九五〇―　）さんが御高齢のキーン先生をエスコートなさっていた。杖《つえ》無しで歩いておられた。飛び級のため、十六歳でニュー・ヨークのコロンビア大学に入学した時以来、八十年近くにわたって、メトロポリタン歌劇場に通い詰めてきたキーンさんは、ニュー・ヨークを引き払って日本に定住することになって一番辛くて苦しかったのは、他ならぬMETと別れねばならぬことであったという。御加餐を祈る。

また吉田健一の親友であった文芸批評家の中村光夫（一九一一―八八）は、「吉田健一の死」（「新潮」、一九七七年十月号）と題する追悼文において、我々に甚だ興味深い情報を提供してくれているので、御参考までに、以下に引用させていただく。

《まづ第一に英語です。僕らにとつて、英語は学習の対象になる「外国語」ですが、彼にとつてそれは第二の、（ことによると第一の）母国語でした。

外交官の長男として、中国やヨーロッパで暮してゐる間、彼は親子兄弟の間で、英語しか話さなかつたので、彼は英語を学んだのではなく、いはばそれによつて育てられたのです。

このやうに自然に身についた英語に、ケンブリッヂの生活で磨きがかけられたとき、これがたんなる学問、知識とはちがつた機能を彼の精神にはたすやうになつたのは当然です。

彼はイギリス人と同じ文化を身につけた、といふより、彼はイギリス人にとつて文化とは何であるかを理解したといふ方が正確です。（このとき彼は外国人としての自己を意識したに相違ありませんが、これはまた別の問題です。）

つまり、彼は英語を生きた言葉として体得することによつて、イギリスの文化を生きた実物として捕へることができたので、ここに文化の原型を見たところに、彼の文学者たる道が開けたのです。彼にとつて日本語でものを書くのは、日本の文化を批評することであり、このことはシェイクスピアの詩句が彼にあたへた感動を、できるだけ正確に、（しかし生きた形で）伝達するのと同じでした。

彼の最初の著書、『英国の文学』が出版されたとき、青山二郎氏が、「君の今度の飜訳は面白いね。原著者は誰だい。」と言つたさうですが、この巧まぬ皮肉は、同時に彼にとつて最大の讃辞と聞えた筈です。》（傍点引用者）

因みに、青山二郎（一九〇一—七九）は、『英国の文学』の初版（雄鶏社、一九四九年）の装幀者である。吉田は、フランス文学者の伊吹武彦（一九〇一—八二）の言葉を借りれば、「日本語よりも先にあっちの言葉をおぼえた人」なのである。

（August 2017）

Ⅲ

若き日のフォークナーと《サッポー詩体》をめぐつて（その一）

――サッポーとホラーティウスとA・C・スウィンバーンとの聯関において

《*ἰόπλοκ' ἄγνα μελλιχόμειδε Σάπφοι*
（violet-haired, holy, sweetly-smiling Sappho）
――Alkaios [Alcaeus]. Cf. Hephaistion [Hephaestion], *Encheiridion* [*Handbook on Metres*], XIV, 4.（*P. L. F.*, Alkaios 384）[1]
菫《すみれ》のみづらの、きよらかに、やさしく微笑《ゑま》ふサッポオよ
――アルカイオス。ヘーパイスティオーン『韻律法便覧』十四・四参照。（呉茂一訳）》

《*Σαπφὼ (φησιν) ὅτι τὸ ἀποθνήσκειν κακόν· οἱ θεοὶ γὰρ οὕτω κεκρίκασιν· ἀπέθνησκον γὰρ ἄν.*
（Sappho says that death is an evil: the gods have so decided, otherwise they would die.）
――Sappho. Cf. Aristoteles [Aristotle], *Rhetorica* [*Rhetoric*], 1398b.（*P. L. F.*, Sappho 201）
〔サッポオ曰く〕死ぬのは　凶いこと、神様たちも　さうきめて　いらつしやる、さもなくば、　みな　死なれたらう筈。
――サッポー。アリストテレース『修辞学』一三九八b参照。（呉茂一訳）》

一　《サッポー――第十番目の詩女神《ムーサ》（Sappho: The Tenth Muse）》――《サッポー聯（The Sapphic stanza）》について

筆者は、もとより古代ギリシア詩やラテン詩などの、いはゆる西洋古典詩の全くの門外漢であり、生噛りの、ごく基礎的な最低レヴェルの知識しか持ち合はせてゐないと言つてよい。しかし、そこは例の《盲蛇に怖ぢず（Fools rush in where angels fear to tread.）》で、内外の先学諸家の業績・学恩に負ふところが甚だ多く、いきほひ「他人《ひと》の褌で相撲を取る」仕儀に立ち至つたことを先づ初めにお断りしておかねばならない。ただ西洋古典詩には若い頃から

密かに関心を抱き続けてきたことだけは確かである。さういふわけで、さしづめ《ディレッタントの暇潰しの戯れ》として、ひとへに大方の読者諸賢の御寛恕を乞ふ次第である。とにかく、最初のうちに、自分の不勉強を棚に上げて、弁解がましい自己弁護をしておけば、筆者としても、後はあまり肩肘張らずに、気楽に蕪稿を草することが出来ようといふものである。

英国の劇作家・詩人・批評家のベン・ジョンソン（Ben Jonson, 1572–1637）は、大学教育こそ受けてはゐなかつたが、早くからギリシアやローマの古典文学に馴れ親しんで通暁してゐたばかりではなく、豊かな学殖を身につけてゐたが、例のシェイクスピアのことを、その《哀悼詩（monody）》において、"small Latin and less Greek"[2]と書いてゐることはよく知られてゐるところである。その伝で行けば、筆者など、お恥かしいことだが、さしづめ "small English, least Latin, and almost no Greek—Greekless Greek, all Greek to me" と言つたところだらうか。序でに言へば、ベン・ジョンソン（森〔章生〕）は、生前、ホラーティウス（Quintus Horatius Flaccus, 65–8 B.C.）の *Ars Poetica* を英訳してをり、死後に、*The Art of Poetry*（1640）が出版されてゐるくらゐである。

我が丸谷才一氏は、或るエッセイの中で、「正統的な文学研究法」に触れて、まことにさりげなく、かう書いてをられる。

《一般に文学は伝統的なもので、先人の詞句を上手に用ゐることによつて成り立つ。それによつて奥行を増す。李白や杜甫だつて、芭蕉だつて、その点は変りがなかつた。それゆゑ文学の研究者は、一つ一つの言ひまはしの典拠を詮索しなければならないのだ[3]。》

「先人の詞句」や「言ひまはしの典拠」だけではなく、少なくとも詩の場合には、（後刻、もつと詳しく言及するつもりだが）《韻律》——詩脚（foot）の持つリズムの型と詩脚数により決定される——や、《リズム》——古典詩では音の長短に基づき、英詩では音の強弱に基づく——や、《音節数》などを調べたりしなければならないのは、言ふまでもないだらう。そして少なくとも欧米諸国においては、例の《古代ギリシアの詩聖》ホメーロス（荷馬〔霍默〕）

以来、連綿と三千年に及ぶ正統的な、肥沃な、深く根ざした、大いなる文学的伝統が、燦然と光り輝きながら、今日に至るまで脈々と存続してゐると考へていいのである。

ところで、繊細かつ熾烈な感情、燃えるやうな情熱、旋律の豊かさ、詩的気品の高さなどで他の追随を許さぬ抒情詩を書いたことで知られるサッポー（Sappho〔彼女自身は土地言葉《レスボス》のアイオリス方言でPsappho［プサッポー］と綴つてゐたらしい〕、fl. c. 610–c. 580 B.C.）は、誰も知るやうに、古代ギリシア最大の女流抒情詩人である。サッポーの詩篇が完全な形ではほとんど現存せず、またその生涯についてもほとんど知られてゐないけれども、彼女はギリシアの最も偉大な閨秀詩人の一人としてだけではなく、世界文学史上、しばしば最大の女流詩人の一人と見做されてゐるのだ。

サッポーは、紀元前六〇〇年頃、小アジア（Asia Minor〔黒海と地中海の間の地域〕）に近いエーゲ海（the Aegean Sea）のレスボス（Lesbos）島のエレソス（Eresos［Eresus］）、またはミュティレーネー（Mytilene）に生まれたレスボス島人（Lesbian）で、貴族の出として幼時に内乱を避けてシチリア（Sicilia［Sicily］）島に住んだほかは、どうやら人生の大半をミュティレーネーに住んで、少女たちに（七弦の）竪琴《リュラ》や歌舞を教へて過したらしい。彼女の遺された詩篇の類から判断すると、おそらく彼女はアプロディーテー（《愛と美と豊穣の女神》で、ローマ神話のウェヌス〔ヴィーナス〕に当たる）女神の祭祀《さいし》に従事したり、祝宴に少女たちの合唱隊を率ゐて列したり、また婚礼の儀式などの手伝ひもしてゐたらしいと言はれる。

サッポー自身や仲間の良家の子女たちが同性愛者であつたことを示す言葉は、少なくとも現存する諸断片の中には一語もないといふ。しかしながら、彼女の大量の詩篇類を当時直接目にすることができた古代ギリシアの一時期の著作家たちは、サッポーが紛れもなく《同性愛》に溺れてゐたと断言してゐるのだ。「女性間の同性愛」のことを一般に“lesbianism”ないし“sapphism”と呼ばれる所以である。

サッポーが仲間の少女たちに寄せた詩のほとんど大半が、彼女たちの中の一人に対する《恋愛感情》に焦点が置かれてゐると言つていいのである。しかも、少なくとも古代ギリシア・ローマでは、いはゆる《同性愛》は一般に認められてゐたのである。当時は、男性が酒宴の席で美青年に求愛したといふ古くからの習慣があつたやうに、レスボス島では、どうやら女性も同性間の恋愛感情を相手に伝へたり、実際にその思ひを遂げることが可能であつたらしいのである。

サッポーの詩篇は、エジプト北部のアレクサンドレイア［アレクサンドリア］（Alexandrea [Alexandria]）——マケドニアの例のアレクサンドロス大王（Alexandros [magnus Alexander], 356–323 B.C.）が建設させた古代世界の学問の中心地——で学者らによつて九巻の詩集に編輯されてゐたらしいのだが、あいにくビザンティン期に散佚湮滅《さんいついんめつ》してしまつて、中世期の後まで（十五世紀半ば過ぎまで）生き延びることができなかつた。

御参考までに一言挿記するが、何とも確言はできない話だが、一説によると、中世期（ギリシア・ラテンの古典の保存と稿本類の修正の時代でもあつた）の或る皇教が、サッポーの詩を英語で謂ふところの《subversive（現存の宗教・体制・権威・主義・思想・秩序・道徳などを覆す〔破壊する〕もの）》と考へて、異端扱ひし、古代人の誇りとした彼女の九巻の詩集を焼き棄てるべしといふ焚書令《ふんしょれい》を出したので、彼女の作品の大半が焼却処分に付され、この世からほとんど消失・亡失してしまつたといふものだが（さう言へば、ドイツのノーベル賞作家トーマス・マンもナチスによる焚書に遭つてゐる）、返すがへすも残念なことである。

サッポーの唯一の完全な形で現存する二八行の頌詩一篇『アプロディーテー禱歌』（"Ode [Address] to Aphrodite"）と、やはり二番目にほぼ完全な形（最初の一六行）で現存する『或る少女に対する愛の告白』（"Declaration of Love for a Young Girl"）の二篇のみが古代ギリシアの文藝批評家・修辞学者・歴史学者らの書物中に引用されてゐたために残つてゐたり、またパピュロス（パピルス）紙（Papyros [Papyrus]）や陶片（potsherd; ostracon）や羊皮紙（parchment）などに書かれた詩の短い断片がエジプトでかなり多数発見されたりして、サッポーの詩篇が辛うじて完全亡失を免れ、完全な詩行の少ない相当量の断片（fragments）が遺存してゐるに過ぎないのである。それにもかかはらず、サッポーが《情熱の天才詩人》であつたことの片鱗を窺はせるものがあると言つていいのである。

やはりレスボス島の貴族出身で、サッポーと併称される古代ギリシアの抒情詩人アルカイオス（Alkaios [Alcaeus], c. 620–c. 580 B.C.）は、彼女のほぼ同時代人で（彼女より少し年長）、《神々への讃歌・飲酒詩・恋愛詩・戦争詩・政治詩・時詠》など、多種多様の詩を詠《うた》んだことで知られ、サッポーとの応唱が伝はつてゐる（恋歌・相聞、一種の贈答歌・返歌の類）。しかしサッポーは、アルカイオスを、その名声（？）ゆゑに、或いはその無作法な求愛（？）

ゆゑに、拒絶して、エーゲ海にあるキュクラデス（Kyklades［Cyclades］）諸島最北の島アンドロス（Andros）島出身のケルキュラス（Kerkylas［Cercylas］）といふ富裕な男と結婚して、現存する詩の断片（*P.L.F.*, Sappho 132）に拠ると、少なくとも一子、クレーイス（Kleis［Cleis］）といふ名の美しい娘を授かつたといふ。

　因みに、エジプト中部ナイル河西岸にある古代遺跡で一八九七年に発見された、いはゆる《オクシュリュンコス・パピュロス（*Oxyrhynchos papyros* [*Oxyrhynchus papyri*]）写本》（二世紀後半か、或いは三世紀初頭の古文書）に拠れば、サッポーは、外見上は、どうやら色が浅黒く、小柄で、容貌がひどく不器量であつたといふ。しかも同国人・同時代人のアルカイオス（？）にも同じことがそつくり当て嵌まるらしいといふ。(4) ギリシア系は、どちらかと言へば、美男美女が多い筈だと思ふが、あいにく二人とも美男美女とは程遠い、片やアルカイオスは醜男《ぶをとこ》で、片やサッポーは醜女《ぶをんな》で、お世辞にも美しいとは言ひかねるブスだつたのかもしれない。《天は二物を与へず（Heaven doesn't grant man more than one special gift.）》といふことだらうか。

　ともあれ、サッポーのことを《第十番目の詩女神《ムーサ》（the tenth Muse）》と命名したのは、知る人ぞ知る、かの古代ギリシア最大の哲学者（いや、愛智者）のプラトーン（Platon [Plato], *c.* 427–*c.* 347 B.C.）であつた。十世紀頃、コンスタンティーヌス・ケパラース（Constantinus Cephalas）が編輯した、例の『パラーティーナ詞華集』（*Anthologia Palatina* [*Palatine Anthology*], *c.* 980）の中に、プラトーン（柏拉図）の名を冠したサッポーへの《頌詞（eulogia [eulogy]）》が採録されてゐて、彼女は《第十番目の詩女神《ムーサ》》と呼ばれてゐるのだ。

《*Ἐννέα τὰς Μούσιν φασίν τινες· ὡς ὀλιγώρως·*
　ἠνίδε καὶ Σαπφὼ Λεσβόθεν ἡ δεκάτη.(5)
（Some say there are nine Muses: how careless!
Look――Sappho of Lesbos is the tenth!）(6)》
――Plato, "On the Muses," *Palatine Anthology* (*c.* 980), Bk. IX, No. 506.

詩女神《ムーサ》は九人ゐると言ふ人がゐるが、何と不注意なことか！

見よ――レスボス島のサッポーこそは第十番目の詩女神なのだ！

――プラトーン「詩女神について」、『パラーティーナ詞華集』（九八〇年頃）、第九巻、第五〇六番。》

序でに言へば、ギリシア神話に拠れば、オリュンポス（Olumpos［Olympus］）山の主神ゼウス（Zeus）とムネーモシュネー（Mnemosyne〔「記憶」の女神〕）が九夜交はつて、《九人の詩女神《ムーサイ》〔九柱の女神〕（the nine Muses）》を産んだといふ。すなはち、《カリオペー（Kalliope［Calliope］〔「英雄詩・叙事詩」を司る女神〕）》、《クレイオー（Kleio［Clio］〔「歴史」を司る〕）》、《エラトー（Erato〔「抒情詩と恋愛詩」を司る〕）》、《エウテルペー（Euterpe〔「笛と抒情詩」を司る〕）》、《メルポメネー（Melpomene〔「悲劇」を司る〕）》、《ポリュヒュムニアー（Polyhymnia〔「黙劇・讃歌」を司る〕）》、《テルプシコレー（Terpsikhore［Terpsichore］〔「舞踏と合唱抒情詩」を司る〕）》、《タレイア（Thaleia［Thalia］〔「喜劇」を司る〕）》、《ウーラニアー（Urania〔「天文学」を司る〕）》。御存じのやうに、例のホメーロス以来、詩人は、詩作に当つて、ギリシア神話の九人の詩女神《ムーサイ》に、または、その一人の詩女神《ムーサ》に呼び掛けて、《天与の霊感（divine inspiration）》を、天来の《思想・詩的想像力（poetic imagination）》を与へてくれるやうに祈る習慣《ならはし》があつたのだ。

そもそも文学・絵画・彫刻・音楽・演劇など、いはゆる藝術の神髄といふのは、人間の魂に語り掛け、心の琴線（heartstrings）に触れ、大きな感動や共鳴を与へることにあると言つてよいだらう。さう言へば、わが坪内逍遙（一八五九―一九三五）は、例の『小説神髄』（一八八五―八六年）の「小説総論」（一八八五年）において、「詩の骨髄は神韻なり」と喝破してゐる。それで思ひ出したが、プラトーン（対話篇『イオーン』〔*Ion*, 534E〕）に拠れば、美しい詩といふのは、人間業でも、また人間のものでもなく、むしろ神業で、神々からの授かりものであり、神々のものであるといふ。そして詩人といふのは、神憑《がか》りに懸かることによつて、その神意を取り次ぐ神々の取り次ぎ人に他ならぬといふ。[7] 霊妙な、神韻縹渺たる詩は、人間業を遙かに超えた神業であり、《神憑りに懸かつた詩人》によつてのみ為し得る業だといふのである。

落語の三題噺ではないが、《ギリシア・レスボス島・サッポー》と言へば、我々は直ちにロマン派の大詩人バイロン（拝倫）卿（George Gordon, Lord Byron, 1788–1824）の、例の遊蕩生活を送つたスペインの伝説的貴族を主人公にした叙事詩・諷刺詩『ドン・ジュアン（唐璜〔胡安〕）』（*Don Juan*, 1819–24）の第三歌に出てくる有名な抒情詩 "The isles of Greece…" を想ひ起さぬわけにはゆかぬだらう。

《The isles of Greece, the isles of Greece!
Where burning Sappho loved and sung,
Where grew the arts of war and peace,
Where Delos rose, and Phoebus sprung!
Eternal summer gilds them yet,
But all, except their sun, is set.(8)
——Lord Byron, *Don Juan*, Canto III (1821), St. 86 (Song, St.1).

ああギリシアの島々、ギリシアの島々よ！
燃えるサッポーの愛し、歌ひしところ、
戦ひと平和の技《わざ》生ひ立ちしところ、
デーロスの島盛り上がり、ポイボスの躍り出でしところ、
常夏《とこなつ》はその島々、いまも彩れど、
すべては、陽《ひ》のほかは、没し去りぬ。(9)
——バイロン卿『ドン・ジュアン』、第三歌（一八二一年）、第八十六聯（歌・第一聯）。（小川和夫訳）》

また、英語で "the tenth Muse" と言へば、シェイクスピアの『ソネット集』（*Sonnets*, 1609）の愛読者ならば、おそ

らく第三八番を想ひ起すことであらう。

《Be thou the tenth Muse, ten times more in worth
Than those old nine which rhymers invocate;
And he that calls on thee, let him bring forth
Eternal numbers to outlive long date.[10]
――Shakespeare, *Sonnets* (1609), No. 38, ll. 9–12.

昔の詩人が呼びかけた詩神は九人でしたが、
あなたは十倍も価値ある十人目の詩神となり、
あなたに呼びかけるものには後世に残る
不朽の名詩を生ませてやつてください。（小田島雄志訳）》

序でに言へば、《アーデン版シェイクスピア》の『ソネット集』の編註者キャサリン・ダンカン＝ジョーンズ（Katherine Duncan-Jones）女史は、九行目の "the tenth Muse" について、「古代ギリシア・ローマの神話の九人の詩女神《ムーサイ》はすべて女性であるので、この奇抜な隠喩は、第二〇番第一行や第四一番五―六行のやうに、呼び掛けられる者（この場合は、男性）にはどことなく擬女性的（quasi-feminine）なところがあることを暗示してゐるかもしれない[11]」と註記してをられる。

ところで、*Sappho and Alcaeus*（Oxford University Press, 1955; 2nd ed., 1959）や *Lyrica Graeca Selecta*（Oxford Univeristy Press, 1968）の編者で、『大英百科事典（ブリタニカ大百科事典）』の "SAPPHO" の項目の執筆者でもあり、また例の *Poetarum Lesbiorum Fragmenta*（Oxford Univeristy Press, 1955; 2nd ed., 1963; 1997）の共編者の一人で、ケンブリッジ大学の、ヘンリー八世の創設による例の《欽定ギリシア語講座担当教授（Regius Professor of Greek, 1950–78）》であつ

た偉大な古典学者サー・デニス・ライオネル・ペイジ（Sir Denys Lionel Page, 1908–78）は、サッポーの詩について、次のやうに見事に要約してをられる。少し長くなるが、敢へて紹介させていただくことにする。

《The beauty of her writing has been greatly, and justly, admired in all ages. Her vocabulary, like her dialect, is for the most part vernacular, not literary. Her phrasing is concise, direct, and picturesque, sparing of the customary poetic artifices and embellishments, owing little to that Homeric tradition which is elsewhere almost all-pervasive. Definite pains are taken to achieve an effect of simplicity and spontaneity. She has the power of standing aloof and critically judging her own ecstasies and pains; but her emotions lose nothing of their force by being recollected in comparative tranquillity. Her simple, candid, and luminous language compels the listener not only to understand but also to participate —to recognize his potential in her actual experience. It is doubtful whether any other poet in the history of Greek literature, except Archilochus and Alcaeus, enters into so close a personal relation with the reader or listener. It is probable that, if the works of Anacreon and Ibycus were extant in much greater volume, it would be found that Sappho influenced them strongly; the only other Greek poet who owes much to her is Theocritus.[12]》

彼女の詩篇の美しさは昔も今も大いに、かつ正当に賞讃されてきた。彼女の語彙は、その方言（レスボス島で話された古代ギリシア語のアイオリス方言）と同じやうに、大部分は土地言葉であつて、文学的なものではない。彼女の言葉遣ひは、直截《ちょくせつ》簡明で生き生きとしたイメージを喚起し、慣習的な詩的技巧や文飾を無闇に用ゐたりせず、どこか他の所ではほとんど完全に浸透してゐるといつていいあのホメーロスの伝統に負ふところがほとんどない。簡潔で無理のない自然な効果を上げるために一定の苦心の跡が見られる。彼女は、超然としてゐて、自分自身の恍惚状態や苦痛を批判的に判断する力を持ち合はせてゐる。だが、彼女の感情は、比較的静寂の裡に想ひ起されることによつて、その迫力を少しも失つてゐないのだ。彼女の簡潔で率直で明瞭な言葉は、聴き手に彼女の実体験の中に自分の潜在能力を理解しないではゐられなくするだけではなく、それを共にし——それを認めざるを得ないやうにもするのだ。アルキロコス（紀元前八、七世紀頃活躍したギリシアの抒情詩人で、強烈な個性を剥き出しに、自己の体験を生々しく詠んだ詩で有名）とアルカイオスを除いて、ギリシア文学史上、他のいかなる詩人が、読み手や聴き手とこれほど密接な個人的関係を結んでゐるか疑はしい。おそらく、もしアナクレオーン（酒と恋を詠んだことで名高いイオーニア出身の紀元前六、五世紀頃のギリシアの抒情詩人）やイービュコス（恋愛や酒の詩を書いた、紀元前六世紀中頃のギリシアの抒情詩人）の作品がもつと大量に現存してゐれば、サッポーが彼らに強く影響を及ぼしたことが判明するであらう。彼女に多くを負うてゐる唯一の他のギリシアの詩人と言へば、テオクリトス（《田園詩・牧歌詩の創始者》と見做される紀元前三世紀前半のギリシアの詩人）だけである。》

また、あらゆる韻律・詩型を巧妙自在に駆使し、詩的技巧上空前を以て許されるアルジャノン・チャールズ・スウィンバーン（Algernon Charles Swinburne, 1837–1909）は、生涯にわたつてサッポーの熱烈な心酔者・崇拝者であつたが、彼には、死後に発表された、次のやうなサッポーに対する《頌詞（eulogy; laudatio）》が遺つてゐるので、紹介しておかう。

《Judging even from the mutilated fragments fallen within our reach from the broken altar of her sacrifice of song, I for one have always agreed with all Grecian tradition in thinking Sappho to be beyond all question and comparison the very greatest poet that ever lived. Æschylus is the greatest poet who ever was also a prophet; Shakespeare is the greatest dramatist who ever was also a poet; but Sappho is simply nothing less ——as she is certainly nothing more ——than the greatest poet who ever was at all. Such at least is the simple and sincere profession of my lifelong faith.[13]

——A. C. Swinburne, "Sappho," *The Saturday Review*, 21 February 1914, p. 228.

サッポーの歌の犠牲《いけにへ》の壊れた祭壇から我々の手の届く所に落ちてゐるずたずたに破れた断片類などから判断すると、少なくとも私自身としては、サッポーを、今まで存在した極め付けの最も偉大な詩人とすることに何ら疑問の余地がないし、かつ比肩し得る者がゐないと考へる全ギリシア人の伝統にいつも同意してきたのだ。アイスキュロスは同時に予言者でもあつた最も偉大な詩人である。シェイクスピアは同時に詩人でもあつた最も偉大な劇作家である。しかしサッポーはいやしくも今まで存在した最も偉大な詩人、それ以下でもないし——また確かにそれ以上でもないのだ。私の生涯にわたる信仰告白を簡潔かつ率直にすれば、少なくとも上述の通りである。

——A・C・スウィンバーン「サッポー」、『サタデー・レヴュー』、一九一四年二月二十一日号、二二八ページ。》

さて、サッポーが好んで用ゐ、彼女に因んで命名されたサッポー独特の韻律は、通例《サッポー詩体（Sapphics; Sapphic stanza［strophe, verse］）》と呼ばれてゐる。一般的には、おそらくサッポーが創案し、彼女に因んで命名され、アルカイオスもしばしば用ゐ、またラテン語の詩において、古代ローマの最大の抒情詩人カトゥルス（Gaius Valerius Catullus, c. 84–c. 54 B.C.）やホラーティウス（賀拉替烏斯）が採用した四行から成る抒情詩の一区切り（すなはち、《聯《スタンザ》》）を指すと言つていいだらう。ところが、四世紀頃の文法学者マリウス・ウィクトーリヌス（Marius Victorinus, 4th cent. A.D.）の『文法（ホラーティウスの韻律について）』に拠れば、「サフィック・スタンザはアルカイオスによつて創案されたけれども、それが《サッポー風十一音節の詩行（the Sapphic hendecasyllable）》と呼ばれるのは、音節数のためと創案者アルカイオスよりもサッポーの方が好んで用ゐることがずつと多かつたからである[14]」といふ。とはいへ、この詩型は、サッポーが用ゐた多くの韻律の一つに過ぎないことは言ふまでもない。

《作詞法・韻律法（prosody）》の点から言へば、英詩は《音節の強勢・強弱（stress）》を基礎とした詩（いはゆる《強勢詩（accentual verse）》）であるのに対して、古代ギリシア・ローマのギリシア詩・ラテン詩のやうな古典詩は《音節の長短・音量〔音長〕（quantity）》を基礎とした詩（いはゆる《音量詩（quantitative verse）》）である。要するに、古典詩の韻律は、英詩におけるやうに音の強弱（⊥×）ではなく、音の長短（— ⏑）から成り立つてをり、《Classical prosody》と《English prosody》とは氷炭相容れずといふか、その性質を全く異にするものであると言つていいのである。Cf.《長音記号〔macron（—）〕》、《短音記号〔breve（⏑）〕》。

《サッポー風（五詩脚）四行詩》といふのは、《lesser Sapphic verse》と呼ばれ、最初の三行が、各行の三番目

（中間）の所（詩脚）に、《長短短格（dactyl）》を伴ふ、《五歩格（pentapody〔pentametre〕）》の《十一音節の詩行（hendecasyllable）》、さらに四行目に《アドーニス詩格（Adonic——dactyl〔長短短格〕に spondee〔長長格〕または trochee〔長短格〕が続く五音節〔pentasyllable〕）の詩行》一行から成る聯《スタンザ》である。古典詩学の母音の上に付ける《音量記号（quantity marks）》で表記すれば、すなはち、——

— ◡ | — — | — ◡ ◡ | — ◡ | — ⏓
— ◡ | — — | — ◡ ◡ | — ◡ | — ⏓
— ◡ | — — | — ◡ ◡ | — ◡ | — ⏓
— ◡ ◡ | — ⏓

《論より証拠（Cf. "Example is better than precept." / "Examples move more than words."）》といふから、先づはサッポーのギリシア語の原詩を一篇引用して御高覧に供することにしよう。さらに、御参考までに、十九世紀において試みられたサッポー詩篇の数多の英訳の中でも白眉、最良のものの一つとされる、詩人的気稟《きひん》に恵まれてゐたジョン・アディントン・シモンズ（John Addington Symonds, 1840–93）の近代英語による、気品と雅趣に富む翻訳例を併せて挙げておく。自らが詩人で名翻訳家でもあつたJ・A・シモンズ（西蒙茲）は、『ギリシア詩人研究』（*Studies of the Greek Poets*, 2 vols., 1873–6）や名著『イタリアのルネサンス』（*The Renaissance in Italy*, 7 vols., 1875–86）の著者で、《近代印象主義的批評（modern impressionistic criticism）》の先駆者の一人でもあつた。また邦訳としては、当然ながら、西洋古典学の碩学、我が呉茂一《くれしげいち》（一八九七—一九七七）の名訳を借用させていただくことにする。

ποικιλόθρον' ἀθανάτ' Ἀφρόδιτα,
παῖ Δίος δολόπλοκε, λίσσομαί σε,
μή μ' ἄσαισι μηδ' ὀνίαισι δάμνα,

πότνια, θῦμον,

ἀλλὰ τυίδ' ἔλθ, αἴ ποτα κἀτέρωτα
τὰς ἔμας αὔδας ἀίοισα πήλοι
ἔκλυες, πάτρος δὲ δόμον λίποισα
χρύσιον ἦλθες

ἄρμ' ὐπασδεύξαισα· κάλοι δέ σ' ἆγον
ὤκεες στροῦθοι περὶ γᾶς μελαίνας
πύκνα δίννεντες πτέρ' ἀπ' ὠράνωἴθε-
ρος διά μέσσω·

αἶφα δ' ἐξίκοντο· σὺ δ', ὦ μάκαιρα,
μειδιαίσαισ' ἀθανάτῳ προσώπῳ
ἤρε' ὄττι δηὖτε πέπονθα κὤττι
δηὖτε κάλημμι

κὤττι μοι μάλιστα θέλω γένεσθαι
μαινόλα θύμωι· τίνα δηὖτε πείθω
ἄφ σ' ἄγην ἐς σάν φιλότατα; τίς σ', ὦ
Ψάπφ', ἀδικήει;

καὶ γὰρ αἰ φεύγει, ταχέως διώξει,
αἰ δὲ δῶρα μὴ δέκετ', ἀλλὰ δώσει,
αἰ δὲ μὴ φίλει, ταχέως φιλήσει
κωὐκ ἐθέλοισα.

ἔλθε μοι καὶ νῦν, χαλέπαν δὲ λῦσον
ἐκ μερίμναν, ὄσσα δέ μοι τέλεσσαι
θῦμος ἰμέρρει, τέλεσον, σὺ αὔτα
σύμμαχος ἔσσο.   (*P. L. F.*, Sappho 1)

Glittering-throned undying Aphrodite,
Wile-weaving daughter of high Zeus, I pray thee
Tame not my soul with heavy woe, dread mistress,
Nay, nor with anguish,

But hither come, if ever erst of old time
Thou didst incline, and listenedst to my crying,
And from thy father's palace down descending
Camest with golden

Chariot yoked: thee fair swift flying sparrows
Over dark earth with multitudinous fluttering,

Pinion on pinion through middle ether
Down from heaven hurried.

Quickly they came like light, and thou, blest lady,
Smiling with clear undying eyes, didst ask me
What was the woe that troubled me, and wherefore
I had cried to thee;

What thing I longed for to appease my frantic
Soul: and whom now must I persuade, thou askedst,
Whom must entangle to thy love, and who now,
Sappho, hath wronged thee.

Yea, for if now he shun, he soon shall chase thee;
Yea, if he take not gifts, he soon shall give them;
Yea, if he love not soon shall he begin to
Love thee, unwilling.

Come to me now too, and from tyrannous sorrow
Free me, and all things that my soul desires to
Have done, do for me Queen, and let thyself too
Be my great ally[16].

——Translated by John Addington Symonds.

アプロディーテー禱歌

はしけやし　きらがの座《くら》に　とはにます神、アプロディータ、
天帝《ゼウス》のおん子、謀計《たくみ》の織り手、御前にねぎまつらくは、
おほよその世のうきふし、なやみごともて
吾《あ》が胸を挫《ひし》ぎたまはで、

いざここに　神降《かんくだ》りませ、あはれ、かのいその昔に、
はるかより　我が祈《の》るこゑを　しるべして　聴きとめ給ひ、
父のみの　父の御神《みかみ》の　真黄金《まこがね》の宮いでたたせ、
吾《あ》がもとに　来ませしがごと、

神輦《みくるま》のたづなとらせて。翅《はね》迅《と》く美《は》しき
二羽の日雀《ひがら》　か黒の地《つち》へ　御神《おんかみ》を伴《ともな》ひませし、
渦をまく　羽音《はおと》をしげみ、高そらのさ中を分けて
久方《ひさかた》の　天《あめ》より下り、

たまゆらに　地《つち》に降《お》りゐぬ。御神《おんかみ》はいとも畏《かしこ》し、
とこはなる　不死のおもわに　笑《ゑ》みまけて問はせ給ひぬ、
そも我《われ》の　何をか悩み、如何《いか》なればまた
御神《おんかみ》を招《よ》びおこせしと。

はた何を　くるほしき我が　玉の緒に全《なべ》てを措きて、
うつたへに　願《ね》ぎもとむると。「誰をかもかたらひて、
馴れなれし　汝《な》がむつごころ　契らむとかは逸《はや》る、そも誰ぞ
サッポオ汝《な》を害《あや》めしは。」

「よしや今　汝《な》を避くるとも、やがてこそ追ひもて来なめ、
贈物《たまもの》を　いま受けずとも、やがて彼方《かなた》より送りおこさむ、
よしや今、汝《な》を恋ひずとも、いつしかもあくがれ寄せむ、
そもおのが　心ともなく。」

来ませよや、こたびもまた、いと辛《つら》きもの思ひより
吾《あ》を救ひ　まもりたまひね、はた我《われ》の懐《おも》ひとげんと、
わが胸に　くがるるほどを、手づからに協《かな》へ給ひね、
御神わが　楯ともならせ[17]。

（呉茂一訳）

御覧のやうに、四行詩、七聯、都合二八行から成るサッポーの現存する詩篇の中で最も長く、かつ最も有名な、通例、“Ode [Address] to Aphrodite”と呼ばれてゐるこの一篇は、彼女の唯一の完全な形で残存してゐるものである。幸ひにして、この詩がそつくり全篇現存するに至つたのは、紀元前一世紀頃、ローマに住んでゐたギリシアの修辞学者・歴史学者ハリカルナッセウス〔ハリカルナッソス〕のディオニューシオス（Dionysios [Dionysius] of Halikarnasseus [Halicarnassus], ?–7? B.C.）が、その『詩作論』の中で、洗練された、完璧な詩の文体の一例としてこ

の詩の全部を、また二世紀のエジプトのアレクサンドレイアの有名な文法学者・韻律学者《メトリシャン》ヘーパイスティオーン（Hephaistion [Hephaestion], 130–169 A.D.）が、ギリシア詩の韻律法を詳細に論じた『韻律論』（*Peri metron* [*De metra; On Metres*], 48 vols.）——Cf.『韻律法便覧』（*Encheiridion* [*Handbook on Metres*], 1 vol.）——の中で、いはゆる《サッポー聯《スタンザ》》を例証するためにこの詩の一部分を、それぞれ引用してゐたからである。

　この詩は、サッポーと覚しき語り手が《片思ひの苦悩》から解放されるやうに《愛と美と豊穣の女神》アプロディーテーに哀願・嘆願してゐる詩である。それにしても、《英詩の韻律法》を自家薬籠中のものとし、高度の詩的技巧を必要とするため英詩での使用は極めて困難とされる《サッポー詩体》をいとも巧妙自在に駆使し得たかに見えるJ・A・シモンズの英訳詩は、まことに一読三歎するしかない、何とも見事な、瞠目すべき腕の冴えと言ふ外ないだらう。

　J・A・シモンズの英訳詩で思ひ出すのだが、例の象徴主義文学の伝統を跡づけた名著『アクセルの城——一八七〇年から一九三〇年にかけての純文学の研究』（*Axel's Castle: A Study in the Imaginative Literature of 1870 to 1930*, 1931）や『愛国の血糊——アメリカ南北戦争期の文学研究』（*Patriotic Gore: Studies in the Literature of the American Civil War*, 1962）などでお馴染みのアメリカの傑出した、犀利な批評家エドマンド・ウィルソン（Edmund Wilson, 1895–1972）は、《詩の翻訳》について、こんなことを言つてゐる。

《I have always said that the best translations——*The Rubáiyát*, for example——are those that depart most widely from the originals——that is, if the translator is himself a good poet.

——Edmund Wilson, in an interview in *The New Yorker*, June 2, 1962

　わたしが常々言つてゐるのですが、最上の翻訳といふのは——例へば、（エドワード・フィッツジェラルドの英訳に拠るオマル・ハイヤームの）『ルバイヤート』がさうなんですが——原文から甚だしく逸脱してゐるもので——すなはち、翻訳者自身が優れた詩人である場合の話ですが。

――エドマンド・ウィルソン、週刊『ニュー・ヨーカー』（一九六二年六月二日号）誌上のインタヴューにおいて。》

概して、サッポーの詩は、極めて私的《プライヴェット》・個人的《パーソナル》な色合ひのものが多く、恋愛と大いに関係してゐると言つていいだらう。彼女の詩は、大いに練り上げられ、洗練された（polished）ものではあるが、時に言葉が省略されてゐて（elliptical）、意味が曖昧模糊になることが昔から指摘されてゐる。とはいへ、前出のディオニューシオスは、前掲の詩を引用して、かう註記してゐる。「この引用した詩の《快い語調と魅力（euphony and charm）》は、指物師の技術の結合と滑らかさに在る。言葉が、文学の或る自然な近親性と配置に従つて、並置されたり、織り込まれたりしてゐるのだ[18]。」

御参考までに、サッポーの詩篇から（より精確に言へば、《詩片集》から）さらにもう一篇だけ引用しておかう。

φαίνεταί μοι κῆνος ἴσος θέοισιν
ἔμμεν' ὤνηρ, ὅττις ἐνάντιός τοι
ἰσδάνει καὶ πλάσιον ἆδυ φωνεί-
σας ὐπακούει

καὶ γελαίσας ἰμέροεν, τό μ' ἦ μὰν
καρδίαν ἐν στήθεσιν ἐπτόαισεν,
ὠς γὰρ ἔς σ' ἴδω βρόχε', ὤς με φώναι-
σ' οὐδ' ἒν ἔτ' εἴκει

ἀλλ' ἄκαν μὲν γλῶσσα πέπαγε, λέπτον

δ' αὔτικα χρῶι πῦρ ὐπαδεδρόμηκεν,
ὀππάτεσσι δ' οὐδ' ἒν ὄρημμ', ἐπιρρόμ-
βεισι δ' ἄκουαι,

κάδ δέ μ' ἴδρως κακχέεται, τρόμος δὲ
παῖσαν ἄγρει, χλωροτέρα δὲ ποίας
ἔμμι, πεθνάκην δ' ὀλίγω 'πιδεύης
φαίνομ' ἔμ' αὔπαι.[19] (*P. L. F.*, Sappho 31)

Peer of gods he seemeth to me, the blissful
Man who sits and gazes at thee before him,
Close beside thee sits, and in silence hears thee
Silverly speaking,

Laughing Love's low laughter. Oh this, this only
Stirs the troubled heart in my breast to tremble.
For should I but see thee a little moment,
Straight is my voice hushed;

Yea, my tongue is broken, and through and through me
'Neath the flesh, impalpable fire runs tingling;
Nothing see mine eyes, and a noise of roaring

Waves in my ear sounds;
Sweat runs down in rivers, a tremor seizes
All my limbs and paler than grass in autumn,
Caught by pains of menacing death I falter,
　　Lost in the love trance.[20]
——Translated by John Addington Symonds.

その方《かた》は　神々たちに異《こと》ならぬ者とも　見える、
その男の方《かた》が、あらうことか、あなたの真正面に
座を占めて、近々《ちかぢか》と　あなたが爽かに物をいふのに
　聴き入《い》つておいでの様《さま》は、

また、あなたの惚々《ほれぼれ》とする笑ひぶりにも。それはいかさま、
私へとなら　胸の内にある心臓を　宙にも飛ばしてしまはうものを。
まつたくあなたを寸時《ちよつと》の間でも　見ようものなら、忽ち
　声もはや　出やうもなくなり、

唖のやうに舌は萎えしびれる間もなく、小さな
火焔《ほむら》が　膚《はだへ》のうへを　ちろちろと爬《は》つてゆくやう、
眼はあつても　何一つ見えず、耳はといへば
　ぶんぶんと　鳴りとどろき、

冷たい汗が手肢《てあし》にびつしより、全身にはまた
震へがとりつき、草よりもなほ色蒼ざめた
様子こそ、死に果てた人と　ほとんど違はぬ
ありさまなのを。[21]……………
（呉茂一訳）

古代ギリシアの《抒情詩》といふのは、大体が《独唱詩《モノーイディア》（μονῳδία [monōidía]; monody）》と呼ばれるもので、本来《竪琴《リュラ》（λύρα; lyra〔亀の甲に弦（初めは四弦、後に七弦）を張つた撥弦楽器、七弦琴〕）》の伴奏に合はせて歌謡として独唱されたものであるといふ。

序でに、別の英訳例として、小児科医（pediatrician）でもあつたアメリカの医者《ドクター》・詩人《ポエト》ウィリアム・カーロス・ウィリアムズ（William Carlos Williams, 1883–1963）による日常語を用ゐた、極めて簡潔平易な文体の英訳詩の例を挙げておかう。

Peer of the gods is that man, who
face to face, sits listening
to your sweet speech and lovely
laughter.

It is this that rouses a tumult
in my breast.　At mere sight of you
my voice falters, my tongue

is broken.

Straightway, a delicate fire runs in
my limbs; my eyes
are blinded and my ears
thunder.

Sweat pours out: a trembling hunts
me down.　I grow paler
than dry grass and lack little
of dying.(22)

——William Carlos Williams, *Paterson* (5 vols., 1946–58), Bk. V, Sec. II.

ウィリアムズ（威廉斯）の訳詩は、もしかすると、言葉の細部にまで抑制の利いた、装飾的かつ無駄な美辞麗句を排除した、単純平明にして優雅な言葉で綴られた、往古《いにしへ》の《生ける詩女神《ムーサ》サッポー》のギリシア語の原詩の息吹を想起させるものがあると言つていいかもしれない。因みに、ウィリアムズの韻文（自由律詩）と散文とを織り交ぜた一種の長篇叙事詩『パタソン』といふ標題は、詩人の生まれ故郷のニュー・ジャージー州ラザフォード（Rutherford）に近い、パセイック（Passaic）河畔のパタソンといふ地方都市名（かつてアメリカ一の絹織物の町）と、詩人自身の分身と覚しきドクター・パタソンといふ作中人物名（擬似神話的人物）との両方を指してゐる。アメリカの代表的な工業地方都市の社会的・地誌的・文化的・歴史的特徴を、実生活と瞑想を通して、描いて見せてくれる点で、半ば自伝的な、二十世紀の叙事詩と言はれる所以かもしれない。

一世紀の初めの頃の修辞学者・文藝批評家ディオニューシオス・ロンギーノス（Dionysios Longinos [Dionysius

Longinus]）は、いかなる要素が文学上の《崇高（hypsos）》を形成するかを分析した文藝批評書『崇高について』（*Peri hypsous; De Sublimitate; On the Sublime*）の第一〇章において、サッポーのこの詩に言及し、サッポーは、「恋の狂気に付随する諸々の感情」（the emotions associated with love's madness）[23]を採り上げて詠つてゐるのだといふ。しかも清冽な詩魂の持ち主であるサッポーは、この現存してゐる限りでの（実際はもつと長かつたと思はれる）、やや短めの詩において、《恋の狂気に伴ふ心理的、肉体的錯乱状態》を、細大漏らさず、過不足なく、簡潔平易に、リアリスティックに、見事に詠ひ込んでゐると言つていいのだ。

　この《サッポー・断片第三一番》の僅か一六行余りの詩には、英訳で "Declaration of Love for a Young Girl," "The Ode for Anactoria," "To a Beloved Woman," "To a Maiden," etc. といつた標題《タイトル》が付けられてゐるが、この詩は明らかに《恋愛詩》と見做すことができよう。この一篇は、或る少女がどうやら恋人らしき男性と対座して、いとも親しく、かつ楽しげに語らつてゐる様子をたまたま垣間見たサッポー自身が、自分の恋心を激しく掻き立てる（師弟関係にあると覚しき）少女に向つて熱烈な愛の想ひを、自分の激越な恋愛感情（恋の情念）を、《発作的な嫉妬（a fit of jealousy）》に苛まれ、取り乱した文脈《コンテクスト》の中で、詠ひ、かつ訴へ掛けてゐる詩であると言つていいだらう。言ひ換へれば、恋愛感情が閨秀詩人《うたびと》に与へた《心理的、肉体的衝撃》及び感情が異常に高揚した《忘我《エクスタシー》》の状態を、典雅かつ気品に溢れた、単純平明な言葉でもつて、過不足なく、仔細克明に詠つてゐるのだ。例の《悪女の深情け（The plainer the woman, the fiercer the love.）》ではないが、器量のあまり良くない女に限つてかへつて情愛が深かつたり、嫉妬深かつたりするのである。この一篇は、何とも見事と言ふ外なく、サッポーの（大量にあつたと思はれる）詩篇の中でも、飛び抜けた傑作であることは間違ひないだらう。

　もつとも、この詩を、サッポーの《恋愛詩》とは見做さず、《祝婚歌《ヒュメナイオス》〔婚姻歌〕（hymenaios; hymenaeus; bridal song）》と採る学説もあるやうだが、如何せん、結婚式にはいささか場違ひな内容と言はねばならぬだらう。とはいへ、或る少女の結婚に際して、サッポーがいたく寵愛した教へ子の少女に対する一種の《送別の讃歌》と採れなくもないだらう。この詩の持つ繊細微妙な陰翳をつらつら考へてみる時、少なくとも、さういふニュアンスが、細かい含みや深い味はひが、どことなく包含されてゐるやうな気がしなくもないのである。

周知のやうに、サッポーの《恋愛詩》はもつぱら女性に対してのみ語り掛けられてゐるのだ。どうやら古代スパルタなどでは、男の子には《戦争》のために《軍事訓練》を、また女の子には《結婚》のために《花嫁修業》を、それぞれ目的とする教育機関があつたことが知られてゐる。（因みに、《戦争》は、往々にして《恋愛》の隠喩《メタファー》になるのだ。）今なほ意見が分かれるところらしいが、おそらく当時のレスボス島の社会におけるサッポーの役割は、貴族階級の子女たちに結婚の準備をさせる教師の役割を担つてゐたやうに思はれるのだ。実のところ、男女どちらの教育機関においても、《同性間の恋愛》が副次的必然として、決して小さくない役割を演じてゐたと言ふべきなのである。従つて、イギリスの富裕な階級のための、古い伝統を誇る例のパブリック・スクールの寄宿舎や名門オックスフォード、ケンブリッジ両大学の学寮《コレッジ》などが、時に、同性愛の淫靡な巣窟《ねじろ》と化してもさして驚くには当らないのだ。

　いづれにしても、サッポーのかういつた《女性間の恋愛》を詠つた詩を読むと、どうしても我々は必然的に、いや、当然のことながら、サッポーよりも二、二〇〇年後に生まれたイギリスの大詩人シェイクスピアの《男性間の恋愛》を詠つた、例の『ソネット集』（一六〇九年）を想ひ起さぬわけにはゆかぬだらう。しかしながら、この問題は、差し当り、本稿の主たる目的ではないので、今はしばらく措くことにして、シェイクスピアにはこれ以上言及しないことにする。

　ところで、ホラーティウスが、『書簡詩集』、第一巻、第一九番、マェケーナス宛（紀元前二〇年）の《書簡（詩作について）》の中で、詩人と葡萄酒をめぐつて甚だ興味深いことを書いてゐるので、書き出しの十行余りを次に引いてみることにする。

Prisco si credis, Maecenas docte, Cratino, nulla placere diu nec vivere carmina possunt, quae scribuntur aquae potoribus. ut male sanos adscripsit Liber Satyris Faunisque poetas, vina fere dulces oluerunt mane Camenae. laudibus arguitur vini vinosus Homerus; Ennius ipse pater numquam nisi potus ad arma prosiluit dicenda. "Forum Putealque Libonis mandabo siccis, adimam cantare severis": hoc simul edixi, non cessavere poetae nocturno certare mero, putere diurno.[24]

——Horatius [Horace], *Epistularum* [*Epistles*], Bk. I, Epistle XIX, ll. 1–11.

If you follow old Cratinus, my learned Maecenas, no poems can please long, nor live, which are written by water-drinkers. From the moment Liber enlisted brain-sick poets among his Satyrs and Fauns, the sweet Muses, as a rule, have had a scent of wine about them in the morning. Homer, by his praises of wine, is convicted as a winebibber. Even Father Ennius never sprang forth to tell of arms save after much drinking. "To the sober I shall assign the Forum and Libo's Well; the stern I shall debar from song." Ever since I put forth this edict, poets have never ceased to vie in wine-drinking by night, to reek of it by day.[25]

——Translated by H. Rushton Fairclough.

教養のあるマェケーナス。
貴方が昔のクラティーヌス[1]の
言葉を信用なさるなら、
水[2]しか飲まない詩人などの
詩は、さう長くは喜ばれず
消えてなくなるといふことです。

バッカス[3]の神がサテュロスや
ファウヌス達に「酒に酔ふ」[4]
詩人を加へてからこの方、
麗しの神ミューズには
いつも、朝からほんのりと
ワインの香りが漂つてゐる[5]。

かのホメーロスも葡萄酒を
讃へたことから、「酒好き」[6]と
いふ非難を浴びてゐます。
詩祖エンニウス[7]自身すら、
一杯やらねば戦争の
詩は作らうとしなかつた。

「広場[8]（フォールム）やリボーの井戸端[9]は
下戸にまかせよ。酒を飲まぬ
者には歌を禁止する[10]」。

私の布告が出されたら、
詩を書く者は争つて
夜にはワインをやりますし、
昼間も一杯やつてゐます[26]。

（1）Cratinus（前四八八―四三二）。アテネの古喜劇作家の一人（『諷刺詩』一・四・一参照）。
（2）ワインではなくて。In vino veritas, in aqua vanitas といふ洒落はこれをもぢつたもの。ここでは二流の作家を指す。
（3）素朴な田園詩の主人公でサテュロス劇に登場した。
（4）male sanos. クラティーヌスを指す。酒好きだつたと言はれてゐる。ファウヌスは「パン」。
（5）ワインは抒情詩の象徴。
（6）『イーリアス』六・二六一参照。

（7）Ennius（前二三九―一六九）。ローマの叙事詩人兼歴史家。
（8）金貸の取引の場所。
（9）落雷の後、ユピテルが落ちたとしてその場所を囲つた（『諷刺詩』二・六・三五参照）。フォールムのファビウスの門の近くの井戸の囲ひ。リボーは大司祭になつてゐた。ここでは商取引の場所。
（10）元老院の布告を真似てゐる。
（鈴木一郎訳註）

実は、この書簡詩の二八行目に“mascula Sappho”（直訳すれば、“masculine Sappho”）といふ解釈の分かれる問題の句《フレイズ》が出てくるのだ。ラテン語の“masculus”［*adj.*］といふのは、普通、“male, masculine, manly, manlike, bold, courageous, vigorous, etc.”の意味として用ゐられる。例のP・G・W・グレア編『オックスフォード・ラテン語大辞典』（P. G. W. Glare, ed., *Oxford Latin Dictionary*, p.1081）には、たまたまこの句が引例されてゐて、“manly, virile”とある。つまり、ホラーティウスとしては、サッポーが女流詩人として当時の男性詩人を遙かに凌駕してゐたから（「男勝りの」）、或いは、サッポーが“tribas [tribade]”[27]――すなはち、《男役の女性同性愛者》であつたとして中傷されてゐたからか（「男性的な」）、それともその両方の意味に懸けて用ゐてゐるのかもしれない。因みに、オックスフォード大学コーパス・クリスティ学寮《コレッジ》（Corpus Christi College, Oxford）のラテン語教授で、名著『ホラス（ホラーティウス）』（一九五七年）の著者であつたエドゥアルト・フレンケル（Eduard Fraenkel, 1888–1970）は、“mascula Sappho”を“Sappho of the manlike spirit[28]”（「男勝りの〔気性の〕サッポー」）と解釈してゐる。いづれにせよ、サッポーは男勝りの、男性的で精力的、かつ大胆な女性であつたのかもしれない。

本稿をひと先づ閉ぢるに当つて、ギリシアのエピグラム作者、シードーン（古代フェニキアの海港都市）のアンティパトロス（Antipatros Sidonios [Antipater of Sidon], fl. *c.* 120 B.C.）によつてサッポーに献げられた、たまたま墓碑に刻まれてゐたために遺つてゐた碑文、一種の《哀悼頌詩（sepulchral epigram）》を挙げておくことにする。

Σαπφώ τοι κεύθεις, χθὼν Αἰολί, τὰν μετὰ Μούσαις
ἀθανάταις θνατὰν Μοῦσαν ἀειδομέναν,
ἃν Κύπρις καὶ Ἔρως συνάμ᾽ ἔτραφον, ἇς μέτα Πειθὼ
ἔπλεκ᾽ ἀείζωον Πιερίδων στέφανον,
Ἑλλάδι μὲν τέρψιν, σοὶ δὲ κλέος. ὦ τριέλικτον
Μοῖραι δινεῦσαι νῆμα κατ᾽ ἠλακάτας,
πῶς οὐκ ἐκλώσασθε πανάφθιτον ἦμαρ ἀοιδῷ
ἄφθιτα μησαμένᾳ δῶρ᾽ Ἑλικωνιάδων;[29]

——*The Greek Anthology*, Bk. VII, No. 14.

O AEOLIAN land, thou coverest Sappho, who with the immortal Muses is celebrated as the mortal Muse; whom Cypris and Eros together reared, with whom Peitho wove the undying wreath of song, a joy to Hellas and a glory to thee. O ye Fates twirling the triple thread on the spindle, why spun ye not an everlasting life for the singer who devised the deathless gifts of the Muses of Helicon?[30]

——Translated by W. R. Paton.

アイオリスの地よ
汝が覆《おほ》へるはサッポー、
不死なるムーサらに伍したる
死すべき身のムーサ、と歌ひ讃へられ
その名いや高き詩人《うたびと》ぞ。
キュプロスとエロース御心も一《いつ》に

この詩人《うたびと》をはぐくみ
ペイトーの女神これに加はりて
永遠《とは》に生くる歌の花冠を編みぬ、
ギリシア全土にはよろこび
汝《なれ》には誉れたらしめんとて。
紡錘《つむ》回し三重《みへ》の糸つむぐ
運命女神《モイラ》らよ、
ヘリコーンなるムーサらの
朽ちることなき賜得し詩人《うたびと》に、
いかなれば永遠《とは》の生命《いのち》を
つむがざりしか。[31]

（沓掛良彦訳）

（註）

（1）*P. L. F.* = Edgar Lobel and Denys Lionel Page (eds.), *Poetarum Lesbiorum Fragmenta* (Oxford University Press, 1955/1997) の《作品分類番号》に準拠してゐる。

（2）Cf. "To the Memory of My Beloved, the Author, Mr. William Shakespeare" (1623), l. 31.

（3）丸谷才一『猫のつもりが虎』（マガジンハウス、二〇〇四年）、一二七ページ。

（4）David A. Campbell (ed. & trans.), *Greek Lyric, I, Sappho / Alcaeus* (Cambridge, Mass.: Harvard University Press, 1982; London: William Heinemann, Ltd., 1982［Loeb Classical Library, No.142］), p. 3.

（5） *Ibid.*, p. 48.

（6） *Ibid.*, p. 49.

（7） 森進一訳『イオン』五（五三四E）、「プラトン全集」（岩波書店、一九七五年）、第一〇巻、一三一ページ参照。

（8） Frederick Page (ed.), *The Poetical Works of Byron* (Oxford University Press, 1970), p. 695.　Cf. Page duBois, *Sappho Is Burning* (Chicago and London: The University of Chicago Press, 1995)

（9） 小川和夫訳『ドン・ジュアン（上）』（冨山房、一九九三年）、二七四ページ。

（10） Katherine Duncan-Jones (ed.), *Shakespeare's Sonnets* (The Arden Shakespeare, Third Series, 1997), p. 187.

（11） *Ibid.*, p. 186.

（12） Denys Lionel Page, "Sappho," *Encyclopaedia Britannica* (1968), Vol. 19, p. 1055.

（13） Cf. Kenneth Haynes (ed.), *Algernon Charles Swinburne: Poems and Ballads & Atalanta in Calydon* (Penguin Classics, 2000), p. 332.

（14） David A. Campbell, *op. cit.*, pp. 32–33.

（15） *Ibid.*, pp. 52, 54.

（16） Edwin Marion Cox (ed. & trans.), *The Poems of Sappho* (London: Williams & Norgate, Ltd.; New York: Charles Scribner's Sons, 1925), pp. 64–65.

（17） 呉茂一訳『ギリシア・ローマ抒情詩選——花冠《ステパノス》——』（岩波文庫、一九九一年）、一七〇—一七四ページ。なほ、旧版『増補ギリシア抒情詩選』（岩波文庫、一九五二年）も参照した。

（18） David A. Campbell, *op. cit.*, pp. 54–55.

（19） *Ibid.*, pp. 78, 80.

（20） Cf. Edwin Marion Cox, *op. cit.*, p. 72.

（21） 呉茂一訳、前掲書、一七九—一八一ページ。

（22） William Carlos Williams, *Paterson* (New York: New Directions, 1992), p. 215.　Revised edition prepared by Christopher MacGowan. Cf. Robert Chandler (ed. & trans.), *Sappho* (London: J. M. Dent, 1998 [Everyman's Poetry, No. 56]), p. 64.

（23） David A. Campbell, *op. cit.*, pp. 78–79.

（24） H. Rushton Fairclough (ed. & trans.), *Horace: Satires, Epistles and Ars Poetica* (Harvard University Press, 1926 / 1999 [Loeb Classical Library,

No. 194]), p. 380.

（25）*Ibid.*, p. 381.

（26）鈴木一郎訳『ホラティウス全集』（玉川大学出版部、二〇〇一年）、六一四—六一五ページ。

（27）David A. Campbell, *op. cit.*, pp.18–19. Cf. "tribadism." 「トリバディズム（相擦技、擦淫）」といふのは、女性同性愛の技巧の一つで、片方が相手の上になつて異性愛の性交（heterosexual intercourse）の動きを擬してお互ひの《陰核亀頭（glans clitoridis）》付近を擦つて刺激し合ふ一種の擬似性交のことで、また男性の役割をする女性を《トリバッド（tribade）》、ギリシア語やラテン語では《トリバス（tribas）》といふ。

（28）Eduard Fraenkel, *Horace* (Oxford University Press, 1957 / 1997), p. 346, ll. 3–4.

（29）W. R. Paton (ed. & trans.), *The Greek Anthology, II*, Bks VII–VIII (Harvard University Press, 1917 / 2000 [Loeb Classical Library, No. 68]), p. 10.

（30）*Ibid.*, p. 11.

（31）沓掛良彦訳『ピエリアの薔薇——ギリシア詞華集選』（書肆風の薔薇、一九八七年）、一〇七ページ。沓掛良彦著『サッフォー——詩と生涯』（平凡社、一九八八年）、一一三—一一四ページ。

（付記）

引用の日本文のうちで、原文が現代仮名遣ひであつたものは、歴史的仮名遣ひに改めさせていただいたことを一言お断りしておく。

（December 2004）

若き日のフォークナーと《サッポー詩体》をめぐつて（その二）

――サッポーとホラーティウスとＡ・Ｃ・スウィンバーンとの聯関において

《Exegi monumentum aere perennius.
(I have built a monument more lasting than bronze.)
—Horatius, *Carmina*, III, xxx, l. 1.
私は青銅よりも永続する記念碑を建立しました。
――ホラーティウス『歌集』、第三巻、第三〇歌、第一行。》

《Nunc est bibendum, nunc pede libro ／ pulsanda tellus.
(Now should we drink, now should we beat the ground with free step.)
—Horatius, *Carmina*, I, xxxvii, ll. 1–2.
いざ我々は飲まんかな、今こそ我々は自由な足で拍手を取り踊り狂ふべし。
――ホラーティウス『歌集』、第一巻、第三七歌、第一―二行。》

二　《ホラーティウス風サッポー聯（Horatian Sapphic stanza)》について

さて、イタリアの南部、アウフィドゥス（Aufidus〔現オファント（Ofanto)〕）河岸の小さな町ウェヌーシア（Venusia〔現ヴェノーサ（Venosa)〕）生まれのクゥイーントゥス・ホラーティウス・フラックス（Quintus Horatius Flaccus, 65–8 B.C.）は、《ラテン文学黄金時代》の最高峰に位する大詩人ウェルギリウス（Publis Vergilius Maro, 70–19 B.C.）と並び称されるローマ最大の詩人である。どうやら彼は《解放奴隷（被解放民）の息子（the son of a freedman）》であつたらしいが、競売人の代理人（auctioneer's agent）として競売《オークション》の支払金の集金係をしてゐた父親の学費捻出のお蔭で充分な教育を（初めはローマで、のちにアテーナイで）受けることができた。詩作に従事すること数年にして、アウグストゥス帝の寵臣で懐刀であつた、かつ文藝の保護者でもあつたローマの政治家ガーユス・マェケーナス（Gaius Maecenas, *c.* 70–8 B.C.）の眷顧を蒙つたりした。マェケーナスからサビーヌム（Sabinum）の農園と屋敷を贈与されたホラーティウスは、この地をこよなく愛して、詩の中でしばしば讃美してゐる。のちに彼は《桂冠詩人（poeta laureatus）》に選ばれて、合唱歌『百年祭祝典歌（カルメン・サエクラーレ）』（サフィック・アドーニック。四行詩、一九聯、七六行。）を作つてゐる。

ホラーティウスと言へば、我々が何よりも身近に感じるのは、例へば、手許にある、比較的古いところでは、*Benham's Book of Quotations*（London and Melbourne: Ward, Lock & Co., Ltd., 1924）や *Bartlett's Familiar Quotations*（1882–）や *The Oxford Dictionary of Quotations*（1941–）、また比較的新しいものでは *Collins Dictionary of Quotations*（1995–）などを初めとする、数多の引用句辞典類を繙いて見ると、ホラーティウスの諸作品の随所に鏤められてゐる、そしてその後あまねく人口に膾炙するやうになつた詩句、名言・警句の類が大量に収載されてゐることに気付いて我々は改めて驚かざるを得ないのだ。ここでそれらの中から最も知られてゐる詩句を一つだけ挙げておかう。

《Quandoque bonus dormitat Homerus.
（Sometimes even good Homer nods [grows drowsy].）
——Horatius [Horace], *Ars Poetica* (*c.* 20 B.C.), l. 359.
弘法にも筆の誤り。（ホメーロスのやうな大詩人でさへも、長い作品においては、坐睡〔居眠り〕しながら書いたと思はれる凡句・駄句の類が時々見受けられる、の意。）
——ホラーティウス『詩論』、三五九行。》

ホラーティウスの詩篇の特徴を、西洋古典学の碩学で名翻訳家であつた我が呉茂一の言葉を借りて、掻い摘んで手つ取り早く言へば、「作詩法上の完璧・完成」、「古代ギリシア抒情詩の韻律の巧妙自在な駆使」、「人情の表裏を描く自由闊達さと変化の自在」、「描写の直截さと巧みさ」、そして「ややエピクーロス的な、しかも正義感に富む世界観」、等々を挙げることができるであらう[1]。

ホラーティウスの詩篇の現存するものとしては、一二一篇の《抒情詩》——すなはち、『歌集《カルミナ》』（*Carminum; Carmina; Odorum* [*Odes*]）、『エポード集』（*Epodon; Epodi; Iambi* [*Epodes*]）、『百年祭祝典歌』（*Carmen Saeculare* [*The Secular Hymn; The Centennial Hymn; Hymn for a New Age*]）——及び四一篇の《随想詩》——すなはち、『諷刺詩（或いは『対話詩』）』（*Sermonum; Sermones; Satirae* [*Satires*]）、『書簡詩』（*Epistularum; Epistolae* [*Epistles*]）、『詩論』（*De Arte Poetica; Ars Poetica* [*The Art of Poetry*]）——など、都合一六二篇余りある。

ホラーティウスは、とりわけ、『歌集《カルミナ》』に自らの名声を賭けてゐたと言つても言ひ過ぎではないくらゐなのだ。と言ふのは、彼は、『歌集』第三巻の《エピローグ》（第三〇歌）において、《詩人の記念碑（The poet's monument）》として、いかにも自信たつぷりに、次のやうに豪語してやまないからである。なほ御参考までに、数多ある英訳詩の中からも一例を挙げておかう。また邦訳としては、幸ひにして、先年、鈴木一郎氏による全訳『ホラティウス全集（全一巻）』（玉川大学出版部、二〇〇一年）が公刊されたので、敬意を表して、使はせていただくことにする。鈴木氏は、どうやら出来るだけ「日本語の詩文の韻律の七・五調に訳出」するのにひたすら心血を注がれたやうである。とにかく、この一個人の単独訳による浩瀚なホラーティウス全訳詩集は、待望久しかつただけではなく、深い感銘を与へずには措かない、まことに意義深い御労作と言ふべきである。

Exegi monumentum aere perennius
regalique situ pyramidum altius,
quod non imber edax, non Aquilo impotens
possit diruere aut innumerabilis
annorum series et fuga temporum.
non omnis moriar, multaque pars mei

vitabit Libitinam: usque ego postera
crescam laude recens, dum Capitolium
scandet cum tacita virgine pontifex.
dicar, qua violens obstrepit Aufidus
et qua pauper aquae Daunus agrestium
regnavit populorum, ex humili potens
princeps Aeolium carmen ad Italos
deduxisse modos. sume superbiam
quaesitam meritis et mihi Delphica
lauro cinge volens, Melpomene, comam[2].

I have built a momument more lasting than bronze,
that looms above royal deserted pyramids,
that no eroding rain nor raving wind
can ever crumble, nor the unnumbered
series of years, the flight of generations.
I shall not wholly die; my greater part
escapes the poor goddess of funerals, growing
in posthumous praise so long as pontifex
and silent virgin still ascend the Capitol.
In my homeland where the Aufidus roars with freshets,
where Daunus rose to rule his parched kingdom

of farmers, humble once, then powerful,
and princely, I will be called the first to bring
Aeolian singing into Italian music.
Invest yourself in the pride you bought
with your own merit, graciously bind
my hair, Melpomene, with Delphic laurel.
——Translated by David Armstrong.[3]

エピローグ（Asclepiadean I）

私は遂に記念塔を
完成せしめた、青銅より
歴史に残る記念塔を……
エジプト王を記念する
ピラミッドよりも高い塔を……
それは雨にも犯されず、
年月がたち、時を経ても、

手のつけられない北風にも、
この記念碑は崩れまい。
私が死んでも、残るだろう。
私の仕事の大部分は
リ[1]ビティーナ（死神）を避けるだろう。

そして、私は、新しく
後の評価を受けるだらう。

司祭の長が、黙してゐる
巫女《みこ》らと共にカピトリウムの
階段を昇つて行く時に、
貧しい土地から出た私は、
エオリア(2)の詩をラテン語の
リズムに乗せた初めての
詩人と言はれることであらう。

私の生まれ故郷(3)では、
アウフィドゥスの激流が
激しく流れ、水のない
乾いた土地でダウヌス(4)は
農民たちを治めてゐた。

誇りに思へ、メルポメネー(5)、
汝の力で得た栄誉を……
そして私の髪を、デルフィの
花冠で上手に飾つてくれ。(傍点引用者)

（1）黄泉の女神。その寺院で葬儀が行はれ死者が登録された。
（2）ギリシアの詩。
（3）アプレイアのウェヌーシア。アウフィドゥスはそこを流れる川。
（4）アプレイアの神話の王。トゥルヌスの父。ディオメデスの義父。トゥルヌスはラティウムのルリアの王。
（5）Melpomene.　悲劇と抒情詩のミューズ。
（鈴木一郎訳註）

第一行目に出てくる有名な "monumentum aere perennius [a monument more lasting (enduring) than bronze (brass)]"（「青銅よりも長持ちする記念碑」）といふラテン語は、以後、《不滅の藝術・文学作品》を指して用ゐられるやうになつた。

御参考までに、この一六行の詩（紀元前二三年制作）の韻律について簡単に説明すると、古典詩学では、この詩は《アスクレーピアデース格（Asclepiadic; Asclepiadean）》の詩と呼ばれてゐる。これは、紀元前三世紀前半のギリシアのアレクサンドレイア時代の最も優れた恋愛詩人・エピグラム作者のアスクレーピアデース（Asklepiades, fl. 290 B.C.）に因んで命名された《アスクレーピアデース格（Asclepiad）》（元来は、アルカイオスやサッポーが用ゐた韻律を、彼が復活・再流行させたので、その名を冠する）と言はれる韻律の詩型、すなはち、構造は大体一つの《長長格（spondee［— —］）》と二つ（または三つ）の《長短短長格（choriambus［— ((—］）》と一つの《短長格（iambus［(—］）》から成り、短いものは "lesser Asclepiadic" と言ひ、長いものは "greater Asclepiadic" と呼ばれる。前掲の詩の場合は、"lesser Asclepiadic" とか "Asclepiadean I（ないし first Asclepiad）" と呼ばれてゐる。古典詩学の母音の上に付ける《音量記号（quantity marks）》で表記すれば、すなはち、——

— — | — ((— | — ((— | (—

ところで、ホラーティウスの円熟期の作品で、《ラテン文学の白眉》とされる代表作『歌集《カルミナ》』（全四巻）及び『百年祭祝典歌』は、ギリシアの抒情詩人たちに範を採り、八行ないし八〇行の長短詩、都合一〇三篇を含み、そのうち三七篇は《アルカイオス風四行詩（Alcaic stanza）》、二五篇は《サッポー風四行詩（Sapphic stanza）》の形式を踏んでゐる。これら一〇三篇の《主題》は、実に多岐にわたり、多彩なので、一口では言へないが——例へば、ギリシア神話の神々、アウグストゥス帝、マェケーナスやウェルギリウスなどの友人たち、知人友人たちの旅立ちと帰還、葡萄酒や酒宴、田園生活、四季（春の訪れ）、人生の悲哀、人生の移ろひ易さ、恋、女（不実な娘・浮気娘・裏切る女）、美の果敢《はか》なさ、同性愛への警告、束の間を楽しめ（エピクーロス派の思想）、死、墓、等々について縦横に詠つてゐるのだ。《カルミナ（songs）》と呼ばれてゐるのは、歌唱のために作詩されたからである。

広汎な読書と該博な学識に裏打ちされた《博雅の士》であつたホラーティウスは、これらの詩篇において、実に驚くべき多種多様の韻律[4]を巧妙自在に使ひこなし、最高の詩的技巧と精選された言葉によつて、見事に《入神の技《ぎ》（妙技、神《しん》に入る）》を披露してゐると言つていいのである。ラテン詩の頂点と言はれるだけあつて、いづれの詩篇も、長い間の彫心鏤骨の結晶であり、一言半句も忽《ゆるが》せにせず、片言隻語の抜き差しをも許さない、おそらく外国語に翻訳するのがほとんど不可能に近いやうに思へるほど凝縮された、濃密な《詩的言語の華》であると言つても一向に差し支へないであらう。

多少余談にわたるが、褒めちぎつたついでに言へば、確言はできないが、ホラーティウスは、どうやら背が低くて肥満してゐたらしく（要するに、太《でぶ》つちよの小男なのだ）、病弱でもあり（蒲柳の質？）、年齢《とし》の割には白髪が多かつたと伝へられてゐるし、また生涯独身でもあつたといふ。もつとも、彼は、若い頃、《義を見てせざるは勇無きなり》ではないが、カエサルを暗殺したブルートゥスとカシウスの軍に将校として加はつて、マケドニアの古都フィリッピ（ピリッポイ）で戦つたことがあるといふくらゐだから、さして柔《やは》な体ではなかつたのかもしれない。知識や学問は博大であつたけれども、彼は、長身白皙の詩人とは程遠い、快活な短軀《ちびでぶ》肥満であつたのだらう。そして気《き》宇開豁《うかいくわつ》（broad-minded）な人だつたのだらう。

筆者は手許にジェイムズ・ロンズデイル（James Lonsdale〔生年・歿年不詳〕）及びサミュエル・リー（Samuel Lee, 1783–1852）による英語の散文訳の《グローブ版》『ホラーティウス全集』（*The Works of Horace*. London: Macmillan and Co., Ltd., 1873／1908）といふ《背モロッコ革装・天金》の一冊本を愛蔵してゐるが、その《概論》に、かうある。

《The man Horace is more interesting than his writings, or, to speak more correctly, the main interest of his writings is in himself. We might call his works "Horace's Autobiography." To use his own expression about Lucilius, his whole life stands out before us as in a picture. Of none of the ancients do we know so much, not of Socrates, or Cicero, or St Paul. Almost what Boswell is to Johnson, Horace is to himself. We can see him, as he really was, both in body and soul. Everything about him is familiar to us. His faults are known to us, his very foibles and awkwardnesses. Yet in his account of himself there is nothing morbid. Like Walter Scott, he had a thoroughly healthy mind ....[5]

人間ホラーティウスはその著作よりも興味深いのだ、或いは、より正確に言へば、彼の著作の主要な関心は彼自身の中にあるのだ。我々は彼の作品を「ホラーティウスの自叙伝」と呼んでも差し支へないかもしれない。ルーキーリウスについての彼自身の表現を用ゐれば、彼の全生涯がまるで絵の中にあるやうに際立つて我々の前に姿を現すのだ。古代ギリシアやローマの人々の誰一人についても我々はこれほどまでは知らないし、ソークラテースやキケローや聖パウロについてもこれほどまでは知らない。ボズウェルがジョンソンに対する関係とほとんど同じやうに、ホラーティウスは自分自身に対してゐるのだ。我々は、彼が実際にあつた通りに、肉体と精神の双方において、彼を見ることができるのである。彼については何もかもすべて我々にはよく知られてゐるのだ。彼の欠点も我々には知られてゐるし、彼の性癖《くせ》そのものやぎこちない物腰もよく判つてゐる。だが彼が自分自身について述べるに当つて、病的なところは全然ないのだ。ウォールター・スコットと同じやうに、彼は全く健全な精神の持ち主であつた。……》

さて、この辺で、ホラーティウスがサッポーのギリシア語の詩篇に範例を採つた《サッポー詩体（Sapphic）》に倣つて作つた詩を数篇引用させていただくことにしよう。御参考までに、英語による《韻文訳》と《散文訳》をも一例づつ併せて挙げておかう。

Vile potabis modicis Sabinum

cantharis, Graeca quod ego ipse testa
conditum levi, datus in theatro
cum tibi plausus,

clare Maecenas eques, ut paterni
fluminis ripae simul et iocosa
redderet laudes tibi Vaticani
montis imago.

Caecubum et prelo domitam Caleno
tu bibes uvam: mea nec Falernae
temperant vites neque Formiani
pocula colles.
—— *Carmina*, Bk. I, No. 20.

O beloved Maecenas, come
Drink with me, cheap Sabine wine, yes,
But sealed in Greek jars by these two hands
And on that day, dear friend,

When the amphitheater
Rang with such applause, all for you,

That the echoes from Mount Vatican and from your own
Home stream joined in.

You can drink rare Caecuban, you can drink
Grapes crushed by a Calenian press, but
There's no Falernian in these cups of mine,
Nothing flavored by the Formian hills.[6]
——Translated by Burton Raffel.

An invitation to Maecenas.

You'll drink in modest bowls poor Sabine wine, which in a Grecian jar my own hands stored and sealed, when in the theatre such applause was given you, dear knight Maecenas, that all at once the banks of your ancestral river, and the sportive echo of the Vatican hill sounded back your praises.

Cæcuban you may drink, and the grape the press of Cales has subdued; my cups the vines of Falerii mix not, nor the hills of Formiae[7].

——Translated by James Lonsdale and Samuel Lee.

マェケーナスへの招待状

（マェケーナスの全快祝ひ）
親愛なる騎士[1]マェケーナス、
サビーナ産の安酒だが、
私が自分で、ちいつぽけな

ギリシアの壺[2]に入れておいた
ワインを貴方に飲ませよう。
観客席から貴方への
祝賀の声が挙がつたのだ[3]……

父なるティ[4]ベルの川岸や
ヴァティカーヌスの丘からも
その歓声はこだまして
すぐにこちらに返つて来た。

更に、貴方にカェ[5]クブムの
ワインや、それにカ[6]レースの
葡萄絞りの作業場で
絞つたワインを飲ませませう。
私の杯は、ファ[7]レルヌスや
フ[8]ォルミアェの丘の酒などで
薄められてはゐないのです。

（1）マェケーナスは貴族ではなく騎士階級で元老院議員でもあつた。元来エトルリアの王家の出。
（2）testa.
（3）前三〇年の大病から回復して、劇場にその姿を見せた時。
（4）ティベル川。

（5）カエクブムはラティウム南部の湿地帯。
（6）良質のワインの産地。カレースはカンパニア北部の町（現在のカルヴィ）。
（7）ファレルヌスはカンパニアのマッシクス山麓のワインの産地。
（8）フォルミアェは、ラティウム南部の町。
（鈴木一郎訳註）

鈴木一郎（一九二〇―二〇〇六）氏は、『歌集《カルミナ》』、第一巻、第二〇歌について、かう解説してをられる。

《マェケーナスが病気から回復して劇場に姿を見せ、観客席から歓呼の声が上がつたのは（紀元）前三〇年のことであつた。ホラーティウス（のサビーナの家）を訪問するといふマェケーナスの手紙への返事であらうが、完結してゐない。来たら飲ませるといふワインの銘柄が列挙してある。マェケーナスに対する民衆の支持がよく表現されてゐる。[8]》

前三〇年の作。当時の葡萄酒の銘柄が列挙されてゐる貴重な資料であるといふ。どうやら慌ただしく書かれたやうで、完結してゐないのが残念である。

O Venus, regina Cnidi Paphique,
sperne dilectam Cypron et vocantis
ture te multo Glycerae decoram
　transfer in aedem.
fervidus tecum puer et solutis
Gratiae zonis properentque Nymphae

et parum comis sine te Iuventas
　Mercuriusque.
—— *Carmina*, Bk. I, No. 30.

O Venus, queen of Cnidos, queen
Of Paphos, leave your beloved Cyprus
And come to Glycera's shrine, where she calls you
With clouds of incense.

Come with your glowing son, and all the
Graces, and the Nymphs, all with their robes
Loose and ready, come with Youth, which is only lovely
In your presence, and come, goddess, with Mercury[9].
—— Translated by Burton Raffel.

A Prayer to Venus.

Venus, queen of Cnidos and Paphos, desert thy beloved Cyprus, and change thy dwelling to Glycera's shrine, who invites thee with a wealth of incense.

With thee may thy glowing boy, and the Graces with zone unloosed, and the Nymphs, haste hither, and Youth, who without thee is not winning, and Mercury.

—— Translated by James Lonsdale and Samuel Lee.

ヴィーナス讃歌（**Sapphic**）

[1]クニドス、[2]パフォスを支配する
女神ヴィーナス。懐かしの
キュプロスを捨て、香を焚き
あなたの豊かな[3]グリュケラの
住まひの方に移りなさい。

君（ヴィーナス）がひとたび[4]貞節な
帯をほどけば、熱を上げる
男や、ニュンフや、君なしに[5]は
愛を知らない[6]青春や、
[7]メルクリウスも大急ぎで
駆けつけてくることだらう。

（1）クニドスはカリアのドリア系の町。ヴィーナス崇拝の中心地。ヴァチカンにレプリカがある。
（2）パフォス（現在のパフォ）はキュプロス島の町。同じくヴィーナスを祭つてゐた。
（3）グリュケラは乙女の名。
（4）貞節はグラティア（貞節、魅力、美の女神）。
（5）若者に愛がなければ魅力が欠けるから。
（6）「ユヴェンタス」（青春）に神格を与へてゐる。
（7）メルクリウスは雄弁の神で、口説きの達人。
（鈴木一郎訳註）

『歌集《カルミナ》』、第一巻、第三〇歌は、制作年不詳。因みに一言付記すれば、この一篇は、紀元前六世紀後半のギリシアの抒情詩人アナクレオーン（Anakreon [Anacreon], *c.* 572–*c.* 482 B.C.）の断片（二番）や紀元前七世紀後半のギリシアの抒情詩人アルクマーン（Alkman [Alcman], fl. 654–611 B.C.）の断片（二十一番）の模倣詩・模倣習作であるといふ。

Rectius vives, Licini, neque altum
semper urgendo neque, dum procellas
cautus horrescis, nimium premendo
　　litus iniquum.

auream quisquis mediocritatem
diligit tutus, caret obsoleti
sordibus tecti, caret invidenda
　　sobrius aula.

saepius ventis agitatur ingens
pinus et celsae graviore casu
decidunt turres feriuntque summos
　　fulgura montis.

sperat infestis, metuit secundis
alteram sortem bene praeparatum
pectus. informis hiemes reducit

Iuppiter, idem

summovet. non, si male nunc, et olim
sic erit: quondam cithara tacentem
suscitat Musam neque semper arcum
tendit Apollo.

rebus angustis animosus atque
fortis appare; sapienter idem
contrahes vento nimium secundo
turgida vela.

——*Carmina*, Bk. II, No. 10.

Licinius, to live wisely shun
The deep sea; on the other hand,
Straining to dodge the storm don't run
Too close into the jagged land.

All who love safety make their prize
The golden mean and hate extremes:
Mansions are envied for their size,
Slums pitied for their rotting beams.

The loftiest pines, when the wind blows,
Are shaken hardest; tall towers drop
With the worst crash; the lightning goes
Straight to the highest mountain-top.

Hopeful in trial, shy in success,
The seasoned heart knows luck will swing:
Jove brings foul weather, nonetheless
He soon supplants it with sweet spring.

If things go ill now, before long
They'll mend again. On certain days
The bow lies slack, the sleeping song
Wakes in the lyre, Apollo plays.

When hardship comes, show a brave mind
And a bold face: but when the gale
Follows too fawningly behind,
Be prudent, reef the bulging sail[10].
—— Translated by James Michie.

To L. Licinius Murena. The moderate life is the perfect life.

Licinius, you will live more perfectly, by neither always keeping out to sea, nor, while you warily shrink from the storm, too closely pressing on the treacherous shore.

The man who makes the golden mean his choice, in his security is far from the squalor of a ruinous dwelling, in his temperance is far from a palace which envy haunts.

The mighty pine is oftenest tossed by winds, and lofty towers fall with heaviest crash, and lightnings strike the mountain's topmost peak.

A heart well trained beforehand hopes for, when the times are contrary, fears, when they favour, the opposite estate. 'Tis Jove who brings again unsightly Winters, 'tis he who sweeps them away. If 'tis ill now, it will not also be so hereafter; sometimes Apollo with the lyre awakes the silent Muse, and does not always bend his bow.

Show yourself bold and brave when perils press; wisely likewise take in your sails when they swell with too fair a breeze.

——Translated by James Lonsdale and Samuel Lee.

中庸の徳（**Rectius vives**）

正しく生きよ、リキニウス。
何時も、無理して大海に
出ようとしたり、恐ろしい
嵐が来たら、うつかりと
海岸になど近寄るな。

黄金の中庸[1]を好む者は
用心深く、手入れなど

しない家屋は避けながら、
羨まれるやうな邸宅も
用心深く避けてゐる。

巨大な松は風が吹けば
より頻繁に揺すぶられ、
聳える塔も大げさな
響きをたてて崩れるし、
高い山には雷が
落ちるといふのが世の習ひだ。

心に準備が出来てゐれば、
逆境にあつては希望を持ち
順境にあつては、変るかも
しれぬ運命を恐れるのだ。
神ユピテルは嬉しくない
冬を毎年もたらすが、
同時にそれを取り去るのだ。

今日が不幸であつたとて
明日もさうとは限らない。
アポロは、時に、竪琴(2)で

無言のミューズ(3)を呼び覚ます。
持つのは弓(4)だけではないのだ。

非常の時には勇猛で
果敢な所を見せるがいい。
しかし、同時に賢明に
順風によつて膨らんだ
帆は引き締めるべきだらう。

（1）aurea mediocritas.
（2）キタラ。四弦の琴。
（3）詩の世界。
（4）軍事の世界。
（鈴木一郎訳註）

『歌集《カルミナ》』、第二巻、第一〇歌は、前二三年以前の作。エピクーロス学派の「中庸の思想」である、いはゆる《黄金の中庸（aurea mediocritas; golden mean）》をホラーティウスが説いてゐるので重要であると言へよう。そして我々は、当然ながら、《儒教（Confucianism）》の「中庸の美徳」を想ひ起すが……。

訳註者の《解題》に拠ると、

《ルーキウス・リキニウス・ムーレーナ（Lucius Licinius Murena）宛の詩。アウルス・テレンティウス・ウァロー の養子でプロクレイウスとマェケーナスの妻になつたテレンティアとは兄妹の関係にあつた人物。この詩の聲

告を無視して、前二三年にコンスルになつた時、反アウグストゥスの陰謀を企て、処刑された[11]。》

ともあれ、結局のところ、エピクーロス (Epikouros [Epicurus], 341–270 B.C.) の例の《λάθε βιώδας. [lathe biōsas.] Quoted by Plutarch (Ploutarkhos [Plutarchus]).》(Remain hidden in life. Live in retirement. End your days unnoticed. / Cache ta vie.「隠れて生きよ《ラーテ・ビオーサス》」) といふ考へに落ち着くのであらうか。

Faune, Nympharum fugientum amator,
per meos finis et aprica rura
lenis incedas abeasque parvis
　aequus alumnis,

si tener pleno cadit haedus anno,
larga nec desunt Veneris sodali
vina craterae, vetus ara multo
　fumat odore.

ludit herboso pecus omne campo,
cum tibi Nonae redeunt Decembres;
festus in pratis vacat otioso
　cum bove pagus;

inter audacis lupus errat agnos;

spargit agrestis tibi silva frondis;
gaudet invisam pepulisse fossor
    ter pede terram.
—— *Carmina*, Bk. III, No. 18.

Faunus, nymph-fucker,
Cross my fences quietly
And leave luck
Here in my sun-filled fields:

I'll smoke incense in your name,
Kill you a soft-eared kid—
O friend of Venus, famous wolf-hater,
I'll pour you wine and wine and wine.

Sheep and goats dance
December, in your name;
Peasants and oxen lie in the grass
And drink and laugh,

O Faunus, lambs prance
And ignore the wolf,

And plowmen stamp, stamp, stamp
On that damned hard ground[12]!
—— Translated by Burton Raffel.

Hymn to Faunus on his feast-day, the fifth of December.

O Faunus, wooer of the flying Nymphs, over my borders and my sunny fields gently mayest thou tread, and depart propitious to my little nurslings; if falls a tender kid in the fulness of the year, and the bowl that is the partner of Venus lacks not wine in plenty; if the ancient altar smokes with a wealth of incense.

All the flock sports upon the grassy plain, when December's Nones come round for thee; the hamlet making holiday takes its ease in the meadows, together with the reposing steer: the wolf is wandering 'mid the fearless lambs; the forest showers its wild leaves down for thee; the ditcher rejoices thrice with his foot to beat the hateful ground.

—— Translated by James Lonsdale and Samuel Lee.

ファウヌス讃歌（**Sapphic**）

逃げるニュンフを追ふ[1]ファウヌス。
君はこつそり私の、
土地や畑に浸入し、
養ひ育てたまだ小さい
仔羊達（犠牲）を取つて行く。

丸[2]一年が過ぎ去つて
やさしい羊が殺されると

かのヴィーナスの友である
ワ(3)インの杯（クラテラ）が、ふんだんに
注がれ、古びた祭壇に
香が沢山焚かれるのだ。

十(4)二月五日の祭日が
戻つてくれば、家畜等は
すべて草地の牧場に
放たれることとなるだらう。
町人《まちびと》達も晴れ着をきて
のんびり休み、牛と共に
そこらを散策するだらう。

恐れを知らぬ仔羊の
中に一匹、狼が
迷ひ込むのだ。森の木は
地上に木の葉を撒き散らす。
耕す者も、厭《いと》つてゐた
畑を楽しく脚で踏む。
その踏むリズムは三拍子だ。

（1）**Faunus.**　ラティウムの神話の王。森や野原の守護神。ギリシアのパン（森と羊飼の守護神）に比せられる。

（2）leno anno.　年末。十二月五日（Nonae Decembres）。
（3）krater.　ワインに水を混ぜる大型の容器。混酒器。
（4）ファウヌス。

（鈴木一郎訳註）

『歌集』、第三巻、第一八歌は、制作年不詳。羊や牛の群れを守る、人間の胴と山羊の下半身を持つ、角の生えた林野牧畜の神《半獣神《ファウヌス》》への讃歌で、農村部では十二月五日、都市部では二月十三日がその祭日であつたといふ。

以上、いはゆる《古典ラテン語（Classical Latin, 75 B.C.–A.D.175）》によるホラーティウスの《サッポー詩体の詩（Sapphics）》を四篇ほど取り上げてお目に掛けてみた。ホラーティウスによつて一部改変された、いはゆる《ホラーティウス風サッポー聯（Horatian Sapphic stanza）》といふのは、古典詩学の母音の上に付ける《音量記号》で表記すれば、すなはち、——

— ∪ — — —　∪ ∪ — ∪ — ⏓
— ∪ — — —　∪ ∪ — ∪ — ⏓
— ∪ — — —　∪ ∪ — ∪ — ⏓
— ∪ ∪ — ⏓

つまり、各聯《スタンザ》が、一行五詩脚から成る《五歩格（pentapody［pentametre］）》の《十一音節（hendecasyllable）》の詩行が三行、及び《アドーニス詩格（Adonic——すなはち、dactyl〔長短短格〕に spondee〔長長格〕または trochee〔長短格〕が続く）》の《五音節（pentasyllable）》の詩行が一行、都合四行一組から成り立つてゐる。なほ、ホラーティウスは、『歌集《カルミナ》』の第一巻から第三巻までにおいて、五音節目の後に、ほとんどいつも、意味上の切れ目《ブレイク》ないし休止《ポーズ》、いはゆる《行間休止《カエスーラ》（caesura）》を挿入してゐる。

三　A・C・スウィンバーンとフォークナーの《サッポー詩体の詩（Sapphics）》をめぐつて

《サッポー聯《スタンザ》》はホラーティウスによつて部分的に若干改変され、その改変された型（the modified form）がスウィンバーン（斯温伯恩）よりも前の大半の英国の《サッポー詩体》の根拠となつたのである。エリザベス朝の詩人たちの中で、《サッポー聯》の実験的模作を試みた最も有名な詩人は、サー・フィリップ・シドニー（Sir Philip Sidney, 1554–86）とトマス・キャンピオン（Thomas Campion, 1567–1620）の二人であると言はれる。

シドニー（西徳尼）は、政治に軍事に文学に八面六臂の大活躍をし、若くして戦歿した、エリザベス朝ルネサンス期の理想的な、一点非の打ち所のない、完璧な人間像の一典型として朝野の信望を一身に集めた人物であつた。シドニーが実妹のペンブルック（Mary Herbert Pembroke, 1561–1621）伯爵夫人のために書いた『ペンブルック伯爵夫人のアーケイディア』（*The Countess of Pembroke's Arcadia*）〔通称『オールド・アーケイディア』（*The Old Arcadia*）〕執筆一五八〇年頃、出版一五九三年）といふ作品は、随所に詩を鏤めた、散文による《牧歌的ロマンス（pastoral romance）》である。その中に、サッポー詩体の四行詩、七聯、都合二八行の詩が一篇出てくるが、何分紙幅の都合もあるので、最初の二聯のみを、御参考までに、次に引用してお目に掛けることにしよう。

— ∪ — — — ∪ ∪ — ∪ — —
— ∪ — — — ∪ ∪ — ∪ — —
— ∪ — — — ∪ ∪ — ∪ — —
— ∪ ∪ — —

Cleophila. If mine eyes can speak to do hearty errand,
Or mine eyes' language she do hap to judge of,
So that eyes' message be of her received,

Hope, we do live yet.

But if eyes fail then, when I most do need them,
Or if eyes' language be not unto her known,
So that eyes' message do return rejected,
 Hope, we do both die.[13]

また、詩人で作曲家で、どうやら医者でもあつたらしい（フランスの大学から《医学博士》の学位を受けてゐる）キャンピオン（坎比恩）の抒情歌曲集『歌曲集《エアズ》（全四巻）』（*Books of Ayres*, 4 vols., 1601–*c.* 17）の第一巻、第二一歌に、詩篇、第一九篇（Psalm 19, *Coeli Enarrant*）をサッポー詩体で自由にパラフレイズ[14]した四行詩、六聯、都合二四行の詩があるが、やはり紙幅の都合もあるので、最初の二聯のみを、御参考までに、次に引用しておかう。なほ、キャンピオンは、「読者へ」（"To the Reader"）といふ《はしがき》の中で、この歌のことを「サッポー詩体による唯一の歌」（"only one song in Sapphic verse[15]"）と書いてゐる。

Come, let us sound with melody the praises
Of the kings king, th'omnipotent creator,
Author of number, that hath all the world in
 Harmonie framed.

Heav'n is his throne perpetually shining,
His devine power and glorie thence he thunders,
One in all, and all still in one abiding,

Both Father, and Sonne.[16]

ここではキャンピオンは、シドニーが『アーケイディア』における前掲の詩篇で定着させた《ホラーティウス風サッポー聯》の純粋な詩型・韻律を用ゐてゐるのだ。

シドニーは、作中人物のクリーオフィラに、四行詩、七聯、都合二八行の、音の強勢・強弱を基礎とした英詩を、《強勢詩（accentual verse）》としてではなく、古典詩の音の長短・音量（音長）による《音量詩（quantitative verse）》として、何と《音量記号》まで表示して、《薩福詩体《サフィックス》》を歌はせてゐるのである。

また、キャンピオンも、前掲の自作の英詩を、やはり《音量詩》として、自ら作曲までしてゐるのである。御参考までに、《楽譜[17]》を掲げておく。一読三歎、あまりに見事で、舌を巻いて、讃歎措く能はず、と言つていいだらう。

さう言へば、一言付け加へておくが、フォークナーは、お気に入りの愛読詩人について訊かれると、トマス・キャンピオンの名前をしばしば挙げてゐたやうである。と言つても、特に理由は挙げてはゐなかつたやうだが……。

序でなので、もう一例を、総数六百の讃美歌を作つたと言はれるアイザック・ウォッツ（Isaac Watts, 1674–1748）の「最後の審判の日」（"The Day of Judgement," *Horae Lyricae* [1706]）と題する四行詩、九聯、都合三六行の《薩福詩《サフィック》体《ス》》の、やはり最初の二聯のみを引いておかう。

The Day of Judgement

WHEN the fierce North-wind with his airy forces
Rears up the Baltic to a foaming fury;
And the red lightning with a storm of hail comes
　　Rushing amain down;

How the poor sailors stand amazed and tremble,
While the hoarse thunder, like a bloody trumpet,
Roars a loud onset to the gaping waters,
　　Quick to devour them.(18)

さて、そろそろ詩人のA・C・スウィンバーン（Algernon Charles Swinburne, 1837–1909）に言及しなければならぬ時が来た。とはいへ、スウィンバーンについては、筆者は、他の所で少しばかり書いたことがあるので、ここでは余計なことにはなるべく触れないことにする。論旨の展開上、スウィンバーンの学歴について、特に重要と思はれる点に限つて摘記してみよう。

スウィンバーンは、一八四九年夏（12歳）、パブリック・スクールの名門、イートン（伊頓）校（Eton College, est. 1440）に入学するが、一八五三年夏（16歳）、同校を中途退学してゐる。在学中に、シェイクスピアの他に、エリザベス朝及びジェイムズ一世時代（一六〇三―二五年）の演劇に夢中になる。生涯にわたつて偶像崇拝的に心酔することになるサッポー、ヴィクトル・ユゴー、詩人のW・S・ランドー（Walter Savage Landor, 1775–1864）を耽読する。一八五六年一月（19歳）、オックスフォード大学ベイリオル（戴具亜）学寮《コレッジ》（Balliol College, est. 1263）に入学を許可される。先づ《古典文学科（The School of Classical Greats）》に進み、古典学者・神学者で、オックスフォード大学の、例のヘンリー八世が創設した《欽定ギリシア語講座担当教授（Regius Professor of Greek, 1855–93）》のベンジャミン・ジャウエット（Benjamin Jowett, 1817–93）がたまたまスウィンバーンの《個人指導教師《チューター》》となる。ジャウエット（喬義特）教授はその後ベイリオル学寮長（一八七〇―九三年）になる。因みに、彼は、パウロのテサロニケ、ガラテヤ、ローマ各書簡の編註（二巻、一八五五年）、プラトーンの『対話篇』（全四巻、一八七一年）、トゥーキュディデース（二巻、一八八一年）やアリストテレースの『政治学』（二巻、一八八五年）などを英訳したことで知られる。なほ、批評家・小説家のウォールター・ペイター（Walter Pater, 1839–94）や詩人でイエズス会の司祭のG・M・ホプキンズ（Gerard Manley Hopkins, 1844–89）は彼の教へ子である。スウィンバーンは、さらに法律学と近代史で優等コースを取るため勉強することに決める。彼は、文学や政治の問題について激論を戦はす過激派グループ《古老協会（the Old Mortality Society）》の創設メンバーであつた。ジャウエット教授は、スウィンバーンの移りいで気紛れといふか、斑気《むらぎ》（wayward）な性格に思ひやりのある、好意的な関心を示してくれたが、一八五九年十一月（22歳）、オックスフォード大学を中途退学する。在学中の一八五七年に、詩人・画家（poet-painter）で例の《ラファエロ前派（Pre-Raphaelite）》の中心人物のダンテ・ゲイブリエル・ロセッティ（Dante Gabriel Rossetti, 1828–82）、画家でラファエロ（拉斐爾）前派の一人のエドワード・バーン＝ジョウンズ（Edward Burne Jones [later Burne-Jones], 1833–98）、詩人・工藝美術家・社会運動家のウィリアム・モリス（William Morris, 1834–96）らに出会ふ。ラファエロ前派といふ《審美運動（Aesthetic Movement）》の同志たちと交遊を結ぶことによつて、スウィンバーンは大きな詩的影響を蒙つたと言つていいのである。

スウィンバーン自身、ギリシア語の詩を数篇書き遺してゐるくらゐだから、語学の才に相当秀でてゐたのかもしれない。彼は、どうやら少年時代からサッポーを英訳本で愛読してゐたと見ていいだらう。さらに彼は、ベイリオル校に進んでからは、天下の碩学ジャウエット教授のもとで、古代ギリシア語やラテン語といつた、いはゆる《古典語》の基礎をみつちり叩き込まれたせゐもあつて（時に油を絞られたこともあつたかもしれぬ）、サッポーやホラーティウスの作品を原典でさして苦労もせずに読みこなすことができたのであらう。

サッポーの熱烈な《心酔者》で、かつ際限《かぎり》ない《讃美者》でもあつたスウィンバーンは、いかにも西欧的で知的な詩的感性の詩人であつた。スウィンバーンが、「薩福詩体《サフィックス》」（“Sapphics,” 1866）と題する有名な四行詩（すなはち、《十一音節《ヘンデカシラブル》》（lesser Sapphic verse）三行と《アドーニス詩格》一行から成る）、二〇聯、都合八〇行から成る優れた詩篇を遺してゐることはよく知られてゐるところである。《作詩法・韻律法》の点から言へば、《音節の長短・音量〔音長〕》を基礎とするギリシア詩・ラテン詩のやうな、いはゆる古典詩とは大違ひといふか、すつかり趣を異にするもので、スウィンバーンの英詩の場合は、あくまでも《音節の強勢・強弱》を基礎とする《強勢詩（accentual verse）》である。英詩の本質は、音節の長短に依拠せず、どこまでも強勢《ストレス》を主体とするものである。従つて、既に述べたやうに、《音量詩（quantitative verse）》の“Classical prosody”と《強勢詩》の“English prosody”（accentual / syllabic metre）とは、その性質を全く異にするものであり、ただに調和・一致しないのみならず、そもそも対応するはずがないものなのだ。御参考までに、書き出しの第一聯の《韻律分析（scansion）》を試みてお目に掛けよう。スウィンバーンは、《サッポー聯》を強勢・強弱によつて模倣してゐるわけだが、何とも見事と言ふ外ないであらう。

All the night sleep came not upon my eyelids,
Shed not dew, nor shook nor unclosed a feather,
Yet with lips shut close and with eyes of iron
　Stood and beheld me.

韻律は、三番目（中間）の所（詩脚）に「強弱弱格」（dactyl〔ト××〕）を伴ふ「十一音節」（hendecasyllable）三行と「アドーニス詩格」（Adonic〔ト××ト×〕）一行から成る。英詩の強弱（ト×）の記号で表記すれば、すなはち、――

ト×ト×ト××ト×ト×
ト×ト×ト××ト×ト×
ト×ト×ト××ト×ト×

ト××ト×

何分紙幅の都合もあるので、前半の第十一聯目までを次に引用して、御参考までに、拙訳を付けておかう。

Sapphics

ALL the night sleep came not upon my eyelids,
Shed not dew, nor shook nor unclosed a feather,
Yet with lips shut close and with eyes of iron
　Stood and beheld me.

Then to me so lying awake a vision
Came without sleep over the seas and touched me,
Softly touched mine eyelids and lips; and I too,
　Full of the vision,

Saw the white implacable Aphrodite,
Saw the hair unbound and the feet unsandalled
Shine as fire of sunset on western waters;
　Saw the reluctant

Feet, the straining plumes of the doves that drew her,
Looking always, looking with necks reverted,
Back to Lesbos, back to the hills whereunder

Shone Mitylene;

Heard the flying feet of the Loves behind her
Make a sudden thunder upon the waters,
As the thunder flung from the strong unclosing
Wings of a great wind.

So th goddess fled from her place, with awful
Sound of feet and thunder of wings around her;
While behind a clamour of singing women
Severed the twilight.

Ah the singing, ah the delight, the passion!
All the Loves wept, listening; sick with anguish,
Stood the crowned nine Muses about Apollo;
Fear was upon them,

While the tenth sang wonderful things they knew not.
Ah the tenth, the Lesbian! the nine were silent,
None endured the sound of her song for weeping;
Laurel by laurel,

Faded all their crowns; but about her forehead,
Round her woven tresses and ashen temples
White as dead snow, paler than grass in summer,
　Ravaged with kisses,

Shone a light of fire as a crown for ever.
Yea, almost the implacable Aphrodite
Paused, and almost wept; such a song was that song.
　Yea, by her name too

Called her, saying, "Turn to me, O my Sappho;"
Yet she turned her face from the Loves, she saw not
Tears for laughter darken immortal eyelids,
　Heard not about her[19]

薩福詩体《サフィックス》

一晩中眠りが、私の瞼に訪れなかつた、
泪の雫《しづく》を流すこともなく、瞼を少しも動かしたり、開くこともなかつたが、
唇をぴつたり閉ぢて、冷酷な眼をして、
　立ち止まつて、私をじつと見つめてゐた。

その時、さうやつて横になつたまままんじりともせずに起きてゐる私の方に、幻影《まぼろし》が

眠らずに海を越えてやつて来て、私に触れた、
私の瞼と唇にそつと優しく触れた、そして私もまた、
その幻影で一杯になつて、

色白の仮借することなきアプロディーテー（ローマ神話のウェヌスに当たる女神）を見た、
束を解《ほど》いた髪の毛と履物を脱いだ足が
西方の海上で日歿の火のやうに燦然と光り輝くのを見た、
私の見たのは厭々ながらの

素足、彼女の乗つてゐる戦車《くるま》を牽《ひ》く鳩の懸命に突ついて整へてゐる羽毛、
いつも見てゐると、首を後ろにのけ反《ぞ》らせて、振り返つて
レスボス島の方を、丘の方を見てゐると、その下には
ミュティレーネーが光り輝いてゐた。

彼女の背後の恋愛の神々の大空を飛翔する足が
海上で突然雷のやうな音を立てるのを私が聞いたのは、
大風の強い、開いてゐる翼から
雷鳴が轟いてきた時だつた。

そこで女神はその場から慌てて逃げ出した、
彼女の周囲に恐ろしい足音と翼を雷のやうに轟かせて、
その間に、背後で歌妓《うたひめ》たちの喧《やかま》しい歌声が

曙の空を破つた。
ああ、歌よ、ああ、歓喜《よろこび》よ、情熱よ！
すべての恋愛の神々は、耳を傾けながら泣いた、苦悶のあまり気持ちが悪くなつて、
アポローン（詩歌・音楽などを司る凛々しく美しい青年の神）を取り囲んで王冠を戴いた九柱の詩女神《ムーサ》の神々が立つてゐた、
恐怖が彼女たちに近づいてゐたのだ。
その間に、第十番目のムーサは、彼女たちの知らない素晴らしい事柄を歌つてゐたのだ。
ああ、第十番目のムーサよ、レスボス島の人よ！　九柱のムーサの神々は黙つてゐた、
彼女の歌の響きに誰も堪へられず泪を流してしまつたのだ。
月桂樹が次々と、
彼女たちの王冠がすべて萎《しを》れていつたのだ、しかし彼女の額《ひたひ》のまはりや、
編んだ頭髪《かみ》や灰のやうに蒼白な顳顬《こめかみ》のまはりは、
雪のやうに真つ白で、夏草よりも蒼白く、
接吻《くちづけ》で荒らされてゐた、
王冠のやうな一条《ひとすぢ》の火の光が永久《とは》に光り輝いてゐた。
さうなのだ、ほとんど仮借することなきアプロディーテーが立ち止まつて、
危ふく泪を流しさうになつた、このやうな歌こそまさしく歌であつた。
さうなのだ、彼女の名前も使つて

彼女を呼んで、かう言つた、「私の方を向いて頂戴、おお、私のサッポーよ」
だが、彼女は恋愛の神々から顔を背けた、
笑ひの代りに泪が不死の女神（アプロディーテー）の瞼を曇らせるのを彼女は見もやらず、
自分についての話を聞きもしなかつた

こんな調子で第二〇聯まで書き継がれてゆくのだが、何しろ高度の詩的技巧を必要とするため、英詩におけるサッポー詩体の使用は極めて困難とされてきたのだ。だが、ひとたび《韻律の魔術師（metre magician）》スウィンバーンの手に掛かると、その困難とされてきた詩型・韻律を物ともせずに、自家薬籠中のものにして、見事としか言ひやうがないほどに巧妙自在に使ひこなしてゐるところは、さすがにスウィンバーンの面目躍如たるものがあり、その端倪すべからざる詩才の為せる業と言ふ外ないであらう。幻影《まぼろし》に現れるギリシアの《愛と美と豊穣の女神》アプロディーテーが《第十番目の詩女神《ムーサ》》と呼ばれるサッポーに執拗に言ひ寄るのだが、サッポーの方が女神を素気《すげ》なく袖にするのだから、これは明らかにレスビアンであり、女性間におけるサディズムの一種と言つていいだらう。スウィンバーンの得意とする例の《情愛《つれ》無き手弱女《たをやめ》（"La Belle Dame sans Merci" ["The Fair Lady without Pity"]）》、彼の心酔するサッポーを《冷酷無慈悲な美女》に準《なぞら》へての「サディズムの魅惑的な神秘性」を詠んでゐるのであらうか。

なほ、一言註記すれば、フランスの詩人アラン・シャルティエ（Alain Chartier, *c.* 1385–*c.* 1433）の宮廷文学の伝統を継ぐ、八行詩、一〇〇聯、都合八〇〇行から成る長篇恋愛詩『つれなきたをやめ』（*La Belle Dame sans Merci*, *c.* 1424）の標題をたまたまキーツ（濟慈〔基茨〕）が借用して、一八一九年、同名の詩（四行詩、十二聯、都合四八行）を書いたことから、英語圏で、いや世界中で一気に人口に膾炙するやうになつたフランス語である。

そもそもスウィンバーンといふ人は、音楽的流麗さを求めて、倦むことなく韻律に工夫を凝らし、詩の形式に結晶させるべく努めた詩人であつたと言へるのだ。彼は、その天与の端倪すべからざる詩才ゆゑに、英詩において、極めて困難とされる《サッポー風四行詩》の韻律を、難なくとは言はないまでも、かなり巧妙自在に駆使し得たわけだが、実を言へば、彼自身も、どうやらローマの大詩人ホラーティウスの詩篇を模倣して書いてゐるのだと言はれる。とはいへ、スウィンバーンの「薩福詩体《サフィックス》」は、サッポーから明らかに直接大きな影響を蒙つてゐることは言ふまでもないだらう。

　さて、いよいよフォークナーに言及しなければならぬ時が来た。フォークナーの《スウィンバーンの詩》との半ば運命的とも言へる劇的な邂逅は、十六歳の少年期においてだつた。そしてフォークナーが、スウィンバーンの詩に夢中になり、すつかり虜になつてしまつたことはよく知られてゐるところである。そのフォークナーも、二十二歳の時に、自分が鍾愛してやまぬスウィンバーンの作品を模倣して、やはり、「サッポー風の詩」（"Sapphics," *The Mississippian*, Nov. 26, 1919, IX, p. 3）と題する、四行詩、六聯、都合二四行から成る《模倣詩《パスティッシュ》（pastiche）》らしき一篇を訳知り顔に模作してゐるのは甚だ興味深いと言はねばなるまい。

SAPPHICS

So it is: sleep comes not on my eyelids.
Nor in my eyes, with shaken hair and white
Aloof pale hands, and lips and breasts of iron,
　So she beholds me.

And yet though sleep comes not to me, there comes
A vision from the full smooth brow of sleep,
The white Aphrodite moving unbounded
　By her own hair,

In the purple beaks of the doves that draw her,
Beaks straight without desire, necks bent backward

Toward Lesbos and the flying feet of Loves
    Weeping behind her.

She looks not back, she looks not back to where
The nine crowned muses about Apollo
Stand like nine Corinthian columns singing
    In clear evening.

She sees not the Lesbians kissing mouth
To mouth across lute strings, drunken with singing,
Nor the white feet of the Oceanides
    Shining and unsandalled.

Before her go cryings and lamentations
Of barren women, a thunder of wings,
While ghosts of outcast Lethean women, lamenting,
    Stiffen the twilight.[20]

サッポー風の詩

かくの如きなのだ——眠りが私の瞼に訪れないのだ。
また私の眼にも訪れないのだ、頭髪《かみ》を振り乱し、色蒼ざめて、
よそよそしげに、仄白《ほのじろ》い手をし、唇を堅く閉ぢ、冷たい乳房をして、

そんな風にして彼女は私をじつと見つめてゐるのだ。

そしてまだ眠りが私のもとに訪れないけれども、
眠たさうな、ふつくらした、滑らかな額《ひたひ》から幻影《まぼろし》が現れるのだ、
自らの髪に縛られずに、気随気儘に近づいてくる
　色白のアプロディーテー、

彼女の乗つてゐる戦車《くるま》を牽《ひ》く鳩の紫色の嘴《くちばし》には、
欲望を持たぬ真直ぐな嘴、首をレスボス島の方へのけ反《ぞ》らせて、
彼女の背後で泪を流してゐる恋愛の神々の
　大空を飛翔《ひしやう》する足。

彼女は振り返つて見もしないのだ、アポローンのまはりの
王冠を戴いた九柱の詩女神《ムーサ》たちが、澄み切つた夕べに歌を歌ひながら、
まるで科林斯《コリント》式（ギリシア古典建築様式の一つで、柱頭部に二列のアカンサスなどの葉飾りと渦巻き装飾を施してあるのが特徴）の九本の円柱のやうに立つてゐる方を
　彼女は振り返つて見もしないのだ。

彼女は、レスボス島の人々がリュートの弦《げん》越しに口に口を寄せ合つて
接吻し、歌を歌ひながら、酒に酔ひ痴れてゐるのを見もしないのだ、
またオーケアニスの娘たち（大洋神オーケアノスとテーテュースの娘たちで大洋の精、その数三千と言はれる）が履物を脱いで
　燦然と光り輝く色白の足を見もしないのだ。

彼女の前には、石女《うまずめ》たちの泣き叫ぶ声や悲嘆《なげき》の声が行き交ひ、
翼の轟くやうな凄まじい音がしたかと思ふと、
黄泉《よみ》の国の忘却《レーテー》の川の寄る辺なき女たちの亡霊が、嘆き悲しみながら、
黄昏《たそがれ》を昏《くら》くする。

御覧のやうに、フォークナーは、《サッポー詩体》の《十一音節詩行《ヘンデカシラブル》》を無視してといふか、遵守《じゆんしゆ》せずに、九音節詩行（enneasyllable）であつたり、十音節詩行（decasyllable）であつたり、十二音節詩行（dodecasyllable）であつたり、また五音節《ペンタシラブル》の《アドーニス詩格》を無視して、四音節詩行（tetrasyllable）であつたり、六音節詩行（hexasyllable）であつたりで、各詩行の音節数が区々であり、統一性を全く欠いてゐるものだと言はねばならない。従つて、フォークナーの《サフィックス》は、明らかにスウィンバーンのとは大違ひで、単なる四行から成る《自由詩（free verse）》と言ふべきであり、英詩における真正なサッポー詩体と言ふわけにはゆかぬのだ。
賢《さか》しらだつた品隲《ひんしつ》を許してもらへば、真正のサフィックスとは程遠い、《擬似サフィックス（pseudo-Sapphics）》とでも呼びたいやうな、全く似て非なる擬ひ物（sham）であり、《似而非《えせ》サッポー詩体》なのだ。思ふに、若き日のフォークナーは、もしかしたら、いはゆる“Sapphic stanza”の何たるかを全く（いや、正確に）理解しないままに四行の自由律詩を模作してみただけだつたのかもしれない。或いは、敢へて邪推を逞しうして好意的に見れば、よしんばフォークナーがサフィックスなるものを正確に理解してゐたとしても、惜しむらくは、彼には伝統的に認められてゐる、正統的なサッポー聯を書くことが出来なかつたのかもしれない。前に何度か触れたやうに、英詩におけるサッポー詩体の使用は、ことほどさやうに、スウィンバーンばりの高度の詩的技巧を必要とするため、極めて困難とされてきたのである。それは、おそらく当時のフォークナーの詩的才能の限界を遙かに超えるものであり、フォークナーは高度の詩的技巧を自在に使ひこなすわけにはゆかなかつたのだらう。むしろ我々はフォークナーがごく気軽に書き流した、若かりし頃の《習作《エチュード》》、《模倣詩《パスティッシュ》》の一篇と考へるべきだらう。それとも、フォークナーの若い頃の一時期の《筆の滑り〔書き損じ〕（lapsus calami; a slip [lapse] of the pen）》とでも言つておかうか。

前掲の詩を一読すれば誰しもすぐに気がつくことだが、この「サッポー風の詩」といふ一篇は、先づ肝心の《韻律（metre）》と《音節数（the number of syllables）》があまりにも出鱈目過ぎるし、あはや剽窃（plagiarism）とも取られかねない、何とも如何はしいところのある駄作と決めつけて斬つて捨ててしまつても一向に構はないかもしれない。とはいへ、フォークナーの《未熟な青年時代（salad days）》、《文学修業時代（literary apprenticeship）》における若書きの《模倣詩《パスティッシュ》》を一篇のみ引き合ひに出して、独り大真面目になつて、難癖を付けるのもいささか大人気がないやうな気がしてどうも気が引けなくもないが……。何はともあれ、その文学的生涯を、自称《詩人くづれ（a failed poet）》からスタートさせたフォークナーは、まるで悪霊《ダイモーン》（δαίμων［daimon］）に憑かれたかのやうに、刻苦精励倦むことを知らず、二十世紀のアメリカ文学史を代表するやうな偉大な作家へと絶えず成長発展を遂げて行つたと言へるのである。

〔註〕

（1）齋藤勇編『研究社　世界文学辞典』（研究社、一九五四年）、九五七ページ。

（2）Nial Rudd (ed. & trans.), *Horace: Odes and Epodes* (Cambridge, Mass.: Harvard University Press, 2004 [Loeb Classical Library, No. 33]), p. 216.　以下、ホラーティウスの原典からの引用は、ページ数を一々明記しないが、この《Loeb Classical Library》の最新版に拠つた。

（3）David Armstrong, *Horace* (New Haven and London: Yale University Press, 1989 [Hermes Books]), p. 116.

（4）Cf. Nial Rudd, *op. cit.*, pp. 12–14.

（5）James Lonsdale and Samuel Lee (trans.), *The Works of Horace* (London: Macmillan and Co., Ltd., 1908 [The Globe Edition]), pp. 9–10.

（6）Burton Raffel (trans.), *The Essential Horace: Odes, Epodes, Satires, and Epistles* (San Francisco: North Point Press, 1983), p. 19.

（7）James Lonsdale and Samuel Lee, *op. cit.*, p. 36.　以下、ページ数を一々明記しない。

（8）鈴木一郎著『ホラティウス――人と作品』（玉川大学出版部、二〇〇一年）、一〇五ページ。

(9) Burton Raffel, *op. cit.*, p. 28.

(10) James Michie (trans.), *Horace: Odes* (New York: The Modern Library, 2002 [Modern Library Paperback Edition]), p. 91.

(11) 鈴木一郎訳『ホラティウス全集』(玉川大学出版部、二〇〇一年)、三六五ページ。

(12) Burton Raffel, *op. cit.*, p. 75.

(13) Jean Robertson (ed.), *Sir Philip Sidney: The Countess of Pembroke's Arcadia* [*The Old Arcadia*] (Oxford: Clarendon Press, 1973), p. 81.

(14) Cf. Walter R. Davis (ed.), *The Works of Thomas Campion* (New York: W. W. Norton & Company, Inc., 1970 [The Norton Library]), "Footnote" on p. 48.

(15) A. H. Bullen (ed.), *The Works of Dr. Thomas Campion* (London: Privately Printed at the Chiswick Press, 1889), p. 4. Limited to 400 copies (No. 56). Half blue morocco over marbled boards, top edge gilt. なほ、筆者は、先年、東京の某洋古書店で、矢野峰人(禾積)博士の旧蔵書をたまたま入手し架蔵してゐるが、本書の所蔵者としては、筆者は少なくとも三(?)代目である。

(16) Walter R. Davis, *op. cit.*, p. 48.

(17) *Ibid.*, p. 49.

(18) Helen Gardner (ed.), *The New Oxford Book of English Verse, 1250–1950* (Oxford University Press, 1972), p. 407.

(19) *The Poems of Algernon Charles Swinburne* (London: Chatto & Windus, 1904), Vol. I, pp. 204–205.

(20) Carvel Collins (ed.), *William Faulkner: Early Prose and Poetry* (Boston: Little, Brown and Company, 1962), pp. 51–52. Cf. Carvel Collins (ed.), *Faulkner's University Pieces* (Tokyo: Kenkyusha Press, 1962), pp. 45–46.

(付記)

引用の日本文のうちで、原文が現代仮名遣ひであつたものは、歴史的仮名遣ひに改めさせていただいたことを一言お断りしておく。

(March 2005)

Ⅳ

藤井健三学兄を偲ぶ

——《在りし日の我が英語英米文学者の肖像》

《Verba volant, scripta manent.
(Words fly away, writings remain.
Les paroles s'envolent, les écrits restent.)
話された言葉は飛び去るが、書かれた文字は残る。》

わたしも近頃は《人生の悲哀》を惻《そく》々と感じ入る年輩になってきたと言うべきだろうか。——

一昨年（二〇一一年）の十月二十一日(金)、中央大学文学部の小林恵昭君から、療養に専念されていた藤井健三学兄の急逝を知らせる電話が家人にはいったのは、わたしが都心の夜の会合に出席するため、夕刻少し早めに家を出た直後のことであった。《十月十七日(月)、逝去。享年七十七。通夜・葬儀は既に近親者で営まれたという。》

藤井健三（一九三四—二〇一一・10・17）大兄や牧野（旧姓・青木）輝良雅兄、それに新任の吉田健一（一九一二—七七・08・03）教授のお三方《さんかた》にわたしが初めてお会いしたのは、一九六三（昭和38）年四月、中央大学大学院文学研究科修士課程の入学式当日であった。月日の経つのはまことに早いもので、今から丁度五十年も前のことになる。奇しくも丁度三カ月前の同じ日に、北海道の洞爺湖の別荘に滞在中に、不運にも、たまたま交通事故に遭い、不慮の死を遂げた、今は亡き平林弘吉（一九三四—二〇一一・07・17）大兄、それに柴原邦幸君、五十嵐基順（基一）君と齋藤の四名が学部から進学、藤井さん、牧野さんの両名が他大学から入学してきたのであった。

さらに二年後の一九六五（昭和40）年四月には、藤井・牧野・齋藤の三名が揃って博士課程に進学したのであった。因みに、博士課程の一学年上には、わたしが三十五年有余にわたって兄事してきた、そして公私共に大変お世話になった、今は亡き中島時哉（一九三三—二〇〇〇・01・26）学兄、熊崎久子さん、大澤（旧姓・小林）薫さんの三名がいらした（この三名が博士課程の第一期生である）。

御参考までに、藤井さんの他に、たまたま祥月命日が十月で、わたしどもにごく近しい先生のお名前を三名ばかり挙げておく。——朱牟田夏雄（一九〇六—八七・10・18）先生、瀬尾裕（一九一六—八八・10・13）先生、秋山照男（一九二五—九九・10・20）先生。

わたしは丸五年間に及ぶ《大学院風来坊》生活、さらに一年間の《浪々の身（就活浪人）》の後、齢《よわい》二十九にして、たまたま幸運にも専任職（東京理科大学理工学部）にあり就いた人間である。すなわち、学部を卒《お》えてから六年も《道草》を食ったお蔭で（今にして思えば、掛け替えのない大変貴重な六年間だったが）、漸く希望していた大学人の端くれになることができたわけである。御承知のように、昨今は、学者・学問の世界（the groves of academe）といえども、例の大量生産《マスプロ》——必然的に擬《まが》い者の多い粗製乱造の時代ゆえ、いくら奮励努力してみても、運が悪ければ、世に顕《あらわ》れることなく冷飯食いのまま終わる気の毒な者だって仰山《ぎょうさん》いるわけだから、名だたる劣等生としては先ずは幸先がいい方だったと言えるかもしれない。

顧みれば、《二〇一一（平成23）年》という年は、三月には我が国の歴史上未曾有の潰滅的な《東日本大震災》に見舞われ、我らが記憶すべき年——《戦慄すべき年（annus horribilis; horrible [dreadful] year）》となったし、また七月には平林弘吉氏（氏は、長年にわたるわたしの下手《へぼ》ゴルファー仲間［duffers］の一人でもあった）、十月には藤井健三氏という我が敬愛する掛け替えのない、大事な年長の学友二人を喪い、まことに哀惜の念に堪えない追悼の年——《悲嘆の年（annus luctus; year of grief [mourning]）》となってしまったのである。

藤井さんの専門分野は英語学（とりわけアメリカ口語英語の研究、英語音声学、他）、わたしの方は英米文学（特にフォークナー）——大雑把な言い方をすれば、語学と文学の違いということになろうか。専攻分野の違いのせいもあって、共に五年間にわたって大学院に在籍していたのに、同じ科目を受講する機会がほとんどなかったと言っていいのだ。

藤井さんは、わたしよりも丸六歳年長者で（どちらも誕生月が同じで早生まれの二月）、既に郷里の私立校・山口県桜ヶ丘高等学校（周南市徳山）で英語教諭を六年間勤めてから、一念発起、英語英米文学の更なる研究を志して大学院に進学してきたのであった。どうやら胸裡深くに思い決する所があったとはいえ、彼は敢えて郷里に奥様と幼児の長男を遺して単身上京し、また大学院を卒《お》えたからと言っても必ずしも将来が約束されているわけではなし、おそらく清水の舞台から飛び降りるような一大決心、決断と覚悟を強いられたことであろう。従って、彼が全身全霊を傾けて、それこそ命懸けで学問研究に打ち込み、寝食を忘れて没頭していったのも、けだし、宜《むべ》なる哉である。そもそも彼の深く胸裡に秘めた、学問に対する高邁にして、燃ゆるが如き情熱と漲《みなぎ》る気魄・強靱な精神力・忍耐力・持続力は、わたしのような懶惰《らんだ》で凡庸《ぼんよう》かつ劣等な院生などとは、第一に心根《こころね》が段違いであったと言わねばなるまい。

ここでたまたま思い出したが、周防《すおう》国（今の山口県の東部）遠崎村の浄土真宗妙園寺に《幕末の勤皇僧》として知られる釈月性《げっしょう》（一八一七―五六）なる住職・詩僧がいた。余りにも人口に膾炙した七言絶句「将に東遊せんとして壁に題す」（「将東題壁」、『狂吟稿』）の作者と言われる（異説あり）。思うに、若き日の藤井さんは、たまたま同郷のせいもあって幼い頃から当然馴れ親しんでいた詩句だと思われるが、この漢詩の持つ圧倒せんばかりの気魄に満ちた気宇壮大な男子の心意気に対して大いに共感を覚えるところがあったであろう。御参考までに、次にぜひ掲げておきたい。

《男兒立志出郷關
學若無成不復還
埋骨何期墳墓地
人間到處有青山

（男児　志を立てて郷関を出《い》づ
学　若《も》し成る無くんば　復《ま》た還らず
骨を埋むる何ぞ期せん　墳墓の地

人間《じんかん》到る処　青山《せいざん》有り）》

この七言絶句は、月性、時に二十七歳の作と言われる。《青雲の志》を抱いた男児の強い決意と心意気を表明したこの一篇全体には確かに《学問を修めて立身出世しよう》とする熱い気魄と活力が汪溢《おういつ》しており、《active and aggressive（積極的かつ勇猛果敢）》な人生哲学の表白と言わねばならないのだ。（もっとも、今の御時世でただただ立身出世だけを目的とするならば、まことに鼻持ちならぬ御仁《ごじん》と言うことになるだろうが……。）

当時の彼は、わたしなどよりも人生経験がずっと豊富で、人柄がよく練れていて、人間的にも遥かに成熟かつ老成した大人《たいじん》のようにわたしの目に映った。彼は若い頃から物に臆せず胆力が据っており、かつ懐《ふところ》が深いというか、清濁併せ呑む《寛仁大度《かんじんたいど》（generous and magnanimous）な人》であったと言えるのだ（但し、こと食べ物に関しては、思いの外、好き嫌いが激しかったようだ）。

話のついでに、檄を飛ばすというか、発破を掛けるという意味合いからも敢えて一言書かせていただくことにする。英語英米文学者失格も同然のくせして、いささか口幅ったいことを言うようで何とも気が引けなくもないが、つまるところは、若い研究者諸賢に「須く彼を見習うべし！」、「少しは彼の爪の垢でも煎じて飲んでみよ！」と言いたいのである。これは先ず以て自戒としなければならないが、さらに自責の念に駆られつつ、自分のことは棚に上げて勝手なことを言わせてもらうのだが、後輩諸君に向かって「猛然奮起せよ！」と促したいからでもあるのだ。

さらにこれはあくまでも一般論として付言させてもらえば、近頃の学者の卵たち・若手研究者たちの中には、どうやら与えられた仕事は立派にやってのけるのだが、自ら進んで何かに精力的に挑戦してみようという創造的な気概・覇気に欠ける者が間々見受けられることである。お互いに切磋琢磨し合い、刺戟を与え合って自らをより高め合うという意味からも、彼らは、時には学友仲間と、もっと酒を酌み交わしたりしながら、様々な問題（例えば、世の中の不合理など）をめぐって、青臭いなりに侃《かん》々諤《がく》々の議論を――口角泡を飛ばさんばかりに悲憤慷慨する機会を持ってしかるべきなのだ。とりわけ、雑学的知識ぐらいなら、例の《耳学問》からでも得ることができるし、また白熱した議論からは誰しもが問題を理論的に突き詰めて深く考えさせる契機《きっかけ》を得ることができることも確かなのだ。

さて、半世紀近く前のことになるが、こんなことがあった。――これは既に他の所でも書いたことだが（『新たな異文化解釈』〔松柏社、二〇一三年〕、「はしがき」参照）、一九六六（昭和41）年の四月に、当時の大学院博士課程の院生六名が中心となり、さらに修士課程の院生及び修了生の有志諸君にも参加してもらい、総勢二十名余りで、大学院の英米文学研究会というささやかな会を立ち上げることになった。それから一年余り経ち、研究発表会も十回余り持ったところで（そう言えば、アメリカ文学の西川正身先生からは、「研究会に呼んでくれれば、喜んで出席しますよ」という畏れ多くも温かいお言葉を掛けていただいたことを想い起すのだ）、当然のことながら、《年刊機関誌》の創刊第一号を発行する企画が持ち上がってきた。とはいえ、何分にもこちらの限られた、乏しい予算ゆえ、先ずは機関誌発行の諸経費を極力節約・節減するため、外部の幾人かの知人から紹介していただいた都内の下町の活版印刷会社数社を、取り敢えず、藤井さんとわたしの二人で或る日の午後、優に半日費やして（午後の八時頃まで）、方々歩き廻って担当者と交渉を重ね、大雑把な見積りを取ってもらってみたが、所詮、金額的に折り合う筈もなかった……。とにかく、藤井さんと二人だけで、この種の仕事にはお互いに不慣れゆえに、色々と相談し、無い智慧を出し合いながら、半日を過ごしたのは、後にも先にもこの一回きりであったような気がするのだ。

ところで、藤井さんは、大学院の研究会の年刊機関誌『中央英米文学』（創刊第一号、一九六七〔昭和42〕年十月一日発行）に、「フォールスタッフの悲劇」（pp. 5–15）を寄稿しておられる。これは中野好夫（一九〇三―八五・02・20）教授に提出した《エリザベス朝演劇特殊研究演習》（シェイクスピア『ヘンリー四世』〔第一部及び第二部〕の講読演習）の単位レポートに加筆訂正を施し、入念に推敲を重ねて発表した、おそらく藤井さんの公表された処女論文であろう。彼の人間・人間性に対する鋭い洞察力と優れた理解力並びに重厚な文体の一端を我々は垣間見ることができて、甚だ興味深いのである。因みに註記すれば、藤井さんの公表された文学論は、わたしの知る限りでは（確言はしかねるが）、この一篇の他に、さらに二篇――すなわち、「グレアム・グリーンの愛の主題――『事件の核心』を中心として」（前掲誌、第三号、一九六九〔昭和44〕年十二月）及び「G・グリーン文学の倫理性について――『第三の男』ロロ・マーチンズ造型を中心として」（前掲誌、第四号、一九七〇〔昭和45〕年十二月）――の都合三篇だけであろう（語学論文は夥しい数に上るのは言うまでもない）。

ついでに一言挿記すれば、これらの《グリーン論》は、明らかに英文学の瀬尾裕教授の授業から感化・影響を受けて生まれたものであるに違いない。瀬尾教授と言えば、労を惜しまず学生や弟子の世話をよく焼き、まことに面倒見の良い先生であったが（これは実はなかなか真似の出来るものではないし、またこの種の先生には滅多に出会えるものではないのだ）、藤井さんもおそらく公私にわたり大変お世話になったことと拝察する。実を言えば、わたし自身も大学院生の頃、アルバイトや就職の世話・斡旋でひとかたならぬお世話になった。まるで親代わりの役目を果たしてくれたようなものである。今にして思えば、有難く、いくら感謝しても感謝し切れるものではない。先生から受けた師恩・学恩は終生忘れるわけにはいかないのである。先生は、辛辣な毒舌家で、しかもどうやら穎才《えいさい》・秀才好きのようであり（と言っても、わたしは鈍才の一典型にすぎぬが）、一見取っ付きにくく、またいささか気難しいところもあったが、将来物になるというか、見込みのありそうな、粘り強く食らい付いて来る、これはという意欲的な学生に対しては、先生の方もとことん面倒を見て育ててゆく主義であったと言えるのではなかろうか。瀬尾先生は、若かりし日にドストエフスキーを読み耽り、どうやらニヒリズムの捕囚《とりこ》になったらしいが、今やオルダス・ハックスリー、H・G・ウェルズ、グレアム・グリーン、E・M・フォースターなどの研究者・翻訳者として知られている。先生は、単に優れた英文学者であったばかりではなく、また稀に見る教育者でもあったとつくづく思わないわけにはいかないのである。

周知のように、藤井さんは、その後、あくまでも《生涯一英語研究者》として一意専心努力され、厖大な量のお仕事を成し遂げられ、英語学者として一家を成したことは誰しも認めるところだが、思うに、仮に彼が英米文学研究の方面に進まれたとしても、間違いなく、彼は文学研究者としてその才能を遺憾なく発揮して大成されたことであろう。いや、この点なら、英米文学研究者の端くれの一人として、わたしは太鼓判を捺《お》して請け合うことができるのだ。

いささか私事にわたって恐縮だが、実のところ、わたし自身も中野先生の二年間にわたる『ヘンリー四世』両部の講読演習は受講しており、単位レポートを何とか捏《でっ》ち上げて、提出した憶えがあるから、少なくとも二年間は藤井さんと同じ演習に出席したことになる。わたし自身も後に大幅に加筆・補訂を試みて、専任校の紀要に発表する機会を得た。――「道化とリアリストの間に――フォルスタッフ論覚え書」、『東京理科大学紀要（教養篇）』（第四号、一九七二〔昭和47〕年三月発行、pp. 47–63）。後年、拙著『荒地としての現代世界――英米文学雑考』（朝日出版社、一九八二〔昭和57〕年九月）に再録（pp. 3–22）。

御参考までに註記すれば、今や名訳として定評のある中野好夫訳『ヘンリー四世』（第一部・第二部）は、最初は『シェイクスピアⅣ』（筑摩書房、「世界古典文学全集」、第四十四巻、一九六七〔昭和42〕年）に発表されたが、次いで「岩波文庫」にはいった（第一部〔一九六九（昭和44）年〕・第二部〔一九七〇（昭和45）年〕）。

ここで少しばかり話頭を転じて別の話題に移るが、『旧約聖書』に拠れば、《人間の寿命》は「七十歳（threescore and ten ―― *Psalms*, xc.10）」とあるのは余りに有名だし、また杜甫（七一二―七〇）の有名な漢詩（「曲江《きょくこう》」）には、「人生七十古来稀なり」とある（どうやらこの一句は中国の古い諺であるらしい）。古来七十まで生きる人は滅多にないと言われてきたようだが、世界に冠たる長寿国である現在の我が国においては、「人生七十近来ザラなり」と言うべきだろう。因みに、最新情報に拠れば、日本人の平均寿命（二〇一〇年）は、男性が79・59歳、女性が86・35歳であるという。生来、頑健で風邪一つ引かないような人でさえも、そろそろ齢《よわい》七十を迎える年輩《としごろ》になると、どうしても潜在している病気が何かしら突如表面化・顕在化してくるものであるらしい。人間、古稀を過ぎる頃から、無理を重ねると、若い時とは違って、どうやら病気が出てくるのは致し方ないというか、どうにも避け難いようである。

藤井さんは、《長期の人生設計（long-term life plan）》を用意周到に立てておられたようで、どうやら古稀を迎える頃までに（これは専任校の中央大学の停年の規定に符合する）、予定していた仕事をほとんどすべてやり遂げてしまい、少なくとも仕事の上ではおそらく思い残すことは何もなかったのではないかと思わずにはおれないのである。というのも、停年後の彼は、全くのボランティア精神から、郷里の母校の高等学校の野球部（長い伝統があり、彼は野球部員だったとの由）の浩瀚な記念誌製作や、やはり母校の小学校の記念誌造りやらを、調査・執筆・編輯・パソコン入力に至るまで他人手《ひとで》を借りずに全く独力でやってのけたからである。彼はその計画を胸底深く秘めた例の燃えるような情熱と執念・粘り強さで以て次々と見事に成し遂げていったのであるから、全く天晴《あっぱれ》としか言いようがないのだ。おそらく自分から買って出た仕事ゆえに、彼は大きな達成感を味わい、大いに満ち足りた気持ちになったことであろう。

しかしながら、古稀を過ぎてから、余りに根《こん》を詰めて仕事に没頭するのは、体にいい筈がないのは確かなのだ。藤井さんは、あの細身で、しかも小鳥のように極端な小食家（かつ偏食家）で（してみると、あの倦むことを知らぬエネルギーは一体どこから湧き出て来たのだろう?）、人一倍根気・集中力のある人だったとはいえ、この種の仕事の遂行には己の肉体と精神を測り知れぬほど傷めつけ、消耗させ、いきおい寿命を縮める羽目に立ち至ったものとわたしは推測せずにはおれないのである。強靱かつ柔軟な肉体と怜悧に研ぎ澄まされた頭脳の持ち主であった藤井さんを以てしても決して例外ではなかったのである。

これはわたしの年来の確たる持論であり、堅く信じて疑わないのだが、ありとあらゆる分野に当て嵌まると言っていいのだ。――人間が少なくとも何か《纏まった、大変な労力を要する（demanding）仕事》を成し遂げるためには、決まって骨身を削るような、おそらく寿命を縮めてしまうほどの《生命の躍動と燃焼》を必要とするであろうと言っても差し支えないのである。一口に言えば、創造的な仕事というのは、鬱勃《うつぼつ》と湧き起こる内的な衝動（impetuousness）・熱意（ardour）の具現化したものであって、アンリ・ベルクソン（Henri Bergson, 1859–1941）の例の有名な哲学用語を借りれば、《生命の躍動《エラン・ヴィタール》（élan vital [vital impulse or life force]）》という根源的な力の働きがあって初めて可能になるのだ。

今更取り立てて書き記してみても詮ないことだが、敢えて忌憚のない所を言えば、藤井さんには、ゆったりと流れる時間に身を任せながら、晩年・残りの人生の閑日月《かんじつげつ》をのんびりと心行くまで享受してもらいたかった気がするのは独りわたしだけではないと思うが、彼はどうみてもその種の、いわゆる「余生を楽しむ」部類に属する人間では決してなかったのである。どちらかと言えば、彼は最期まで懸命に努力して決して屈しない覚悟の持ち主というか、死してやっと終わる、例の「斃《たお》れて后已《のちや》む」（「斃而后已」――『礼記《らいき》』、「表記篇」）のを本懐とする種類に属する人間であったのである。或る意味で、彼は己のストイックな生き方・人生観において、苛酷なほど厳格主義的《リゴリスティック》であったと言えるだろう。

いささか余談にわたるが、戦前のことはいざ知らず、少なくとも戦後の、とりわけ大衆化した新制大学に限っての話だが、「乞食と（日本の）大学教授は三日やったら辞《や》められぬ」という世人の口の端《は》にしばしばのぼるようになった捩り文句《パロディ》がある。四十有余年大学の教員を生業《なりわい》としてきた者の一人として思い当たる節がないでもない。何と言っても、教育者兼研究者である大学教授には、他の職種と較べてみて、年間を通して休みが圧倒的に多いことも確かであるし、これは、原則的に言えば、学生の場合とほぼ同じかもしれない。

我が国では、教育者としての教授は、休講を出来るだけせずに、時間割通りに講義・授業さえしっかりやっていれば、停年まで保証されていて安泰であり（刑事事件でも起さぬ限り、先ず馘《くび》になる心配はないのだから）、傍《はた》から見れば（いや、当事者から見ても）、まことに気楽な稼業と言えるかもしれない（「サラリーマンどんと節」参照）。しかしながら、こと研究者としての教授に関しては、或る意味で、《無定量・無際限の絶えざる奮励努力》が要求されるものと言ってよいのである。どだい学術研究などというものは、いくらやっても際限《きり》がないのである。いや、揚句の果て、やればやるほど研究費や書籍代が不足してきて、いきおい身銭を切る羽目になったりもするのだ。欧米に較べると、我が国の大学図書館はまことに貧弱かつ不備で、また大学の研究費が潤沢でないせいもあって、（家庭の経済事情がさほど豊かではないくせして）やむなく身銭を切って書物や資料類を購入しているのは、先進国の中でもおそらく我が国の学者ぐらいであろう。

とはいえ、大学という所は、御承知のように《学問・研究の自由（akademische Freiheit; academic freedom）》が保障されているのを好い事にして（日本国憲法・第23条「学問の自由は、これを保障する」参照）、どうやら学問・研究を怠けたり、ないがしろにすることの自由も保障されていると履き違えて、惰眠と安逸を思う存分貪っている輩《やから》だって大勢いることも確かに否定し得ないのである。いかなる組織であれ、その構成員が玉石混淆から成り立つのは致し方ないと言うべきか。つまるところ、大学は《賢者の楽園（Sages' Paradise）》であると同時に、《愚者の楽園（Fools' Paradise）》でもあると言えなくもないのだ。

余談はさて措き、藤井さんはかなり厖大な量の研究業績を遺されたが、その中から、御参考までに、彼の主要な《単著》のみを次に列挙しておく。

『文学作品にみるアメリカ南部方言の語法』（三修社、一九八四年）処女作。
『現代英語発音の基礎』（研究社出版、一九八六年）
『アメリカの口語英語――庶民英語の研究』（研究社出版、一九九一年）
『アメリカ文学言語辞典』（中央大学出版部、一九九六年）長年にわたって寸刻を惜しんで《用例蒐集》に励み、
　粒々辛苦の末に完成した渾身の労作。
『アメリカ英語とアイリシズム――19・20世紀アメリカ文学の英語』（中央大学出版部、二〇〇四年）
『アメリカの英語――語法と発音』（南雲堂、二〇〇六年）

これらの著作は、今更言うまでもなく、彼の内に秘めた《燃え滾《たぎ》る学問的情熱》と命を削るような《倦《う》まぬ撓《たゆ》まぬ努力》の結晶に他ならないのである。彼は常日頃、「男児は須く五車の書を読むべし」（「男兒須㆑讀㆓五車書㆒」――杜甫「柏學士茅屋」）の意気込みで、主として二十世紀アメリカ小説を中心に読んでおられたようである。ここまで駄文を綴ってきて、わたしは、本稿の《エピグラフ》に引用しておいたラテン語の至言《Verba volant, scripta manent.（話された言葉は飛び去るが、書かれた文字は残る。）》を俄に想い起さぬわけにはいかないのだ。

考えてみるに、たとえ専攻分野が全く違っても、藤井さんの真摯かつ挑戦的な仕事ぶりは、生来懶惰で無為に日々を送りがちな小生にとって、まことに刺戟的かつ挑発的でもあり、わたしは恥かしくて顔から火の出るような思いを味わうと同時に、自分も安閑としてはいられなくなり、尻に火がついたことも確かであった。とはいえ、この思いは独りわたしだけではあるまいと思う。

ところで、藤井さんは、壮年期の一時期、しかもかなり長期にわたって、体調がどうも思わしくない時があった。正確な病名は存じ上げなかったが、どうやら足の付け根の辺りに変調を来たして歩き出す時に痛みがあり、歩くにも杖の助けを借りたりして、傍目《はため》にも痛々しい感じがした。病院で色々な検査を受けてみても原因がよく判らないようだったが（素人《しろうと》の診断《みたて》を以てすれば、《変形性股関節症（hip osteoarthritis）》の疑いが考えられようが）、思うに、

長年にわたって書斎や大学の研究室における長時間に及ぶデスク・ワークのせいであったかもしれぬし、かてて加えて、もしかすると小食かつ偏食のツケが廻って来たのかもしれない。左党で大食《おおぐ》いのわたしなどとは全く正反対で、彼は、下戸にして、飲食にはほとんど興味を持たなかったようである。しかし、不調の最中《さなか》にあっても彼は仕事を決して中断することがなかったのは彼の豪《えら》いところであり、我々は見習わねばならないのだ。

我々の周囲の者の中には、藤井さんは、「余りにも仕事のやり過ぎではないか」と《過労》を案じたりする者もいたが、またこんないささか穿《うが》った（おそらく正鵠《せいこく》を射たであろう）見方をする者も確かにいたことも事実なのだ。——幸か不幸か、たまたま母校の専任教員に抜擢・重用第一号という名誉を担わされた者に宿命的かつ付随的・潜在的に課される《使命感（sense of mission）》——そこから由《よ》って来たる（おそらく当事者にしか判らないであろう）絶えず執拗に付き纏って脳裡から離れぬ、余人には測り知れぬ《責任の重圧（heavy pressure of responsibility）》のせいであったかもしれぬ、と。わたしのように東京理科大学という理工系の大学でのんびりと気楽に、好きなように（時に怠惰に）一生を送ってきた者には到底推し量り難いことだが、言われてみれば、この種の《使命感と重圧》が直接の原因であったとは言わないまでも、少なくとも遠因の一つぐらいにはなっていたと考えられなくもないだろう。

しかし、そうこうするうちに彼はその困難を見事に乗り越え、体調も旧に復し、いや、以前にも増して積極的かつ精力的にばりばりと仕事を成し遂げていったのは幸いだった。考えてみるに、学問研究に孜《し》々として倦《う》むことなく奮励努力する者には、おそらく神も見棄てず、喜んで援助の手を差し伸べ給うのであろう。

例の幕末の志士・坂本龍馬（一八三五―六七）ではないが、「世に生を得るは事を成すにあり」と言わんばかりに、藤井さんは誰よりも一所懸命《しゃかりき》に、骨身を削り、寿命を縮めんばかりに、次々と仕事を仕上げていったのだ。そうなのだ。彼は《使命》を十二分に果たした後、西方十万億土へと旅立たれたことは皆の認めるところである。無能無才に加えて懶惰なわたしなどとは違って、由来、彼は謹厳実直かつ謙虚にして己の信念を貫く人であったのだ。「人生は勤むるに在り」と言わんばかりに、彼はただただ書斎に蟄居《ちっきょ》して、研究一筋の克己《こっき》的な人生を送った人であった。わたしは彼とは専攻分野が異なるけれども、彼は確かにわたしがいつも目標にしていた大切な学兄・畏敬する年長の学友の一人であった。胸中頼りにしていた大兄亡き後の《喪失感・欠落感》は、どうにも塡《う》めようがないと言う外ないのである。

敢えてここでいささか失礼と受け取られかねない言辞を弄するのを許してもらえば、藤井さんは、とかく語学者に多いタイプのように思えるが、寸暇を惜しんで倦まず撓まず努力する（語法の用例をカードに書き取るのもその一例）――例の「雨滴《あまだれ》石を穿つ」タイプの研究者であったと言えるかもしれない。わたしの大好きな言葉を用いて言えば（甚だ語弊があるかもしれないが）、「虚仮《こけ》の一念」で以て彼の倦むことを知らぬ学問研究は、彼にとって、《生涯の仕事》であり、遂には《趣味・道楽》と言えるまでになったと断言しても一向に差し支えないのである。そういう意味では、彼は甚だ幸せな研究者であったと言えるだろう。また、そういう研究生活を彼に完全に保証してくれた奥様の内助の功を大いに誉め讃えるべきである。

さて、東京・百草の藤井邸には手入れの行き届いた庭があるのだが、須万子夫人のお話によると、彼は庭に出て、雑草《くさ》一本毟《むし》ることもなかったという。それで思い出したが、彼がこの上なく畏敬してやまぬ恩師の尾上《おのえ》政次《まさじ》（一九一一―九四・01・18）先生がやはり全く同じ典型的な《書斎の人》であり、先生の奥様のお話によると、（目黒区八雲の尾上邸の）縁側にサンダルが置いてあっても先生はひょいと突っ掛けて庭先に出て気分転換を図ったりすることはほとんどなかったという。What a peculiar and startling coincidence! まさに「この師にして、この弟子あり」（Like professor, like student. / Like master, like disciple.）の一典型と言うべきだろうか。尾上先生は（わたし自身の恩師でもあるが）本当に偉い英語英米文学者であったが、弟子たちにしてみれば、所詮、《出藍《しゅつらん》の誉れ》など望み得べくもないにせよ、藤井さんは師に限りなく近づくために日夜努力していたと言うべきだろう。

《The disciple is not his master: but every one that is perfect shall be as his master. (A. V.)

――*The New Testament*, "Luke," 6:40.

弟子はその師に勝《まさ》らず、凡そ全《まった》うせられたる者は、その師の如くならん。

（弟子はその師以上のものではないが、修業《しゅぎょう》をつめば、みなその師のようになろう。）

――『新約聖書』、「ルカ伝」、第六章第四〇節。》

家庭人としての藤井さんはどうかと言えば、我が子三人の運動会などには一度も行かなかったという。但し、お孫さんたちの運動会には毎回欠かさずいそいそと出掛けて行ったとの由。これは当然「孫可愛《かわい》さ」（どうやら本能らしい）のせいもあるだろうが、概して言えば、おそらく孫が出来る頃になると、人間の心にも漸く余裕《ゆとり》が出来てくるせいだと考えるべきであろう。まだ孫がいないわたしでも、これは分からぬでもない気がする。また、今から丁度五十年も前の話になるが、忘れもしない、こんな微笑《ほほえ》ましいことがあった。――我々が大学院に進学して、たまたま巡り会ってまだ間もない頃のことだが（一九六三〔昭和38〕年）、大学からの帰りがけ、御茶ノ水駅のプラットフォームで、藤井さんから、定期入れにいつも忍ばせてあった（郷里の奥様の許にやむなく遺してきた）愛《いと》しい幼児（御長男の宣利ちゃん）の写真を見せていただいたことがあった（してみると、彼は、現在、五十代半ば近いか）。

わたしは、実のところ、近年（と言っても、古稀を過ぎた頃からだが）、世の中の寝静まる深夜に、不健康この上ないと思いながらも、独り書斎に籠って、あれこれ書物に眼を通したり、また時に無い智慧を絞って、何やら怪しげな原稿を書き綴ったりする作業が、段々苦痛になってきた。芭蕉の「夜ル竊《ひそか》ニ虫は月下の栗を穿ツ」（『俳諧　東《あずまの》日記』）に倣って、夜を徹して仕事をすることが、いささか無理になってきたということだろうか。これは、悲しい哉、加齢に伴う如何ともし難い視力の減退、極度の眼精疲労（asthenopia）、加えて集中力の低下などのせいかもしれないが……。わたしは、生来、筆無精で、お礼の葉書一葉認めるのも億劫《おっくう》がる方であり、どちらかと言えば、「興来れば筆を起し、興去れば筆を擱く」といった懶惰な気紛れ者である。（どのみちわたしの執筆量など高が知れているのだが……。）

私事にわたって恐縮だが、わたしは、停年後に前期高齢者の《消閑の手遊《てすさ》び》にと思って進めていた拙訳『ルバイヤート』（オマル・ハイヤーム原詩、エドワード・フィッツジェラルド英訳、エドマンド・J・サリヴァン挿画、限定参佰伍拾部、〔発行〕七月堂、〔発売〕朝日出版社、二〇一一年）が二年前の五月下旬に公刊の運びとなったが、何分にも少部数発行の《限定版》ゆえ、原則として献本は致しませんでした。しかしながら、著書を出版するたびにいつも献本していただいていた藤井さんには、当然のことながら、お返しとして（今回はお見舞も兼ねて）御自宅に一部お送りしたところ、常日頃律儀な大兄ゆえ、入院加療中のリハビリ施設（八王子市大塚）から早速（代筆ではなく）直筆の御丁寧なお礼状を頂戴したのであった（六月三日拝受。小生が受け取った生前最後のお便り）。

《拝復　御労作『ルバイヤート』の上梓、まことにおめでとうございます。齢七十を過ぎてもなお衰えぬ研究・出版意欲には、学友の一人として深く尊敬し、高く誇りに思います。尚、〔中央〕英米文学会の会長をお引き受け下さり有難うございます。どうかよろしくお願いいたします。二〇一一・六・一　藤井健三》

懸命に、必死に書き上げたと覚しいお葉書を見た途端、わたしははっとして息を呑み、冥《めい》々の裡《うち》に目頭に泪が滲み出てきたのを憶えている。藤井さんは、その几帳面な性格を反映して、常日頃、文字を丁寧かつ端正な楷書できちんと書く人だったからだ。もしかするとリハビリの一環として作ったと見られる芋版（？）の類を押した墨絵入り葉書の文面がしっかりしていたので安心したが、何と言っても、筆蹟の乱れがいささか気に懸かったのである。書体は間違いなく彼のものだが、筆遣いがいつもとだいぶ違うのだ。ひょっとすると手の自由がかなり利かなくなっているのかもしれないと思わずにはいられなかった。今にして思えば、お手を煩わせて恐縮至極であった。

甚だ惜しむらくは、彼が下戸だったことで、従って、わたしは彼と泊まりがけで飲み、かつ心行くまで語り明かしたりする機会が一度もなかったことである。下戸ゆえに酒肴《しゅこう》に関心がないなら分からぬではないが、先にも少し触れたように、一体に藤井さんは飲食物全般にほとんど関心を持たない人だったようである。人間の根源的な欲望としての飲食の楽しみは人生の大きな楽しみの一つと言われるが、そういう意味では、彼は、人生において、だいぶ損をしたと言えるかもしれない。「嘉肴《かこう》ありと雖《いえど》も食せざればその旨きを知らず」（「雖レ有二嘉肴一　弗レ食不レ知二其旨一也」――『礼記』、「學記篇」）。そう言えば、食べ物に好き嫌いや食わず嫌いが多かったようだが、それが彼の唯一の奥様泣かせであったかもしれない。或る宴席でたまたま向かい合って坐った際に、彼はどの料理から手をつけようかと箸を持ったままじっと迷い箸をしているところを見掛けたことがあった。しかも料理も三分の一ぐらいは手をつけないまま食べ残しただろうか（いわゆるダイエットのための食事制限などでは決してないのだ）。

今更言っても詮ない話だが、藤井さんに個人的にもっとお会いして、色々なお話をしっかり伺っておけば良かったとしきりに思う今日この頃である。そう言えば、中国の諺に、「君と一晩語り明かせば、十年分の読書に勝る」（「与君一夕話　勝讀十年書」）というのがある。

それで思い出したが（これはいささか私事にわたり恐縮だが）、今から四十年ほど前の話になるけれども、わたしも人並みに第一ホテル（東京・新橋）で結婚式を挙げることになった。畏れ多くも指導教授だった尾上政次先生御夫妻に媒酌の労を取っていただき、また披露宴の司会を藤井健三さんにお願いしたことがあった。何かと気苦労をお掛けして申し訳なかったと今にして思う。（そう言えば、わたし自身も若い頃学友の披露宴の司会を二回ほどどういうわけか押し付けられ、無下に断るわけにもいかず引き受ける羽目になった経験がある。）ついでに言えば、大学院同期生の誼《よし》みで駒澤大学の牧野輝良学兄が、御愛用のライカで、宴会場内のスナップ写真の撮影の労を買って出てくださったことも今大変有難く想い起こす。そんなわけで、あいにく司会役を務める羽目になった藤井さんと事前に打ち合わせをする必要が生じ、お会いして打ち合わせ終了後に、新宿に行って二人で夕食を摂ることになった。彼は何と焼肉が好きだと言う。こちらも渡りに舟で、もとよりわたしに異存がある筈はない。彼は下戸なので烏竜《ウーロン》茶（？）を、わたしはビールを飲みながら、朝鮮焼肉料理に舌鼓を打ち、一夕《いっせき》の歓《かん》を尽した楽しい想い出がある。

それにしても、学識、才幹共に優れており、生まれながらにして《棟梁《とうりょう》柱石》たる資質を備えていた藤井さんを喪った現在、我々は彼の存在の重さをひしひしと感じないわけにはいかないのだ。一例を挙げれば、我々は中央英米文学会の会長職（代表者）を藤井さんにお任せしておけば何より安心だった。それが今や本会の杖とも柱とも頼む中心的人物――《大黒柱・柱石》を俄に我々は喪うことになったのだから、会員に狼狽の色が隠せないのも無理からぬことと言わねばなるまい。

本会の会長の藤井さんが重篤な病状ゆえに二〇一〇（平成22）年度末を以てやむなく退会なさるに際して、その後釜として、どういう風の吹き廻しか、年の功と言えば聞えがいいが、ただ馬齢を重ねたにすぎぬわたし如きが半ば無理やり会長職を押し付けられ、詮方なく再び引き受けざるを得ない羽目になってしまった。思えば、随分久しぶりの再登板となったわけである。まさか会長のお鉢が選《よ》りに選ってまたわたしに廻って来るなどとは、正直言って、つゆいささかも思わなかったが、ひとたび引き継いだ以上は、及ばずながらお手伝いさせていただき、前途有為な若手諸君にバトンをしっかり順送りしていきたいものと思っている。

予定の紙幅を遙かに超過してしまったので、この辺でいささか慢慢的《マンマンデー》な蕪稿の筆をひと先ず擱《お》かねばならないだろう。

最後になりましたが、甚だ遅ればせながら、ここに溘然《こうぜん》として不帰の客となられました藤井健三学兄の在りし日のお姿と御業績を偲び、心から御冥福をお祈り致しますと共に、深く哀悼の意を表する次第であります。合掌。妄言多罪。

(August 2013)

V

オマル・ハイヤームの

ルバイヤート

第一番

眼醒《めざ》めよ！　曙の女神が夜の大酒盃《おほさかづき》に小石を投げ入れて、
星屑《ほしくづ》を散りぢりに追ひ散らしてしまつたからだ。
見よ！　東方の狩人《かりうど》が光の輪索《わなは》を放つて
スルターンの宮殿《みやゐ》の小塔《やぐら》を射当ててしまつたではないか。

I

Awake! for Morning in the Bowl of Night
Has flung the Stone that puts the Stars to Flight:
And Lo! the Hunter of the East has caught
The Sultán’s Turret in a Noose of Light.

第二番

曙の左手が蒼穹《さうきゆう》に伸びて夜明け前の天空《そら》が一時《いつとき》仄白《ほのじろ》く白《しら》む頃、
夢うつつに、居酒屋の中で叫ぶ声をわたしは聞いた、
「眼醒めよ、我が愛《いと》しの酌姫《サーキー》たちよ、酒盃《さかづき》になみなみと酒を酌《つ》いでくれ、
生命《いのち》の酒が酒盃から乾涸《ひから》びないうちに。」

II

Dreaming when Dawn's Left Hand was in the Sky
I heard a Voice within the Tavern cry,
"Awake, my Little ones, and fill the Cup
Before Life's Liquor in its Cup be dry."

第三番

雄鶏《をんどり》が刻《とき》を作る頃、居酒屋の前で今か今かと待ち侘《わ》びてゐた連中が
口々に大声で叫んでゐた――「さあ、早く戸《ドア》を開けてくれ！
俺たちはほんの束の間しかこの世に留まれないし、
いつたん死んだら最後、もはや戻つて来るわけにはゆかないのだから。」

III

And, as the Cock crew, those who stood before
The Tavern shouted—"Open then the Door!
  You know how little while we have to stay,
And, once departed, may return no more."

第四番

今また新年が巡って来て、古き欲望が甦り、
沈思黙考《ものおもひ》に耽る人は人跡《じんせき》稀な清閑の地に隠栖《いんせい》独居する、
そこは《モーセの真白き御手《みて》》が大枝に芽吹き、
イエスの御吐息《おんいき》が大地から息吹《いぶ》き出る所。

IV

Now the New Year reviving old Desires,
The thoughtful Soul to Solitude retires,
  Where the White Hand of Moses on the Bough
Put out, and Jesus from the Ground suspires.

第五番

イラームの花園は確かにその薔薇の花と共に散つてなくなり、
ジャムシード王の七環《ななわ》の酒盃《さかづき》もどこに消えたか行方《ゆくへ》知れず。
だが今もなほ葡萄の蔓《つる》には昔からの真紅《くれなゐ》の房がたわわに生《な》り、
今なほ水辺《みづべ》の花園には花が咲くのだ。

V

Irám indeed is gone with all its Rose,
And Jamshýd's Sev'n-ring'd Cup where no one knows;
But still the Vine her ancient Ruby yields,
And still a Garden by the Water blows.

第六番

ダヴィデ王の口唇《くち》は永遠《とは》に閉ざされて久しいが、神聖な声高らかに
囀《さへづ》るやうなパフラヴィー語で、「葡萄酒！　葡萄酒！　葡萄酒よ！
赤き、葡萄酒よ！」――小夜啼鳥《ナイチンゲール》は薔薇に向つて啼きしきるのだ、
あの黄色く萎《な》えた薔薇の頬を深紅色《からくれなゐ》に染めよと言はぬばかりに。

VI

And David's Lips are lock't; but in divine
High piping Péhlevi, with "Wine! Wine! Wine!
　Red Wine!" —the Nightingale cries to the Rose
That yellow Cheek of hers to incarnadine.

第七番

さあ、酒盃《さかづき》になみなみと酒を酌《つ》いでくれ、そして春の燃え立つ
火焔《ほのほ》の中に悔恨の冬服を脱いで投げ棄てるがいい。
《時》の鳥が天翔《あまかけ》る道程《みちのり》は短いといふのに——
それなのに見よ！　鳥はもう天空高く飛び立つてゐるではないか。

VII

Come, fill the Cup, and in the Fire of Spring
The Winter Garment of Repentance fling:
  The Bird of Time has but a little way
To fly—and Lo! the Bird is on the Wing.

第八番

見よ――百千《ももち》の花が夜明けと共に眼を醒ましたかと思ふと、
――百千の花が散りぢりに散つて土に還《かへ》つてゆく様《さま》を。
薔薇の花をもたらすこの初夏の最初の月が不死を誇つた
ジャムシード王やケイコバード王の生命《いのち》を奪ひ去りもするのだ。

VIII

And look—a thousand Blossoms with the Day
Woke—and a thousand scatter'd into Clay:
 And this first Summer Month that brings the Rose
Shall take Jamshýd and Kaikobád away.

第九番

さあ、ハイヤームお爺《ぢい》さんと一緒にいらつしやい、ケイコバード王や
ケイホスロー王の運命など忘れてしまふがいい。
大力無双のロスタムには思ふままに獅子奮迅の大活躍をさせ、
気前のよいターイー族の族長ハーティムには饗宴《うたげ》に客を招《よ》ばせておくが
いい――彼らのことなど心に留めてはならぬ。

IX

But come with old Khayyám, and leave the Lot
Of Kaikobád and Kaikhosrú forgot:
　Let Rustum lay about him as he will,
Or Hátim Tai cry Supper—heed them not.

第一〇番

砂漠と耕作地《はたけ》を分かつ細長く拡《ひろ》がる草原《くさはら》に沿つて、
わたしに随《つ》いていらつしやい、
奴隷や君主《スルターン》の名もほとんど忘れ去られてゐる所に、
そして玉座に坐るスルターン・マフムードを憐れみ給へ。

X

With me along some Strip of Herbage strown
That just divides the desert from the sown,
  Where name of Slave and Sultán scarce is known,
And pity Sultán Mahmúd on his Throne.

第一一番

亭々《ていてい》と茂る大樹の大枝の下で麺麭《パン》の塊《かたまり》が一箇と、
葡萄酒が一壺《ひとつぼ》、詩集が一巻あれば——それに汝《そなた》が
荒野《あれの》でわたしの傍らで歌を歌つてゐれば——
それだけでもう荒野も申し分のない楽園となるのだ。

XI

Here with a Loaf of Bread beneath the Bough,
A Flask of Wine, a Book of Verse—and Thou
  Beside me singing in the Wilderness—
And Wilderness is Paradise enow.

第一二番

「現世《このよ》で君主であるのはどんなに楽しいことか！」――と思ふ人もゐれば、
かう思ふ人もゐるのだ――「来世《あのよ》の楽園はどんなに有難く幸せなことか！」
ああ、現金だけ手元に取つて、その他は何もかも棄ててしまふがいい。
おお、楽隊が打ち鳴らす遠くの太鼓の勇壮華麗な楽《がく》の音《ね》よ！

XII

"How sweet is mortal Sovranty!"—think some:
Others—"How blest the Paradise to come!"
 Ah, take the Cash in hand and waive the Rest;
Oh, the brave Music of a *distant* Drum!

第一三番

傍らに咲く薔薇の花をよく見て御覧――薔薇はかう言つてゐる、
「御覧なさい、笑ひながら、わたしは現世《このよ》に咲き出てゆくのです。
直ちにわたしの財嚢《さいふ》の絹の房《ふさ》飾りを引きちぎつて、
嚢中《なうちゆう》の財宝《こがね》を庭園《には》一面に撒き散らすのです。」

XIII

Look to the Rose that blows about us—"Lo,
Laughing," she says, "into the World I blow:
At once the silken Tassel of my Purse
Tear, and its Treasure on the Garden throw."

第一四番

世の人々が憧れ抱《いだ》く現世の望みは、所詮、
灰燼《はひ》と化するのだ――或いは、その望みが叶つても、
直《ぢき》に、まるで砂漠の砂塵《すなぼこり》が立つ表面《おもて》に降り敷く白雪が
ほんの一、二時間だけ照り輝くやうに――消え失せてしまふのだ。

XIV

The Worldly Hope men set thier Hearts upon
Turns Ashes—or it prospers; and anon,
  Like Snow upon the Desert's dusty Face
Lighting a little Hour or two—is gone.

第一五番

黄金色《こがねいろ》に実つた穀物を倹《つま》しくひたすら貯め込んだ者も、またそれを
湯水のやうに四方八方《あちこち》に撒き散らした者も、いづれも同様に
ひとたび葬られたら最後、誰も再び掘り起して欲しいと願ふやうな
金色目映《こんじきまばゆ》いばかりの土に変ることはないのだ。

XV

And those who husbanded the Golden Grain,
And those who flung it to the Winds like Rain,
  Alike to no such aureate Earth are turn'd
As, buried once, Men want dug up again.

第一六番

とくと考へて見給へ、夜と昼と交互に二つの戸口のある
この使ひ古し、荒れ果てた隊商宿《キャラヴァンサライ》に、
代々のスルターンが代るがはる華麗かつ物々しい行列を随《したが》へて
一、二時間滞留しただけで、いづこともなく旅立つて行つた様を。

XVI

Think, in this batter'd Caravanserai
Whose Doorways are alternate Night and Day,
  How Sultán after Sultán with his Pomp
Abode his Hour or two, and went his way.

第一七番

その昔ジャムシード王が栄耀栄華を極め、盛大な酒宴を張った王宮《みやゐ》も、
今はただ獅子《ライオン》と蜥蜴《とかげ》の棲息《たむろ》する棲処《すみか》と化してゐるといふ。
またあの類稀《たぐひまれ》な狩りの名手、バフラーム王にしても――野生驢馬《ろば》が
頭上を踏みしだいて歩かうとも、熟睡《うまい》から一向に眼醒めぬといふ。

XVII

They say the Lion and the Lizard keep
The Courts where Jamshýd gloried and drank deep;
  And Bahrám, that great Hunter—the Wild Ass
Stamps o'er his Head, and he lies fast asleep.

第一八番

わたしは時々思ふのだが、いつの世か葬られた皇帝《カエサル》が
血を流した所ほど薔薇の花が赤く咲き出ることは決してあるまいと。
また思ふのだが、庭園《には》が身に纏《まと》ふ風信子《ヒヤシンス》の花はことごとく
かつて美しかつた或る女《ひと》の頭から庭園の窪地に零《こぼ》れ落ちて咲き出たのだ
と。

XVIII

I sometimes think that never blows so red
The Rose as where some buried Cæsar bled;
  That every Hyacinth the Garden wears
Dropt in its Lap from some once lovely Head.

第一九番

この喜ばしい草叢《くさむら》、その柔らかな早緑匂《さみどりにほ》ふ蒼々たる草原《くさはら》は
わたしたちがそつと横たはつてゐる河岸を羽毛《うもう》で覆つてゐるのだ——
ああ、若葉の上に軽くそつと寝そべつてみるがいい！　といふのも、
この草がかつて美しかつたどんな女《ひと》の唇《くち》から人知れず生え出てゐるのか
誰にも判らぬのだから！

XIX

And this delightful Herb whose tender Green
Fledges the River's Lip on which we lean—
Ah, lean upon it lightly! for who knows
From what once lovely Lip it springs unseen!

第二〇番

ああ、我が最愛の人よ、酒盃《さかづき》になみなみと酒を酌《つ》いでくれ、
《今日》といふ日から過去の悔恨と未来の恐怖を拭ひ去るのだ――
明日だつて？――さう、明日になれば、かく言ふわたし自身だつて
過ぎし日の七千年の間に逝《ゆ》きし人々の仲間入りをする羽目になるかもしれぬぢやないか。

XX

Ah, my Belovéd, fill the Cup that clears
To-day of past Regrets and future Fears—
To-morrow? —Why, To-morrow I may be
Myself with Yesterday's Sev'n Thousand Years.

第二一番

見よ！　わたしたちが愛した人々は、時の翁《おきな》と運命の女神が
すべて当り年の葡萄を圧搾《しぼ》つて造つた最上最良の葡萄の美酒を
かつて円居《まどゐ》して大酒盃《おほさかづき》で一渡りか二渡り酌み交はしたかと思ふと、
一人づつ黙つてひつそりと永遠《とこしへ》の眠りに就いて行つたではないか。

XXI

Lo! some we loved, the loveliest and the best
That Time and Fate of all their Vintage prest,
　Have drunk their Cup a Round or two before,
And one by one crept silently to Rest.

第二二番

彼らが立ち去つて行つたこの部屋で、夏の花が装ひも新たに
咲き乱れ、わたしたちは今、笑ひさざめき浮かれ騒いでゐるが、
わたしたち自身も遠からず大地の臥所《ふしど》の下に降りて行き、
自らが臥所とならねばならぬのか?——誰のためだか判らぬが。

XXII

And we, that now make merry in the Room
They left, and Summer dresses in new Bloom,
　Ourselves must we beneath the Couch of Earth
Descend, ourselves to make a Couch—for whom?

第二三番

ああ、与へられた残り時間を精一杯活かして使ひ給へ、
わたしたちもまた塵《ちり》の中に降りて行く前に。
塵なれば塵に帰つて、塵の下の臥所《ふしど》に横たはるのだ、
葡萄酒もなく、唄もなく、歌姫もなく、そして――終りもないのだ！

XXIII

Ah, make the most of what we yet may spend,
Before we too into the Dust descend;
  Dust into Dust, and under Dust, to lie,
Sans Wine, sans Song, sans Singer, and—sans End!

第二四番

《今日》に備へて心の準備をする者にも、また
《明日》といふ日を眼を見開いてじつと見つめる者にも、同様に、
礼拝時刻告知僧《ムエジン》が暗闇の塔から声高らかに叫ぶのだ、「愚か者どもよ！
お前たちの報酬は、現世《このよ》にもなければ来世《あのよ》にもないのだ！」と。

XXIV

Alike for those who for TO-DAY prepare,
And those that after a TO-MORROW stare,
A Muezzín from the Tower of Darkness cries
"Fools! your Reward is neither Here nor There!"

第二五番

まあ、現世《このよ》と来世《あのよ》といふ二つの世界についてあれほど蘊蓄を傾けて
侃《かん》々諤《がく》々の議論をした聖人や賢人が皆、愚かな預言者たちのやうに、
この世から追ひ払はれてゐるぢやないか。彼らの言葉は
嘲笑に晒され、彼らの口は塵泥《ちりひぢ》で塞がれてゐるではないか。

XXV

Why, all the Saints and Sages who discuss'd
Of the Two Worlds so learnedly, are thrust
　Like foolish Prophets forth; their Words to Scorn
Are scatter'd, and their Mouths are stopt with Dust.

第二六番

おお、ハイヤームお爺さんと一緒にいらつしやい、賢人たちには語らせておくがいい。
確かなことは一つだけ、人生は光陰矢の如く過ぎ去るものだといふこと。
確かなことは一つだけで、残余《あと》は嘘つぱちだといふこと。
花はひとたび咲いてしまふと萎《しを》れて永遠《とは》に枯れるしかないのだ。

XXVI

Oh, come with old Khayyám, and leave the Wise
To talk; one thing is certain, that Life flies;
One thing is certain, and the Rest is Lies;
The Flower that once has blown for ever dies.

第二七番

わたし自身、若い時分には、博士や聖人のもとに
熱心に足繁く通ひ詰めては、高邁《かうまい》なる名論卓説を
あれこれと随分拝聴してみたものだが、いつも決つて
入つたのと同じ戸口から空しく出て来るばかりだつた。

XXVII

Myself when young did eagerly frequent
Doctor and Saint, and heard great Argument
　About it and about: but evermore
Came out by the same Door as in I went.

第二八番

彼らと一緒にわたしも智慧《ちゑ》の種子《たね》を蒔いてみた、
そして自分自身の手で労を厭《いと》はずそれを培《つちか》つて育ててみた。
かくしてわたしが刈り取つた収穫はただこの一事《いちじ》のみであつた――
「わたしは水のやうにやつて来たが、やがて風のやうに去つて逝く。」

XXVIII

With them the Seed of Wisdom did I sow,
And with my own hand labour'd it to grow:
　And this was all the Harvest that I reap'd—
"I came like Water, and like Wind I go."

第二九番

この宇宙の中に、何故かも知れず、また何処からとも知れずに、
まるで水のやうに否《いや》も応《おう》もなく流れ込んでくるのだ。
またこの宇宙から、まるで荒地《あれち》を吹き渡る風のやうに、杳《えう》として
何処へとも知れぬ所へ、否も応もなく吹き抜けて行くのだ。

XXIX

Into this Universe, and *why* not knowing,
Nor *whence*, like Water willy-nilly flowing:
And out of it, as Wind along the Waste,
I know not *whither,* willy-nilly blowing.

第三〇番

頼みもしないのに、どうして何処からこんな所に急いでやって来たのか？
頼みもしないのに、どうしてここから何処へと急いで立ち去ったのか！
この無礼極まる行為の記憶を紛らすために
一盃一盃また一盃と酒盃《さかづき》を次々と重ねるしかないのだ！

XXX

What, without asking, hither hurried *whence?*
And, without asking, *whither* hurried hence!
Another and another Cup to drown
The Memory of this Impertinence!

第三一番

大地の中心からわたしは天空をぐんぐん上昇して行つて
第七天の門を潜《くぐ》り抜けて、土星の玉座に坐つた、
そして遙けき旅路の道すがら数多《あまた》の難問を解き明かした。
だが、人間の死と宿命といふ難題だけはどうにも解き明かせなかつた。

XXXI

Up from Earth's Centre through the Seventh Gate
I rose, and on the Throne of Saturn sate,
  And many Knots unravel'd by the Road;
But not the Knot of Human Death and Fate.

第三二番

わたしには鍵が見当らない扉が一枚あつた。
わたしには奥が見透かせない幕《とばり》が一枚あつた。
しばしの間、《わたし》とか《汝》とか、打ち解けた話し声が
しきりにしてゐたやうに思へたが——やがて《汝》も《わたし》もとい
ふ声が途絶《とだ》えて聞えなくなつた。

XXXII

There was a Door to which I found no Key:
There was a Veil past which I could not see:
  Some little Talk awhile of Me and Thee
There seem'd—and then no more of Thee and Me.

第三三番

そこで巡《めぐ》り廻《めぐ》る天そのものに向ってわたしは大声で叫んで
訊いてみた、「運命の女神は暗闇で自分の子供たちが
躓《つまづ》きながら歩くのをどんな燈火《あかり》を点《とも》して導いたのか？」と。
すると――「盲目《めしひ》の理解力といふものさ！」と天は答へて言つた。

XXXIII

Then to the rolling Heav'n itself I cried,
Asking, "What Lamp had Destiny to guide
　Her little Children stumbling in the Dark?"
And—"A blind Understanding!" Heav'n replied.

第三四番

そこでわたしは何人《なんぴと》にも測り知り得ぬ生命《いのち》の泉を究明しようとして
この陶製《すゑ》の大酒盃《おほさかづき》に我が唇を近寄せて行つた。すると大酒盃は唇から
唇にかう囁いた――「生きてゐる間は、酒を飲むがよい！ ――ひとたび
死んだら最後、お前は決して帰つて来るわけにはゆかないのだから。」

XXXIV

Then to this earthen Bowl did I adjourn
My Lip the secret Well of Life to learn:
  And Lip to Lip it murmur'd—"While you live
Drink!—for once dead you never shall return."

第三五番

つらつら思ふに、たどたどしい発音で答へてくれた酒器《さかづき》も、
かつてこの世に生きて、飲めや歌への乱痴気騒ぎをしたものだ。
わたしが接吻《くちづけ》をしたこの冷たい唇も、生きてゐた時には、
幾度《いくたび》接吻を受け――また与へたことだらう！

XXXV

I think the Vessel, that with fugitive
Articulation answer'd, once did live,
　And merry-make; and the cold Lip I kiss'd
How many Kisses might it take—and give!

第三六番

それといふのも、市《バーザール》が立つ広場で、或る夕闇時、わたしは陶工が水気《みづけ》を含ませた土塊《つちくれ》をバンバンと敲《たた》きつけるのを矯《た》めつ眇《すが》めつ眺めてゐたからだ。
すると、すつかり痕跡《あとかた》もなく消えてなくなつた舌で、陶土《つち》はかう呟《つぶや》いた
――「お手柔らかに、兄貴《あにき》よ、お願ひだから、お手柔らかに敲いてくれ！」

XXXVI

For in the Market-place, one Dusk of Day,
I watch’d the Potter thumping his wet Clay:
  And with its all obliterated Tongue
It murmur’d—“Gently, Brother, gently, pray!”

第三七番

ああ、酒盃になみなみと酒を酌いでくれ。――時間はわたしたちの足下《あしもと》を
滑るやうに速やかに過ぎ去つて行くと繰り言を言つてみても何にならう。
まだ生れぬ《明日》や、すでに逝つた《昨日》のことで、
何故やきもき思ひ煩《わづら》ふことがあらう、《今日》といふ日が楽しければ、よいではないか！

XXXVII

Ah, fill the Cup: —what boots it to repeat
How Time is slipping underneath our Feet:
　Upborn To-morrow, and dead Yesterday,
Why fret about them if To-day be sweet!

第三八番

絶滅の荒地《あれち》にしばしの間逗留して、
しばしの間、生命《いのち》の泉の水を味はふ——
穹窿《きゆうりゆう》に懸かる星々は沈み出し、隊商《キャラヴァン》は
無の曙に向つて旅立つのだ——おお、急いでくれ！

XXXVIII

One Moment in Annihilation's Waste,
One Moment, of the Well of Life to taste—
The Stars are setting and the Caravan
Starts for the Dawn of Nothing—Oh, make haste!

第三九番

何と長い間、あれやこれやの真剣な論争の試みを
いつまでも際限なく追求してきたことか？
芳醇な葡萄酒を飲んで浮かれ騒ぐ方がよいのだ、実を結ばなかつたり、
よし実を結んだとしても苦いだけの実の後で悲しい思ひをするよりは。

XXXIX

How long, how long, in infinite Pursuit
Of This and That endeavour and dispute?
　Better be merry with the fruitful Grape
Than sadden after none, or bitter, Fruit.

第四〇番

我が友人たちよ、御存じの通り、もうずつと以前のことだが、我が家で
再婚を祝つて、わたしが賑やかな酒宴を張つて飲めや歌への乱痴気騒ぎ
　をしたぢやないか。
我が寝台《ベッド》から理性といふ年老いたる石女《うまづめ》に三行半《みくだり》を書き、
代りに葡萄樹の娘を妻に娶《めと》つたぢやないか。

XL

You know, my Friends, how long since in my House
For a new Marriage I did make Carouse:
　Divorced old barren Reason from my Bed,
And took the Daughter of the Vine to Spouse.

第四一番

それといふのも、物の「在る《イズ》」と「在らぬ《イズ・ノット》」は定規と墨縄《すみなは》で以て、
「栄枯盛衰《アップ・アンド・ダウン》」はそれらなしで、わたしは説明することができたからだ。
されど、わたしが知りたかつた事柄の中で、何事にも深く
通暁《つうげう》することは決してなかつたが——ただ一つの例外が葡萄酒だつた。

XLI

For “Is” and “IS-NOT” though *with* Rule and Line,
And “UP-AND-DOWN” *without,* I could define,
  I yet in all I only cared to know,
Was never deep in anything but—Wine.

第四二番

ついこの間、居酒屋の開け放たれた戸口のそばで、
酒甕《さかがめ》を肩に担いで、夕闇に紛れて天使の容姿《すがた》をした者が
こつそりと忍び寄つて来た。彼はわたしに
飲んでみよと命じた。するとそれは——紛れもない葡萄酒だつた！

XLII

And lately, by the Tavern Door agape,
Came stealing through the Dusk an Angel Shape
  Bearing a Vessel on his Shoulder; and
He bid me taste of it; and ’twas—the Grape!

第四三番

相容れず喧《かまびす》しい諍《いさか》ひが絶えぬ七十二宗派を
絶対の論理で以て縦横無尽に論破しうる葡萄の美酒。
忽ちのうちに生命《いのち》の鉛のやうな卑金属を
黄金に変換しうる巧妙極まりない錬金術師の如きもの。

XLIII

The Grape that can with Logic absolute
The Two-and-Seventy jarring Sects confute:
  The subtle Alchemist that in a Trice
Life's leaden Metal into Gold transmute.

第四四番

あの強大なマフムード王、勝ち誇る凱旋君主が、
心魂《こころ》に執拗に付き纏つて苛《さいな》む恐怖と悲嘆に憑《つ》かれた
邪教を信ずる黒い遊牧民の大群を片つ端から
魔法の霊剣を揮《ふる》つて追ひ散らし、薙ぎ倒すのに譬《たと》へられし葡萄酒。

XLIV

The mighty Mahmúd, the victorious Lord,
That all the misbelieving and black Horde
  Of Fears and Sorrows that infest the Soul
Scatters and slays with his enchanted Sword.

第四五番

しかし賢い人たちには激論を戦はせておくがいい、
またわたしと一緒に宇宙をめぐる口論など放つておくがいい。
喧噪《けんさう》の巷《ちまた》のどこか片隅にゆつたりと横たはつて、
汝《そなた》を揶揄《からか》ふ輩《やから》を逆に揶揄ひ返してやるがいい。

XLV

But leave the Wise to wrangle, and with me
The Quarrel of the Universe let be:
  And, in some corner of the Hubbub coucht,
Make Game of that which makes as much of Thee.

第四六番

それといふのも、内も外も、上も、周りも、下も、
これは手品師の操る影絵芝居にすぎぬ、
蠟燭の燈火《あかり》が太陽の役目を果してゐる丸行燈《まるあんどん》の中で演じられ、
その行燈の周りを我らの影法師が立ち現れたり消え失せたりするからだ。

XLVI

For in and out, above, about, below,
'Tis nothing but a Magic Shadow-show,
  Play'd in a Box whose Candle is the Sun,
Round which we Phantom Figures come and go.

第四七番

もし汝《そなた》が飲む葡萄酒も、そつと押し当てる紅《くれなゐ》の唇も、
すべての物が遂に行き着く無に帰するのであれば――全くその通り――
それなら考へて見給へ、生きてゐる間の汝《そなた》とて、いづれまた帰するもの
――つまり、無に過ぎぬのだ――それ以下のものになるわけにもゆかぬ
だらう。

XLVII

And if the Wine you drink, the Lip you press,
End in the Nothing all Things end in—Yes—
　Then fancy while Thou art, Thou art but what
Thou shalt be—Nothing—Thou shalt not be less.

第四八番

薔薇の花が河岸の水際沿ひに咲いてゐる間に、
ハイヤームお爺さんと一緒に極上の紅玉《くれなゐ》の葡萄酒を酌み交はすがいい。
いづれ死の使者《みつかひ》が烏羽玉《うばたま》のどす黒い酒を携《たづさ》へて汝《そなた》に
詰め寄つて来たら――従容《しようよう》としてそれを飲み干し、尻込みしてはならぬ。

XLVIII

While the Rose blows along the River Brink,
With old Khayyám the Ruby Vintage drink:
　And when the Angel with his darker Draught
Draws up to Thee—take that, and do not shrink.

第四九番

この世は、全くのところ、運命の女神が人間を駒に仕立てて将棋《チエス》を指す
夜と昼の濃淡の市松《いちまつ》模様の枡目を交互に並べたチェッカー盤のやうなも
の。
あちらこちらに駒を動かし、王手詰みにし、殺しては、
倒した駒を一つづつ元の駒箱の中に仕舞ふのだ。

XLIX

'Tis all a Chequer-board of Nights and Days
Where Destiny with Men for Pieces plays:
  Hither and thither moves, and mates, and slays,
And one by one back in the Closet lays.

第五〇番

ボールは可《イエス》にも否《ノー》にも疑ひを差し挟まないが、
競技者《プレーヤー》が打つがままに右にも左にも転がつて行く。
汝を球《ボール》技場に投げ入れたあの御方《おかた》が、あの御方だけが何もかも御存じさ
――《あの御方》だけが御存じさ――《あの御方》だけが御存じさ！

L

The Ball no Question makes of Ayes and Noes,
But Right or Left as strikes the Player goes;
And He that toss'd Thee down into the Field,
He knows about it all—HE knows—HE knows!

第五一番

動く指が文字を書き記す。書き終へてしまへば、また次に進んで行く。
汝《そなた》がどんなに信仰が篤《あつ》く、またどんなに智力《あたま》を働かせてみても、
その指を呼び戻して、半行たりとも抹消させるわけにはゆかぬだらうし、
またどんなに泪《なみだ》を流して泣き喚《わめ》いてみても、その一語たりとも洗ひ流す
わけにもゆかぬだらう。

LI

The Moving Finger writes; and, having writ,
Moves on: nor all thy Piety nor Wit
　Shall lure it back to cancel half a Line,
Nor all thy Tears wash out a Word of it.

第五二番

穹窿《おほぞら》と呼ぶあの逆《さか》さに伏せた大酒盃《おほさかづき》、その下に閉ぢ込められて、
這ひ廻りながら、わたしたちは生き、かつ死んで行くのだ、
天空に両手を差し伸べて助けを求める勿れ——といふのも、天空《そら》だつて
汝《そなた》やわたしと同じやうに、気力《ちから》なく運《めぐ》り続けてゐるに過ぎぬのだから。

LII

And that inverted Bowl we call The Sky,
Whereunder crawling coop't we live and die,
  Lift not thy hands to *It* for help—for It
Rolls impotently on as Thou or I.

第五三番

大地の最初の粘土《つち》を捏《こ》ねて造化《ざうくは》の神々は最後の人間の肉体を造られ、
それから最後の収穫《とりいれ》の種子《たね》を蒔かれた。
さうなのだ、天地創造の太初の晨《あした》が書き記してゐるのだ、
最後の審判の日の最後の曙が読むことになつてゐる文字を。

LIII

With Earth's first Clay They did the Last Man's knead,
And then of the Last Harvest sow'd the Seed:
  Yea, the first Morning of Creation wrote
What the Last Dawn of Reckoning shall read.

第五四番

汝《そなた》に話しておく――決勝点《ゴール》から出発して、
蒼穹に焔を上げて燃える仔馬座《エクウレウス》の両肩越しに、
昴七星《パーウィーン》や木星《ムシュタラ》を造化の神々が抛《はふ》り投げた時、神意によつて
予め運命が定められてゐたわたしの塵泥《ちりひぢ》と霊魂《たましひ》であるこの小さな地面に

LIV

I tell Thee this—When, starting from the Goal,
Over the shoulders of the flaming Foal
 Of Heav'n Parwín and Mushtara they flung,
In my predestin'd Plot of Dust and Soul

第五五番

葡萄の樹はすでに髭根《ひげね》を下ろしてしまつてゐた。だからわたしの身体《からだ》に
葡萄の蔓が纏《まと》ひ付いても——スーフィー教徒には侮蔑させておくがいい。
彼が外に立つて喚《わめ》き散らしてもどうにもならぬ不開《あかず》の扉を開ける鍵が
わたしの卑金属《ぢがね》に鑢《やすり》を掛けて削れば出来るかもしれぬ。

LV

The Vine had struck a Fibre; which about
If clings my Being—let the Súfi flout;
Of my Base Metal may be filed a Key,
That shall unlock the Door he howls without.

第五六番

わたしはこんなことぐらゐ先刻承知してゐる。唯一の真実《まこと》の光が、
愛の火を燃え立たせようとも、また神の憤怒《いかり》でわたしを焼き尽さうとも、
居酒屋の中でその光を一目ちらつと見る方が、礼拝堂の中で
全くどうしたらいいのか途方に暮れるよりもましなことぐらゐは。

LVI

And this I know: whether the one True Light,
Kindle to Love, or Wrath-consume me quite,
　One Glimpse of It within the Tavern caught
Better than in the Temple lost outright.

第五七番

おお、御身《おんみ》は、わたしがいづれ迷ひ込むことになる路《みち》の
あちこちに陥穽《おとしあな》を設《しつら》へたり、罠《わな》を巧みに仕掛けて待ち伏せて居られた、
御身は予め運命が定められてゐる予定説でわたしを網に陥れておいて、
わたしがむざむざと罠に掛かつたからと言つてよもやそれをわたしの罪
のせゐにはなさりますまい？

LVII

Oh, Thou, who didst with Pitfall and with Gin
Beset the Road I was to wander in,
　Thou wilt not with Predestination round
Enmesh me, and impute my Fall to Sin?

第五八番

おお、御身は、他のよりも質の劣つた陶土《つち》で人間をお造りになり、
またエデンの園と共に蛇をお創《つく》りになられた。
犯したすべての罪のせゐで人間の顔が真つ黒に汚れてゐるが、
人間に宥恕《ゆるし》を与へよ――そして人間の宥恕《ゆるし》を受け容れよ！

LVIII

Oh, Thou, who Man of baser Earth didst make,
And who with Eden didst devise the Snake;
For all the Sin wherewith the Face of Man
Is blacken'd, Man's Forgiveness give—and take!

* * * * *

酒壺の賦《クーザ・ナーマ》

第五九番

もう一度聴いてくれ給へ。楽しみにして待つてゐた新月が昇る前、
断食月《ラマザーン》が終らうとする或る夕方のこと、
あの老陶工の仕事場《こうばう》にわたしは独りぽつんと立つてゐた、
陶土製《やきもの》の酒壺《さかつぼ》の錚々たる面々に幾列にもぐるりと取り囲まれて。

KÚZA-NÁMA
LIX

Listen again. One Evening at the Close
Of Ramazán, ere the better Moon arose,
In that old Potter's Shop I stood alone
With the clay Population round in Rows.

第六〇番

妙な話だが、あの陶器《やきもの》の輩《やから》の中には、
はつきりと物が言へる者もゐれば、物が言へぬ者もゐた。
すると、突然我慢し切れぬ奴《もの》が大声でかう叫んだ――
「この陶工は一体誰なのだ、ねえ、それにこの酒壺は誰なのだ？」

LX

And, strange to tell, among that Earthen Lot
Some could articulate, while others not:
And suddenly one more impatient cried—
"Who is the Potter, pray, and who the Pot?"

第六一番

その時、別の奴《やつ》がかう言つた――「確かに無駄ではなかつたのだ
俺の身体《からだ》はありふれた土塊《つちくれ》から材料を選び取つてきて、
精妙《たくみ》に捏《こ》ねて俺を形造つて下さつたあの御方が、
俺を足で踏み潰して再び元のありふれた土塊に戻すとしても。」

LXI

Then said another—“Surely not in vain
My Substance from the common Earth was ta’en,
　That He who subtly wrought me into Shape
Should stamp me back to common Earth again.”

第六二番

また別の奴《もの》がかう言つた――「まあ、いくら癇癪《かんしやく》持ちの男の子でも、
自分が喜んで飲んだ大酒盃《おほさかづき》を決して打ち砕いたりしないだらう。
心から愛し、気に入つて酒壺を造り給ひしあの御方が腹立ち紛れに、
また憤怒《いかり》が鎮まつてからも、打《ぶ》ち毀《こは》したりするものだらうか！」

LXII

Another said—"Why, ne'er a peevish Boy,
Would break the Bowl from which he drank in Joy;
Shall He that *made* the Vessel in pure Love
And Fancy, in an after Rage destroy!"

第六三番

これには誰も答へなかつたが、しばしの沈黙の後で
ひどく不恰好《ぶさいく》な造りの酒壺がかう言つた。
「歪んで傾《かし》いでゐると言つて奴らは俺を嘲笑《あざわら》ふのだ。
何だと！　陶工の手があの時震へたからだと？」

LXIII

None answer'd this; but after Silence spake
A Vessel of a more ungainly Make:
"They sneer at me for leaning all awry;
What! did the Hand then of the Potter shake?"

第六四番

酒壺《さかつぼ》の一つが言つた――「人々は無愛想な酒酌《バーテンダー》みの噂をして、
奴の顔を地獄の煤煙《ばいえん》で真つ黒に塗《ぬ》たくつてやると息巻いてゐる。
噂では俺たちの出来映えを厳密に吟味するのだといふ――ふん！
奴は根が気の好《い》い男だから、悪いやうにはしないだらう。」

LXIV

Said one—"Folks of a surly Tapster tell,
And daub his Visage with the Smoke of Hell;
They talk of some strict Testing of us—Pish!
He's a Good Fellow, and 'twill all be well."

第六五番

それからまた別の奴《もの》が長い溜息交じりにかう呟《つぶや》いた、「俺の陶土《つち》は
久しく忘れ去られ、放つて置かれてゐたせゐで乾涸《ひから》びてしまつてゐる。
だが、俺にあの懐かしい古い葡萄の美酒をなみなみと酌いでくれ、
さうすれば、俺は間もなく元通り元気が快復しさうな気がするのだが！」

LXV

Then said another with a long-drawn Sigh,
“My Clay with long oblivion is gone dry:
  But, fill me with the old familiar Juice,
Methinks I might recover by-and-by!”

第六六番

さういふ風に酒壺の面々が一壺《ひとり》づつ話してゐる間に、
その中の一つが皆の待ち焦《こが》れてゐた小さな新月《みかづき》を見つけた。
すると彼らは互にそつと体を小突き合つて叫んだ、「兄貴《あにき》よ！　兄貴よ！
葡萄酒樽を担ぐ軽子《かるこ》の肩当てがギーギー軋んでゐる音を聴いてごらん！」

《酒壺の賦》畢

LXVI

So while the Vessels one by one were speaking,
One spied the little Crescent all were seeking:
  And then they jogg'd each other, "Brother! Brother!
Hark to the Porter's Shoulder-knot a-creaking!"

*　*　*　*　*

第六七番

ああ、わたしの衰へてゆく生命《いのち》に葡萄の美酒を与へよ、
生命が消え去つたわたしの屍体《なきがら》を葡萄酒で洗ひ浄めてくれ、
そして葡萄の葉の経帷子《きやうかたびら》で包《くる》んで、
どこか甘美な香りのする花園の片隅にでもわたしを葬つてくれ。

LXVII

Ah, with the Grape my fading Life provide,
And wash my Body whence the Life has died,
  And in a Windingsheet of Vine-leaf wrapt,
So bury me by some sweet Garden-side.

第六八番

さうすれば、わたしの埋葬された遺骸《なきがら》でさへも
空中に向つて得も言はれぬ酒の香《か》を放つ係蹄《わな》を放《はふ》り投げるであらう。
たまたま近くを通り掛かつた真の信仰篤《あつ》き者でさへも
不覚にもついうつかり引つ掛からないわけにはゆかぬだらう。

LXVIII

That ev'n my buried Ashes such a Snare
Of Perfume shall fling up into the Air,
  As not a True Believer passing by
But shall be overtaken unaware.

第六九番

確かにわたしがかくも久しく鍾愛《しょうあい》してきた偶像崇拝物《ぶだうしゅ》は
人々の目に映るわたしの信用を大いに失墜《しっつい》させてきた。
わたしの名誉を底の浅い酒盃の中で溺死させてきたし、
わたしの名声を二束三文で売り飛ばしてしまったのだ。

LXIX

Indeed the Idols I have loved so long
Have done my Credit in Men's Eye much wrong:
  Have drown'd my Honour in a shallow Cup,
And sold my Reputation for a Song.

第七〇番

成程《なるほど》、わたしは悔い改めますとかつて幾度となく禁酒の誓ひはしたが——
しかしわたしは、誓ひを立てたその都度、果して素面《しらふ》だつただらうか？
そのあと何度も春が巡つて来て、そのたびに手にした薔薇が
わたしの擦り切れた懺悔《ざんげ》の粗麻布《ころも》をずたずたに引き裂いてしまつたのだ。

LXX

Indeed, indeed, Repentance oft before
I swore—but was I sober when I swore?
　And then and then came Spring, and Rose-in-hand
My thread-bare Penitence apieces tore.

第七一番

葡萄酒は異端者の役廻りを大いに演じて、
わたしから名誉の衣裳《ころも》を剥ぎ取つてしまつたけれども――まあ、わたしが
しばしば訝《いぶか》しく思ふのは、葡萄酒商人は一体何を買ふのだらうか、
自分が商《あきな》ふ商品の半分ぐらゐの値打ちの物しか買へぬといふのに。

LXXI

And much as Wine has play'd the Infidel,
And robb'd me of my Robe of Honour—well,
  I often wonder what the Vintners buy
One half so precious as the Goods they sell.

第七二番

ああ、悲しい哉、春は薔薇の花と共に消え失せてゆくとは！
青春の馥郁《ふくいく》たる甘い香りのする稿本《しょもつ》も閉ぢるとは！
木の枝に止まつてひとしきり歌つてゐた小夜啼鳥《ナイチンゲール》も、ああ、どこから
飛んで来て、どこへ飛び去つて行つたものやら誰も知らぬのだ！

LXXII

Alas, that Spring should vanish with the Rose!
That Youth's sweet-scented Manuscript should close!
The Nightingale that in the Branches sang,
Ah, whence, and whither flown again, who knows!

第七三番

ああ、愛《いと》しい女《ひと》よ！　汝《そなた》とわたしは運命の女神と秘かに共謀して
この哀しい天地万有の機構《しくみ》をすべて把握することができれば、
わたしたちはそれを木端微塵《こっぱみぢん》に打ち砕いて――それから
心からの願望《ねがひ》により近く叶ふやうに新たに造り直してみたいものだと思
はぬでもあるまい！

LXXIII

Ah Love! could thou and I with Fate conspire
To grasp this sorry Scheme of Things entire,
Would not we shatter it to bits—and then
Re-mould it nearer to the Heart's Desire!

第七四番

ああ、盈《み》つれども虧《か》けてゆくことを知らぬ我が歓喜《よろこび》の月よ、
大空の月はまた再び昇り始めてゐる。今後幾度《いくたび》も、
天空に昇りつつ、彼女はこの同じ花園を隈なく眺め渡して、
わたしを捜し索《もと》めてみても――何の甲斐《かひ》もないのだ！

LXXIV

Ah, Moon of my Delight who know'st no wane,
The Moon of Heav'n is rising once again:
  How oft hereafter rising shall she look
Through this same Garden after me—in vain!

第七五番

さて、汝《そなた》自身は輝ける足をして、芝生の上に
星を散らしたやうに居並ぶ賓客《まらうど》の間を行き来して、
いそいそと楽しげに酒の酌《しやく》をして廻りながら、わたしがかつて
占めてゐた座に辿り着いたら――主《ぬし》なき空《から》の酒盃《さかづき》を伏せ給へ！

タマーム・シュッド（畢）

LXXV

And when Thyself with shining Foot shall pass
Among the Guests Star-scatter'd on the Grass,
  And in thy joyous Errand reach the Spot
Where I made one—turn down an empty Glass!

TAMÁM SHUD

訳者略註

第一番

曙の女神——或いは、《暁の女神》。英訳者のエドワード・フィッツジェラルドは、もしかすると、ギリシア神話の《エーオース（Eos）》やローマ神話の《アウローラ（Aurora）》を脳裡に思い浮かべていたのかもしれぬ。

大酒盃に小石を投げ入れて——フィッツジェラルドが巻末に付けた「原註（英訳者註）」に拠れば、「酒盃に石を投げ入れることは砂漠では《乗馬！（To Horse!）》という合図（出発などの号令）であった」という。

東の狩人——《太陽》の擬人化。

光の輪索——朝日の光を狩人の投げる輪索に譬えたのである。

スルターン——十一世紀以降、主として正統派《スンニ》イスラーム王朝の君主が用いた称号。古代シリア語の《シュルターナー（権力〔者〕）》に由来する。イスラーム教の聖典『コーラン（クルアーン）』ではこの語は精神的・呪術的な権威を表すものとして37回用いられているという。

第二番

曙の左手が蒼穹に伸びて——英訳者の「原註」に拠れば、「《偽りの曙《フォールス・ドーン》（Subhi Kházib）》、すなわち、《本当の曙》の一時間ぐらい前に地平線上に現れる束の間の微光のことで、東洋ではよく知られている現象であり、波斯《ペルシア》人はこの朝の薄明り、或いは薄暗がりのことを《狼と羊の見分けのつきにくいひと時〔彼誰時《かはたれどき》〕（Wolf-and-Sheep-While）》と呼んでいる」という。Cf. inter canem et lupum (*Lat.*); entre chien et loup (*Fr.*); between dog and wolf.

我が愛しの酌姫《サーキー》たちよ——宴席などで酒の酌をする人《酌取り》、すなわち、《酌人《サーキー》（sáqi ＝ cupbearer）》は、ペルシアでは通常紅顔の美少年がこの役を務めていたという。しばしば同性愛の対象とされることがあったらしい。フィッツジェラルドは、これをどうやらうら若き美女（酌婦ならぬ《酌姫》）のように（敢えて変更して？）考えていたらしい節があるのだ。酒飲みの最も理想的な境地としては、古諺にも「酒は燗　肴は刺身　酌は髱《たぼ》（若い女性の俗称）」と言うように、若い美人に酌を取らせて飲む時の酒が旨いに決まっているのだ。

第三番

左記の言葉を参照されたい。

《πῖνε, παῖζε· θνητὸς ὁ βίος, ὀλίος οὑπὶ γῆ χρονος·
ἀθάνατο ὁ θάνατός ἐστιν, ἄν ἅπαξ τις ἀποθάνῃ.
——Amphis, *Gynaecocratia* (*Government by Women*), Fragm.

飲め、遊び戯れよ。生命は死すべきもの。
地上で過ごす時間は僅か、ひとたび死んだら最後、
　死は不死なり。
——アンピス（紀元前四世紀の喜劇詩人）『女の政治』、断片。》

ベン・ジョンソン（Ben Jonson, 1572–1637）の流れを汲む《王党派抒情詩人（Cavalier lyrists）》中の第一人者で生涯の大半をイングランド南西部のデヴォンシア（Devonshire）州の片田舎の牧師として送ったロバート・ヘリック（Robert Herrick,1591–1674）には、短詩約一、四〇〇篇余を収めた『ヘスペリディーズ（金苹果園）』（*Hesperides*, 1648）という詩集があるが、その中に、こんな気の利いた「サッポーに」と題する六行詩があるので、紹介しておこう。

To Sappho

Let us now take time, and play,
Love, and live here while we may;
Drink rich wine; and make good cheere,
While we have our being here:
For, once dead, and laid i'th grave,
No return from thence we have.

——Robert Herrick, *Hesperides* (1648) Cf. L. C. Martin (ed.), *The Poetical Works of Robert Herrick* (Oxford: Clarendon Press, 1963), p. 238.

　サッポーに

さあ、ゆつたりと構へて、遊び戯れ、恋をし、
能《あた》ふ限り、この世で長生きをしよう。
芳醇で濃厚《こく》のある葡萄酒を飲まう。
この世に生きてゐる間は、楽しく御馳走を食べよう。
といふのも、ひとたび死んで、墓穴に横たはれば最後、
もうそこから還《かへ》つてくるわけにはゆかないのだから。

第四番

新年――「原註」に拠れば、ペルシアでは、古くから一種の《太陽暦》が行われ、元旦は春分の日（春の彼岸）から始まり、突然春が訪れ、「地面から雪がすっかり消え失せる前に、樹木の花が急に咲き出し、草花が地中からにわかに咲き始める」という。

《モーセの真白き御手》が大枝に芽吹き――「原註」に拠れば、『旧約聖書』の「出エジプト記」に「主はまた彼に言われた、「あなたの手を懐《ふところ》に入れなさい」。彼が手を懐に入れ、それを出すと、癩病にかかって、雪のように白くなっていた。」（第四章第六節）とある。因みに、『コーラン』（井筒俊彦博士による口語訳、岩波文庫版、一九六四年、及び「井筒俊彦著作集」、中央公論社、第七巻、一九九二年に拠る。以下、同じ。）には、「次に懐から手を出して見せる、と、まあどうじゃ、誰の目にも真白であったぞ」（第七章第一〇五節）、「さ、今度は片手を腋の下に突っこんで見るがよい。病気（病癩）でもないのに真白になって出てくるであろう。」（第二〇章第二三節）という故事があるのを参照されたい。フィッツジェラルドは、ペルシア人のいわゆる「癩病にかかって雪のように真白な」というのではなくて、もしかしたら、「我が英国の五月の果樹に咲く花々のように真白な」という謂《いい》かもしれない、と註記している。また、ペルシア人に拠れば、《キリストの（病などを）癒す力》が彼の《息吹》には宿っているという。キリストはイスラーム教圏でも偉大な《預言者》の一人として崇められている。

第五番

イラームの花園――古代アード族（無信仰の故に神に滅ぼされた民族）のシャッダード王が天国の話を聞いて、地上にもそれに対抗し得る楽園を築こうと志し、円柱立ち並ぶ壮麗な宮殿を建て、これを《イラーム》と名づけたという。御参考までに、『コーラン』には、「汝（マホメット（ムハンマド））見なかったか、主がアードをどのようにし給うたか、／立ち並ぶ円柱のイラームを。／あれほど（壮麗）なものは、この国にかつて作り出されたこともなかったに。」（第八九章第五節―第七節）とある。

ジャムシード王の七環の酒盃――《ジャムシード》は、サーマーン朝期（八七四―九九九年）及びガズニー朝期（九六二―一一八六年）のペルシアの詩人、フィルドゥスィー（フィルダウスィー）（九三四―一〇二五）の集成した一大民族叙事詩『王書《シャーナーメ》（列王記）』（一〇一〇年）に現れる伝説的な王（「太陽王《ひのみかど》」）で、神話の第一王朝ピーシュダーディー朝の名君（英主）であった彼の治世は栄え、七百年の長きに及んだという。彼が君臨した七百年間のうち三百年間は慈愛と幸福に満ちた世であったという。また、《七環の酒盃》というのは、その内側の凹面《おうめん》に沿って七つの環《わ》が連環状に彫り刻まれていて、七つの天界、七つの惑星（ルバーイー第三一番の訳註参照）、七つの海、等々を表象する。世界中のありとあらゆる出来事をその環の面《おもて》に映し出す霊妙な力を持つ《占いの酒盃（Divining Cup）》であったとフィッツジェラルドも註記している。

第六番

ダヴィデ王――（ヘブライ語で《愛されたる者（beloved）》の意）古代（紀元前一〇〇〇年頃）イスラエル王国第二代の王。青年時代にペリシテ人の巨人戦士ゴリアテを石投げ器で打ち殺して国を救い、初代の王サウルの後を受け、近隣の諸国を征服併合し、エルサレムを陥れ国都とし、イスラエルを統一、ユダヤ教を確立した。その統治は北はダマスカスから南は紅海に及び、イスラエルの最盛期を作った。『旧約聖書』に記述があり、詩と音楽の才に優れ、「詩篇」（*Psalms*）、一五〇篇の全部もしくは一部分が、かつてダヴィデ王の作と信じられていたことから、通常「ダヴィデの詩篇」と呼ばれる。イスラーム教徒は彼を《美声の歌手》の典型として崇めている。

因みにダヴィデと言えば、フィレンツェのアカデーミア美術館にある大理石の巨像《ミケランジェロのダヴィデ（Davide di Michelangelo）》（高さ４・34ｍ）が名高い。サンタ・マリーア・デル・フィオーレ（Santa Maria del Fiore〔「花の聖母マリア」の意〕）大聖堂委員会の委嘱により、一五〇四年に完成。

パフラヴィー語――或いは、ペフレヴィー語。サーサーン王朝（二二六―六五一年）ペルシアの公用語で、三―七世紀にかけて用いられた中期ペルシア語。その後、上層階級には忘れ去られたが、僅かに下層の国民大衆の間に語り継がれていた。セム族の文字による《ゾロアスター（拝火）教》の経典などの用語。オマル・ハイヤーム（オウマー・カイヤーム）の頃には既に廃れて久しかったが、ナイチンゲールは昔ながらに声高に啼いているのである。

小夜啼鳥《ナイチンゲール》――ここで言う《ナイチンゲール》というのは、ペルシア語の《夜鶯《ブルブル》（bulbul）》を指す。ペルシア詩にしばしば詠われてきた啼き声の美しい鳥で、時々、東洋の《ナイチンゲール》と呼ばれることがある。なお、「薔薇に恋する夜鶯《ブルブル》（the bulbul enamoured of the rose）」というのは、ペルシア詩におけるお馴染みの題材である。

《暁の夜鶯《ブルブル》よ、薔薇との契りを歓べ
花園に響き渡るはそなたの恋の叫び
わが病める心をその唇で癒せ
――黒柳恒男訳『ハーフィズ詩集』（平凡社、「ペルシア古典叢書1」、一九七七年）、二九ページ（第三四番第五行―第七行）。》

英詩においては、アイルランドの詩人、トマス・ムア（Thomas Moore, 1779–1852）やバイロン卿などによって詠われている。さらに《小夜啼鳥（夜鶯）》と《薔薇》と言えば、オスカー・ワイルド（一八五四―一九〇〇）の童話集『幸福な王子その他』（一八八八年）に所収の一篇「小夜啼鳥《ナイチンゲール》と薔薇の花」（"The Nightingale and the Rose"）を想い起す向きがおありかもしれない。

第八番

ケイコバード王――フィルドゥスィーの『王書』に現れるペルシアの神話時代の伝説的第二王朝カヤーニー朝の創設者で初代の王。

第九番

ハイヤーム――オマル・ハイヤーム（オウマー・カイヤーム〔奥瑪開陽〕、一〇四八？―一一三一？）。言うまでもなく、詩人自身。

ケイホスロー王――ペルシアの伝説的王朝カヤーニー朝第三代の王。

ロスタム――或いは、ルストゥム。ペルシア神話に現れる大力無双の伝説的英雄。「原註」に拠れば、「ペルシアの《ヘーラクレース（ギリシア神話）》で、その偉業は『王書』における最も人口に膾炙したものに属する」という。

ターイー族の族長ハーティム――六世紀後半のアラビアのターイー族の族長（？―六〇五？）。「原註」に拠れば、「東洋人の寛大さ（気前のよさ）の有名な典型的な人物」という。因みに、《歓待《もてなし》（アラビア語で「ディヤーファ」という）》と言えば、イスラーム教徒の主要な人倫（人として守るべき道）の一つで、「アラブの遊牧民は、昔から見ず知らずの者でも客として迎え、手助けをして三日間（最初に共食した食物が体内にとどまる期間）、何不自由ないように尽すのが神聖な義務とされた。この遊牧民の美風は、イスラームにも受け継がれ、コーラン（第四章第四〇節）やハディース（預言者ムハンマドの言行を記録したもの）の中で、孤児や貧乏人などとともに、見知らぬ者や旅行者を客として敬意をもって迎え、慈善や喜捨を施すべきことが説かれている。」（『新イスラム事典』〔平凡社、二〇〇二年〕、五〇四ページ参照。）

第一〇番

マフムード――アフガニスタンに興ったトルコ系イスラームのガズニー王朝最盛期の大王（九七一―一〇三〇）と仰がれた名君（在位九九八―一〇三〇年）。自らスルターンと号したので、一般には《スルターン・マフムード》の名で知られるが、これはカリフ（ハリーファ）から公認された称号ではなく、公式には代行者《アミール》の地位にあったという。《王朝の右腕（ヤミーン・アッダウラ）》とも呼ばれていた。十数度にわたるインド遠征によって、ヒンドゥー教寺院を破壊し、イスラーム教支配に新紀元を画した偉大な統治者と言われる。首都ガズナを整備し、文芸・学問の保護にも尽力したので、多数の文人・学者が集まってきた。『王書』の民族詩人フィルドゥスィー（本名をアブー・ル・カースィムといい、フィルドゥスィーと号した）もその一人。

因みに、前行の「奴隷や君主《スルターン》の名も……」という一行は、ガズニー朝創始者である彼の父サブクティギーン（在位九七七―九九七年）の出自がトルコの奴隷であったこと、また彼が愛した美少年奴隷（アヤーズ）のことなどを暗に揶揄したものであろう。

第一一番

この一篇は、全篇中、最も有名な四行詩《ルバーイー》で、オマルの《中心思想（central idea）》を最も簡明かつ濃密に詠み込んだ傑作と言うべきである。さらにこの一篇は、ジョン・キーツが妹ファニーに宛てた手紙の一節を思い出させるものがある。

《Give me books, fruit, French wine and fine weather and a little music out of doors, played by somebody I do not know.

——John Keats, "Letter to Fanny Keats" (28 August, 1819)

僕に書物、果物、フランスの葡萄酒と晴天を、それに僕の見知らぬ人によつて演奏される戸外の音楽を少々与へて下さい。

——ジョン・キーツ「ファニー・キーツ宛の手紙」（一八一九年八月二十八日付）》

ユニークな心霊学的解釈を試みた、死後出版の『神秘主義者の葡萄酒』（*Wine of the Mystic*, 1994）の著者であるインド人のパラマハンサ・ヨガナンダ（Paramahansa Yogananda, 1893–1952）に拠ると、オマルは葡萄酒を《神の酩酊、瞑想中に神と（心霊的に）親しく交わる時に生ずる神の愛の至福（God-intoxication; the bliss of divine love that comes when one communes with God in meditation)》、《神の愛と喜びの酩酊（the intoxication of divine love and joy)》の象徴として見ている（*ibid.*, pp. 31, x.)。概して言えば、ヨガナンダの解釈は極度の深読み・牽強付会の弊に陥っていることは否定し得ないが、興味深いことは確かである。

　とまれ、酒席にはうら若き美女を侍《はべ》らせるに越したことはないだろう。——「酒は燗　肴は刺身　酌は髱《たぼ》」、「楽しみは　後ろに柱　前に酒　左右に女　懐に金」。「肉積んで山を成し　酒流れて河を成す」といえども、「酒は飲むべし　飲まるべからず」ということだろう。

　ついでに言えば、「葡萄酒と女と唄を愛さぬ者は一生涯馬鹿のままで終るのだ」（Wer nicht liebt Wein, Weib und Gesang, / Der bleibt ein Narr sein Leben lang. [Who loves not wine, woman and song / Remains a fool his whole life long.]）という名高い警句があるのは知る人ぞ知るであろう。出典は昔から例のドイツの宗教改革者マルティーン・ルター（Martin Luther, 1483–1546）とされてきているが、いまだに確証がなく、出所不明。因みに、例の「ワルツ王」のヨハン・シュトラウス（Johann Strauß, the Younger, 1825–99）に《酒、女、唄（*Wein, Weib und Gesang*, 1869)》と題する円舞曲《ワルツ》がある。オマル・ハイヤームについて言えば、さしずめ《葡萄酒とうら若き美女と詩《うた》》——いや、より精確に言えば、《赤葡萄酒と嫋《たお》やかな乙女と竪琴と夜鶯《ブルブル》（の啼き声）を愛さぬ者は一生涯馬鹿のままで終るのだ》ということになるだろう。

第一二番

太鼓——「原註」において、フィッツジェラルドは、「宮殿の外で打ち鳴らされる」太鼓と註記している。古代ペルシアでは、王の出御《しゅつぎょ》する時には太鼓を打ち、鈴を鳴らす習慣があったという。

第一三番

財宝——「原註」に拠れば、「薔薇の黄金色の中心部」を指すという。従って、《財嚢》は「薔薇の嚢状胞」を、

《絹の房飾り》は「薔薇の総《ふさ》の付け際の飾り（蕊《しべ》）」を指すことになる。

第一四番

まるで砂漠の砂塵が立つ表面に降り敷く白雪——次のロバート・バーンズ（一七五九—九六）の詩句を参照されたい。

《But pleasures are like poppies spread:
You seize the flow'r, its bloom is shed;
Or like the snow falls in the river,
A moment white——then melts for ever;
——Robert Burns, "Tam o' Shanter" (1790), ll. 59–62.

しかし快楽は撒き散らした罌粟《けし》の花のやうで、
花を摑むと、罌粟粒が零れ落ちる、
或いは、雪が川に降つて、
一瞬白くなり——やがて永遠《とは》に溶けてなくなるやうなもの。
——ロバート・バーンズ「シャンターのタム」（一七九〇年）、第五九行—第六二行。》

第一六番

隊商宿《キャラヴァンサライ》——回廊で繋がった、通常、方形（口の字型）の堅牢な（時に豪壮な）建物で、その中央には広い中庭やモスクがあり、商人・巡礼者・旅人のための客室、馬小屋・駱駝小屋、馬具・荷物置場、共同便所などから成る。

　因みに、夙《つと》に名訳『ルバイヤット』（文語訳（一九四一年）及び口語訳（一九六九年））や『森亮訳詩集　晩国仙果』（全三巻、小沢書店、一九九〇—九一年）などで知られる我が学匠詩人（poeta doctus; scholar-poet）、森亮（一九一一—九四）は、この第一六番と同じ思想がオマル・ハイヤームよりもほぼ四百年前の盛唐の詩人、李白（七〇一—七六二）にも既に見られることを《口語訳『ルバイヤット』註解》の中でいみじくも指摘しておられる。

《天地は万物の逆旅《げきりよ》（宿旅）にして、光陰は百代の過客《かかく》なり。而《しか》して浮生《ふせい》は夢の若《ごと》し。歓を為すは幾何《いくばく》ぞ。
——李太白「春夜桃李園に宴するの序」》

　我々は、当然のことながら、「月日は百代の過客にして行きかふ年も又旅人也。」（松尾芭蕉『奥の細道』の冒頭）や「されば天地は万物の逆旅、光陰は百代の過客、浮世は夢幻といふ。」（井原西鶴『日本永代蔵《にっぽんえいだいぐら》』）を想い起さぬわけにはいかぬだろう。

第一七番

バフラーム王――サーサーン王朝ペルシア帝国第十四代皇帝バフラーム五世（在位四二〇―四三八年）。王妃を伴って《野生驢馬《グール》狩り》を愛好したため、「バフラーム・グール（野生驢馬のバフラーム）」（Bahrám Gúr; Bahram of the Wild Ass）と綽名されたが、最後はグール狩りに行き沼沢地《スウォンプ》に落ちて行方不明になったという。なお、十二世紀のペルシアの詩人ニザーミー作、黒柳恒男訳『七王妃物語《ハフト・パイカル》』（平凡社、「東洋文庫191」、一九七一年）に拠れば、「彼は狩りにおいて野生驢馬《グール》を愛した／人がどうして墓《グール》を避けられようか」（一六ページ）や「蹄に踏まれた荒野一面は／あまたの野生驢馬《グール》の山で墓《グール》と化した」（一七ページ）とあるのを参照されたい（ペルシア語の《グール（gúr）》は、いわゆる《同音同綴異義語（homonym）》である）。

さらに御参考までに註記すれば、ウィリアム・フォークナー（一八九七―一九六二）には、この第一七番（第三版以降では第一八番）から、明らかにヒントを得て、採ったと覚しき標題の短篇があるのだ。それは、「ジャムシード王の宮殿の中庭の蜥蜴」（"Lizards in Jamshyd's Courtyard," *The Saturday Evening Post*, Feb. 27, 1932）と題する短篇で、《スノープス三部作《トリロジー》》の第一部を成す長篇『村』（*The Hamlet*, 1940）の第一部「フレム」（"Flem"）の第三章及び第四部「小百姓たち」（"The Peasants"）の第二章に書き直して繰り込まれている。なお、『サタデー・イーヴニング・ポスト』誌に発表時の短篇は、現在、ジョウゼフ・ブロットナー教授が編集した『ウィリアム・フォークナーの未収録短篇集』（*Uncollected Stories of William Faulkner*, 1979）に再録（pp.135–151）されている。

第一八番

風信子《ヒヤシンス》――ギリシア神話に拠れば、太陽神アポローンに愛された美少年ヒュアキントス（Huakinthos [Hyacinthus]）は、アポローンの投げた円盤が誤って彼に当って死んだが、その流した血の中から美しいヒヤシンスの花が生え出たとされる。

第二〇番

過ぎし日の七千年――当時のペルシア人は、創世（開闢）

以来の過ぎ去った年数を「七千年」と考えていた。「原註」に拠れば、「各遊星まで一千年」という註記がある。なお、第三一番の《訳註》を参照されたい。

《心よ、今日の快楽《たのしみ》を明日に延ばしたら
生命の元手をだれが保証してくれよう
――黒柳恒男訳『ハーフィズ詩集』、一二一ページ。
第一六四番第九行―第一〇行。》

第二三番

塵なれば塵に帰つて――「汝は塵なれば塵に皈《かへ》るべきなり（Dust thou art, and unto dust shalt thou return. [Pulvis es, et in pulverem reverteris.]）」（「創世記」第三章第一九節）及び『英国国教会祈禱書』（*The Book of Common Prayer,* 1662）の「死者の埋葬」（“The Burial of the Dead,” Interment）の祈禱文に由来する。

葡萄酒もなく、唄もなく、歌姫もなく……――これは、例の「（老い耄《ぼ》れて）歯もなく、目もなく、味もなければ、何もなし。（Sans teeth, sans eyes, sans taste, sans everything.）」（シェイクスピア『お気に召すまま』第二幕第七場第一六六行）という貴族の出で皮肉かつ暢気な厭世家ジェイクウィズ（Jaques）の有名な台詞の余響《エコーズ》と考えていいだろう。

第二四番

礼拝時刻告知僧《ムエジン》――或いは、ムアッジン（muʼadhdhin; muʼazzin）。イスラーム寺院（モスク）の《光塔（manāra; minaret）》のバルコニー上から日に5回（ファジュル〔ズフル、アスル、マグリブ、イシャー〕礼拝）行われる祈禱時刻を声高く呼び掛ける勤行《ごんぎよう》時報係の役僧。《礼拝時刻告知《アザーン》（adhān; azan）》の時に通例唱えられる言葉（アラビア語）とその回数は次の通り――

①アッラーは偉大なり（4回）
②アッラーのほかに神は無しと私は証言する（2回）
③ムハンマドはアッラーの使徒なりと私は証言する（2回）
④いざや礼拝《サラート》のために来たれ（2回）
⑤いざや成功のために来たれ（2回）
⑥アッラーは偉大なり（2回）
⑦アッラーのほかに神は無し（1回）

早朝の《ファジュル礼拝》時のアザーンは⑤と⑥の間に「礼拝《サラート》は眠りに勝る」（2回）という文句が入る。またシーア派のアザーンは「アリーはアッラーの友《ワリー》なりと私は証言する」（2回）や「いざや善行のために来たれ」（2回）などの文句が入り、最後に⑦を2回繰り返し唱えて終るなどの違いがある。ムアッジン（ムエジン）は、人差し指を耳の穴に入れて、メッカの方角に向ってアラビア語でアザーンを唱える。

第二五番

御参考までに、『コーラン』の一節を引いておく。「（アッラー）不可視界《ふかしかい》、可視界ふたつながらに知悉《ちしつ》し給う。まことに限りなき智恵をそなえ給う。」（第六章第七三節）またハーフィズは詠う。「目に見えぬ世界の秘密はだれも識らぬ、語るな」（黒柳訳『ハーフィズ詩集』、八八ページ。第一一九番第一一行。）

第二七番

天文学者・詩人であったオマル・ハイヤームは、同時に、数学者・物理学者・医学者、そして哲学者でもあったと言われる。イギリスの著名な東洋学者で、*The Ruba'iyat of Omar Khayyám*. A facsimile of the MS. in the Bodleian Library (Boston: L. C. Page & Co., 1898) の編者かつ百五十八篇の英訳者でもあったエドワード・ヘロン＝アレン（Edward Heron-Allen, 1861–1943）は、この第二七番と次の一篇に関して、プラトンの哲学に東方（オリエント）の神秘主義的思想が混入して神学的・形而上学的傾向が強められた《新プラトン主義（Neo-Platonism [Neoplatonism]）》（すなわち、プラトンの物心の二元論に対して、唯心論の一元的立場を取り、道徳や知識の問題を宗教的基礎の上において解決しようとする哲学）の影響の痕跡が見られることを指摘している。

第三一番

第七天——ユダヤ教やイスラーム教で、土星の天界（最高天）。紀元二世紀前半にアレクサンドリアで活躍したギリシア出身のプトレマイオス（Ptolemaios [Ptolemy] Klaudios）のいわゆる《天動説（地球中心説）》——すなわち、大地（地球）が宇宙の中心に静止し、日月星辰はその周囲を巡ると考える古代の宇宙構造説——に拠れば、大地を宇宙の中心と考え、大地に近い順番に、月・水星・金星・太陽・火星・木星・土星の七つの遊星があるとされた。従って、《第七天》は土星の天界となる。サモスのアリスタルコスやコペルニクスの《地動説（太陽中心説）》参照。

土星の玉座に坐つた――「原註」に拠れば、「土星、第七天の王。」

どうやら人生を達観し、一種独特の悟りの境地に達したと覚しきオマル・ハイヤームのような大学者であっても、宇宙・万物の根源を知悉《ちしつ》しようと欲すれども、人智のどうにも及び得ない領域があると言って歎くのである。「人間の死と宿命」、とりわけ、人類が太古の昔から際限なく考え続けてきた《死》というものについては、科学的にはいざ知らず、少なくとも哲学的には依然として判らない点があって、いきおい我々は《不可知論的（agnostic）》にならざるを得ないのである。

第三二番

《わたし》と《汝》――「原註」には、「すなわち、全体《ザ・ホウル》は別として或る分割し得る存在或いは人格」という註記がある。

「神との合一という神秘主義的な教義」は、言うまでもなく、イスラーム教の《神秘主義者《スーフィー》（Sufi）》の汎神論的神秘主義の考え方である。もともと峻厳な唯一神教を主張するイスラーム教が、ペルシアに入って、インドの婆羅門《バラモン》教などの万有神教的教旨を取り入れ、一種の神秘主義となったのが《スーフィー派（Sufism）》である。

因みに、カイ・カーウース並びにニザーミー・アルーズィー著、黒柳恒男訳『ペルシア逸話集』（平凡社、「東洋文庫134」、一九六九年）所収の「四つの講話」（ニザーミー）の中の次の文章を参照されたい。

《王の気高き御心（神よ、さらに高めたまえ）はかく知りたもうべきである。すなわちその存在物には二つの範疇しかない。すべての存在が独立した存在か、あるいはその存在がほかから派生する存在かのいずれかである。独立している存在は「必要な存在」と呼ばれ、それは至高至尊なる神にして、みずから存在したもう。ゆえに神はほかを待つことがなったので常に存在したもうた。また神はみずから存在してほかに依存しないから常に存在したもうのである。ほかから派生している存在は「可能な存在」と呼ばれ、それはわれわれのようなものである。なぜならわれらの存在は精液から、精液の存在は血液から、血液の存在は食物から、食物の存在は、水、大地、太陽から生じ、さらにこれらの存在もほかのものから派生するからである。またこれらすべては昨日なかったし、また明日にはなくなるようなものである。深く考察すると、これら一連の原因はその存在がほかから派生せず、「必要な存在」である原因に帰着する。ゆえに神はこれらすべての創造主にして、万物は神より派生し、神によって存続する。このことを今少し思考すれば、おのずから次のことが明白になろう。すなわち万物は存在するが、非存在の色彩を帯びている。しかるに神は太初から未来永劫に存続する存在である。被創造物の源は非存在にあるゆえ、再び無に帰らねばならない。人類の烱眼な人たちは、「万物はその根源に還る」と言った。とくに生成・衰退の世界においてしかりである。ゆえに「可能な存在」であるわれらの源は非存在であり、「必要な存在」たる神こそまさに存在である。神は（その讃美が輝き、栄光が高まりますように）、明白なるお言葉、力強き綱においてかく仰せられた。

「アッラーのご尊顔を除き、すべてのものは滅び去らん」（『コーラン』第二八章第八八節。）（一九九一—二〇〇ページ）

第三四番

生きてゐる間は、……——『旧約聖書』にも、「我等食ひ、かつ飲むべし、明日は死ぬべければなり。（我々は食い、かつ飲もう、明日は死ぬのだから。）」——「イザヤ書」、第二二章第一三節、他。」（Let us eat and drink; for to-morrow we shall die.）とある。また、例のローマのストア学派の哲学者・悲劇作家・政治家で、処世哲学・現世的処世訓を説いたことで知られるセネカ（紀元前四頃—後六五）も、同じようなことを言っている、「いざ飲まんかな、我々は死すべきが故に」（Bibamus, moriendum est. [Let us drink, for we are mortal.]）と。

《生ける者つひに死ぬるものにあれば
この世なる間《ま》は楽しくをあらな
——『萬葉集』巻第三—三四九、太宰帥大伴卿「酒を讃むる歌十三首」、第十一首。》

誰に憚ることもなく、簡明直截に詠ったこの第三四番は、オマルの哲学・思想の真骨頂を示すものである。来世（afterlife〔死後の生〕）の幸福や輪廻転生など端《はな》から信じず、《現世》を唯一の実在と考える徹底した現実主義者《リアリスト》であったオマルの面目躍如たるものがあると言えよう。

第三七番

これは、心の平静としての快楽を以て人生の最高善と説いた古代ギリシア哲学者エピクーロス（紀元前三四二頃—前二七一頃）や、古代ローマの詩人ホラーティウス（紀元前六五—前八）の例の《*Carpe diem* philosophy（今を楽しめ《カルペ・ディエーム》の哲学）》を我々に想起させる《現世的・刹那的・唯物的快楽主義》の生活態度の大胆率直な表白と考えていいだろう。

《終には壺作りたちの土となる身
今考えよ、酒壺に酒をいかに満すかと
そなたが天国を望む人びとの一人なら
天女の如き人びとと愉しむがよい
——黒柳訳『ハーフィズ詩集』、三五一ページ。第四八一番第三行—第六行。》

第三八番

無の曙に向つて旅立つ——「原註」に拠れば、「マホメット（ムハンマド）の指図に従って（春分の新年元旦の後）夜間に隊商《キャラヴァン》は旅立つ、とわたしは信ずる」とある。

「キャラヴァン」（ペルシア語の「カールヴァーン」に由来し、アラビア語では「イール」、「カーフィラ」、「キタール」という）は、馬、騾馬、驢馬、駱駝などで編成されるが、長距離間の大量輸送力という点では、一頭で二五〇—二八〇キログラムほどの積載能力があると言われる駱駝が最も優れている。

第四〇番

葡萄樹の娘——ペルシアにおける《葡萄酒》の異名。「飲酒」を《禁止行為（ハラーム）》とするイスラーム教の戒律を憚った婉曲語法《ユーフィミズム》である。因みに、イスラーム法（シャリーア）では、人間の行為は、宗教的見地から、その規範的価値に従って、《〔絶対的〕義務行為（ファルド、ワージブ）》、《推奨行為（スンナ、マンドゥーブ）》、《許容行為（ムバーフ）》、《忌避行為（マクルーフ）》、《禁止行為（ハラーム）》の五つの範疇に分類される。とはいえ、オマル・ハイヤームは大胆不敵と言っていいくらい飲酒をあからさまに繰り返し詠った詩人である。

第四一番

説明することができた——「原註」には、オマルは「ひょっとしたら自分の数学を笑っているのかもしれぬ」という註記がある。これはハイヤームが数学者としての自らの名声を自嘲した詩と考えるべきだろう。

第四三番

七十二宗派――「原註」に「イスラーム教がすぐに分裂して出来た七十二宗派」とある。因みに、ペルシア文学史上最高の神秘主義詩人、ルーミー（一二〇七―七三）は、次のように言っている。「世に七十と二の宗派があれば七十二がみんな互いに他を否認する。」（井筒俊彦訳『ルーミー語録』（岩波書店、「イスラーム古典叢書」、一九七八年）、二〇四ページ。）

生命の鉛……――古代エジプトに起り、アラビアを経て、ヨーロッパに伝わった《錬金術《アルケミー》》が、《賢者（哲人）の石》により、卑金属（鉛、錫など）を金、銀などの貴金属に変換したり、また万病を癒したり（「万能薬」）、殊に人間を不老長寿・不老不死にする霊薬を探し索めたり、秘術を施したりすること（勿論、これらは悉く失敗に終ったと言っていいが）などに掛けて言っている。

第四四番

この一篇には、葡萄酒に関する直接的な言及は見られないけれども、すぐ前のルバーイーを受けて、かのマフムード王を引き合いに出しながら、巧みな隠喩的《メタフオリカル》な表現で《葡萄酒の美徳（功徳）》を賞め讃えている。

黒い遊牧民の大群――「原註」に拠れば、英訳者は、「これはスルターン・マフムードによるインドとその浅黒い偶像崇拝者たちの征服を暗に指して言っている」と註記している。第一〇番の訳註を参照されたい。

第四六番

「原註」には、次のような説明がある。「《*Fánúsi khiyál*》という、インドでは今もなお用いられている幻燈機。円筒形の内部には様々な絵姿が描かれていて、内側の点されている蠟燭の周りを回転するように軽く均衡《つりあい》がとれ、通気口が付いている。」

我々は、この一篇を読めば、『マクベス』（第五幕第五場第二三行―第二八行）を想い起さぬわけにはいかぬだろう。

《消えろ、消えろ、短い蠟燭の火よ！　人生は歩く影法師、あわれな役者だ。束の間の舞台の上で、はでな身振りで動き廻ってはみるものの、出場《でば》が終れば、跡形もない。白痴の語るお話だ、何やらわめき立てては、いるものの、何の意味もありはしない。（小津次郎訳）》

第四八番

死の使者——（ヘブライ語で《神の助け（help of god）》の意）アザレル（或いはアズラエル）のこと。イスラーム教の四大天使の一人で、死を司る。死の間際に肉体から霊魂を引き離すという《死の使者《みつかい》（angel of death）》（『コーラン』参照）。名前と概念はユダヤ教から借りてきた。

第四九番

おそらくチェスは、インドに始まり、ペルシアに広まり（因みに、チェスという語はペルシア語の「シャー（王）」に由来する）、そこからレヴァント（東部地中海付近の諸島とその沿岸諸国を含む地域、トルコ、シリア、レバノン、イスラエル、エジプトなどの中近東諸国）へ、さらにイスラーム教徒によってヨーロッパに伝播して行ったと考えられるであろう。

第五〇番

この一篇は、言うまでもなく、例の神のみぞ知る《運命予定説》（第五七番の訳註を参照されたい）に基づいて、人間をポロ競技のボールに譬えている。因みに、ポロはペルシア起源の騎乗球技。ペルシアからトルコ、インドやチベット（西藏）に広まり、さらに中国や朝鮮半島を経て、日本にも伝わって来た。現今のものは、四人ずつ二組に分かれ、一箇の木のボールを馬上から長柄の槌（マレット）で相手側のゴールへ打ち込み合って勝負を争う。

なお、四行目の《*He* knows about it all—He knows—HE knows!》に関して、フィッツジェラルドは、「原註」において、こう説明している。

《原文における非常に不可解な一行——

U dánad u dánad u dánad u—

（逐語訳すれば、《He knows, He knows, He knows, He—》）

啼き止んだ同じ所からまた啼き始めると言われる、例の英国の森鳩と似た啼き声を突如止めるのである。》

第五一番

例えば、『コーラン』の、「そもそもこれの原簿（上述の通り『コーラン』の啓示は天上の原簿に従って下されるのである）は、いと有難く、気高《けだか》く、浄い（在天の啓典）、尊くも敬虔な書記たち（天使を指す）の手になるもの。」（第八〇章第一三節—第一五節）や「これはこれ、いともクルアーン（『コーラン』）ぞ、その（原典）は（天に）保管された書板ぞ。」（第八五章第二一節—第二三節）を参照されたい。

第五四番

この第五四番は、文章構成法《シンタックス》の上で、これだけでは独立せず（先ずは、四行目にピリオドがない）、次の第五五番のルバーイーと併せて、すなわち、二聯八行を以て、一応意味・内容上から言っても完全な一篇を成している。この一篇は、オマルの原作では、勿論、独立のルバーイーであり、フィッツジェラルドの英訳においても例外的なものに属すると言ってよい。

昴七星《バーウィーン》と木星《ムシュタラ》——「原註」には、“The Pleiads and Jupiter.”とある。

第五七番

陥穽……罠——因みに、黒柳訳『ハーフィズ詩集』の第二〇一番の冒頭の二行を引いておこう。

《濁りなき酒と美しい酌人《サーキー》はともに道の罠
世の賢者といえどその輪索《わなわ》から逃げられぬ》

（一四七ページ）

予定説——キリストの使徒、聖パウロ（パウルス）や（ヒッポの）聖アウグスティーヌスや聖トマス・アクィーナスに見られ、特にカルヴァンにおいてはその中心的な教義（いわゆる「二重予定説」）。《予定説》というのは、神の全智と全能に基づいており、神の摂理と恩寵の教義と密接に関係している。伝統的なユダヤ教神学は、万事が究極的には神に依存するという一般的な意味において運命予定説的であると言ってよい。また、イスラーム教は、絶対的意志として考えられる神（すなわち、アッラー）によって支配される絶対的予定説を教える。

第五八番

エデンの園——（「エデン」はヘブライ語で《歓喜(delight; pleasure)》の意）『旧約聖書』に拠れば、人類発祥の地で、人類の始祖であるアダムとイヴが初めて置かれたという楽園。やがてアダムとイヴは、神の戒めに背いて《禁断の樹（「智恵〔善悪を知る〕の樹」）の実》を食べたために楽園から追放された。（「創世記」、第二章―第三章参照。）

ところで、このルバーイーの最終行は、甚だ瀆神的と言えるが（そして今なお大いに議論のある問題の一行だが）、アラビア語とペルシア語とイスラーム学の碩学で（非イスラーム教徒による英訳本 *The Holy Koran* の訳者でもある）、久しくケンブリッジ大学アラビア語教授であったA・J・アーバリー（Arthur John Arberry, 1905–69）は、こう説明している。

《フィッツジェラルドが原文の単純な誤解の犠牲者であって、時々指摘を受けてきたように、故意に冒瀆の言葉を捏《でっ》ち上げたわけではなかったことは今や明白である。ペルシア語の原文は文字通りにはこういう意味である。

おお、神よ、わたしを赦し、（わたしの）悔恨を受け容れ給へ、
おお、御身は、悔恨を与へ、各人の宥恕《ゆるし》を受け容れ給ふ御方よ。

悔恨は神からの恩寵であって、人間が率先してやる行為ではない、という神秘主義の考え方をオマルは用いているのだ。

――A. J. Arberry, *The Romance of the Rubáiyát* (London: George Allen & Unwin Ltd., 1959), p.140.》

第五九番

《クーザ・ナーマ（Kúza-Náma）》というペルシア語は、《壺（甕・鉢）の書（the Book of Pots）》を意味するが、訳者は敢えて《酒壺の賦《うた》》と訳してみた。

断食月《ラマザーン》――（断食月は元々はアラビア語で「ラマダーン」といい、ペルシア語で「ラマザーン」という。原義は《灼熱の月（the hot month）》の意）イスラーム暦（ヒジュラ暦――西暦六二二年を紀元とする太陽暦）の第九月で、この神聖な《断食（サウム）》の一カ月間（新月の翌日から次の新月までの一カ月間）、イスラーム教徒は毎日、日の出（の約一時間半前）から日没まで（**from dawn to sunset**）一切の飲食を厳しく禁じられ、喫茶、喫煙、性交、自慰、唾を飲み込むことも許されない。但し、子供、病人、身体虚弱者、妊婦、授乳中の婦人、月経や産後の出血のある者、旅人、戦場にある兵士などは免除されるが、最初の三者の他は原則として後日に埋め合わせをしなければならない。（勿論、日没後は速やかに断食を終えるのが《慣行（スンナ）》で、徒に長引かせる

ことは忌避される。）やがて新月が昇って第十月（シャウワール）が始まると、一日から三日まで《断食明けの祭（イード・アル＝フィトル）》がイスラーム世界全土において盛大に祝われる。因みに、『コーラン』の最初の啓示はこの断食月《ラマダーン》を祝って下されている。（『コーラン』、第二章第一七九節―第一八三節参照。）

フィッツジェラルドは、「原註」において、次のように註解している。

《断食月、第九月《ラマザーン》（イスラーム教徒を不健康にし人付き合いを悪いものにする）の終りに、新月（彼らが一年を分割するのを支配する）を最初に一目ちらりと見ることを非常に心配しながら待ち望み、かつ歓呼して迎える。その時、ひょっとしたら、葡萄酒蔵《セラー》の方で葡萄酒樽を担ぐ軽子《かるこ》の肩当てがギーギー軋む音が聞えるかもしれない。オマル老は他の所でこの同じ月について美しい四行詩を詠んでいる。

元気を出しなさい――不機嫌な月は死ぬであらう、
若い月が間もなくわたしたちに報いてくれるだらう。
老いた月が老齢《とし》と断食のせゐで痩せこけて、腰が曲がり、蒼ざめて
大空から気が遠くなつて倒れさうな様子を見てごらん！》

アッバース朝（七五〇―一二五八年）のサラセン（イスラーム）帝国の最盛期に活躍したアラブの宮廷詩人、とりわけ《飲酒詩（讃酒詩）》の詩人として知られるアブー・ヌワース（Abū Nuwās, ?755–?813）に「断食の虜《とりこ》」と題する断食の戒律を嘲弄し、戒律を破り、違反することを高らかに詠った痛快な短詩がある。断食月《ラマダーン》ゆえに、日没から日の出までの間に、酒をいやというほどしたたか飲んでやろうという酒飲みの意地汚い魂胆の偽らざる表白と言ってよいかもしれぬ。

《断食が酒を禁じ、
遊興をしりぞけた。
我々は断食の獄中で、
煩悩の虜《とりこ》となった。
だが我々はやってのける、
人にはできないことを。
夜から朝まで飲み明かすのだ、
大人も子供もみんなして。

我々は歌うのだ、
　好きな詩を、大声で。
私に酒を注《つ》いでくれ、
　鶏がろばに見えるまで。
――アブー・ヌワース、塙《はなわ》治夫編訳『アラブ飲酒詩選』
（岩波文庫、一九八八年）、九三―九四ページ。》

第六六番

《断食明けの祭（第十月の一日から三日まで）》が盛大に祝われることに掛けて言っている。第五九番の訳註を参照されたい。

《断食は終り、祭《イード》が来て心がはずむ
酒場で酒が沸き立つ、求めねばならぬ
無情で、禁欲を売りものにする人の時は過ぎ
遊蕩児《リンダーン》が喜び楽しむ時が来た
かかる酒を飲む者は非難を浴びようが
この陶酔になんの罪科《つみとが》があろう
偽善ぶらずに酒を飲む者は
偽善ぶり禁欲を売物とする者にまさる
われらは偽善の遊蕩児《リンダーン》でも偽善の徒でもない
秘密を識り給う神がこれを証明する
神への務めを果し、他人《ひと》に害を加えない
他人《ひと》が不如法《ハラーム》と言うものを如法《ハラール》だとは言わない
われらがいかに酒杯を重ねても何が起ろう
酒は葡萄樹の血で、そなたらの血ではない
乱れがおきる飲酒に何の過ちがあろうか
あろうがどうだ、過ちなき人はいずこ
――黒柳訳『ハーフィズ詩集』、一九ページ。第二〇番。》

第六七番

次の詩句を参照されたい。

《そなたが夜半に輝く太陽を欲するなら
薔薇の頬した葡萄樹の娘の顔から面紗《ヴェール》を投げ棄てよ
私が死ぬ日、土に葬るな
酒場に運んで酒甕の中に投げ入れよ
――黒柳訳『ハーフィズ詩集』、一九二ページ。第二六三番第一一行―第一四行。》

第六九番

偶像崇拝物――《葡萄酒》のこと。「葡萄樹の娘」（第四〇番）と同様、「飲酒」を禁止行為《ハラーム》とするイスラーム教の戒律を憚った婉曲語法《ユーフィミズム》である。「これ、汝ら、信徒の者よ、酒と賭矢《かけや》と偶像神と占矢《うらないや》とはいずれも厭《いと》うべきこと、シャイターン（サタン）の業《わざ》、心して避けよ。さすれば汝ら運がよくなろう。」（『コーラン』第五章第九〇節）を参照されたい。

第七〇番

懺悔の粗麻布――例えば、「マタイ伝」、第一一章第二一節参照。

第七一番

《いにしへの七《なな》の賢《さか》しき人たちも
欲《ほ》りせしものは酒にしあるらし
――『萬葉集』巻第三―三四〇、太宰帥大伴卿「酒を讃むる歌十三首」、第三首。》
《言はむすべ為《せ》むすべ知らず
極《きはま》りて貴《たふと》きものは酒にしあるらし
――同前、巻第三―三四二、第五首。》

を参照されたい。

第七四番

我が歓喜の月よ――ペルシアの詩人は、恋人や美少女・美少年をしばしば《月》に譬えた。ここでは、女性の酌人――《酌姫《サーキー》》を指す。

第七五番

この一篇と前のルバーイイーとは連作の形を取っている。

空の酒盃を伏せ給へ！――宴会に欠席した客人の酒盃は伏せておく習わしになっていた。

タマーム・シュッド――Cf. Tamám shud (*Persian*) = It is finished [completed]; The (very) end.「終った」、「畢〔終〕」、「完」、「完結」。

（付記）

先年、上梓した拙訳『ルバイヤード』（限定参佰伍拾部、〔発行〕七月堂、〔発売〕朝日出版社、二〇一一年五月）の《解題篇》の中に（一九三ページの下段二行目から一九四ページの下段七行目にかけて）、明らかに思慮を欠いた、不注意による不正確かつ的確でない記述、さらに文体上からも生硬蕪雑で甚だ不満な箇所が二、三あることに気付いたので、遅ればせながら、この機会を借りて訂正及び文章に多少手を入れさせていただくことにする。偏に我が寛容なる大方の読者諸賢（my gentle readers）の御寛恕を乞う次第である。――

フィッツジェラルドの奔放自在の訳筆による創意に満ちた英訳詩集『ルバイヤート』の詩型について若干述べておこう。因みに、《四行詩集《ルバーイヤート》（Rubáiyát）》とは、ペルシア語の《四行詩《ルバーイー》（rubá'í）》（quatrain）の複数形《プルラル》である。四行詩の各篇の聯《スタンザ》が一行五詩脚から成る《弱強五歩格（iambic pentameter）》の《十音節（decasyllable）》の詩行四行聯から成る《押韻詩（rhymed verse）》である。《押韻（rhyme）》は、ペルシア語の原詩の四行詩《ルバーイー》に倣って、通例《ａａｂａ》と三行目のみ韻を踏まない押韻法に拠っている（この一行を「去勢句《ハシー》」〔khasī〕という）。ごく例外的には、《ａａａａ》と四行とも共通の韻を踏んでいる聯もある。例えば、初版に限って言えば、第一〇番、第二六番、第三二番、第四九番の四篇は、四行とも共通の韻を踏んでいる。

《四行詩《ルバーイー》》の構成は二つの「対聯句《バイト》」（bayt）を重ねて四行詩とする。ルバーイーは、漢詩における《七言《しちごん》（五言《ごごん》）絶句》のように一種の「起承転結」とも言うべき有機的構成を成し、最後の四行目は、全体の結末をつけるものとして通常重要な意義が託される。エピグラマティックな僅か四行詩のうちに様々な世界観・人生観を鮮やかに表現し得るこの詩型は、格言を愛好するペルシア人に古くから愛用されてきたのである。

たまたま入手して、訳者の手許にある『神秘主義者の葡萄酒――オマル・ハイヤームのルバイヤート――一つの心霊学的解釈』（*Wine of the Mystic: The Rubaiyat of Omar Khayyam: A Spiritual Interpretation*, 1994）〔半世紀以上前に雑誌に発表されていたものが、初めて単行本化された〕の著者パラマハンサ・ヨガナンダ（Paramahansa Yogananda, 1893–1952）は、いかにもインド人らしく、隠喩《メタファー》の謎のヴェールの背後に潜む神秘主義的本質の解明に努めたが（正直言って、彼の解釈にわたしは全く随《つ》いて行けぬが）、やはり《初版》を選んだ理由として、詩人の「ファースト・インスピレーションは――自ら溢れ出る、自然で、かつ純真であり――しばしば最も奥深い、かつ最も純粋な表現である」点を挙げている。

　ヨガナンダは次のように言っている。

《ペルシア人の或る学者の助けを借りて、わたしは原詩の『ルバイヤート』を英語に翻訳してみた。しかし、逐語的に訳してみたけれども、ハイヤームの原詩の燃えるような精神（fiery spirit）に欠けていることにわたしは気付いた。わたしは自分の翻訳とフィッツジェラルドの翻訳とを比較してみて、フィッツジェラルドには素晴らしく音楽的な英語の中にオマルの作品の神髄を正確に捕捉すべく神によって霊感が与えられていたことが判った。（「緒言」参照）》（傍点引用者）

　フィッツジェラルドの初版に対してこれほど見事で説得力のある讃辞は、他でそう簡単には見付からないであろう。一読三歎、神憑《がか》り的な出来映えの英訳詩で、ただ鑚仰《さんぎょう》するしかないということであろうか。

後記に代えて

《Scribendi recte sapere est et principium et fons.
(Wisdom is both the foundation and source of good writing.)
——Horatius [Horace], *Ars Poetica* [*The Art of Poetry*] (c. 20 B.C.), l. 309.
叡智は名文の根柢にして源泉なり。
——ホラーティウス『詩論』（前二〇年頃）、三〇九行。》

《あの教師（苦沙弥先生）と来たら本より外に何にも知らない変人なんだからねえ。》
——夏目漱石『吾輩は猫である（三）』（『ホトトギス』、一九〇五〔明治38〕年四月一日）

筆者は、徒らに馬齢を重ねて、二〇一五年（平成27年）二月に後期高齢者の仲間入りを果たし、また今年、すなわち、二〇一七年（平成29年）二月には、さらに馬齢を二つ加えて、どうにか《喜寿》（正確に言えば、満七十七歳〔数え七十八〕）を迎えることになった。

わたしは、生来、特に病弱だったというわけでは決してないけれども、東洋医学の医者の端くれであった父親が、第二次大戦直後、旧・樺太《からふと》（現・ロシア連邦）から引き揚げる際、男衆は旧・ソ連邦の捕虜となることを余儀なくされ、二年余りの理不尽な酷寒のシベリアでの抑留生活を経て帰国後、五年足らずして五十八歳という年齢で呆気《あっけ》なく病歿していたこともあって、若い頃から何となく自分も短命型の人間かもしれぬと独り勝手に決め込んでいるところがあった。ところが、今や大学の停年も疾《と》うに過ぎ、また喜寿まで生き存《なが》え、今なおこうして至って元気でいられるわたしは、全く以て天祐を享《う》けたとしか言う外ないのである。

旧約聖書の詩篇に曰く、「我らの齢《よわい》は七十歳にすぎません。或いは健やかであっても八十歳でしょう。しかしその一生はただ、労苦と災いにすぎず、その過ぎゆくことは速く、我らは飛び去るのです。」（The days of our years are threescore years and ten, and if by reason of strength they be fourscore years, yet is their strength labour and sorrow: for it is soon cut off, and we fly away. ——*Psalms*, xc.10）これはあまりにもよく知られた一節と言えるだろう。

そこで、いわゆる喜の字の記念ということもあって、甚だ恥知らずにも、筆者がこの十年余りの間に暇に飽かして書き綴った、取るに足らぬ蕪稿を集めて、このたびここにささやかな駄文集を一書編むことになった次第である。本書の副題《英米文学試論集》などと言えば、いささか鹿爪らしい学問的論攷の響きがあって大層聞えが良いかもしれない。しかしながら、有体に言えば、まさしく羊頭狗肉の例に外ならず、わたしのホーム・グラウンドとは言い難く、言わば埒外の門外漢として、ごく気楽な気持ちから、年来わたしの《文学的興味（literary interest）》を喚起かつ惹起してきた主題について、例の後期高齢者の半ば手遊《てすさ》び、暇潰しを兼ねて、文字通り、徒然なるままに（to beguile the tedium）、かつ思い付くままに、取り留めのない駄文を書き記したに過ぎないのである。それ故に、《英米文学雑文集》とでも称した方がより正確であるかもしれないのだ。

なお、第Ⅲ章は、発表時に、当初から旧仮名遣いで執筆したものであり、今回改めて新仮名遣いに統一することをせず、敢えてそのままにしておいたことを何卒御諒承願いたい。

何分にも文学的才能に乏しく、かつ懶惰で寡作な筆者だけれども、それでも今までにわたしは著書（共著ではなく、いわゆる単著）を三冊上梓する機会に恵まれた。すなわち、処女作『荒地としての現代世界——英米文学雑考』（朝日出版社、一九八二年九月刊、42歳の時）、第二著作『悪霊に憑かれた作家——フォークナー研究余滴』（松柏社、一九九六年十二月刊、56歳の時）、第三著作『葡萄酒色の海——フォークナー研究逍遥遊』（朝日出版社、二〇〇七年三月刊、67歳の時）。従って、本書は単著としては第四著作ということになる。

ここで思い浮ぶままに愚にもつかぬ駄文を弄することを許してもらえば、そもそも《文学》というのは、すぐに役に立つ実学ではなく、何の役にも立たぬ虚学であるとしばしば言われたりすることがある。確かに、文学は、人間が生きて行く上で直接腹の足しになるわけではないが、少なくとも人間の精神にとって何らかの点で役立ち続けてきたことを否定する者はいないだろう。さもなければ、古代ギリシア・ローマの大昔から現代に至るまで、文学は不思議にも途絶えることなく、連綿と読み継がれて来る筈がないのだ。とりわけ、印刷術の発明に伴って、文学作品は、紙に印刷された文字を愛好する人々によって継承されてきたのである。たとえどんなに機械文明が発達しても、おそらく書物がこの地上からそう易々と自然消滅してしまうだろうとはとても思えないのである。《コトバ・ことば・言葉》の芸術である文学は、一般的にはどうやらあまり役に立たぬものとされているようだが、時にはかえって非常に重要な役割を果たすことだってあり得るわけだから、少なくとも『荘子』の例の《無用の用》（「内篇　人間世」――「人皆知二有用之用一、而莫レ知二無用之用一也」参照）として、たとえ伝達の媒体が書物以外の何であれ、今後も末長く存在し続けてゆくだろうと断言して差し支えないのである。

古代ローマのキケロー（Marcus Tullius Cicero, 106–43 B.C.）は、「アルキアース弁護」（"Pro Archia Poeta", 16）において、次のように述べている。

《他の学問は、どんな時にも、どんな年齢にも、どんな場所にも適当というわけにはいかない。しかし、この学問（学文）は、青年の精神を研ぎ、老年を喜ばせ、順境を飾り、逆境には避難所と慰めを提供し、家庭にあっては娯楽となり、外にあっても荷物とならず、夜を過ごすにも、旅行の折も、バカンスにも伴となる。（谷栄一郎訳）

――「キケロー選集 2」（岩波書店、二〇〇〇年）、八三ページ。》

この一文は、今から二千年も前の遙けき大昔のものだが、《文学の常識》として、おそらく現在でもそっくりそのまま充分通用する考え方であると言って差し支えないだろう。

さて、いささか唐突で恐縮だが、どうも寄る年波のせいか、近頃、《人生の秋》という言葉が妙に気に懸かるようになってきた。理想的に言えば、豊かな平常心を持った老人として稔り豊かな秋であって欲しいと誰しもが願うところである。また考えてみるに、老齢は人生の黄昏時でもあって、哀しい哉、人間、知性と理性と品性の点で、必ずしも成熟してゆく、などという保証はどこにもないのである。実のところ、ただ限りなく老耄と冬枯れに近づいてゆくだけかもしれないのだ。

因みに、我が国の例の「老人福祉法」（一九六三年制定）に拠れば、特に《老人の定義》は明確に下されてはいないが、具体的な施策対象としては《六十五歳以上の者》を原則としている。念のために註の形で言い添えておけば、例のＷＨＯ（世界保健機関）の定義に拠れば、《老人・高齢者》というのは六十五歳以上の者を総称して言っている。そして我が国もＷＨＯの定義に準拠していると言っていい。しかしながら、近い将来における我が国の超高齢化社会を見据えて、先頃、日本老年学会などは種々の事情や思惑を勘案して《「高齢者」とは七十五歳以上の者》、また前期高齢者とされている《六十五歳以上七十四歳までの者は「准高齢者」》、そして《九十歳以上の者は「超高齢者」》とすべきだとの提言を発表していることは先刻御承知であろう。

人間が肉体的かつ精神的に《美しく老いる（to grow [become] beautifully old; to age gracefully）》ということは、おそらく人間誰しも強く望むところであろう。しかし、実際、これはなかなか大変なことだと言われる。加齢（エイジング）と共に身体の外見上に厳然と情け容赦もなく顕在化・表面化してくる、いわゆる《肉体の老醜》——徐々に老い耄《ぼ》れ、老いさらばえてゆく醜さは、如何《いかん》ともし難く、本人が最も忌み嫌うところである。とはいえ、これは、偏に個々人の絶えざる努力と平素からの心掛け次第によって老醜の到来を少しずつ遅らせること、いわゆる《抗加齢（アンチエイジング）》が可能であると言えるだろう（個人差が顕著と言うべきか）。

しかしながら、より傍《はた》迷惑で、しかももっと質《たち》の悪いのは、年を取るにつれて知らず識らずのうちにとかく顕在化しがちな《精神の老醜》の方だと言わねばならない。普通、《老醜》と言えば、肉体的外見を指して言う場合が多いが、実のところ、世間一般で手が付けられないほど厄介なのは、この《精神の老醜》の方であると言ってよいのだ。その最悪なのは、何と言っても、老人になると、どういうわけかよく判らぬが、男女を問わず、概して、気が短くなり、何かにつけて、とかく怒りっぽく、かつ頑固・頑迷になりがちなことである。（しかも人間は怒ると、どえらい数の脳細胞が死滅して寿命を縮めてしまうことが広く知られているというのに……。）

人間、年齢《よわい》を重ねるにつれて自然に圭角《かど》が取れて、人格もおのずと円満になってゆくものでありたいと冀《こいねが》う者は独りわたしだけではあるまい。しかし、持論では、これは一種の幻想《イルージョン》であると言う外ないのだ。確かに、人間は死なない限り、齢を重ねてゆくものである。しかしながら、《上手に年を取る（to age well）》ということは、考えてみるまでもなく、思いの外、至難の業《わざ》だと言っていいのである。敢えて開けっ広げに言ってしまえば、哀しい哉、人間は、年を取り、経験を積み重ねて行くと、だんだん老獪に、狡賢《ずるがしこ》く、また業突《ごうつ》く張《ば》りになってゆく傾きがある老人が何と多いことか。そう言えば、小物はいざ知らず、おしなべて大物の老政治家や老財界人などの中にしばしば見られるように、一癖や二癖どころか、煮ても焼いても食えぬ、老獪極まりない人間は、文字からも察しがつくように、圧倒的に老人に多く、若者にはほとんどいないのである。考えてみるに、《これも人性の然らしむ所（Such is human nature.）》と言えるのかもしれないが、これが現実だとすれば、何ともやり切れない、嘆かわしいことだと言わねばならない。

どうやら人間、幾つになっても、どうにも免《まぬが》れ難きは、中世のカトリック教会が定めた、例の地獄に堕つべき、赦し難い七罪源《七つの大罪〔七大罪悪〕（The Seven Deadly Sins）》――すなわち、《傲慢〔驕傲《きょうごう》〕（superbia; pride）》、《色慾〔邪淫〕（luxuria; lust [lechery]）》、《嫉妬 (invidia; envy)》、《憤怒 (ira; anger)》、《貪慾〔吝嗇〕（avaricia; avarice [covetousness]）》、《大食《じょ》〔貪食〕（gula; gluttony）》、《怠惰（accidia; sloth）》――かもしれないのである。しかし、これらの罪悪は、いささか恕し難いとはいえ、本来は人間が生得的に享《う》けている典型的な、極めて人間的な属性・性癖であることは否定できないだろう。それにしても、よくぞこれらの七罪源を拾い出して並べたものと感服の外はないのだ。

それで思い出したが、《老獪・老練・老巧》などという語は、どれも芳しくないニュアンスを伴う言葉であると言っていいだろう。世間を見渡せば直ちに納得が行くように、若い人たちから好かれる《好々爺《や》（老爺）》、《好々婆《ば》（老婆）》が何と少ないことか。それに引き換え、（品格に欠ける言葉で甚だ恐縮だが）、世に《糞婆》や《糞爺》が何と多いことだろうか。我々は、望むらくは、"not only aging but also ripening"であって欲しいのであるが……。それにしても、いささか偏見に満ちた、皮肉冷笑的な言辞を長々と弄し過ぎた嫌いがあるので、この辺で止めることにする。

ともあれ、わたしは、若い頃は、もっと世の中のことを知りたく思うと同時に、自分の未熟さ加減にほとほと愛想が尽きて、我が吉田健一と同じように、《老成・老熟》に憬れ、早く年を取り、かつ《長生きはしたいもの（Live and learn!）》と思ったりしたこともあったが、正直なところ、加齢に伴う生活習慣病・身体的障害などが少しずつ顕れてきたせいもあって、もっぱら年は取りたくないものと思わずにはいられない昨今である。人生の一回性――《人生は一度しかない（We only live once.）》のであるから、人生楽しむに如《し》かず、と言うべきだろう。そもそも人間が生きるということは学ぶことでもあり（学ぶことは人生の大きな楽しみ・歓びの一つ）、また《幾つになっても学ぶことはあるもの（You are never too old to learn.）》なのだ。

ところで、余談はしばらく措き、本題に戻る。フランスのモラリストの一人で、《近世哲学の祖》、《解析幾何学の祖》と言われるルネ・デカルト（René Descartes, 1596–1650）は、一般大衆には主著『方法叙説』（*Discours de la méthode*, 1637）の中ほど辺りに出てくるラテン語によるあまりにも有名な一句《Cogito, ergo sum.――*Ibid.*, IV & *Principia Philosophiae* (1644)》（「我思う、故に我在り」、Je pense, donc je suis.; I think, therefore I am.; Ich denke, also bin ich. 我思、故我在。）によって広く知られていると言ってよいだろう。しかし、デカルト（笛卡爾）には、これまたかなりよく知られた、次のような名句があるのだ。

《La lecture de tous les bons livres est comme une conversation avec les plus honnêtes gens des siècles passés.
(The reading of all good books is like a conversation with the finest men of past centuries.)
――René Descartes, *Discours de la méthode* (1637), Pt. I.
あらゆる良書を読むことは、〔それらの著者である〕過去の時代の最も優れた人たちと会話を交わすようなものである。
――ルネ・デカルト『方法叙説』、第一部。》

誰しもが充分納得の行く言葉であると言えるだろう。この引用文は、もしかすると大方の読者諸賢がどこかで一度くらい目にしたことがおありかもしれない。

ここで話のついでに言及すれば、わたしは若い頃からどういうわけか漫然と（と言うか、何とはなしに、と言うべきか）読み耽ってきた愛読書の中に、ルネサンス期の《フランス・モラリスト文学の祖》で、《懐疑主義哲学者

(philosophe sceptique)》、ミシェル・ド・モンテーニュ（Michel de Montaigne, 1533–92）の全三巻一〇七章から成る『随想録《エセー》』（*Essais*, 1580–8, 3 vols.）が含まれている。改めて言うまでもなく、モンテーニュの標語《モットー》、例の《ク・セ・ジュ？（我何をか知る？）——Que sais-je? [What do I know?; I know nothing.]——Cf. *Essais*, Bk. II, Chap. 12.》、すなわち、《あらゆる知識に対する彼の懐疑的態度（his sceptical attitude toward all knowledge）》が彼の哲学の根幹を成しているのは誰も知る通りである。

『エセー』の愛読者と言っても、わたしの場合はもっぱら我がモンテーニュ学の碩学、関根秀雄（一八九五—一九八七）の邦訳本を通して慣れ親しんできたに過ぎないのであるが……。また同時に、神田神保町の洋古書店などで、時たま《モンテーニュ（蒙田）の英訳本》を見付けたりすると、その都度無けなしの金をはたいて買い求めては、拾い読みしてきたような気がするのだ。

関根訳には、初訳本『モンテーニュ随想録』（白水社、一九三五年、装飾を施した貼り函入り三巻本〈何分にも高価本につき、当時は《予約販売制》を取って頒布《はんぷ》したとの由〉）の刊行から始まって、第五次改訳版《エディション》（全訳一巻本、白水社、一九八五年／全訳縮刷版一巻本、白水社、一九九五年）に至るまで、幾種類もの刊行本がある。ここでいささか私事にわたるが、今からほぼ四半世紀も前のことになるけれども、わたしは神保町の古書街でたまたま一九三五（昭和10）年刊の関根訳の初版『モンテーニュ随想録』（菊判、三巻本）を見付けて即座に有り金をはたいて購入したことがあった。紙表紙の洋綴じ装で、各巻函入りであったが、如何せん、表紙の傷み具合がかなりひどかったので、製本屋に出して改装してもらうことにした。《Rebinding》——背の部分の弛緩《ゆる》んだ綴じ糸を締め直し、角背から丸背に変え、かつ全体的に補修を施し、堅牢なレッド・バックラム装に製本し直してもらうことにしたのだ。バックラム装の表紙の《背》の部分と《平《ひら》》の部分には原本と似たような字体の金文字を入れてもらった。わたしは、出来上がってきた、あまりに見事と言う外ない改装本の仕上がり具合を見て、この分ならこの三巻本の寿命はさらに百年は保つだろうとその時内心思ったのを今懐かしく想い起すのだ。ひときわ光彩を放つレッド・バックラム装の大判の三巻本がそれぞれ元の旧函に収まって、現在、我が家の書架に堂々と鎮座している様は壮観と言ってもいいだろう。

因みに、関根秀雄は、他のフランスのモラリストたちの著作——ラ・ブリュイエール（La Bruyère, 1645–96）『人さまざま《カラクテール》』(*Les Caractères*, 1688; 1696)、ラ・ロシュフコー（La Rochefoucauld, 1613–80）『箴言集』（*Réflexions ou sentences et maximes morales*, 1665; 1678）、パスカル（Pascal, 1623–62）『パンセ』（*Pensées*, 1670）、ヴォーヴナルグ（Vauvenargues, 1715–47）『省察と箴言』（*Réflexions et maximes*, 1746）、等々の翻訳紹介者でもあったことを書き添えておかねばならない。

ついでながら、我が書斎の書架にどっしりと鎮座しているモンテーニュの随想録の数種の《英訳本》の中から主だった五点のみを、御紹介を兼ねて、御参考までに、以下に列挙しておくことにする。

Montaigne's Essays (London: The Nonesuch Press, 1931), Translated by John Florio (*c.* 1553–1625). Edited by J. I. M. Stewart (1906–94). 2 vols. 21.5×13cm. Limited to 1,375 sets, of which this is No. 908. Full dark-brown morocco, top edge gilt, in slipcase. Often reprinted since first English version "Florio's Montaigne" (London: V. Sims for E. Blount, 1603; revised 1613).

Essays of Montaigne (London: Privately Printed for The Navarre Society Limited, 1923), Translated by Charles Cotton (1630–87). Edited by William Carew Hazlitt (1834–1913). 5 vols. 22.5×14.5cm. 3/4 brown morocco, top edge gilt.

The Essays of Montaigne (Cambridge, Mass.: Harvard University Press, 1925), Translated by George B. Ives (1826–1914). Introductions by Grace Norton (1834–1926). 4 vols. 24.5×16.5cm. Buckram, top edge gilt.

The Complete Works of Montaigne (Stanford, Cal.: Stanford University Press, 1957), Newly translated by Donald M. Frame (1911–91). 1,094 pp. 23.5×15.5cm. 3/4 brown morocco, gilt decorated spine, top edge gilt.

Michel de Montaigne, The Complete Essays (London: Penguin Books Ltd., 1993), Translated and Edited with an Introduction and Notes by M. A. Screech (1926–　).《Penguin Classics》lix+1,284 pp. (Dr. M. A. Screech is regarded as the world's greatest authority on Montaigne. Rev. Professor Michael Andrew Screech is an emeritus fellow of All Souls College, Oxford.)

後期高齢者になってみて、我が生涯を自ら省みると、何とも恥じ入ることだらけなのだ。しかしながら、つらつら惟るに、わたしの場合は、何かにつけて随分有難い、便利な時代にいつも助けられ続けてきたと言う外ないのである。英米文学者、外国文学研究者と言っても、実のところ、わたし自身は、（厚かましくも長年飯の種にしてきた）《英語》がほんの一寸出来るくらいで、それも高が知れているし、西洋古典語を初めとして他の外国語に至ってはほとんど全くと言っていいくらい読めない、解さないのが実情なのである。今や世界中の古典的名著類の大半が英訳（独訳・仏訳）及び邦訳されていて、容易に入手して読むことができるようになったのは、まことに以て有難い御時世だと言わねばならない。それでもわたしは参考図書類の一部として様々な外国語の辞書の類は若い時から机辺や書棚に一応一通り取り揃えて万端抜かりなく用意だけはしてあるのだが……。

『随想録』の第一巻第二十六章「子供の教育について」（"De l'institution des enfants" / "Of the Education of Children"）の中で、モンテーニュは、「ギリシア語となると、私はほとんど全くわかりませんが、……」（Quant au Grec, duquel je n'ay quasi du tout point diintelligence, …[Pléiade, p. 173] / As for Greek, of which I have scarcely any knowledge at all, …[Geoge B. Ives, *op. cit.*, Vol. I, p. 232]）といささか謙遜して述べているが、これに対して、関根秀雄は、次のように註記している。

《「ギリシア語はほとんど全くわからない」《quasi du tout point》と言うが、本書の中にもギリシア語の引用は幾回もあり、書斎の梁にもギリシアの格言を記させている。つまり相当程度に読めたのである。ただラテン語は母語同様であったから、それにくらべれば、こう言うのがモンテーニュとしては当然であったろう。それにギュイエンヌ学院でもラテン語教育は完璧であったが、ギリシア語の方はそれほどでなかったのが事実である。だからモンテーニュは、ギリシア哲学はたいていラテン訳で読み、愛読のプルタルコスもアミヨの訳が出てからはその仏訳で読んだ。あえて原書にしばられなかったところはいかにもモンテーニュらしい。重大な内容の書物を読むには、あやふやな外国語の力によるよりも、しかるべき人の信頼すべき翻訳によって読む方がよいというのが、モンテーニュの意見である。

——関根秀雄訳『モンテーニュ随想録』（白水社、《全訳縮刷版》、一九九五年）、三〇九ページ》（傍点引用者）

ついでに言えば、モンテーニュは、第二巻第四章「用事は明日」（"A demain les affaires" / "Business tomorrow" ["Let business wait till tomorrow"]）においても、やはり「わたしはギリシア語はまるでわからない」（je n'entens rien au Grec [Pléiade, p. 344] / I know no Greek [Ives, *op. cit.*, p. 81]; I understand nothing of Greek [Donald M. Frame, *op. cit.*, p. 262]）と言っている。これに対して、訳者の関根は、さらに次のように註記している。


《「わたしはギリシア語はまるでわからない」とは、モンテーニュの謙遜とも例の誇張とも受け取れるが、彼として見れば、むしろ事実ありのままを言っただけであろう。ラテン語の方は一の二十六に自ら語っている通り、フランス語の片言も言い出さぬ幼児の頃から、有能な家庭教師に仕込まれたのであるが、ギリシア語の方はギュイエンヌ学院に入ってから二、三年の後に、しかも平凡な語学教師から始めて教えられたのであって、これについては父ピエールがしばしば不満を洩らしている通りである。本格的に立派な教師につくことが出来たのは更におくれて、パリ遊学時代のことであった。だからラテン語に関しては自信満々であっただけに、ギリシア語についてはかなり引け目を感じていたらしいことが当然推測できる。

——関根秀雄訳、前掲訳書、六六七ページ。》

考えてみるに、英語以外の外国語がほとんどからきし駄目な筆者としては、モンテーニュの「あやふやな外国語の力によるよりも、しかるべき人の信頼すべき翻訳によって読む方がよい」という意見には全く同感であると言う外ないのである。さらに関根は、こうも註記しているのだ。「彼は我々とちがって、弱い語学力で原書を不完全に読むよりは、すぐれた翻訳であるならむしろ翻訳で読む方が賢明だと考えていた。それだけに良き翻訳に期待するところが大きかったのであろう。彼は単に翻訳家・読者としてだけでなく、為政者として、翻訳の一国文化に及ぼす影響の重大さも忘れてはいない。」（前掲訳書、六六八ページ参照。）

ところで、『随想録』の中でわたしが若い頃から最も気に懸かっていたのは、他ならぬあの第一巻第二十章の「哲学すること、それはいかに死すべきかを学ぶことである」（"Que philosopher, c'est apprendre à mourir" / "That to Philosophize, it is to Learn to Die"）と題する一章であった。

ついでに言えば、モンテーニュ研究家の我が荒木昭太郎（一九三〇―　）氏は、この第一巻第二十章について、次のように簡潔に要約して註記しておられるので引用させていただく。

《この章の(a)のテクストの大部分は、一五七二～七四年に書かれたとみられる。この章では、死の問題を凝視し、確固とした態度をみずからに要請し、自然と人間の理法について納得すること以外には超越的な救いを求めない、非キリスト教的、ストア主義的、人間主義的死生観が見てとられる。後期の加筆の部分では、考え方に変化が見られる。

――荒木昭太郎（抄）訳『モンテーニュ　エセー』（「世界の名著19」、中央公論社、一九六七年）、七一ページ（註）。》（傍点引用者）

以下にとりわけわたしの鍾愛する一節を引用しておくことにする。御参考までに、当該箇所の英訳例を幾つか挙げておくので参照比較していただければ、それもまた一興となるかもしれない。

《(*a*) Où que vostre vie finesse, elle y est toute. (*c*) L'utilité du vivre n'est pas en l'espace, elle est en l'usage: tel a vescu long temps, qui a peu vescu; attendez vous y pendant que vous y estes. Il gist en vostre volonté, non au nombre des ans, que vous ayez assez vescu.

――《Bibliothèque de la Pléiade》*Œuvres complètes de Montaigne* (Paris: Gallimard,1962 / 1980), p. 93.

Wheresoever your life endeth, there is it all. The profit of life consists not in the space, but rather in the use. Some man hath lived long, that hath had a short life. Follow it whilest you have time. It consists not in number of yeeres, but in your will, that you have lived long enough.
——John Florio (tr.), *op. cit.*, Vol. I, p. 80. Cf. "That to Philosophie, is to Learne how to Die."

Wherever your life ends, it is all there. The utility of living consists not in the length of days, but in the use of time; a man may have lived long, and yet lived but a little. Make use of time while it is present with you. It depends upon your will, and not upon the number of days, to have a sufficient length of life.
——Charles Cotton (tr.), *op. cit.*, Vol. I, p. 101. Cf. "That to Philosophise Is to Learn to Die."

(*a*) Wherever your life ends, it is all there. (*c*) The usefulness of living is not in length of time, but in its use. A man may have lived long who has lived little. Look well to life whilst you are in life. It depends on your will, not on the number of your years, whether you have lived long enough.
——George B. Ives (tr.), *op. cit.*, Vol. I, p. 125. Cf. "That to think as a Philosopher is to learn to die."

Wherever your life ends, it is all there. The advantage of living is not measured by length, but by use; some men have lived long, and lived little; attend to it while you are in it. It lies in your will, not in the number of years, for you to have lived enough.
——Donald M. Frame (tr.), *op. cit.*, p. 67. Cf. "That to philosophize is to learn to die."

[A] Wherever your life ends, there all of it ends. [C] The usefulness of living lies not in duration but in what you make of it. Some have lived long and lived little. See to it while you are still here. Whether you have lived enough depends not on a

count of years but on your will.
——M. A. Screech (tr.), *op. cit.*, p. 106. Cf. "To philosophize is to learn how to die."

(a) 汝らの寿命がどこで尽きようとも、それはそれで全部なのだ。(c) 生きることの有用性は寿命の長さに在るのではなく、むしろその用い方に在る。長く生きては来たが、ほとんど生きて来なかった者もいる。汝らがこの世に生きて在《あ》る間は、ただ生きることに意を用いよ。汝らが人生を充分に生きて来たかどうかは、寿命の年数に依るのではなく、一《いっ》に懸かって汝らの意志如何《いかん》に依るのだ。》

それで思い出したが、ローマのストア派の哲学者・劇作家・政治家のセネカ（Lucius Annaeus Senaca, c. 4 B.C.–A.D. 65）には、既に次のような名言があることは知る人ぞ知るであろう。

《Vita, si scias uti, longa est.
[Life, if thou knowest how to use it, is long.]
——Seneca, "De Brevitate Vitae [On the Shortness of Life]" (c. A.D. 54), Sec. 2.
人生は、もし汝がその使い方を知れば、長い。
——セネカ「人生の短さについて」（西暦五四年頃）、第二節。》

《Longa est vita, si plena sit.
[Life is long if it is full.]
——Seneca, *Ad Lucilium Epistulae Morales* [*Moral Epistles to Lucilius*] (c. A.D. 64), No. 93, Sec. 2.
人生は、充実していれば、長い。
——セネカ『ルーキーリウス宛道徳書簡集』（西暦六四年頃）、第九三番第二節。》

わたしは、糊口の資を得るために、柄にもなく、やむなく一介のしがない《英語教師》として一生を送ってきた、厚顔無恥の徒であると言えなくもない。大学院生だった五年間は或る大学の付属高校の非常勤講師として、その後、二十八歳からは大学の平凡な英語教師を四十数年余り、都合、半世紀近くにわたって歯を食いしばり恥を忍んで《英語教育》に携わってきたことになるわけだが（断っておくが、その間、英米文学の名作を何度もテクストに用いる機会はあったけれども、もとより英文学教師であったわけでは決してない）、わたしなりに無けなしの智慧を絞って一所懸命に努力してきたつもりだったが、何分にも無能無才な人間ゆえ、顧みて内心忸怩たる思いがあるし、慚愧の至りと言う外ないのだ。

漱石の『三四郎』（一九〇九〔明治42〕年）の三の六の書き出しの所にこんな場面が出てくるのを憶えておられる方々がいらっしゃるかもしれない。三四郎は、大学の図書館から借り出した書物のうちの一冊を何気なく開いてみると、本の見返しの余白一面に鉛筆による乱暴な《書き込み》があるのに気付くのだ。

《「ヘーゲルの伯林《ベルリン》大学に哲学を講じたる時、ヘーゲルに毫も哲学を売るの意なし。彼の講義は真を説くの講義にあらず、真を体せる人の講義なり。舌の講義にあらず、心の講義なり。真と人と合して醇化一致せる時、其説く所、云ふ所は、講義の為めの講義にあらずして、道の為めの講義となる。哲学の講義は茲《ここ》に至つて始めて聞くべし。徒らに真を舌頭に転ずるものは、死したる墨を以て、死したる紙の上に、空しき筆記を残すに過ぎず。何の意義かこれあらん。……余今試験の為め、即ち麵麭《ぱん》の為めに、恨を呑み涙を呑んで此書を読む。岑々《しんしん》たる頭《かしら》を抑へて未来永劫に試験制度を呪咀する事を記憶せよ」

とある。署名は無論ない。三四郎は覚えず微笑した。けれども何所《どこ》か啓発された様な気がした。哲学ばかりぢやない、文学も此通りだらうと考へながら、頁《ページ》をはぐると、まだある。「ヘーゲルの……」余程ヘーゲルの好きな男と見える。》（傍点引用者）

我が国の大学においては、もとよりベルリン大学の観念論哲学者のヘーゲル（Georg Wilhelm Friedrich Hegel, 1770–1831）教授並みの超高度な講義が期待されているわけではない。ましてや教養課程の英語教師に求められているものと言えば、せいぜい《訳読（読解）》と《英作文》ぐらいなもので高が知れているのだ（《英会話》は通常"native speakers"が担当することになっている）。その他に毎年《入試問題作成》という厄介な業務が課されていることは言うまでもない。そんなわけで、有難いことに、わたしでも何とか大過なく勤め上げることができたのかもしれない。

包み隠さず有体に言えば、教養課程の英語、ドイツ語、フランス語、中国語、等々の外国語担当の大半の教師は、通例、《（教室では）語学教師》兼《（書斎や研究室では）文学研究者》という、言わば、二足の草鞋を履くことを余儀なくされているのが実情なのだと言っていいのである。生活のためもあって、わたしを含めて、割り切って使い分けて仕事をしている教師が大半なのである。

そう言えば、例の『吾輩は猫である』の博学多識で変梃林な珍野苦沙弥先生は（明らかに戯画化された漱石の分身）――わたしなどは一知半解にして薄学少識の徒にすぎぬが――中学の英語教師、《リードル（リーダー）》の先生だが、学校から帰宅すると、来客がある場合以外は、もっぱら独り書斎に蟄居して何やら横文字で書かれた書物を繙いている、好奇心に富む人物である。頻出する英国の文人名や英書の表題名などから推して、苦沙弥先生はどうやら英文学者の端くれであることが判るのだ。

《吾輩の主人は滅多に吾輩と顔を合せる事がない。職業は教師ださうだ。学校から帰ると終日書斎に這入つたぎり殆んど出て来る事がない。家のものは大変な勉強家だと思つて居る。当人も勉強家であるかの如く見せて居る。然し実際はうちのものがいふ様な勉強家ではない。吾輩は時々忍び足に彼の書斎を覗いて見るが、彼はよく昼寝をして居る事がある。時々読みかけてある本の上に涎《よだれ》をたらして居る。彼は胃弱で皮膚の色が淡黄色を帯びて弾力のない不活潑な徴候をあらはして居る。其癖に大飯を食ふ。大飯を食つた後で「タカヂヤスターゼ」を飲む。飲んだ後で書物をひろげる。二三ページ読むと眠くなる。涎を本の上へ垂らす。是が彼の毎夜繰り返す日課である。吾輩は猫ながら時々考へる事がある。教師といふものは実に楽なものだ。人間と生れたら教師となるに限る。こんなに寐て居て勤まるものなら猫にでも出来ぬ事はないと。夫でも主人に云はせると教師程つらいものはないさうで彼は友達が来る度に何とかかんとか不平を鳴らして居る。（第一章）》

御参考までに言えば、夏目漱石（一八六七―一九一六）は、英国留学から明治三十六年（一九〇三年）一月に帰国し、四月から小泉八雲（Lafcadio Hearn, 1850–1904）の後任として東京帝国大学文科大学英文学科（専任）講師（兼第一高等学校英語科嘱託）となった。文科大学では、週一日、二コマ（二時間ずつ）――「シェイクスピア講読」（*Macbeth, King Lear, Hamlet, The Tempest, Othello, The Merchant of Venice, Romeo and Juliet*, etc.――学生間で好評であったという）及び「英文学概説」講義（明治三十六年九月から三十八年六月までの丸二年間――のちに加筆して『文学論』（明治四十年）として刊行）、その後は、「十八世紀英文学」講義（明治三十八年九月から、大学を辞職する四十年三月までの一年六ヵ月間――のちに加筆して『文学評論』（明治四十二年）として刊行）を、併行して行なっていたという。因みに、後刻《ごこく》言及する松浦一《はじめ》は、小山内《おさない》薫（一八八一―一九二八）、川田順（一八八二―一九六六）、金子健二（一八八〇―一九六二）などと共に、たまたま文科大学英文学科の一年に在籍していた。

『吾輩は猫である』が例の俳句雑誌『ホトトギス』（明治三十年、正岡子規が主宰、子規は明治三十五年に早世）に発表されたのは、明治三十八年一月から三十九年八月にかけてであるから、漱石は文科大学では《英文学者》として英文学を講義したり、また傍ら一高では《英語教師》として英語を教えていた頃であり、多忙を極めていたのである。例の苦沙弥先生は、誰もが認めるように、確かに漱石自身の戯画化された分身（caricatured alter ego）には違いないけれども、当時の実際の漱石像とは大違いなのである。

確かに漱石が描写する飄逸とも言える苦沙弥先生像は――どうやら日常の漱石特有の性癖・奇癖の類をいささか自嘲気味に、包み隠さず書き連ねていることは間違いないようだが、しかしながら、本業の英文学者としての漱石は懶惰な研究者ではなく、文字通り勤勉家・勉強家であったのである。むしろ苦沙弥先生像は、謹厳実直な生活者である漱石にとって一種の《理想像》であると考えていたのかもしれない。実際の漱石は、シェイクスピアの作品講読はいさ知らず（文句なく愉しめたであろう）、とりわけ英文学の講義の準備に忙殺され、思いの外、時間と精力を費やす羽目になったと言っていいのである。

　根が生《き》真面目で驚嘆すべき博学多識・博覧強記の漱石は、全身全霊を傾けて、英文学の山のような資料類と真剣に格闘し、博引旁証しながら、毎回綿密な《講義ノート》を準備して講義に臨んでいたのである。これでは漱石の稀に見る英語力と文学的才能を以てしても、英文学研究が段々苦痛になってくるのは致し方ないかもしれない。講義の下準備のために多くの時間を割き、智力と体力と集中力のすべてを傾注してきたとしても、所詮は英文学の氷山の一角を齧るに過ぎないのである。とにかく、『文学論』（日本人の著した最初の英文学の研究書）や『文学評論』のような精緻かつ大部の学問的労作をどちらも僅か二年足らずで書き上げるというのだから、漱石ほどの頭脳明晰で文才に恵まれた才人であってもいかに難儀したかは想像するに難くないのだ。かくまで全身全霊を打ち込めば、漱石ならずとも誰だって英文学研究が厭で堪らなくなってしまうに決まっていると言っていいだろう。誰も知るように、漱石は、深刻な転機に遭遇し、紆余曲折を経て、性に合わぬという理由で教師や英文学者から遂に朝日新聞社の専属小説記者へと一大変身を図るに至ったのである。

　夏目漱石と言えば、性格がいささか旋毛《つむじ》曲がりなところもあったようだから、例の《「漱石枕流《ちんりゅう》」――石に漱《くちす》ぎ流れに枕す》（『晋書《しんじょ》』、「孫楚《そんそ》伝」）の故事に倣って、どうやら《漱石》と号したらしいと言われている。とはいえ、漱石といえどもその心中を密かに忖度すれば、《「枕ㇾ石漱ㇾ流」――石に枕し流れに漱ぐ》（『三国志』、「蜀志《しょくし》――彭《ほう》羕伝」）――煩わしい俗世間から遁れて山野の景勝の地に隠棲して自在な境地、気随気儘な余生を享受したいものだという思いは当然あったことだろうと思われるのだ。しかしながら、帰する所、余生というものが皆無だった、自らを《煩悩具足の凡夫《ぼんぷ》》に過ぎぬと観じていたかに見える漱石にとってそれは淡く儚い、叶わぬ願望でしかなかったと言うべきだろうか。

　それにしてもわたしはこの齢になっても時々漱石の作品を読み返すことがあるが、思うに、《漱石文学》といつでも出会える我々日本人は大層幸せであると言わねばならないのである。

　因みに付記すれば、漱石の後任として文科大学の講義を担当したのは、確か、『文学の本質』（一九一五年）、『生命の文学』（一九一八年）、『文学の白光』（一九二四年）、『生き行く力としての文学』（一九三二年）、等々で知られる我が松浦一《はじめ》〔号は一如〕（一八八一―一九六六）であった筈である。実は、いささか私事にわたるが、わたしは学部の学生の頃幸運にも晩年のいかにも高僧を髣髴させる容貌をした、物静かな佇まいの松浦一教授から三年次に「文学概論」（『改修 文学の本質』）及び四年次に「シェイクスピアの『テンペスト』」の講義を受講する機会に恵まれたことを一言書き添えておく。

　時に、『吾輩は猫である（十一）』に「窮措大《きゅうそだい》珍野苦沙弥氏の如きものは」という一節が出てくる。「窮措大」、つまり学者や教師は昔から微禄に甘んずる他なく、貧乏なものと相場が決まっていたのである。「金を愛することと学問を愛することは滅多に両立しない」（Cf. "The love of money and the love of learning rarely meet."――George Herbert, ed., *Jacula Prudentum, or Outlandish Proverbs, Sentences, &c.*, 1650, No. 1159）ものかもしれない。さらに「学者と大木《たいぼく》は俄に出来ぬ」という。学者の育成にはじっくりと時間を掛けなければならぬからだ。その揚句が「貧乏学者」であり、生かさず殺さずにして置けば事足りる人種というわけなのか。我が師中野好夫（一九〇三―八五）は、或る時、大学院生に向かって、「金持ちになりたければ、学者や教師になるのは止せ」ときっぱりと断言的に忠告されたことがあったのをわたしは直接聞いた憶えがある。確かに金持ちになりたければ、《英語英文学者》ではなく、さしずめ《実業家》を目指すに越したことはないと言うことなのだろう。そうなのだ。どうしても金持ちになりたいというのであれば、何ら義理はないのだから、学者や教師、はたまた庶民の血税で養われる公務員などになることはないのである。

　ところで、我が吉田健一（一九一二―七七）ほど《文学》及び《言葉》について執拗に追究し、倦むことなく繰り返し語り続けた文士をわたしは他に知らない。吉田に拠れば、要するに、文学というのは文章のことであり、文章というのは他ならぬ言葉のことであるという。そして言葉というのは「精神の働きから生れて精神に働き掛けるものである」という。そして、文学は本を読めば事足りる、と。《文学は言葉の芸術である（Literature is the art of words.）》とか、或いは、《文学は知性と感性を共に刺戟する（Literature stimulates both the intellect and the senses.）》というのであれば、おそらく誰しも容易に納得が行くであろう。究極するところ、吉田は文学について次のようにさらりと言ってのけるのだ。

《長い付き合ひから得た結論を言ふと、文学は言葉であり、言葉が有効に使はれれば、それは我々の精神を全幅的に揺り動かすに至り、精神はやがて揺れ動かなくなつて、平静に戻る。この作用は他の材料を通しても行はれるが、言葉にもそれがあり、言葉がその作用を人間の精神に及ぼすのが文学である。従つて小説に限らず、手紙でも、報告書でも文学であり得て、或る人間に優れた言葉に存分小突き廻された後は、精神は静止する。これを指して、文学は言葉を通して無に帰する業だと、この頃は思つてゐる。読むだけでなく、書く時も同じである。

――吉田健一『横道に逸れた文学論』（一九六二年）、「文学の目的」》（傍点引用者）

吉田は、《文学は言葉を通して無に帰する業》だと総括的に推断し結論づけるが、正直言って、わたしはいまだに文章を書き綴っていて《言葉を通して無に帰する》などという境地からは程遠い人間であると言わねばならない。遅筆にして悪文家のせいかもしれない。わたしは大体が悟りを開いたり、悟りの境地に達する、などといったその種のタイプの人間では所詮ないからかもしれないが……。《大声は里耳《りじ》に入《い》らず》（「大声不レ入二於里耳一」――『荘子』、「外篇　天地」）ではないが、高雅な言論、高尚な境地はとかく凡人にはなかなか理解され難いものである、ということだろうか。

ところで、先日、詩人の大岡信《まこと》（一九三一―二〇一七・04・05）氏がお亡くなりになった。大岡氏は、古今東西の文学や芸術（すなわち、音楽・演劇・美術など）をはじめ多方面にわたる該博な知識と強靭な思考に裏打ちされた、瑞々しい感性と豊かな抒情を湛えた作品群で知られる秀抜な現代詩人であった。偉大な知識人・大教養人であった。大岡氏は、単に深い知性と学識のある詩人・文芸批評家であるに止まらず、多彩な分野で縦横無尽、八面六臂の評論活動を行ない、驚異的とも言える厖大な量の仕事を成し遂げて黄泉《よみ》の国に旅立たれたのである。とりわけ一般的には朝日新聞朝刊の例の詩歌連載コラム「折々のうた」（《現代の国民的な詩歌アンソロジー》、《現代の万葉集》などとも称される）の撰者・編者として広く知れ渡っていると言った方がいいかもしれない。

実は、大岡信氏の訃報に接してたまたま思い出したのだが、同氏が吉田健一の名著『ヨオロッパの世紀末』（新潮社、一九七〇年十月刊）の言わば《誕生秘話》と奇しくも深く関わり合っていたというのだ。それというのも清水康雄氏が一九六九（昭和44）年雑誌『ユリイカ』（青土社）を復刊させるに際して、吉田健一さんに連載してもらうことになったが、何かいいテーマ、アイディアはないかと相談を持ち掛けられた大岡氏は、即座に、吉田さんに書いてもらうのなら「ヨーロッパの世紀末」という連載以外にはないでしょうと答えていたからである。（大岡信「荒地を越えて」、『海』、昭和五十二年十月号《吉田健一追悼特集》参照。）言われてみれば、確かに吉田健一には打って付けの主題であり、旧制一高時代から吉田の著作に親炙していた大岡氏ならではの卓越した見識から閃《ひらめ》いたテーマ・名企画だと言うべきだろう。大岡氏の炯眼《けいがん》には脱帽するしかないのだ。『ユリイカ』に一年間にわたって（一九六九年七月号〔復刊第一号〕から翌年六月号まで）十二回連載されて成ったのが他ならぬ『ヨオロッパの世紀末』であったのである。これは知る人ぞ知るエピソードと言えるかもしれない。

　第Ⅱ章のジョン・ダン論の所で、筆者が迂闊にも書き忘れたことがあることに気付いたので、追記の形で御紹介させていただくことにする。ダンには我々の通常の理解を遙かに超える難解な詩があることはよく知られているが、何とダンと同時代人の英国王にこんな評言が残っているのだ——イングランド王ジェイムズ一世（スコットランド王ジェイムズ六世、一五六六—一六二五）の言葉とされ、一説に拠れば、プルーム副主教（Archdeacon Plume, 1630–1704）によって記録されている言葉だという。

《Dr. Donne's verses are like the peace of God; they pass all understanding.
——Attrib. to King James I of England (King James VI of Scotland).
ダン博士の詩篇は神の平安のようなもの。人智を以てしては到底理解し得ない。
——ジェイムズ一世（スコットランド王ジェイムズ六世）の言葉とされる。》（傍点引用者）

Cf. pax dei: the peace of God: the undisturbedness [tranquility] of [given by] God, surpassing [being beyond] the reasoning faculty.「神の賜物としての（神によって与えられし）心の平安」

確かにダンの詩には、人智では到底測り知ることができない《神の平安（pax dei: the peace of God）》のように、時として通常の人間の智力の理解を遙かに超える難解なものがあるということに関してはおそらく異論を唱える者はいないであろう。

チャールズ・ジェイムズ・スチュアートは、一五七八年以来ジェイムズ六世の名の下にスコットランドを統治していたが、一六〇三年エリザベス一世の死去に伴ってイングランドの王位も継承してジェイムズ一世となる。スチュアート王朝の祖。いわゆる《王権神授〔帝王神権〕説（the divine right of kings）》（君主の権力は臣民の意志ではなく神意によって授けられた権利とする説）の信奉者で、英国国教会強硬派を支持したため、たびたび議会と衝突を繰り返すことになる。

それで思い出したが、ジェイムズ一世の裁可によって英訳公刊された例の『欽定英訳聖書』（*The Authorized Version of the Bible* [*King James Version*], 1611）の美しい英語の散文体は、その荘重にして簡素・簡潔、明快・明晰で生き生きとした英文で知られるが、シェイクスピアの作品と共に（宗教書としてだけではなく）英文学書としても高く評価され、近代イギリス散文の形成に甚大な影響を与えてきたのである。これに較べれば、ジョン・ダンの詩は、学問好きなジェイムズ一世が言うように、難詩だという指摘は確かに御尤もだと認めないわけにはいかぬのだ。また彼は『悪魔学』（*Daemonologie*, 1597）という著作もある知的好奇心の強い悪魔学者（daemonologist）でもあった。

話は違うが、周知のように、後漢書の有名な言葉に「酒は天の美禄なり」（「酒者天之美祿」――『食貨志・下巻』Cf.《Wine is Heaven’s boon to man.》）というのがある。つまり、酒というものは天から人類に与えられた、この世で最高に素晴らしい賜り物であるというのだ。従って、酒を愛することは決して天に愧《は》じることはないというのである（「愛酒不愧天」）。とりわけ気心のよく知れた親友と酌み交わす酒の旨さは格別であり、幾らあっても足りないくらいなのだ――「酒は知己に逢えば千鍾《せんしょう》も少なし」（「酒逢知己千鍾少」）。酒席では鹿爪らしい、小難しい話は止《よ》して、もっぱら他愛のない話題、花鳥風月などの風雅な話に興ずるべきであって、公務のことなどを語るのは以ての外であり、野暮と言うべきである――「酒を飲みては公事を談ぜず」（「飲酒不談公事」）。また花は五部咲きの半開なるを愛《め》でるのが良いように、とかく度を過ごしがちな酒もほろ酔い加減で止めておくに越したことがないのである（「花看半開、酒飲微醺」）。実のところ、世に守り難きは酒量であって、ついつい自分の定量を越えて飲み過ぎてしまうのは誰しも判っているけど止められないのだ。極めて人間的な行為だとはいえ、ここに改めて自ら肝に銘じて、以て自戒とするしかないのである。

ところで、つらつら顧みるに、わたしが曲がりなりにも物を書く真似事をするようになったのは、何と言っても大学院生の頃たまさか出会った恩師を挙げないわけにはいかない。——すなわち、吉田健一と中野好夫の二人だが、わたしはたまたま学部の学生の頃から彼らの著作を愛読し、蒐集することに努めていたので、知らず識らずのうちにその感化を強く受けていたせいかもしれないのである。それにもう一人、《我が国民的作家》である夏目漱石を加えてもいいかもしれない。彼らが鋭利な洞察力に富む指摘や分析を可能としたのは、彼らがいずれもずば抜けて秀でた語学力で、文学作品を徹底的に読み込み、味わい尽し、かつ自分の頭脳《あたま》で徹底的に考え抜く《脳力・智力》を兼ね備えていたからに外ならないのだ。思うに、例の吉田のジョン・ダン論などはその典型的な一例であると言っていいだろう。

さて、つれづれなるままに心に想起する由なし事を便々と書き連ねてきたが、この無くもがなの蕪稿の筆をそろそろ擱かねばならぬ時が来たようである。齢《よわい》喜寿を過ぎて我が身の来《こ》し方をつらつら振り返りみる時、わたしの脳裡に直ちに思い浮ぶのは、何と言っても、わたしのかつての勤務先である東京理科大学（理工学部）において、公私にわたって何かと寛厳宜しきを得た御指導御鞭撻を戴いた英語科の我が敬愛してやまぬ同僚の先生方である。今ここに敢えて御氏名を列挙することを許してもらえば、既に鬼籍に入《い》られて久しい町田久一郎（一九〇〇—七五）教授、我が師野崎孝（一九一七—九五・05・12）先生とたまたま東京帝大英文学科同期の今津藤一（一九一八—二〇〇九）教授、病魔に冒され惜しまれながら早世した重信千秋（一九二五—八四）教授、並びに御存命中の宮里政邦（一九三〇—　）名誉教授、沼隆三（一九三八—　）名誉教授、上記五名の人格・学識共に秀でた先生方から忝くも賜った御厚情と学恩に対して、甚だ遅ればせながら、深甚かつ満腔の謝意を申し上げねばならぬのは、わたしの嬉しい義務である。宮里、沼両先生におかれましては、御自愛御加餐を心からお祈り申し上げます。

ここでいささか私事にわたって恐縮だが、近年わたしの周りで日頃から敬慕していたお二人――すなわち、義兄の小椋忠（一九三三―二〇一五・02・24）大兄並びに従兄の西條喜儀《きよし》（一九二七―二〇一六・01・06）雅兄――が亡くなられたので、わたしはいつになく深い喪失感と寂寥感に苛《さいな》まれることになった。我々は、仏教で謂うところの《生《しょう》老病死》（birth, aging, sickness [illness], and death）という四苦を、人生のどうにも免れ難い宿命、避け難い現実として受け容れるしかないのである。所詮、人間の一生は《悠久の時間《とき》の流れ》のほんの一部でしかなく、この世は仮の宿とはいえ、近頃は寄る年波のせいもあって、《人生の無常迅速》を身に沁みて感じ入るようになってきたのかもしれない。「されば、人、死を憎まば、生を愛すべし。存命の喜び、日々に楽しまざらんや。」（『徒然草』、第93段）ともあれ、わたしは幾つまで生き延びられるものか皆目見当がつかぬが（「存命不定《ふじょう》」）、後期高齢者として、老後の残余《のこり》の人生において、英文学をあまり肩肘張らずにもっと気随気儘に楽しむ《英文楽者》でありたいものと思わずにはおれない今日この頃である。

例の『オマル・ハイヤームのルバイヤート』（*Rubáiyát of Omar Khayyám*, 1859）の名翻訳家として知られるエドワード・フィッツジェラルド（Edward FitzGerald, 1809–83）は、若い友人でサンスクリット（梵語）学者のエドワード・B・カウエル（Edward Byles Cowell, 1826–1903）〔後年、ケンブリッジ大学サンスクリット学初代教授〕に向かって、こう言ったという。「誰もおよそ買いもしないようなものを何故印刷したりするのかわたしにもあまりよく分らない。しかし人は最善を尽した場合には……印刷に付して一件落着としたいものです。」（"I hardly know why I print any of these things, whick nobody buys. But when one has done one's best ... one likes to make an end of the matter by print." —Thomas Wright, *The Life of Edward FitzGerald*. London: Grant Richards, 1904 [2 vols.], Vol. II, p. 17.）フィッツジェラルドの言葉にわたし自身も全く同感であると言っていいのだ。仕事に区切りを付けるという意味合いからも、たとえ《貴族の商売》と嗤われようとも、最終的には敢えて単行本として刊行する所以でもある。いささか口幅ったいことを言うようだが、人間、何か纏まった仕事を成し遂げるためには骨身を削る覚悟を以て臨まねばならぬことは改めて言うまでもないだろう。老学究による貴族の商売もこれを以て我が生涯の最後の単著としたいと考えている。

最後に、しかし最小ではないが（蛇足ながら、マーク・アントニーの例の "though last, not least" ――Shak., *Julius*

Caesar, III. i. 189)、本書の上梓に際しては、快く様々な便宜を図っていただいた版元の七月堂の皆様に対して、厚くお礼を申し上げます。

二〇一七年（平成29年）五月　湘南・鵠沼の陋屋の書斎にて

齋藤　久　識

初出一覧

I

クサンティッペーとバースの女房
——《悪妻》と《悪女》をめぐる雑考（その一）
『中央英米文学』、第48号、二〇一四年（平成26年）十二月、25—57ページ。

クサンティッペーとバースの女房
——《悪妻》と《悪女》をめぐる雑考（その二）
『中央英米文学』、第49号、二〇一五年（平成27年）十二月、4—63ページ。

II

吉田健一とジョン・ダン
——ケンブリッジ大学キングズ・コレッジ入学の頃
『中央英米文学』、第50号、二〇一六年（平成28年）十二月、22—88ページ。

Supplementary Appendix

吉田健一の《行きつけの店》のことなど
書き下ろし。

Ⅲ

若き日のフォークナーと《サッポー詩体》をめぐつて（その一）
――サッポーとホラーティウスとA・C・スウィンバーンとの聯関において
『中央英米文学』、第39号、二〇〇五年（平成17年）十二月、33－55ページ。

若き日のフォークナーと《サッポー詩体》をめぐつて（その二）
――サッポーとホラーティウスとA・C・スウィンバーンとの聯関において
『中央英米文学』、第40号、二〇〇六年（平成18年）十二月、3－31ページ。

Ⅳ

藤井健三学兄を偲ぶ
――《在りし日の我が英語英米文学者の肖像》
『中央英米文学』、第46・47号、二〇一三年（平成25年）十二月、108－123ページ。

Ⅴ

エドワード・フィッツジェラルド英訳『オマル・ハイヤームのルバイヤート』（初版、一八五九年）の邦訳（全七十五篇）
齋藤久訳『ルバイヤート』、エドマンド・J・サリヴァン挿画、限定参佰伍拾部印行、七月堂（発売）
朝日出版社）、二〇一一年（平成23年）五月、9－157ページ。

訳者略註
前掲訳書、159－180ページ。

主要研究業績一覧

単著

1.『荒地としての現代世界——英米文学雑考』、A 5 判、viii + 248 pp.、朝日出版社、1982（S 57）年 9 月。
2.『悪霊に憑かれた作家——フォークナー研究余滴』、A 5 判、vi + 294 pp.、松柏社、1996（H 8）年 12 月。
3.『葡萄酒色の海——フォークナー研究逍遙遊』、A 5 判、430 pp.、朝日出版社、2007（H 19）年 3 月。

共著

1. 尾上政次教授還暦記念論文集刊行委員会編『アメリカの文学と言語』、A 5 判、272 pp.、南雲堂、1975（S 50）年 3 月。
2. 中央英米文学会編『問い直す異文化理解』、A 5 判、vi + 430 pp.、松柏社、2007（H 19）年 3 月。
3. 日本ウィリアム・フォークナー協会編『フォークナー事典』、A 5 判、x + 845 pp.、松柏社、2008（H 20）年 1 月。
4. 中央英米文学会編『新たな異文化解釈』、A 5 判、x + 420 pp.、松柏社、2013（H 25）年 3 月。

翻訳

1. カール・ボード編著『アメリカ文学における叛逆者たち』（共訳）、中島時哉氏他共編訳、四六判、vi + 248 pp.、南雲堂、1981（S 56）年 10 月。（原著 Carl Bode [ed.], *The Young Rebel in American Literature*, Heinemann, 1959.）
2. クリアンス・ブルックス著『現代英米文学にみる神の問題——ヘミングウェイ、フォークナー、イェイツ、エリオット、ウォーレン研究』（共訳）、重信千秋氏他共訳、四六判、ix + 249 pp.、リーベル出版、1988（S 63）年 5 月。（原著 Cleanth Brooks, *The Hidden God: Studies in Hemingway, Faulkner, Yeats, Eliot, and Warren,* Yale University Press, 1963.）
3. エドワード・フィッツジェラルド英訳『オマル・ハイヤームのルバイヤート』（初版、1859 年、全 75 篇）、『中央英米文学』、第 41 号、2007（H 19）年 12 月、pp. 24–42.（原著 Edward FitzGerald [trans.], *Rubaiyat of Omar Khayyam*, 1859.）
《註解篇》「訳者略註」、『中央英米文学』、第 42 号、2008（H 20）年 12 月、pp. 24–42.

《解題篇》「赤葡萄酒、嫋やかな乙女、竪琴、薔薇と夜鶯（ブルブル）——訳者後記に代えて」、『中央英米文学』、第43号、2009（H 21）年12月、pp. 32–52.

《年譜・参考文献篇》「オマル・ハイヤームとその時代について」、「《ペン画の巨匠》と謳われたエドマンド・J・サリヴァン」、「エドワード・フィッツジェラルド略年譜」、「邦訳書参考文献一覧（国内篇）」、『中央英米文学』、第44号、2010（H 22）年12月、pp. 62–85.

4. 『ルバイヤート』、エドマンド・J・サリヴァン挿画入り、限定350部、A 5判、240 pp.、〔発行〕七月堂、〔発売〕朝日出版社、2011（H 23）年5月。

註釈書の編註

1. William Faulkner, *The Unvanquished*（中島時哉氏と共編）、B 6判、Text 90+Notes 61 pp.、朝日出版社、1969（S 44）年4月。
2. Reynolds Price, *A Chain of Love*（中島時哉氏と共編）、B 6判、Text 71+Notes 30 pp.、南雲堂、1972（S 47）年1月。
3. Agatha Christie, *Star Over Bethlehem*（重信千秋氏と共編）、B 6判、Text 78+Notes 36 pp.、朝日出版社、1976（S 51）年4月。
4. William Faulkner, *Mayday*（中島時哉氏と共編）、B 6判、Text 43+Notes 31+解題21 pp.、朝日出版社、1981（S 56）年4月。
5. Dean Faulkner Wells, *The Ghosts of Rowan Oak: William Faulkner's Ghost Stories,* A 5判、Text 69+Notes 31 pp.、松柏社、1985（S 60）年10月。

論文（レフェリー付・すべて単独執筆）

1. 「南部の精神的支柱——不撓不屈の女性たち——フォークナーの『征服されざる人々』試論」、『中央英米文学』、第1号、1967（S 42）年10月、pp. 38–49.
2. 「荒地としての現代世界——フォークナーの『響きと怒り』序説（その一）」、『中央英米文学』、第2号、1968（S 43）年12月、pp. 9–32.
3. 「シェイクスピアの『ソネット集』小論」、*Lotus*（立正大学教養部論集）、第2号、1969（S 44）年1月、pp. 49–70.
4. 「荒地としての現代世界——フォークナーの『響きと怒り』序説（その二）」、『中央英米文学』、第3号、1969（S 44）年12月、pp. 34–55.
5. 「ジョン・ドヌ小論——『ソングとソネット集』を中心として」、*Lotus*、第3号、1970（S 45）年4月、pp. 136–150.
6. 「Stephen Crane と "Irony" の問題——*Maggie* と *The Red Badge of Courage*

へのアプローチとして」、『近代文学語学論叢』、第3号、1970（S 45）年12月、pp. 82–91.
7.「荒地としての現代世界——フォークナーの『響きと怒り』序説（その三《完》）」、『中央英米文学』、第4号、1970（S 45）年12月、pp. 67–83.
8. "Symbolism of Light and Dark: An Essay on Faulkner's *Light in August* (Pt. I)"、『中央英米文学』、第5号、1971（S 46）年12月、pp. 22–48.
9.「アメリカ文学と《エグザイル》の系譜——一つの大まかな覚え書」、『近代文学語学論叢』、第4号、1971（S 46）年12月、pp. 47–58.
10.「《道化》と《リアリスト》の間に——フォルスタッフ論ノート」、『東京理科大学紀要（教養篇）』、第4号、1972（S 47）年3月、pp. 47–63.
11. "Symbolism of Light and Dark: An Essay on Faulkner's *Light in August* (Pt. Ⅱ《Concluded》)"、『中央英米文学』、第6号《尾上政次教授還暦記念号》、1972（S 47）年12月、pp. 8–23.
12.「《瀆神》と《堕地獄》と——マーロウの『フォースタス博士の悲劇』論覚え書」、『中央英米文学』、第8号、1974（S 49）年12月、pp. 1–11.
13.「《南部》の栄光と悲惨——『八月の光』のゲイル・ハイタワーをめぐって」、『アメリカの文学と言語』、南雲堂、1975（S 50）年3月、pp. 123–134.
14. "Modern World as a Wasteland: An Essay on Faulkner's *The Sound and the Fury* (Pt. I)"、『東京理科大学紀要（教養篇）』、第7号、1975（S 50）年3月、pp. 79–103.
15. "Modern World as a Wasteland: An Essay on Faulkner's *The Sound and the Fury* (Pt. II)《Concluded》)"、『中央英米文学』、第10号《朱牟田夏雄教授古稀記念号》、1976（S 51）年12月、pp. 8–33.
16.「《美のイデア》への憧憬と《エロス》への幻滅——シェイクスピアの『ソネット集』雑考」、『東京理科大学紀要（教養篇）』、第14号、1982（S 57）年3月、pp.141–158.
17.「『響きと怒り』の "flac-soled" をめぐって——《本文校訂》についての覚え書」、『荒地としての現代世界』、朝日出版社、1982（S 57）年9月、pp. 201–208.
18.「Vinum Equus Ac Anima Poetarum——フォークナーと酒のことなど」、『東京理科大学紀要（教養篇）』、第19号、1987（S 62）年3月、pp. 1–32.
19.「フォークナーの愛読書について——その古典主義的読書観にふれて」、

『東京理科大学紀要（教養篇）』、第 20 号、1988（S 63）年 3 月、pp. 1–21.
20. 「死者にはいつも褒め言葉を——追悼文の慣習的作法をめぐって」、『東京理科大学紀要（教養篇）』、第 27 号、1995（H 7）年 3 月、pp. 1–20.
21. 「《文学研究 (Study of Literature)》と《文学批評 (Literary Criticism)》の狭間で——一つの大まかな覚え書」、『東京理科大学紀要（教養篇）』、第 30 号、1998（H 10）年 3 月、pp. 1–32.
22. 「葡萄酒色の海——巴克斯の戯れ」、『東京理科大学紀要（教養篇）』、第 31 号、1999（H 11）年 3 月、pp. 1–52.
23. 「『皐月祭（メイデー）』とフォークナーの《厭世観》を巡って（その一）——A・E・ハウスマン、『ルバイヤート』、そしてマラルメを中心に」、『東京理科大学紀要（教養篇）』、第 34 号、2002（H 14）年 3 月、pp. 1–45.
24. 「『皐月祭（メイデー）』とフォークナーの《厭世観》を巡って（その二）——ギャルウィン卿の《人間観》、『ジャーゲン』、そして《世紀末文学》と《時代思潮》を中心に」、『東京理科大学紀要（教養篇）』、第 35 号、2003（H 15）年 3 月、pp. 1–39.
25. 「若き日のフォークナーとA・C・スウィンバーン（その一）——奔放な想像力と饒舌性と官能主義」、『東京理科大学紀要（教養篇）』、第 36 号、2004（H 16）年 3 月、pp. 1–48.
26. 「若き日のフォークナーとアルチュール・ランボーについて——走り書き的覚え書」、『中央英米文学』、第 38 号、2004（H 16）年 12 月、pp. 29–59.
27. 「若き日のフォークナーとA・C・スウィンバーン（その二）——奔放な想像力と饒舌性と官能主義」、『東京理科大学紀要（教養篇）』、第 37 号、2005（H 17）年 3 月、pp. 1–60.
28. 「若き日のフォークナーと《サッポー詩体》をめぐつて（その一）——サッポーとホラーティウスとA・C・スウィンバーンとの聯関において」、『中央英米文学』、第 39 号、2005（H 17）年 12 月、pp. 33–55.
29. 「若き日のフォークナーと《サッポー詩体》をめぐつて（その二）——サッポーとホラーティウスとA・C・スウィンバーンとの聯関において」、『中央英米文学』、第 40 号、2006（H 18）年 12 月、pp. 3–31.
30. 「エドワード・フィッツジェラルド英訳『オマル・ハイヤームのルバイヤート』（初版、1859 年）の世界」、『新たな異文化解釈』、松柏社、2013（H 25）年 3 月、pp. 79–132.

31. 「クサンティッペーとバースの女房――《悪妻》と《悪女》をめぐる雑考（その一）」、『中央英米文学』、第48号、2014（H 26）年12月、pp. 25–57.
32. 「クサンティッペーとバースの女房――《悪妻》と《悪女》をめぐる雑考（その二）」、『中央英米文学』、第49号、2015（H 27）年12月、pp. 4–63.
33. 「吉田健一とジョン・ダン――ケンブリッジ大学キングズ・コレッジ入学の頃」、『中央英米文学』、第50号、2016（H 28）年12月、pp. 22–88.

その他（雑篇）

1. 「吉田健一先生の御逝去を悼んで」、『中央英米文学』、第11号、1977（S 52）年12月、pp. 1–10.
2. 「大学院の講義のことなど」、「吉田健一著作集」、集英社、第10巻、1979（S 54）年7月、「月報」、pp. 5–8.
3. 「『操り人形（マリオネット）』と『皐月祭（メイデー）』について――《限定版》のことなど」、「フォークナー全集」、冨山房、第24巻、1981（S 56）年10月、「月報」、pp. 4–7.
4. 「《現代アメリカ南部作家》訪問記――ウェルティ女史、フット氏、プライス氏」、『荒地としての現代世界』、朝日出版社、1982（S 57）年9月、pp. 226–233.
5. 「ヨクナパトーファ巡遊（その一）――フォークナーゆかりの地を訪ねて」、『中央英米文学』、第16号《尾上政次教授古稀記念号》、1982（S 57）年12月、pp. 89–102.
6. 「ヨクナパトーファ巡遊（その二《完》）――フォークナーゆかりの地を訪ねて」、『中央英米文学』、第18号、1984（S 59）年12月、pp. 53–72.
7. 「巨星墜つ――この人を見よ（エッケ・ホモ）――中野好夫先生を悼みて」、『中央英米文学』、第19号、1985（S 60）年12月、pp. 5–19.
8. 「イン・メモーリアム――朱牟田夏雄先生と西川正身先生のことども」、『中央英米文学』、第22号、1988（S 63）年12月、pp. 16–37.
9. 「フォークナーと悪の形而上学」、『*SUT BULLETIN*』（東京理科大学出版会）、1993（H 5）年12月号（通巻114号）、《私の研究》欄、p. 4.
10. 「ニュー・オーリンズ名物《チコリー・コーヒー (Coffee and Chicory)》讃」、『悪霊に憑かれた作家』、松柏社、1996（H 8）年12月、pp. 269–278.

11. 「秋山照男、中島時哉、両学兄を悼む」、『中央英米文学』、第 34 号、2000（H 12）年 12 月、pp. 52–69.
12. 「弧高のアウトサイダー――吉田健一先生のこと」、英米文学専攻記念誌刊行委員会編『(中央大学文学部創立五十周年記念）英米文学専攻五十年史』、2001（H 13）年 1 月、pp. 77–88.
13. 「4 年間で教わった先生と教科書の記録」、同上、pp. 248–256.
14. 「橋本（篤治）さんとバドワイザーのこと」、『中央大学学員会《藤沢白門会》会報』、第 8 号、2003（H 15）年 11 月、p. 25.
15. 「《美しく老いる》ということ――《老醜》と《老獪》について」、『中央大学学員会《藤沢白門会》会報』、第 12 号、2008（H 20）年 3 月、pp. 19–20.
16. 「(平林）弘吉大兄とゴルフのことなど」、『代々木上原白門会だより』、第 5 号、2011（H 23）年 12 月 12 日、pp. 9–10.
17. 「まえがき」、中央英米文学会編『新たな異文化解釈』、松柏社、2013（H 25）年 3 月、pp. i–x.
18. 「藤井健三学兄を偲ぶ」、『中央英米文学』、第 46・47 号、2013（H 25）年 12 月、pp. 108–123.
19. 「今を楽しめ（カルペー・ディエーム）――現世讃美と来世否定――拙訳『ルバイヤート』に触れて」、『中央大学学員会《藤沢白門会》会報』、第 18 号、2014（H 26）年 3 月、pp. 35–39.

《著者紹介》

齋藤　久（さいとう・ひさし）

1940年（昭和15年）、旧・樺太（現・ロシア連邦サハリン［Sakhalin］州）に生まれる。北海道で少年期を過ごす。1968年（昭和43年）3月、中央大学大学院文学研究科英文学専攻博士課程（単位取得）満期退学。英米文学（特にフォークナー）専攻。現在、東京理科大学名誉教授（Professor of English, Emeritus, Tokyo University of Science）。主要著訳書に、『アメリカの文学と言語』（共著、南雲堂、1975年）、カール・ボード編『アメリカ文学における叛逆者たち（Carl Bode [ed.], *The Young Rebel in American Literature*）』（共訳、南雲堂、1981年）、『荒地としての現代世界——英米文学雑考』（単著、朝日出版社、1982年）、クリアンス・ブルックス著『現代英米文学にみる神の問題（Cleanth Brooks, *The Hidden God*）』（共訳、リーベル出版、1988年）、『悪霊に憑かれた作家——フォークナー研究余滴』（単著、松柏社、1996年）、『葡萄酒色の海——フォークナー研究逍遙遊』（単著、朝日出版社、2007年）、中央英米文学会編『問い直す異文化理解』（共著、松柏社、2007年）、エドワード・フィッツジェラルド英訳＆エドマンド・J・サリヴァン挿画『ルバイヤート（Edward FitzGerald [trans.] & Edmund J. Sullivan [illust.], *Rubáiyát of Omar Khayyám*）』（限定350部、〔発行〕七月堂、〔発売〕朝日出版社、2011年）、中央英米文学会編『新たな異文化解釈』（共著、松柏社、2013年）、等々がある。

吉田健一とジョン・ダン
——英米文学試論集

二〇一七年十一月十五日　初版第一刷発行

著　者　齋藤　久
発行者　知念　明子
発行所　七　月　堂
〒一五六—〇〇四三　東京都世田谷区松原二—二六—六
電　話　〇三—三三二五—五七一七
ＦＡＸ　〇三—三三二五—五七三一

印刷・製本　渋谷文泉閣

Printed in Japan
ISBN 978-4-87944-302-1 C0098